BASTEI
LÜBBE

Von Whitney Lyles ist bei Bastei Lübbe Taschenbücher lieferbar:

15555 Dreizehn Bräute und kein Strauß
15721 Zwei Zimmer, Küche, Diele, Chaos

Über die Autorin:

Whitney Lyles, aufgewachsen in San Diego, USA, hat Psychologie studiert und widmet sich heute ganz dem Schreiben. IN GUTEN WIE IN BESSEREN ZEITEN ist ihr dritter Roman.
Wer mehr über die Autorin und ihre Bücher wissen möchte, kann ihre Website unter www.whitneylyles.com besuchen.

Whitney Lyles

In guten wie in besseren Tagen

Roman

Aus dem amerikanischen Englisch von
Gabi Reichart

BASTEI LÜBBE

BASTEI LÜBBE TASCHENBUCH
Band 15 915

1. Auflage: Oktober 2008

Vollständige Taschenbuchausgabe

Bastei Lübbe Taschenbücher in der Verlagsgruppe Lübbe

Deutsche Erstausgabe

Titel der amerikanischen Originalausgabe: »Here Comes the Bride«
Originalverlag: Berkley Books, New York
Translation Rights arranged by The Sandra Dijkstra Literary Agency

Titelillustration: vorbildlich e. K.
Umschlaggestaltung: Tanja Østlyngen
Satz: hanseatenSatz-bremen, Bremen
Gesetz aus der Goudy Oldstyle Postscript
Druck und Verarbeitung: GGP Media Pößneck
Printed in Germany
ISBN 978-3-404-15915-4

Für meine Großeltern Annie und Sugar,
die einundsechzig wunderbare Ehejahre
voller Liebe miteinander verbracht haben.

Danksagung

Ich werde Leona Nevler für all ihre kluge Beratung bei der Entstehung dieses Romans ewig dankbar sein. Ich bin glücklich, dass ich mit ihr an diesem Buch wie schon an meinen ersten beiden Büchern zusammenarbeiten konnte. Ich hatte immer das Gefühl, dass Leona sich um mich gekümmert hat, und ich bin sicher, dass sie das weiterhin bei vielen von uns tun wird. Ich werde sie als Lektorin und Freundin sehr vermissen.

Ich danke Tova Sacks, dass sie die Zügel in die Hand genommen und das Buch auf den Weg gebracht hat. Es war eine Freude, mit ihr zusammenzuarbeiten, und sie hat mir Kraft gegeben.

Vielen Dank auch an meine Agentin Sandy Dijkstra, die, glaube ich, als Erste vorgeschlagen hat, eine Art Fortsetzung rund um die Entstehung von *Dreizehn Bräute und kein Strauß* zu schreiben. Ich schätze Sandy sehr, ebenso das Team der SDLA South Dakota Library Association, insbesondere Elise Carpon und Taryn Fagerness, die harte Arbeit geleistet haben.

Mein Dank gilt auch meinen Eltern, meinen Großeltern, meiner Familie und meinen Freunden, die mich beständig unterstützt haben.

Unendlich dankbar bin ich meinem Ehemann Rod Dodds für seine Geduld, mit der er mein Manuskript oft bis tief in die Nacht gelesen hat, und für seine vielen produktiven Vorschläge.

Anmerkung der Autorin

In Anbetracht der vielen Fragen, die mir zu meinen Romanen gestellt werden, möchte ich hier Folgendes anmerken. Ich bin immer wieder überrascht, wenn jemand lacht und etwas sagt wie beispielsweise: »Ich kann nicht glauben, was dir in Kapitel fünfzehn passiert ist! Ist dir das wirklich passiert?« Mir? Ehrlich gesagt nein.

Wenn ich mich auch oft auf mir vertraute, reale Orte und Gegenden beziehe, so entspringen meine Figuren doch einzig und allein meiner wilden Fantasie. In Wahrheit führen meine Heldinnen ein viel interessanteres Leben als ich selbst.

Der Einfachheit halber habe ich ein paar Schauplätze meiner eigenen Hochzeit in diesen Roman aufgenommen. Die Personen und alle Ereignisse rund um Cate Padgetts Hochzeit sind jedoch reine Erfindung.

Ich habe das Glück, mit einer wunderbaren Familie, großartigen Schwiegereltern und loyalen Freunden gesegnet zu sein.

Teil 1

Alle sind verrückt geworden

1. Y-e-s

Cate hob den Deckel von der kleinen Schachtel. Nie im Leben hätte sie damit gerechnet, sich in Joes Krabbenhütte zu verloben. Sie konnte sich an keinen glücklicheren Augenblick in ihrem Leben erinnern, als sie auf Ethan hinabblickte, der vor ihr kniete. Sie liebte ihn so sehr. Bevor sie ihren Verlobungsring betrachtete, blickte sie über die Masse an Gesichtern der Menschen, die sie beobachteten und den einmaligen Moment mit ihnen teilten. Einer alten Frau lief eine von Wimperntusche dunkel gefärbte Träne die Wange hinunter.

In der Schachtel fand sie einen silberfarbenen Ring, der ihren Finger wahrscheinlich grün färben würde und aussah, als wäre er in einer Garage mit Lötlampe und billigem Aluminium zusammengebastelt worden. Er hatte matte Brandspuren und lag auf einem Wattebett.

»Willst du also?«, fragte er, als er ihr den Ring auf den Finger schob. Er war ein bisschen eng, und sie dachte, dass man ihn besser möglichst selten mit Wasser in Berührung bringen sollte, sonst würde er rosten. Sie blickte zu Ethans Gesicht hinunter, während er ängstlich auf ihre Antwort wartete.

O mein Gott, wir werden heiraten. Endlich hatte er sie gefragt. Es war *tatsächlich* passiert. Der Ring war so ...? Anders als das, was sie ausgesucht hätte. Aber immerhin wurde er von dem auffallend schwulen Kellner des Restaurants bewundert.

»Was für ein wundervoller Ring!«, sagte er im Vorbeigehen so enthusiastisch, dass Wasser aus seinem Krug schwappte.

»Einfach hinreißend!«, fügte die alte Frau hinzu, die inzwischen schluchzte. Als die Dame nach einer Serviette griff, bemerkte Cate, dass ihre Hände mit zig Ringen geschmückt waren; jeden einzelnen Finger zierten prächtigste Türkis- und Onyx-Steine.

Cate warf wieder einen Blick auf ihren Verlobungsring. Er hatte keinen Stein. Dafür waren die Buchstaben Y-E-S mit einem scharfen Gegenstand, vielleicht der Spitze einer Sicherheitsnadel, in das Metall geritzt worden. Die Schrift war zackig und ungleichmäßig, wie die von einem Kind. Sie drückte den Ring an ihre Brust und wurde sofort sentimental. »Ja! Y-E-S! Natürlich will ich dich heiraten!«

Im ganzen Restaurant brandete Beifall auf, und als sie auf ihren Ring hinuntersah, war er grün. Sie versuchte den Arm zu heben, um ihn ihren Zuschauern zu zeigen, musste aber feststellen, dass die Schlinge über ihrer Schulter das nicht zuließ. Ihr Arm war gebrochen. Wie war das denn passiert?

Sie gab sich nochmals große Mühe, den Arm zu heben, gab es dann aber auf und öffnete stattdessen die Augen. Ihre Katze Grease hatte sich auf ihrem Schoß zu einem warmen weichen Ball zusammengerollt und schlief tief und fest. Als erwachsener Kater wurde er zunehmend liebevoller. Noch vor einem Jahr hätte er sich nicht mal in ihre Nähe gelegt.

Obwohl sie immer noch benommen war, musste sie über ihren Traum laut lachen. Es war der erste Traum gewesen, den sie gehabt hatte, seit sie vor zwei Wochen einen Katalog des Juweliers Ben Bridge zwischen einer Egg-McMuffin-Verpackung und einem Kaffeebecher aus Styropor in Ethans Ford Explorer gefunden hatte. *Ethan machte ihr in Joes Krabbenhütte einen Heiratsantrag?* Sie war noch nie in Joes Krabbenhütte gewesen, und es wäre auch ziemlich untypisch für Ethan, sich in aller Öffentlichkeit zu verloben. Dann erinnerte sie sich, dass sich das Restaurant im selben Einkaufszentrum wie ein Brautgeschäft befand. Seltsam, wie das Unterbewusstsein arbeitet.

Sie warf einen Blick auf die Uhr und stellte fest, dass ihr Wecker in wenigen Minuten klingeln würde. Es war der erste Tag der

Sommerferien. Sie musste also nicht in den Kindergarten, in dem sie als Erzieherin arbeitete, konnte sich den Luxus auszuschlafen aber trotzdem nicht erlauben. Sie würde über das Wochenende mit Ethan nach Mexiko fliegen. Ihr Flug von San Diego startete zu einer unchristlichen Zeit, nämlich um sechs Uhr fünfzig. Da sie nur für ein paar Tage nach Playa del Carmen flogen, wollten sie am Freitag so früh wie möglich ankommen und am Montag so spät wie möglich wieder abfliegen.

Ironischerweise flogen sie zur Hochzeit eines anderen Paares. Freunde von Ethan heirateten. Dieses Wochenende war eines der ganz wenigen in diesem Sommer, an denen Ethans Catering-Unternehmen nicht für die Ausrichtung irgendeiner Hochzeit engagiert worden war. Deshalb nutzten sie die Zeit für einen kleinen Kurzurlaub.

Grease schnurrte laut, als sie sein weißes Fell streichelte. Sie blieb noch einen Moment liegen und dachte an ihren Traum. Obwohl sie inzwischen vollkommen wach war, fühlte sie sich beim Gedanken an den Ring seltsam sentimental. Es war wie nach den Träumen, in denen sie mit irgendeinem unbekannten Typen herumgeknutscht hatte, zu dem sie sich am nächsten Morgen dann immer auf so komische Weise hingezogen fühlte. Etwas Ähnliches empfand sie jetzt für den Ring und Joes Krabbenhütte und wusste genau, dass es sich um die Art von Traum handelte, der sie den ganzen Tag nicht loslassen würde.

Seit sie das Reklameheftchen mit Verlobungsringen in seinem Auto entdeckt hatte, malte sie sich in ihrer Fantasie die schönsten Heiratsanträge aus. Sie musste sich immer wieder auf den Boden der Tatsachen zurückholen. Vielleicht war Ethan einfach nur durchs Einkaufszentrum gegangen und hatte sich die Broschüre dort, höflich wie er war, von einem unterbezahlten und vollkommen gelangweilten Angestellten in die Hand drücken lassen. Andererseits konnte sie sich beim besten Willen nicht daran erinnern, dass er einen Abstecher ins Einkaufszentrum erwähnt hätte. Falls er dort gewesen war, war es ein Geheimnis.

Sie stand auf und zog die Jalousien hoch. Draußen war es noch dunkel. Die Versuchung, ins Bett zurückzukrabbeln, war überwältigend, aber sie musste noch ein paar Sachen packen, und außerdem würde Jill vor ihrer frühmorgendlichen Jogging-Runde vorbeikommen, um den Wohnungsschlüssel abzuholen.

Als sie auf dem Weg ins Badezimmer an der Kommode vorbeiging, stolperte sie über etwas. Sie schaltete das Licht ein und sah dann auf den kopflosen Körper der Pariser Puppe hinunter, die seit mehr als einem Jahrzehnt auf dem Möbelstück gethront hatte. Die Puppe hatten ihre Eltern ihr aus Paris mitgebracht, als sie zehn gewesen war. Eine kleine alte Pariserin in einem langen französischen Bauernrock und mit einer Haube auf dem Kopf. Man hatte ihr ein weises Lächeln ins Gesicht gemalt und Hände mit einem Baguette und einem Korb mit Obst bestückt. Cate hob sie auf. Das Baguette war ihr gnadenlos aus den Fingern gerissen worden und lag am Fußende des Bettes.

»Grease!«, murmelte sie. »Du böser Kater.« Er sah zu, wie sie auch das Baguette aufhob, und zuckte mit dem Schwanz.

Sie ging in die Küche und fand den Kopf der Puppe in Greases Trinknapf. Sie fischte ihn aus diesem Wassergrab und legte ihn zum Trocknen auf ein Papierküchentuch. Dann nahm sie eine heiße Dusche und föhnte sich anschließend die Haare. Sie stopfte gerade das dritte Paar Sandalen in ihren bereits vollen Koffer, als es an der Tür klingelte.

Jill trug einen rosafarbenen Jogginganzug mit schwarzen Streifen an der Seite und Tennisschuhe mit einer mehr als sieben Zentimeter dicken Sohle. Ihr kurzes knallrotes Haar stand in alle Richtungen, und sie wirkte trotz der Uhrzeit nicht müde.

»Danke, dass du dich übers Wochenende um Grease kümmerst«, sagte Kate, nachdem sie sich begrüßt hatten. »Ich habe die Telefonnummer vom Hotel aufgeschrieben, falls etwas passiert. Und ich habe dir zwanzig Dollar hingelegt, falls du mehr Futter kaufen musst.« Jedes Mal, wenn sie für ein paar Tage wegfuhr, war sie was Grease betraf schrecklich besorgt.

Er war nicht der Typ Katze, der faul in der Sonne lag, sich die Pfoten leckte und schnurrte, wenn man ihn hinter den Ohren kraulte. Sie vermutete, dass Grease sich selbst für einen Löwen hielt, den man in Cates enger kleiner Wohnung in Pacific Beach gefangen hielt.

»Das mach ich doch gern, mach dir keine Gedanken. Ich werde zweimal täglich nach ihm sehen und auch die Post aus deinem Briefkasten holen.«

Cate führte sie in ihre winzige Küche. »Wie war deine Verabredung gestern Abend?«

»Mensch, dieser Typ hatte den schlimmsten Mundgeruch, den du dir vorstellen kannst, und dann hat er mich mein Abendessen selbst zahlen lassen.«

»Ein richtiger Volltreffer!«

»Nie wieder!«

»Deine Frisur gefällt mir«, stellte Cate fest.

»Wirklich?« Jill berührte die Spitzen ihres stacheligen Haars. Sie war Friseurin und verbrachte mehr Zeit damit, mit ihrem eigenen Haar herumzuexperimentieren als sich mit dem ihrer Kunden zu beschäftigen. Jedes zweite Wochenende hatte sie eine andere Haarfarbe. »Ich glaube, ich färbe es vielleicht wieder schwarz. Du weißt schon, da es vielleicht bald eine Hochzeit geben wird ...« Sie zwinkerte Cate zu.

»Davon weiß ich nichts.« Sie schenkte ihnen beiden ein Glas Orangensaft ein.

»Glaubst du nicht, er wird dir dieses Wochenende einen Heiratsantrag machen?«

Cate hatte sich dieselbe Frage schon tausendmal gestellt, seit sie die Reise geplant hatten, wollte das aber nicht zugeben. »Wir gehen auf die Hochzeit eines anderen Paars, und ich glaube nicht, dass er es in Anwesenheit seiner ganzen Freunde tun würde. Ethan ist ziemlich zurückhaltend und gefühlvoll.«

»Du machst wohl Witze! Ich finde, es ist die perfekte Umgebung. Meine Schwester hat sich auch letztes Jahr in Mexiko verlobt. Und denk doch bloß mal dran, wie romantisch Hochzeiten sind. Auf so einem Fest scheint irgendwie jeder vom Hochzeitsbazillus angesteckt zu werden. Man kann nicht anders, man spürt, dass Liebe in der Luft liegt.«

Sie hatte nicht ganz unrecht. Cate fielen einige Bekannte ein, die sich gleich nach einer Hochzeitsfeier verlobt hatten. Während sie über das Wochenende plauderten, durchsuchte Cate ihre Krimskramsschublade nach Sekundenkleber. Sie fand eine Tube, und Jill hielt den Kopf der französischen Puppe fest, während Cate den Kleber auftrug.

»Sie wird ihr Leben lang Narben haben«, meinte Jill, als sie die Bissspuren auf der kleinen Stirn betrachteten.

Jetzt sah die Puppe verklebt und ein bisschen mitgenommen aus. »Sie sieht ein bisschen wie eine französische Obdachlose aus.« Cate hielt die Puppe hoch.

»Ihr Obstkorb befindet sich wahrscheinlich in Greases Blinddarm«, meinte Jill.

»Oder vielleicht hat sie ihn gegen Alkohol eingetauscht.«

Sie stellte die Puppe oben auf den Kühlschrank, damit Grease nicht noch einmal über sie herfallen konnte.

»Na ja, vermutlich wirst du mich nicht anrufen können, wenn du dich da unten verloben solltest.«

»Ich bin bloß froh, dass ich endlich mal als Gast auf eine Hochzeit gehen kann. Nur als ganz normaler Gast. Ich muss nichts weiter tun, als im Publikum zu sitzen und zuzusehen. Meine Tage als Brautjungfer sind vorbei!«

Sie stießen mit ihren Gläsern an und prosteten sich zu.

Es war erst zwei Jahre her, dass Cate viermal in einem einzigen Sommer Brautjungfer gewesen war. Danach hatten noch eine Kollegin, die sie kaum kannte, und eine entfernte Cousine in Alabama, die bereits im fünften Monat schwanger gewesen war, ihre brautjüngferlichen Dienste in Anspruch genommen.

»Nun, richte dich mal nicht allzu bequem ein, ich glaube nämlich, dass du bald wieder zum Altar schreiten wirst.«

»Warum? Willst du heiraten?«

Jill verdrehte die Augen. »Nein. Du. Du Dummkopf.«

»Ich habe dich bloß veräppelt.« Sie lehnte sich an die Arbeitsplatte, und Grease rieb sein Gesicht an ihrem Ellbogen. Er wurde immer besonders zärtlich, wenn sie sich in der Nähe des Pakets mit den Katzenleckerbissen befand. Wenn sie sonst irgendwo im Haus stehen würde, hätte er sie wahrscheinlich nicht beachtet. »Warte gar nicht erst darauf, dass das passiert. Ich bin sicher, dass Ethan und ich eines Tages heiraten werden, aber ein kleiner Werbeprospekt bedeutet gar nichts.«

»Oh doch. Ich habe das Gefühl, dass es bald sein wird. Sehr bald.« Sie trank ihren Saft aus. »Ich sollte jetzt mal zum Joggen los. Vergiss bloß nicht, Ja zu sagen. Y-E-S!«

Cate verschluckte sich fast an ihrem Orangensaft. Es war genau wie in ihrem Traum. Sie überlegte kurz, ob sie Jill von dem Ring mit dem eingravierten Y-E-S erzählen sollte, kam aber zu dem Schluss, dass dies nur noch mehr Öl in das Feuer der Hochzeitsfantasien gießen würde, das ohnehin schon außer Kontrolle war. Jills Kommentar war reiner Zufall.

»Also, versuch mich anzurufen, sobald er dir einen Antrag gemacht hat!«, sagte Jill. »Dann werde vielleicht sogar ich mal Brautjungfer!«

»Soll das eine Frage sein? Selbstverständlich wirst du das!«

Seitdem Cate die Schmuckbroschüre gesehen hatte, schwelgte

sie in Hochzeitsfantasien. Champagnerfarbene Brautjungfernkleider waren Teil des Bildes. Zum Glück für Jill würde jede Haarfarbe gut zu Champagner passen. Nachdem sie die Tür geschlossen hatte, gab sie sich Mühe, nicht mehr an Ringe und Kleider und Heiratsanträge zu denken. Es war sehr wahrscheinlich, dass er sie jetzt nicht einmal fragen würde. Sie beschloss, dass sie die Zeit bis zu seiner Ankunft besser nutzen könnte, indem sie ihre Wohnung katzensicher machte.

Zwanzig Minuten später dachte sie darüber nach, wie Ethan es wohl anstellen könnte. Einen Verlobungsring auf die Reise nach Playa del Carmen mitzuschleppen schien ihr ein riskantes Spielchen. Was wäre, wenn die Zollbeamten sein Zeug durchsuchen und den Ring finden würden? Würde er sich dann gezwungen sehen, ihr auf dem Flughafen einen Antrag zu machen, vor den Drogenspürhunden und einem Haufen mexikanischer Zollbeamter? Sie stellte sich die Szene vor und malte sich aus, wie sie das Flughafengebäude als offizielles Paar verlassen würden, nein wie sie hinausschreiten würden. Wie würden sie in zwanzig Jahren gemeinsam mit ihren drei genialen Kindern über seinen spontanen Antrag lachen! Vielleicht hatte er aber auch daran gedacht, dass sein Gepäck durchsucht werden könnte, und beschlossen, sie besser vor der Abreise zu fragen, gleich hier in ihrem Apartment.

Sie griff nach einer Blumenvase. Grease war versessen auf Wasser und verbrachte die meiste Zeit in der Badewanne, wo er mit der Pfote gegen den Wasserhahn schlug und jeden einzelnen herausfallenden Wassertropfen anstarrte; gelegentlich stürzte er sich auf die kleinen Pfützen. Täglich warf er Blumenvasen um und sah entzückt zu, wie das Wasser auf den Boden floss. Ethan war einmal mit sieben winzigen Vasen aufgetaucht, die er im Haushaltswarengeschäft Crate and Barrel erstanden hatte. »Die sollten für ungefähr eine Woche reichen«, meinte er, bevor er sie ihr zusammen mit einem Dutzend Rosen überreichte.

Sie durchsuchte ihr Apartment, leerte Blumenvasen aus und prüfte nochmals, ob sie irgendetwas übersehen hatte, das mit Flüssigkeit gefüllt war. Grease folgte ihr auf Schritt und Tritt und beobachtete interessiert, wie sie jede mögliche Gefahrenquelle beseitigte.

Ethan schloss die Tür auf, als sie gerade die letzte kleine Vase wegräumte. Er hätte einen Friseurbesuch nötig gehabt, aber sie mochte es, wenn sein dunkles lockiges Haar ein bisschen zu lang war. Seine blauen Augen wirkten morgens immer ein bisschen dunkler, und er roch nach Irish Moos. »Ich bin sicher, dass er irgendetwas finden wird, was er kaputt machen kann«, meinte er und küsste sie. »Bist du so weit?«

»Ich kann's kaum erwarten. Lass mich nur noch schnell meine Kameratasche holen.« Fotografie war eins ihrer Lieblingshobbys. Ganz bestimmt würde sie ihre Kamera nicht zu Hause lassen, wenn sie ins Ausland reisten, und schon gar nicht, wenn auch noch die Möglichkeit bestand, dass sie sich verloben könnte.

Sie nahm ihre Tasche und tätschelte Grease ein letztes Mal. Als sie die Tür hinter sich zusperrte, fragte sie sich, ob sie wohl verlobt sein würden, wenn sie in ihre Wohnung zurückkehrten. An diesem Wochenende könnte sich alles verändern.

2. Der Poolschreck

Sie kamen durch den Zoll am Flughafen in Cancun, ohne dass man ihr Gepäck durchsuchte, und jedes Mal, wenn sie seinen Koffer sah, fragte sie sich unwillkürlich, ob irgendwo darin ein Ring verstaut war. Wie sah er aus? Würde er denselben Ring ausgewählt haben, den sie ausgesucht hätte, wenn sie ihn gemeinsam gekauft hätten? Einen Augenblick später jedoch schwor sie sich, für den Rest der Reise jeden Gedanken an Ringe und Heiratsanträge zu verdrängen. Sie wollte den Urlaub genießen, sich in der warmen Sonne rekeln und Spaß mit Ethans Freunden haben – und sich nicht bei jedem Sonnenuntergang fragen, ob er gleich vor ihr niederknien würde.

Playa del Carmen lag eine Stunde vom Flughafen entfernt, und sie mussten einen Shuttlebus nehmen, um zu ihrem Ferienort zu gelangen. Im Van des Hotels kuschelte sie sich an Ethans Brust und staunte mal wieder darüber, dass er sich immer entspannt und warm anfühlte. Er war der wärmste Mensch, den sie in ihrem Leben berührt hatte, und wenn sie eine Nacht getrennt waren, sehnte sie sich immer danach, ihre Wange an seine nackte Brust zu schmiegen. Es war kaum zu glauben, dass sie ihn praktisch schon ihr ganzes Leben lang kannte und sich erst vor ein paar Jahren in ihn verliebt hatte. Als Kinder hatten sie direkt nebeneinander gewohnt und oft zusammen mit anderen Kindern aus der Nachbarschaft gespielt. Während ihrer Highschool-Zeit hatte er ganz offensichtlich für sie geschwärmt, sie jedoch hatte in ihm immer eher eine Art Bruder gesehen.

Dann war sie zum Studium nach San Diego gegangen, während Ethan die Hotelfachschule in San Francisco besucht hatte. Erst vor ein paar Jahren, als sie sich zufällig bei der Hochzeit ihrer Freundin Sarah wiederbegegnet waren, hatte sie Gefühle für ihn entwickelt.

Die lange Fahrt und das Gefühl von Ethans warmer Brust an ihrem Gesicht machten sie schläfrig. Sie spürte noch, dass er ihr einen Kuss auf die Stirn gab, bevor sie vom Schlaf übermannt wurde. Sie hatte das Gefühl, gerade erst weggenickt zu sein, als sich Ethans Körper versteifte. Seine eben noch so weiche Brust fühlte sich an ihrem Gesicht wie ein Holzblock an, als er sich aufrichtete.

»Ich glaub's nicht«, sagte er.

»Was denn? Was ist los?« Jetzt wieder hellwach, setzte sie sich auf. Sie rechnete damit, dass jeden Moment ein Mitglied des mexikanischen Drogenkartells mit einem Gewehr in den Van springen würde. Mein Gott, sie hatte gewusst, dass sie nie nach Mexiko hätten kommen sollen. Erst vor ein paar Tagen hatte eine Kollegin noch über Entführungen und die anschließenden Lösegeldforderungen berichtet.

»Es ist bloß ... Es ist bloß ... Janet ist hier«, antwortete er zögernd.

Sie brauchte einen Moment, bis sie sich erinnerte. Janet? Janet aus San Francisco? Janet, die er in der Hotelfachschule kennengelernt hatte und mit der er nach Australien gereist war? Sie war die erste Frau gewesen, zu der er das berühmte Wort mit »L« gesagt hatte. Leider kannte Cate alle Details, weil Ethan und sie ja zuerst nur Freunde gewesen waren. Sie erinnerte sich, wie sie ihm vor einigen Jahren zufällig während der Weihnachtstage in die Arme gelaufen war, seinen dünnen Körper und sein stoppeliges Gesicht betrachtet und sich gefragt hatte, ob er wohl ein Kokainproblem habe. Später war ihr zu Ohren gekommen, dass eine Frau ihm gerade das Herz gebrochen hatte.

Natürlich hatte auch Cate vor Ethan Liebschaften gehabt. Sie fühlte sich durch Janet nicht bedroht, es traf sie nur ein bisschen, wenn sie daran dachte, dass er sich einen Bart hatte wachsen lassen und sich drei Tage lang in seinem Zimmer eingeschlossen hatte, nachdem er und Janet sich getrennt hatten.

Neugierig sah sie aus dem Fenster. »Wo ist sie?« Sie hatte nur ein verblasstes Foto von ihr gesehen, auf dem sie aus der Ferne im Bikini zu sehen war. Sie hatte immer gehofft, sich ein besseres Bild von Ethans erster Liebe machen zu können.

»Gleich dort drüben.« Er deutete auf eine Gruppe von Touristen vor dem Resort.

»Du hast nicht gewusst, dass sie auch kommt?«, fragte sie und versuchte herauszufinden, welche Frau es war.

»Nein. Niemand hat mir etwas gesagt.« Er seufzte. »Aber es ist ja auch egal, es spielt keine Rolle. Es interessiert mich nicht wirklich, dass sie hier ist. Ich fühle mich bloß schlecht, weil du in diese Situation geraten bist.«

Sie zuckte die Schultern. Sie hatte gehofft, mit einem Verlobungsring statt mit Ethans Ex überrascht zu werden, aber sie würde sich dadurch nicht das Wochenende verderben lassen. »Kein Problem«, sagte sie und war insgeheim erleichtert, dass sie sich entschieden hatte, auf der Hochzeit das sexy schwarze schulterfreie Kleid und nicht das geblümte Kleid mit dem V-Ausschnitt zu tragen.

»Danke, dass du so verständnisvoll bist«, sagte er. »Ich hätte keine Lust, das ganze Wochenende mit Paul, oder wie zum Teufel dieser Typ hieß, mit dem du zusammen warst, zu verbringen.« Auf diese Weise bezeichnete er ihren Ex immer.

Der Fahrer schob die Tür auf, und als sie aus dem Van kletterte, erhaschte Cate im Rückspiegel einen Blick auf sich selbst. Sie hatte rote Flecken auf der Wange, und ihr blonder Bubikopf sah wie ein Pilz aus. Nach Flugreisen sah sie nie besonders gut aus, aber heute wirkte sie, als hätte sie gerade eine Woche Einzelhaft hinter sich. Unter ihren Augen lagen dunkle Ringe, und ihre Wangen waren so blass wie mexikanischer Maisbrei. Sie war noch nicht ganz aus dem Bus gestiegen, als sie Janet schon auf Ethan zustürmen sah.

»Ethan! O mein Gott!!« Cate beobachtete, wie ein Wesen mit braun gebrannter Haut und vollkommen geformten Armen ihren Freund umarmte.

Die unangenehme Situation, die dann folgte, schien so lange wie der Flug zu dauern. Cate stand im Hintergrund und grinste wie eine Idiotin, während sie darauf wartete, vorgestellt zu werden. Als Janet Ethan aus ihrer Umklammerung freigab, erhaschte sie einen besseren Blick. Es handelte sich um den Typ Mädchen, der mit dem gottgegebenen Geschenk gesegnet war, auch ohne Make-up entzückend auszusehen. Ihr langes seidiges Haar reichte ihr bis zur Taille, und sie trug einen indisch angehauchten Rock und ein weißes Tanktop, das die zierlichsten Schlüsselbeine enthüllte, die Cate je gesehen hatte. Sie malte sich aus, wie sie in ihrem Hotelzimmer einen Spirulina-Milkshake trank und Ashtanga-Yoga machte.

»Du siehst SUPER aus!«, sagte Janet, während sie die Hände sanft an Ethans Wangen legte. Sie fuhr mit den Fingern durch seine Locken. »Ich liebe dieses Haar!« Dann sah sie Cate an. »Hat er nicht tolles Haar?« An der Art und Weise, wie sein Blick unruhig hin- und herglitt, konnte man erkennen, dass er sich unwohl fühlte.

»Ja«, sagte Cate. »Das hat er.« Sie waren einander noch nicht einmal vorgestellt worden.

»Danke«, sagte Ethan leise. »Du siehst auch hübsch aus.« Cate war klar, dass er das bloß aus Höflichkeit sagte. Trotzdem fiel es ihr schwer, sich nicht automatisch zu fragen, was er angesichts dieser Schönheit von ihrer eigenen hellen Haut und ihrem flachen

Busen denken musste. »Janet, das ist meine Freundin Cate.« Er war zwischen Janet und ihrem Gepäck eingezwängt, weshalb Cate über seine Schulter winken musste.

»Ohhhh, wie süß«, sagte Janet, als hätte er ihr gerade sein neues Hündchen gezeigt. »Ich freue mich so, dich kennenzulernen, Cate.«

Wie süß? Sie war doch keine fünf. »Ich freue mich auch, dich kennenzulernen. Gehst du auch zu der Hochzeit?«

»Ja, ich bin mit Pat und Greg gekommen. Sie haben mich mitgenommen.« Sie lächelte.

»Wo sind denn Pat und Greg?«, fragte Ethan. Sie waren gute Freunde von ihm, und Cate wunderte sich, warum sie nicht erwähnt hatten, dass Janet mit ihnen kommen würde. Sie wussten beide, was Ethan nach der Trennung durchgemacht hatte.

»Sie sind am Strand«, antwortete Janet. »Ich dachte, ich erkunde mal das Hotel. Und sieh an! Prompt laufe ich euch in die Arme!« Sie berührte ihn am Arm.

»Na ja, he, es war nett, dich zu sehen.« Er griff nach seinem Koffer. »Aber wir sollten jetzt mal besser einchecken.«

»Oh, natürlich. Ich kann es kaum erwarten, heute Abend mit euch allen Hochzeit zu feiern! War schön, dich kennenzulernen, Cate!«, rief sie ihnen noch nach, nachdem sie mit ihrem Gepäck in Richtung Hotel losgezogen waren.

»Sie scheint … nett zu sein.« Cate musste etwas sagen, weil die Stille so unangenehm war.

»Ja, sie ist nett«, sagte er.

»Ich wusste nicht, dass sie mit Pat und Greg befreundet ist.«

»Sie waren vor langer Zeit befreundet, und wahrscheinlich haben sie jetzt den Kontakt wieder aufgefrischt.« Sein Blick war leer, und sie konnte nicht ausmachen, ob es bloß daran lag, dass sie eine so weite Reise hinter sich hatten, oder ob er aufgewühlt war, weil er zufällig seiner Exfreundin wiederbegegnet war.

Nachdem sie eingecheckt hatten, schlug sie vor, rasch das Gepäck ins Zimmer zu bringen und dann direkt zur Poolbar zu gehen, um etwas zu trinken. Nach der Begegnung mit Janet brauchte sie wirklich eine Margarita, und außerdem befanden sie sich schließlich in einer All-inclusive-Anlage. Alles war im Preis inbegriffen, und warum sollte man das also nicht voll und ganz ausnutzen?

Das Hotel war ein riesiges Labyrinth aus pfirsich- und türkisfarbenen Stuckgebäuden, die von weißen Säulen getragen wurden. Es lag nur wenige Meter vom azurblauen Ozean entfernt, und jedes Gebäude war von großen Palmen und riesigen tropischen Pflanzen beschattet.

Zu ihrem Zimmer fuhren sie in einem Golfcaddy, der von Sven gesteuert wurde, einem deutschen College-Studenten, der während des Sommers in dem Resort arbeitete. Ab und zu tauchten seltsam aussehende Tiere aus den Büschen auf, die Meerschweinchen mit ausgeprägten Hinterteilen glichen und auf dem Rasen nach Beeren suchten. Sven hielt den Caddy an, damit sie die Tiere fotografieren konnten. In dem Moment, in dem sie ihre Kamera auf die Tiere richtete, bewegten sie sich, weshalb sie nicht wusste, ob die Bilder gelungen waren. Als sie weiterfuhren, hörten sie Affen in den Palmen über ihnen kreischen.

»Sie haben ein sehr hübsches Zimmer«, sagte Sven. »Sehr nah am Wasser. So nah liegen nur wenige Zimmer.«

Das Zimmer war wunderschön. Hohe Decken. Pfirsichfarbene spanische Fliesen. Zwei Duschköpfe und ein riesiger Korb mit frischem Obst.

Sie gaben Sven ein Trinkgeld, zogen sich schnell um und gingen zum Pool. Sie spazierten am Strand entlang, um zur Poolbar zu gelangen. Cate und Ethan waren in der Nähe der mexikanischen Grenze aufgewachsen und wussten, dass es einige seltsame Dinge gab, auf die man nur in Mexiko stieß. Zum Beispiel konnte man sich nur in Mexiko mit einem Sombrero auf dem Kopf auf einem altersschwachen Esel sitzend, der als Zebra angemalt war, fotografieren lassen. Nur in Mexiko konnte man einen Polizisten mit einem netten Lächeln und einem Zwanzigdollarschein dazu bewegen, darauf zu verzichten, einem einen Strafzettel zu verpassen. Deshalb waren sie nicht schockiert, als sie sich dem Pool näherten und feststellten, dass der DJ, der die Technomusik an der Bar auflegte, seinen Song aus einem Katzenfutter-Werbespot gesampelt hatte.

»Miau, miau, miau, miau.« Es war der Song aus dem schrillen Werbespot, in dem eine Menge Katzen zu ihren Fressnäpfen rennen, während im Hintergrund ständig ein kreischendes Miauen wiederholt wird.

Ethan sah sie an. »Das ist dieser Katzenfuttersong gemischt mit Paul Oakenfold.«

Es war wie das Zusammentreffen von Rave mit Hühnerklein in Soße. Miau, miau, miau, miau. Miau, miau, miau, miau. BUMM.

Sie fanden zwei freie Liegestühle und merkten schnell, dass am Pool ein paar weitere seltsame Dinge vor sich gingen. Ein großer als Santa Claus verkleideter Mexikaner rief jedem vorbeikommenden Kind »ho-ho-ho« zu. Es war eine nette Idee, die Kinder zu beschäftigen, während ihre Eltern versuchten, sich in Ruhe zu sonnen, aber der Entertainment-Manager des Hotels hatte offenbar nicht gemerkt, dass es Mitte Juni war. Sie sah, wie ein verwirrtes Kind zu Santa Claus aufblickte und dann das Bein seiner Mutter umklammerte.

Sie wollte gerade ihr Buch aus ihrer Strandtasche ziehen, als ihr etwas noch Seltsameres auffiel. Ein erwachsener Mann in einer roten Seidenstrumpfhose, einem langärmeligen schwarzen Trikot und Schuhen wie denen, die sie beim Jazztanz in der vierten Klasse getragen hatte, der sich außerdem einen langen dünnen Schwanz am Po befestigt hatte, ging auf Zehenspitzen um den Pool und schlich um die Leute herum, als wäre er hungrig. Er hätte harmlos gewirkt, hätte er nicht das Gesicht angemalt und spitze Ohren am Kopf gehabt. Lange rote Streifen bedeckten seine Wangen, und das Weiße seiner Augen stach unter seinen geschwärzten Augenbrauen hervor. Er sah wie ein Geschöpf aus, das einem der Romane von Stephen King hätte entsprungen sein können.

»Was ist das?«, fragte Cate.

»Ich weiß es nicht. Vielleicht ist er für die Kinder hier.«

Sie beobachteten, wie er sich auf Zehenspitzen an eine Gruppe Touristen, etwa Anfang zwanzig, heranschlich, die Daiquiri-Cocktails tranken. Eins der Mädchen lag entspannt mit leicht angewinkelten Beinen auf dem Rücken, während sie in der jüngsten *People*-Ausgabe las.

Cate sah, wie der komische Kerl auf allen vieren auf die nichts ahnende Frau zukroch. Der Freund des Mädchens blickte auf, und der Trikotmann legte seinen Zeigefinger auf die Lippen. Was hatte er vor? Wollte er sie mit einer Wasserpistole bespritzen? Ihr das Magazin aus der Hand reißen und einen mexikanischen Hat Dance, eine Art mexikanischen Nationaltanz, aufführen? Sie mit einem singenden Telegramm auf Spanisch überraschen? Sie sahen, wie er seinen Kopf bis auf wenige Zentimeter an ihr Gesicht heranbewegte. Es war wie eine Mischung aus *Cats* und Michael Jacksons Video *Thriller*. Er verharrte in dieser Position und hielt den Blick auf die unschuldige, nichts ahnende Frau gerichtet, die in ihrer Zeitschrift blätterte und sich offenbar an den jüngsten Skandalen von Prominenten erfreute. Sie benötigte wahrscheinlich weniger als eine Minute, um seine Anwesenheit rechts neben ihrem Gesicht zu spüren. Langsam drehte sie den Kopf nach rechts, bevor sie lauter als Janet Lee kreischte und von ihrem Liegestuhl aufsprang, als würde Freddy Krüger frei herumlaufen. Ihre Freunde und der Trikotmann lachten laut, aber das Opfer sah aus, als müsste sie den Arzt des Hotels aufsuchen, um sich Herztabletten geben zu lassen.

»Wenn dieses Ding auch nur in meine Nähe kommt, stoße ich es in den Pool.« Cate nahm einen energischen Schluck von ihrem Drink. »Ich meine es ernst.«

Sie beobachteten, wie der Typ auf die andere Seite des Pools ging und auf einen Mann mittleren Alters zusteuerte, der so gebräunt wie George Hamilton war. Sein nächstes Opfer hielt eine Zigarette in der Hand und unterhielt sich entspannt mit einer ebenso gebräunten Frau, die vermutlich seine Ehefrau war. Die Frau entdeckte den Trikotmann, ließ aber ihren Mann in seiner Speedo-Badehose erbarmungslos weiter an seiner Zigarette ziehen, während das Wesen sich zu seinem Gesicht vorbeugte. Cate hätte zu gerne ein Foto von der Szene geschossen, hatte aber leider ihre Kamera im Zimmer liegen gelassen.

Der Mann drückte seine Zigarette aus und wollte sich gerade umdrehen, sprang dann jedoch von seinem Liegestuhl auf, als würde ein Panzer auf ihn zurasen. Seine gerade noch gelassenen Gesichtszüge waren jetzt angstverzerrt. Seine Frau brach in lautes Gelächter aus, und der Mann spielte mit und lachte wie jemand, der gerade vor Schreck beinahe einen Herzinfarkt erlitten hätte und nur lachte, weil er feststellte, dass er nicht tot war.

»Es ist nicht zu glauben, dass das Hotel diesen Mann frei herumlaufen und den Leuten einen Riesenschrecken einjagen lässt, während sie im Urlaub sind. Warum tun sie das?«

»Ich weiß es nicht. Das ist Mexiko. Aber ich glaube, es soll dem Amüsement dienen. Um die Dinge hier rund um den Pool etwas aufzupeppen.«

»Wenn du dieses Ding in meine Nähe kommen lassen würdest, würde ich dich umbringen.«

»Mach dir keine Sorgen. Das werde ich nicht tun.«

Sie verbrachte den Rest der Zeit am Pool damit, über den Rand ihres Buchs zu spähen und alle paar Minuten einen Blick über ihre Schulter zu werfen. Die Cocktails machten sie schläfrig, aber sie hatte Angst, dass der Trikotmann sich an sie heranpirschen könnte, falls sie einschlief, oder, schlimmer noch, dass Janet angeschlichen käme.

3. Der Hochzeitsbazillus

Erzähl mir noch mal von Lance und Melanie«, bat sie, während sie sich die Lippen nachzog. Sie saß nach Indianerart auf dem Bett und bereitete sich für die Hochzeit vor. Sie hatte das Hochzeitspaar erst ein Mal getroffen, und zwar kurz nachdem sie mit Ethan zusammengekommen war. Die künftigen Kaplans waren dann nach Dallas gezogen, sodass sie sie quasi überhaupt nicht kannte. Allerdings wollte sie eigentlich gar nichts über die beiden hören. Sie fragte, um etwas über Janet zu erfahren.

»Also, ich habe Lance auf der Hotelfachschule kennengelernt, und er ist seit etwa vier Jahren mit Melanie zusammen. Melanie kommt aus Louisiana, und ihr Vater ist baptistischer Priester, und Lances Familie ist jüdisch. Wahrscheinlich haben sie einen neutralen Ort für die Hochzeit ausgewählt, weil sie bestimmt von beiden Familien ordentlich unter Druck gesetzt worden sind. Sie haben sich wohl gedacht, dass alles gut geht, wenn sie auf eine Zeremonie in Kirche oder Synagoge verzichten.«

Sie tupfte sich die Lippen ab. »Und ich wette, viele Leute kommen erst gar nicht, weil es so weit ist.«

»Ich glaube, das ist der Plan.«

»Ich bin überrascht, dass Janet hergekommen ist«, sagte sie. »Ich habe nicht gewusst, dass sie so gute Freunde sind.«

Er schüttelte den Kopf. »Sind sie auch nicht. Greg hat mir vorhin am Pool erzählt, dass sie nicht eingeladen ist. Sie ist wirklich einfach nur so zum Spaß mit ihnen gekommen. Ihr Haus ist wohl abgebrannt, und sie hat einige Probleme.«

Sie ließ den Lidschattenpinsel sinken. »Sie taucht uneingeladen bei einer Hochzeit auf?«

»Na ja, nein. Nicht unbedingt. Lance und Melanie haben Greg und Pat sicher gesagt, sie können Freundinnen mitbringen, also kommt sie nicht wirklich uneingeladen.«

»Es ist irgendwie sonderbar, dass Greg dir nichts davon erzählt hat.«

Er zuckte die Schultern, während er in seinem Koffer nach einer Hose suchte. »Wir haben uns getrennt ... Vor mehr als drei Jahren. Er weiß sicher, dass ich inzwischen darüber hinweg bin.« Er schlüpfte in seine Hose. »Sieh mal, ich möchte mich für den Rest des Wochenendes nicht so sehr auf Janet konzentrieren. Wir haben uns vor langer Zeit getrennt, und ich möchte, dass wir beide es uns gut gehen lassen. Okay?«

Sie hätte nicht so nachbohren sollen. Es war kindisch. Sie konnte jedoch nichts dagegen tun. Janet war uneingeladen zu der Hochzeit gekommen, dann warf sie sich Ethan an den Hals. Es kam ihr alles so seltsam vor.

Die Eheschließung fand auf einem weißen Balkon mit Blick auf türkisfarbene Wellen mit weißen Kämmen statt, eine romantische Umgebung. In einer Ecke war eine Chuppah, der jüdische Traubaldachin, aufgestellt worden, von deren Ecken leuchtend orangefarbene und rote tropische Blumen herunterhingen. Mit denselben frischen Blumen waren die Seiten der Stühle entlang des Gangs geschmückt. Die Luft war warm und trocken. Sie dachte daran, wie Jill gesagt hatte, dass Hochzeiten romantische Gefühle bei anderen Paaren auslösten. Falls jedoch irgendwelche Hochzeitsbazillen durch die Luft schwirrten, so gab es auch einen riesigen Frosch namens Janet, der gierig darauf wartete, sie zu verschlingen.

»Werden sie von einem Rabbiner getraut?«, fragte sie mit Blick auf die Chuppah.

Ethan schüttelte den Kopf. »Ich glaube, Melanies Dad wird es machen. Er ist schließlich Priester.«

Obwohl Ethan auch mit der Braut befreundet war, setzten sie sich auf die Seite des Bräutigams und sahen zu, wie die Gäste herbeiströmten und Platz nahmen. Cate liebte es, Leute zu beobachten, und die Gäste dieser Hochzeit enttäuschten sie nicht. Die Familien von Braut und Bräutigam hätten nicht gegensätzlicher sein können. Es war, als hätte jemand eine Linie in der Mitte des Gangs gezogen und Schilder mit Pfeilen aufgestellt, auf denen stand: »Wenn Sie auffällige Hüte tragen, schleppend sprechen und schon einmal Kekse gebacken und Soßen gemacht haben, gehören Sie auf diese Seite. Alle anderen sitzen auf der anderen Seite.« Ethan kannte fast alle Gäste. Sie winkten ihm entweder zu oder blieben stehen, um sich mit ihm zu unterhalten.

Melanies Eltern hießen Cash und Honey – Cash war die Mutter, und Honey war der Vater.

»Darlin', Sie sind so süß wie ein neugeborenes Schweinchen.« Aufgrund des freundlichen Tonfalls von Cash Hails und der Art und Weise, wie sie sie am Kinn berührte, kam Cate zu dem Schluss, dass es sich um ein Kompliment handeln musste. »Und Sie sind ein dünnes kleines Ding!« Cash warf den Kopf zurück und lachte. »Ich habe Honey auf dem Weg von Cancun hierher gesagt, dass ich dieses Wochenende auf Diät bin.« Sie machte eine Pause. »Ich habe mich für die *All-you-can-eat*-Diät entschieden. Also muss ich zusehen, mir so viele Kalorien und so viel Fett wie möglich zuzuführen. Sie können mitmachen, wenn Sie möchten. Es gibt keine Verlierer! Diese Diät beschert jedem ein Erfolgsgefühl.«

Ihr dröhnendes Lachen war so ansteckend, dass Cate einfach einstimmen musste. »Ich befürchte, dass ich eine solche Diät ohnehin schon jeden Tag mache.«

»Ich habe mich bemüht, vor der Hochzeit abzunehmen, musste aber irgendwann einsehen, dass es keinen Zweck hat.«

In diesem Moment setzte die Musik ein, eine Mariachi-Band spielte auf. »Nun, ich glaube, das ist mein Stichwort«, sagte Cash, als der Klang von spanischen Jagdhörnern die Luft erfüllte. »Jetzt muss ich mein Baby weggeben.« Sie zog ein Taschentuch hervor und tupfte sich ein paar Tränen weg, während sie davonwatschelte.

Cate erinnerte sich, dass Melanie, die nun mit ihren Eltern zu den Klängen von *Guantanamera* den Gang entlanggeschritten kam, mit einem leichten Akzent sprach. Allerdings merkte man ihr ihre Herkunft aus den Südstaaten definitiv nicht so furchtbar stark wie dem Rest ihrer Familie an.

Die Brautjungfern trugen alle lange silberfarbene Abendkleider und Flipflops. Melanie begann zu weinen, als sie Lance erblickte, und die Wimperntusche lief ihr wie eine schwarze Spur die Wangen hinunter.

Cate saß neben Lances Cousin Gil, der es nicht für nötig hielt, auch nur ein Mal von seinem Handy aufzublicken. Er verschickte die ganze Zeit SMS-Nachrichten. Die Zeremonie war schön, aber trotzdem wünschte sie sich ihr Ende herbei. Alle fünf Sekunden spürte sie etwas auf ihren Waden und ihren Armen herumkrabbeln. Kleine Füße kitzelten sie im Nacken. Der Balkon war von Stechmücken bevölkert. Statt der fruchtigen Körperlotion, die die Insekten anscheinend liebten, hätte sie besser eine Schicht Insektenschutzspray aufgetragen. Wenn sie sich mit der Trauzeremonie nicht beeilten, würde sie wahrscheinlich mit dem West-Nil-Virus infiziert sein, noch bevor der Empfang vorbei war. Sie war nicht das einzige Mückenopfer. Alle zwei Sekunden hörte sie, wie Leute sich auf die Arme schlugen oder angewidert stöhnten, wenn sie sich die Insekten vom Körper pflückten.

Lance hatte sein Gelübde selbst geschrieben, und als er es vorlas, blieb bei den Zuschauern kein Auge trocken. »Du bist die Liebe meines Lebens, und worauf ich mich am meisten freue, ist, jeden Morgen neben dir aufzuwachen und deine Grübchen zu sehen«, sagte er. »Ich weiß, dass ich alles durchstehen kann, wenn ich dich an meiner Seite habe.«

Ethan griff nach Cates Hand. Als sie ihn ansah, flüsterte er: »Ich liebe dich.« Gott sei Dank wurde er von etwas anderem als den Moskitos gebissen.

Der Empfang fand unter einem spanischen Motto statt. Neben jedem Gedeck lagen ein Sombrero und ein Paar Maracas, und die Mariachi-Band sorgte für die Musik. Nachdem sie ihren Tisch gefunden hatten, stieg leichter Ärger in ihr auf, als sie Janet bemerkte, die neben *einem* leeren Platz saß. Sie brauchten zwei Stühle – einen für Cate und einen für Ethan. Wegen Janet hatten sie einen Stuhl zu wenig. Zunächst einmal sollte sie überhaupt nicht bei der Hochzeit sein, und dann hatte sie ihnen noch einen Platz weggenommen. Janet war sich ihrer schlechten Manieren offenkundig noch nicht einmal bewusst und setzte den Sombrero auf, der für einen von ihnen beiden bestimmt war. »Oh-oh«, machte sie. »Es sieht so aus, als hätten sie nicht genug Stühle an unseren Tisch gestellt.« Sie schwenkte ihre Maracas.

Cate hätte nur zu gerne ihre Platzkarte hochgehalten, auf der *Cate Padgett, Tisch 15* stand und sie gefragt, ob sie auch eine habe. Dann wurde ihr klar, dass Janets unhöfliches Benehmen ziemlich traurig und peinlich war. Offensichtlich hatte ihr niemand Manieren beigebracht, und ihr Mangel an Taktgefühl war bedauernswert.

Ethan legte Cate eine Hand auf die Schulter. »Du bleibst hier. Ich suche uns noch einen Stuhl.«

Es kam Cate wie eine Ewigkeit vor, neben dem Tisch stehen und auf Ethans Rückkehr warten zu müssen. Als die erste Tischrede gehalten wurde, setzte sie sich auf den einzigen leeren Stuhl, um niemandem die Sicht zu versperren. Endlich kehrte Ethan mit einem Kellnerlehrling zurück, der einen Klappstuhl trug.

»Könnten Sie sich beeilen? Ich verpasse die ganze verdammte Rede!«, rief jemand, während sie sich an den überfüllten Tisch quetschten.

Diesem Kommentar folgte ein lautes und genervtes: »Schhhhh!« von hinten.

Der Klappstuhl war niedriger als die anderen, und als Ethan sich setzte, sah es aus, als würde er auf dem Boden sitzen. Ausnahmsweise hatte Cate, die jetzt zwischen Ethan und Janet saß, das Gefühl, größer als er zu sein.

Sobald die Rede zu Ende war, beugte sich Janet über Cate hinweg, sodass sie gezwungen war, sich zurückzulehnen, um nicht von dem Sombrero getroffen zu werden, den Janet ihnen gestohlen hatte. »Was hast du so gemacht?«, fragte Janet Ethan.

»Ich war hauptsächlich mit meinem Catering-Unternehmen beschäftigt und …« Er sah Cate an, lächelte und fügte hinzu: »… und mit Cate.«

»Ich habe immer schon gewusst, dass du eines Tages ein eigenes Unternehmen gründen würdest«, sagte Janet. »Ich bin so stolz auf dich.«

»Danke. Hör mal, das mit deinem Haus tut mir wirklich leid.«

Cate sah, dass Janet eine Träne die Wange hinunterkullerte. »Na ja, es war wirklich hart. Aber jetzt geht es mir wieder besser. Ich glaube, ich werde nach San Diego ziehen.«

Cate spuckte beinahe den Schluck Margarita, den sie gerade im Mund hatte, auf den Tisch.

»Es ist noch nichts fest, aber ich habe nächste Woche Bewerbergespräche in einigen Restaurants.«

»Super. Sag mir Bescheid, falls du Hilfe brauchst.«

Cate hatte Mitleid mir ihr, aber gleichzeitig bereitete ihr irgendetwas an Janet Unbehagen. Vielleicht war es, weil sie keinerlei Notiz von Cate genommen hatte, seit sie sich gesetzt hatten. Stattdessen tat sie so, als wäre Cate überhaupt nicht da, beugte sich an ihr vorbei und tätschelte Ethan jedes Mal den Arm, wenn er etwas Lustiges sagte.

Zum Glück fand der erste Tanz früher als erwartet statt, und ihr unablässiges Geplapper wurde unterbrochen. Alle beobachteten, wie Melanie und Lance die Tanzfläche betraten. Sie sahen so verliebt aus und blickten sich die ganze Zeit in die Augen. Cate machte einen Haufen Fotos von dem glücklichen Paar. Wenn sie gut waren, würde sie sie Lance und Melanie zuschicken. Es könnte ihnen vielleicht Geld für den Fotografen sparen.

»Sind sie nicht das süßeste Paar aller Zeiten?« Janet blickte Ethan an.

Cate war noch nie an einem Ort gewesen, an dem Kellner Margaritas wie Wasser aus Krügen ausschenkten. Sie aßen Enchiladas und Salat. Einen kurzen Moment lang überlegte sie, ob sie den Salat essen sollte. Sie waren schließlich in Mexiko, und man wusste nicht, in welchem Wasser er gewaschen worden war. Aber dann sagte sie sich, dass sie sich schließlich in einem Fünfsternehotel befanden.

In den folgenden Stunden machte das Hochzeitsfest einen Wahnsinnsspaß. Sie tanzten zu der Mariachi-Musik und schüttelten ihre Maracas. Cate hatte das Gefühl, dass Janet sie die ganze Zeit mit frostigem Blick beobachtete. Einige Male hatte Ethan sie über die Tanzfläche gewirbelt, und sie hatte Janet dabei ertappt, wie sie sie mit schmalen Augen beobachtete.

Nach der Feier hakten sie sich unter und unternahmen einen ausgedehnten Spaziergang durch die Hotelanlage. Die Luft war feucht und warm, und sie spürte, dass sich ihr Haar kräuselte, aber es war ihr egal. Natürlich hätte sie lieber glattes, glänzendes Haar, wenn sie mit ihm zusammen war, aber sie waren inzwischen so vertraut miteinander, dass er sie oft genug mit krausem Haar gesehen hatte. Sie war sich ziemlich sicher, dass er davon nicht abgetörnt wurde.

»Ich hab mich heute Abend gut amüsiert«, meinte er. »Ich bin richtig froh für Lance und Melanie.«

»Ja, ich auch. Sie wirken wirklich so glücklich. Das passiert einem nur, wenn man die wahre Liebe findet. Es ist verblüffend.« Er blieb stehen, um sie zu küssen. »Ich liebe dich.«

»Ich liebe dich auch.« Seine Hände legten sich warm um ihr Gesicht, und als sie sich wieder küssten, spürte sie, wie ihr am ganzen Körper warm wurde. Sie konnten auf dem Weg zurück zu ihrem Hotelzimmer kaum die Finger voneinander lassen. Als sie sich in der Dunkelheit gegenseitig auszogen, lächelte sie. Er war tatsächlich vom Hochzeitsbazillus angesteckt worden.

4. Angesteckt

Mitten in der Nacht wachte sie auf und stellte fest, dass ihr speiübel war. Schlaftrunken versuchte sie das Bedürfnis, sich zu übergeben, zu ignorieren. Sie sollte einfach weiterschlafen, dann würde es schon vergehen. Also gab sie sich alle Mühe, wieder einzuschlafen. Als sie dem Unvermeidlichen dann aber doch keinen Widerstand mehr leisten konnte, sprang sie aus dem Bett, lief ins Bad und übergab sich. Sie hatte gewusst, dass sie dem Salat nicht hätte trauen dürfen, selbst wenn sie sich in einem Fünfsternehotel befanden. Es war die älteste Regel – iss in Mexiko niemals ungekochtes Obst oder Gemüse – und sie hätte sich besser daran gehalten. Kalter Schweiß drang ihr aus allen Poren, bevor sie sich wieder erbrach. Verdammt. Warum musste das bloß passieren? Im Urlaub?

Ihr Bauch zog sich wie eine Schlange zusammen, und ihre Kehle brannte, als sie schon wieder würgen musste. Sie fragte sich gerade, ob sie wohl das ganze Hotel aufweckte, als sie Ethans Stimme hinter sich hörte.

»Bist du okay, Catie?« Er hockte sich hinter sie und rieb ihr den Rücken auf dieselbe Art und Weise, wie ihre Mutter es früher getan hatte, als sie noch ein Kind war. Sie hatte sich nach dem Sex, den sie zuvor gehabt hatten, nicht die Mühe gemacht, sich anzuziehen, und saß jetzt nackt neben der Toilette.

Sie schüttelte den Kopf, und als sie ihm einen Blick zuwarf, bemerkte sie, dass er ebenfalls nichts anhatte. Sie hatte Angst, dass sie Tränen der Enttäuschung vergießen würde, sobald sie den Mund öffnete, um etwas zu sagen. Es war nicht vorgesehen, dass sie in ihrem Urlaub krank wurde. Das sollte während der Arbeitszeit passieren.

Er reichte ihr ein Handtuch.

»Wie spät ist es?«, wollte sie wissen.

»Halb fünf.«

»Du kannst wieder ins Bett gehen.« Sie erwartete nicht von ihm, die ganze Nacht mit ihr auf dem Badezimmerboden zu sitzen, während sie nackt vor sich hinkotzte. Sie standen sich zwar sehr nahe, aber sie wollte wirklich nicht, dass er ihr zusah, wie sie mit ihrer hochsteigenden Magensäure kämpfte.

»Meinst du, du kannst ein bisschen Wasser trinken?«, fragte er.

»Nein, ich glaube nicht, aber vielleicht sollte ich mir den Mund ausspülen.« Der bittere Geschmack machte ihre Übelkeit nämlich noch unerträglicher. Hinzu kam, dass ihr ganzer Körper juckte. Sie war von Kopf bis Fuß mit Mückenstichen übersät.

»Hast du keine Mückenstiche?«, fragte sie.

Er streckte seinen Arm aus. »Nur diesen einen.« Er hatte die Größe eines Sonnenblumenkerns. »Auweia!«, rief er aus, als er ihre Arme und Beine genauer betrachtete. »Du bist ja voll davon!«

»Stimmt. Ich glaube, sie haben den süßen Geschmack meiner Körperlotion gemocht.«

»Sobald die Geschäfte öffnen, gehe ich in den Ort und hole dir etwas aus der Apotheke.«

Er füllte ein Glas mit Wasser, dann half er ihr auf die Beine.

Sie spülte sich den Mund mit dem Wasser aus, bevor sie es ins Waschbecken spuckte. »Ich fühle mich tatsächlich ein bisschen besser.«

Er half ihr ins Bett zurück.

Nachdem sie sich einige Zeit hin- und hergewälzt hatte, fiel sie in einen leichten Halbschlaf. Sie träumte, Ethan hätte ihr einen Heiratsantrag gemacht. Der Ring war in der Weite regulierbar, wie die Ringe aus einem Kaugummiautomaten. Statt eines Diamanten ruhte ein winziger Golfball aus Plastik in der Fassung.

Als sie aufwachte, war ihr wieder übel, und wieder rannte sie ins Bad. Ihr Körper bebte, als sie wieder nichts als Magensäure hochwürgte.

Als sie ins Schlafzimmer zurückkehrte, zog Ethan sich gerade ein T-Shirt über. »Es ist zehn«, sagte er. »Die Apotheke hat inzwischen bestimmt geöffnet. Ich gehe in den Ort und sehe, ob ich etwas für dich besorgen kann.«

Es kam ihr vor, als wäre er eine Ewigkeit weg, und sie fühlte sich zu krank, um zu lesen. Drei der fünf Fernsehsender waren Nachrichtenkanäle, die anderen beiden spanisch, also guckte sie CNN. Die Mückenstiche an ihren Knöcheln juckten am meisten, und sie kratzte sich dort mit ihren Fußnägeln. Ihr war klar, dass sie nicht nachgeben und sich kratzen sollte, aber sie konnte der vorübergehenden Erleichterung nicht widerstehen.

Sie betrachtete ihre Kameratasche, die auf der Kommode stand. Als sie an die vielen unbenutzten Filme und die Zeit dachte, die sie im Hotelzimmer verschwendete, fühlte sie sich völlig hilflos. Sie sollten draußen sein, die Gegend erkunden, mit den Verkäufern in der Stadt feilschen oder die Fähre zur Insel Cozumel nehmen, statt im Hotelzimmer dahinzusiechen. Sie konnte nichts tun, um ihren Zustand zu verbessern, und hoffte, dass Ethan wirksame Medikamente in der Apotheke bekommen würde.

Endlich kam er mit einer Riesenflasche Gatorade und einer Plastiktüte zurück. »Geht's dir besser?«, fragte er.

Sie schüttelte den Kopf.

Sie bemerkte, dass aus der Tüte etwas Stoffartiges heraushing. »Was hast du gekauft?«

»Na ja, ich bin auf dem Weg zur Apotheke an ein paar Geschäften vorbeigekommen, und ich dachte, wenn wir schon in Mexiko sind, brauchst du ein mexikanisches Hemd.« Er zog eine weite weiße Bluse mit orangefarbenen und roten Blumen auf der Vorderseite aus der Tasche. Sie war wunderschön.

»Oh, die gefällt mir sehr«, meinte sie. »Sie ist entzückend.«

»Sie hatten keine Männerhemden, aber wenn wir nächstes Mal in die Stadt gehen, müssen wir auch für mich etwas Spanisches suchen. Ich bin in der Apotheke gewesen, und der Apotheker meinte, er könnte mir Tabletten geben, aber wahrscheinlich würdest du sie bloß wieder erbrechen. Er hat gesagt, du bräuchtest eine Spritze. Er hat mich gefragt, ob ich sie dir setzen könnte …« Er lachte. »Natürlich habe ich Nein gesagt. Also hat er mir vorgeschlagen, dich in die Apotheke zu bringen, damit er dir die Spritze geben kann, oder den Hotelarzt zu rufen. Ich wollte wirklich nicht, dass dieser Typ dir eine Spritze gibt, und deshalb kommt in zehn Minuten der Hotelarzt.«

»Glaubst du, es ist sicher, sich in Mexiko eine Spritze geben zu lassen?«

Er erinnerte sie daran, dass sie sich in einem Fünfsternehotel befanden und nicht vorhatten, einen Schamanen mitten im Dschungel aufzusuchen.

Während sie auf den Arzt warteten, rieb er ihr jeden einzelnen Mückenstich mit einer lindernden Salbe ein. Tatsächlich tauchte zehn Minuten später der Arzt auf. Er hatte einen kleinen Koffer dabei und trug eine frisch gebügelte Khakihose, ein Golfhemd und eine Rolexuhr.

»Berichten Sie mir von Ihren Symptomen«, forderte er sie in perfektem Englisch auf.

Sie erklärte, was passiert war. »Ich muss Ihnen eine Spritze geben. Tabletten würden Sie bloß wieder erbrechen.«

»Okay.« Sie setzte sich im Bett auf.

Es entstand eine peinliche Pause, und der Arzt runzelte die Stirn. »Äh, dann drehen Sie sich bitte um.«

»Oh«, sagte sie, als sie plötzlich verstand, wohin er die Nadel stechen würde. Sie rollte sich auf den Bauch und zog ihre Shorts herunter.

Sie hätte es nie für möglich gehalten, dass sie sich Ethan noch näher fühlen könnte, doch als sie mit ihrem weißen Hintern dort lag, der die Decke angrinste, und Dr. Carlos mit seiner Spritze über sie gebeugt stand, hatte sie das Gefühl, eine neue Ebene der Intimität mit ihrem Freund erreicht zu haben. Sie hoffte, dass er seine Meinung nicht ändern würde, sollte er vorgehabt haben, ihr auf dieser Reise einen Antrag zu machen.

Der Arzt riet ihr, für den Rest des Tags die Sonne zu meiden und viel zu trinken. »Morgen können Sie wieder an den Strand gehen. Ich bin sicher, dass es Ihnen bis dahin viel besser gehen wird.«

Ethan bezahlte den Arzt, und sie hoffte, dass das Mittel, um was auch immer es sich dabei gehandelt hatte, Wunder wirken würde und ihr ihren Appetit und den Durst auf Alkohol zurückbringen würde, damit sie die freien Getränke und das Essen, mit dem sie sich eigentlich vollstopfen sollten, auskosten konnte.

»Du kannst ruhig an den Strand gehen«, meinte Cate, sobald der Arzt gegangen war. »Ich erwarte nicht von dir, dass du den ganzen Tag mit mir in diesem Zimmer herumsitzt.«

»Nein. Ich bleibe hier.«

Er blieb den ganzen Tag bei ihr. Ein einziges Mal ließ er sie allein, und das auch nur, um weißen Reis und Bananen für sie aufzutreiben. Sie musste ihre gesamte Willenskraft aufbringen, um zu essen, aber ihr war klar, dass sie ein paar Bissen zu sich nehmen musste, um wieder zu Kräften zu kommen. Sie lagen den ganzen Tag herum, sprachen über die Hochzeit vom Vortag und spielten Karten. Sie brachte ihm bei, Poker zu spielen, und bei Sonnenuntergang war er ein Profi. Als sie schlafen gingen, fühlte sie sich ein bisschen besser und kuschelte sich an seinen warmen Körper. Als sie in den Schlaf glitt, fand sie überhaupt nicht, dass der Tag verschwendet gewesen war.

5. Die Invasion

Am folgenden Morgen fühlte sie sich viel besser. Ihr Appetit war zwar noch nicht zurückgekehrt, und sie war immer noch schwach, aber dennoch durchaus bereit, Sonne zu tanken. Sie gingen zu zwei freien Liegestühlen am Pool und ließen sich dort nieder. »Also«, meinte Ethan. »Ich stelle folgenden Antrag.«

Beim Wort *Antrag* spitzte sie die Ohren. »Ich beantrage, dass wir heute den ganzen Tag faulenzen. Wenn du dich fit genug fühlst, können wir morgen vielleicht etwas nicht so Anstrengendes unternehmen, zum Beispiel ein bisschen schnorcheln. Bevor wir zurückfliegen, bleiben uns ja noch ein paar Stunden.«

»Das klingt gut.« Sie dachte noch immer darüber nach, in welchem Sinn er das Wort *Antrag* gerade benutzt hatte. Dann realisierte sie, dass er es an diesem Wochenende in dem von ihr erhofften Sinn nicht mehr benutzen würde. Eine Lebensmittelvergiftung. Ethans Exfreundin, die sie mit Argusaugen beobachtete. Es waren nicht gerade ideale Bedingungen für *den perfekten Heiratsantrag*. Sie überlegte, wann er sie wohl endlich fragen würde. Obwohl sie eine Broschüre gefunden hatte und er vom Hochzeitsbazillus angesteckt worden war, hatte sie wirklich keine Ahnung. Es konnte noch Monate dauern – vielleicht sogar Jahre. Sie wusste, dass er mit ihr zusammen sein wollte. Sie hatten sich darüber unterhalten, wie viele Kinder sie haben und wo sie ihr Traumhaus bauen wollten, aber sie hatten noch nie darüber gesprochen, wann ihre Beziehung eine dauerhafte Form annehmen könnte.

»Ich glaube, ich gehe mal zur Bar«, sagte Ethan. »Möchtest du etwas haben?«

»Nur Wasser.« All ihre Freunde hatten über die Vorteile eines All-Inclusive-Hotels geschwärmt. Beschreibungen über einen ständigen Nachschub an Margaritas und eine Dauerzufuhr von Nachos hatten ihre Vorfreude genährt. Wirklich toll, ihr Magen fühlte sich wie ein Wirbelsturm an, während sie die Gelegenheit verpasste, diesen Luxus zu genießen.

Statt sich mit Ethan zu betrinken, beschloss sie, vom Pool aus Fotos von der Aussicht zu machen. Sie konnte das Meer sehen, auf dem Parasailer und Wasserskifahrer wie bunte Pünktchen leuchteten. Sie machte Schnappschüsse von den mexikanischen Händlern, die rund um die Bar Schmuck und Töpferwaren feilboten. Auch tropische Vögel, einen Leguan und einige interessante Europäer hielt sie in Bildern fest.

Nachdem sie eine Menge Bilder geschossen hatte, ging sie zu ihrer Liege zurück und rieb sich die Arme mit Sunblocker ein. Ethan war noch mal zur Bar gegangen, sodass sie auf seine Rückkehr warten musste, damit er ihr ein zweites Mal den Rücken eincremen konnte. Während sie die Sonnencreme auf ihrem Körper verteilte, fiel es ihr schwer, nicht an den Mückenstichen zu kratzen. Einige Stiche waren so angeschwollen, dass ihre dünnen Arme an manchen Stellen fett wirkten.

»O mein Gott! Was ist denn mit dir passiert?« Janets vollkommen glatte lange Beine begrüßten sie. Cate war ziemlich dünn, aber sie hatte sich noch nie wohl dabei gefühlt, in der Öffentlichkeit im Bikini herumzuhüpfen. Wenn sie aufstand, um zur Toilette zu gehen oder sich etwas zu trinken zu holen, zog sie sich immer ihre Shorts und ein T-Shirt über. Janet trug bloß ihren Bikini und Flipflops.

»Ich bin während der Hochzeit gestochen worden«, antwortete Cate. »Bist du nicht von den Stechmücken erwischt worden?«

»Ich? Nein. Nicht ein Mal.«

Typisch!

»Sitzt hier jemand?« Sie zeigte auf den leeren Liegestuhl neben Cate.

Vielleicht sollte sie lügen und sagen, er wäre besetzt. »Nein. Ich glaube nicht, dass dort jemand sitzt.«

Sie sah zu, wie Janet ihr Handtuch auf der Liege ausbreitete. Ihr kleines Hinterteil war offensichtlich noch nie mit Cellulitis in Berührung gekommen. »Ich habe von deiner Lebensmittelvergiftung gehört«, meinte Janet. »Wir haben Ethan gestern in der Lobby getroffen, als er von der Apotheke zurückkam.«

Seltsam, Ethan hatte nicht erwähnt, ihnen begegnet zu sein.

»Es war nicht besonders angenehm, aber heute geht es mir schon viel besser.«

Janet rieb sich Sonnenöl mit Lichtschutzfaktor 2 auf die Beine. »Das ist das Schlimmste. Sich vor seinem Freund zu übergeben und Durchfall zu haben«, sagte sie. »Wirklich nicht besonders schmeichelhaft.«

»Wir sind sehr vertraut miteinander. Ich musste ihn sogar einmal baden, als er zu viel getrunken hatte.«

In Janets Augen blitzte kurz Frustration auf. Wenn Cate gerade gezwinkert hätte, wäre ihr der verdrießliche Gesichtsausdruck entgangen. »Na ja, und du kennst Ethan ja. Er ist der Beste. Ich meine, der Typ ist so ein guter Fang. Wirklich sehr erfahren im …« Sie kicherte. »Oh, was denke ich mir eigentlich? Davon willst du sicher nichts hören.«

Nein, sie wollte definitiv nichts davon hören, für wie erfahren Janet Ethan im Bett hielt. Was für eine Idiotin. Nach dieser Bemerkung beschloss sie, ein Nickerchen zu machen. Vielleicht würde Janet verschwinden, wenn sie die Augen schloss.

Sie träumte, dass sie nach San Diego zurückkehrte. Grease freute sich, sie zu sehen, und in ihrer Wohnung hingen neue blaue Vorhänge. Als sie ihren Koffer öffnete, sprang Janet heraus.

»Hallo, Leute. Ich habe beschlossen, mit euch zurückzukommen«, sagte sie.

Cate wollte sie gerade in den Koffer zurückstopfen und ihn dann nach Serbien verschicken, als sie von einem markerschütternden Schrei aufgeweckt wurde. Als sie die Augen öffnete, sprang ein dunkler Schatten über sie. Ethan stürzte sich über ihre Liege. Sie drehte sich um, um herauszufinden, wohin er rannte. Dort war Janet und schrie, als wäre ein Axtmörder hinter ihr her. Cate sah, wie sie wild auf den Trikotmann einschlug, ihm die Ohren vom Kopf riss und ihn dann auch noch mit einem heftigen Tritt auf die Knie zwang.

Auf dem Boden wirkte er gar nicht mehr so bedrohlich. Er sah sogar ziemlich mickrig aus. Er saß einen Moment auf der Erde und versuchte zu begreifen, was geschehen war. Von seinem Gesicht tropfte etwas, das wie Bier aussah, und seine Bemalung war an den Stellen verwischt, wo ihre Faust ihn getroffen hatte. Er hob seine Ohren auf und lief davon.

»Bist du in Ordnung?«, fragte Ethan.

Tränen der Hysterie strömten aus Janets Augen. »Nein, ich bin nicht in Ordnung. Ich bin zu Tode erschrocken.« Sie sank an seine Brust.

Er zögerte einen Moment, bevor er die Arme um sie legte. »Es ist alles okay«, sagte er. »Er ist weg.«

Sie weinte noch heftiger und lehnte den Kopf an seine Schulter. »Oh, Ethan, er hat mich zu Tode erschreckt. Ich habe noch nie so etwas gesehen.«

So unheimlich war es auch wieder nicht gewesen. Cate hatte im Disneyland unheimlichere Dinge gesehen.

Er streichelte ihr den Kopf. »Psssst. Jetzt ist alles wieder okay. Er ist ja weg.«

»Oh, Ethan, du bist der Größte!« Dann küsste sie ihn auf die Wange.

»Sie hat dich geküsst«, sagte Cate und warf ihre Kleider in den Koffer.

»Ach, komm schon. Bloß auf die Wange.« Er legte ein paar Shorts zusammen.

»Ethan, du bist so naiv, wenn du das für harmlos hältst.«

»Ernsthaft, sie ist einfach bloß ein sehr emotionaler Mensch. Ich bin sicher, sie hat es nicht böse gemeint.«

Sie konnte das Bild, wie Janet sein Gesicht mit ihren langen Fingern umschloss, als sie ihn küsste, die Art und Weise, wie sie die Augen geschlossen hatte, als ihre Lippen seine Haut berührten, unmöglich vergessen. Es war kein unschuldiger Kuss gewesen. Er hatte sinnlich gewirkt, und es machte sie verrückt, daran zu denken, was Janet sich anmaßte. Offensichtlich hatte sie keinen Respekt vor Cate. Je länger Cate über Janets Unverfrorenheit nachdachte, desto mehr ärgerte sie sich.

Sie wollte Ethan gerade sagen, dass sie Janet während des gesamten Wochenendes nicht ein einziges Mal irgendjemanden hatte küssen sehen, als ihr plötzlich etwas klar wurde. Wahrscheinlich feierte Janet just in diesem Augenblick ihren Erfolg mit einem Cocktail und schmiedete dabei schon den nächsten Plan, wie sie vor seinen Augen die Jungfrau in Nöten spielen konnte. Wenn sie wüsste, dass sie sich gerade stritten, wäre sie sicher vollkommen aus dem Häuschen vor Begeisterung. Sie hatten nur noch einen einzigen Abend, und den würde sie sich auf keinen Fall von Janet verderben lassen.

6. Du siehst es, du siehst es nicht

Sie hatten sich an ihren direkt am Meer stehenden Bungalow und das immer zu hörende Geräusch der sich überschlagenden Wellen gewöhnt. Nach San Diego zurückzukehren war, wie nach einem guten Kinofilm wieder in die Realität katapultiert zu werden. Mit dem kleinen Unterschied, dass sie nach ihrem Urlaub wahrscheinlich ein bisschen länger brauchen würden, um sich wieder an ihren normalen Alltag zu gewöhnen.

Ihre Wohnung war dunkel und roch nach Katzenklo. »Grease!«, rief sie. Gewöhnlich sprang er ihr schon an der Wohnungstür entgegen. Sie schaltete das Licht ein und fand ihn auf der Rückenlehne der Couch sitzend. Er gähnte und sah sie aus zusammengekniffenen Augen an.

»Grease!«, rief sie. »Komm her, mein Kleiner. Ich bin wieder zu Hause!« Statt auf sie zuzulaufen, wie er es sonst immer tat, wenn sie nach Hause kam, reckte er seinen weißen Schwanz in die Höhe, sprang von der Couch und stolzierte in die entgegengesetzte Richtung.

»Er ist sauer auf mich«, stellte sie fest. »Weil ich ihn allein gelassen habe.«

»Er wird darüber wegkommen.« Ethan ging hinter ihm her. »Komm her, Grease.« Grease trottete weg.

»Sobald ich ein eigene Wohnung habe, möchte ich einen Hund haben«, erklärte er einen Moment später.

Ein eigene Wohnung? Es klang, als habe er vor, seine Wohngemeinschaft zu verlassen, um allein zu wohnen. Sie konnte es nicht lassen, Kommentare wie diesen zu analysieren. Offensichtlich dachte er nicht daran, in naher Zukunft mit ihr zusammen eine Wohnung oder ein Haus zu suchen, wenn er von einer *eigenen* Wohnung sprach. Seine Bemerkung war nebensächlich, und wahrscheinlich interpretierte sie viel zu viel hinein. Manchmal fand sie, dass er schwer zu verstehen war. Gerade noch hatte sie geglaubt, der Hochzeitsbazillus hätte ihn erwischt, und jetzt redete er davon, allein wohnen zu wollen. Sie war zu müde, um dieses Thema mit ihm zu diskutieren, und beschloss, stattdessen lieber ihre Nachrichten auf dem Anrufbeantworter abzuhören.

»Ruf mich an, sobald du nach Hause kommst.« Das war Jill. »Hat er es getan?«

Sie drückte auf Löschen.

Die nächste Nachricht war von Beth. »Dam dam da da!« Sie sang sehr falsch »Hier kommt die Braut.« »Und? Hat er es getan? Ich bin bloß neugierig. Ruf mich an. Tschüss.« Sie hatte sich offensichtlich mit Jill unterhalten.

Sie würden beide schrecklich enttäuscht sein, wenn sie ihnen erzählte, dass sie in ihrem Urlaub bloß eine Spritze in den Hintern bekommen hatte. Sie nahm sich vor, niemals Freunde, die noch nicht verlobt waren, danach zu fragen, ob es denn nun endlich so weit sei. Sie beschloss, ihre Freundinnen am nächsten Morgen anzurufen, wenn Ethan weg sein würde. Sie fühlte sich, als hätte sie zehn Tage im Flugzeug verbracht, und steuerte auf das Badezimmer zu, um heiß zu duschen.

»Ach du heilige Scheiße!«, entfuhr es ihr, als sie ihren Duschvorhang sah.

»Ich weiß!«, rief Ethan. »Ich hab es schon gesehen.«

Mitten im Vorhang war ein Loch von der Größe eines Strandlakens, und Krallenspuren zierten den Teil, der noch übrig geblieben war. Sie würde baden müssen, bis sie den Vorhang ersetzt hatte. Sonst würde sie nämlich ihr kleines Bad unter Wasser setzen. Sie wusch sich das Gesicht über dem Waschbecken, und als sie ins

Schlafzimmer zurückkehrte, saß Ethan immer noch vollständig bekleidet auf der Bettkante. Seltsam, dass er sich nicht ausgezogen hatte, nicht unter ihrer Bettdecke lag und die Fernbedienung in der Hand hielt. Sie hatte erwartet, ihn in eine Folge von *Starköche* oder *Monster House* vertieft anzutreffen. Grease saß zu Ethans Füßen und kratzte sich mit der Hinterpfote am Hals.

»Was machst du da?«, wollte Cate wissen.

»Nichts. Bloß auf dich warten.«

Sie blickte auf seine Füße. Er trug noch seine Schuhe.

»Okay. Schläfst du heute Nacht hier?«

»Yeah.«

»Willst du dich fertig fürs Bett machen?«

»Ja, mache ich.« Sie war zu müde, um sich Gedanken zu machen, warum er sich so merkwürdig benahm. Sie wollte sich gerade ihren Pyjama holen, als ihr auffiel, dass Grease sich noch immer am Hals kratzte. Sie fuhr für ein paar Tage weg, und er bekam Flöhe? Dann erinnerte sie sich an diesen Typen, mit dem Jill hin und wieder geschlafen hatte, und an seinen Dobermann. Es sähe ihr nicht ähnlich, aber vielleicht hatte sie den Hund mit in die Wohnung gebracht. Sie nahm ihn manchmal zum Joggen mit.

»Komm her, Grease.« Sie bückte sich und hob ihn hoch. Sie durchkämmte mit ihren Fingern das Fell in seinem Nacken. Er wand sich in ihren Armen, sprang dann herunter und lief aus dem Zimmer.

»Ich bin völlig erschöpft«, erklärte sie. Sie hatte einen Pickel auf der Stirn, der wie eine rote Ampel leuchtete, aber sie war nicht in der Stimmung, ihn mit einem Abdeckstift zu behandeln. Sie schlüpfte in ihre bequemste Pyjamahose und ein übergroßes T-Shirt und beschloss, sich morgen um Greases Flöhe zu kümmern.

»Ich habe Hunger«, sagte Ethan. Er saß immer noch auf der Bettkante.

»Ich auch, aber es ist nichts im Haus, und ich weiß nicht, wo wir um diese Uhrzeit noch etwas holen könnten.«

Er blieb weiterhin sitzen.

»Du könntest zum Supermarkt 7-Eleven gehen«, schlug sie vor.

»Soll ich einen Film ausleihen? Einen aus dem Pay-TV-Sender? Heute läuft dieser Film mit Brad Pitt, den du immer schon sehen wolltest.«

Was stimmte bloß nicht mit ihm? Erstens wollte er normalerweise nie Filme mit Brad Pitt sehen, und zweitens hatten sie gerade eine Reise von fast zwölf Stunden hinter sich. Vielleicht war er einfach nur traurig, dass ihr Urlaub vorbei war, und versuchte, das Ende hinauszuzögern.

Grease tauchte wieder auf und sprang aufs Bett. Er schnüffelte an der Ecke ihrer Bettdecke, dann begann er sich am Nacken zu kratzen, diesmal mit dem Hinterbein. Vielleicht war sein Halsband zu eng. Irgendetwas stimmte nicht. Wenn er sich so komisch kratzte, konnten es keine Flöhe sein. Ein Büschel weißes Fell schwebte in der Luft, als er noch heftiger kratzte.

»Ethan, hast du gemerkt, wie Grease sich kratzt, seit wir wieder zu Hause sind? Ich glaube, sein Halsband ist zu eng.«

Er schüttelte den Kopf.

Grease kniff die Augen zusammen und legte die Ohren an, als sie ihn hochhob. Er sah absolut kläglich aus, und sie fragte sich, ob ein Stück des Duschvorhangs hinter sein Halsband geraten war. Er krümmte sich und versuchte, sich aus ihren Armen zu winden. Sie spürte, wie sich seine Krallen in ihre Arme bohrten, als sie ihn umklammerte. Sein Körper war steif und angespannt, als wollte er jeden Augenblick vom Bett runterspringen und untertauchen.

»Grease, halt doch still, Baby. Ich sorge dafür, dass es dir wieder besser geht.« Er versuchte, sich aus dem Staub zu machen, aber es gelang ihr, ihn festzuhalten. Sie griff nach seinem Halsband und drehte es, damit sie die Schnalle lösen konnte. Sie schnappte nach Luft, als ihre Fingerspitzen etwas Hartes berührten, etwas, dass sich nicht wie eine Schnalle anfühlte. Es fühlte sich an wie ... ein Ring. Ach du ... du meine Güte ... o Gott, es war ein Ring! Ein Diamantring! Am Halsband ihrer Katze. Es war ... sie war ... sie waren ... Als sie die Augen aufriss, bemerkte sie, wie Ethan sich bewegte. Er kniete nieder, und plötzlich war sie hellwach.

Worte sprudelten aus seinem Mund wie Luftblasen, und sie schnappte bloß Bruchteile davon auf. »Die Liebe meines Lebens ... ich möchte immer mit dir zusammen sein ... willst du ... mich heiraten?«

Mich heiraten? Mich heiraten!!! MICH HEIRATEN! Die Worte hämmerten in ihrem Kopf. Er bat sie, ihn zu heiraten. Er machte ihr einen Heiratsantrag. Die Beleuchtung im Zimmer war schwach, aber trotzdem konnte sie seine blauen Augen erkennen, weit aufgerissen und aufrichtig – und ein bisschen nervös.

»Natürlich!«

Er stand auf, und sie fielen sich in die Arme, küssten sich und lachten.

»Ich wollte es in Mexiko tun«, erzählte er. »Aber ich hatte Angst, dass der Ring gestohlen werden könnte, und deshalb habe ich in der letzten Sekunde gekniffen und den Ring in einem Becher mit Vitaminen in deinem Kühlschrank versteckt.«

»Du meinst, der Ring hat die ganze Zeit in der Dose mit den Vitamin-E-Tabletten gelegen?«

»Yeah.« Er lachte leise.

»Ich habe mich gefragt, warum du dich so merkwürdig benimmst.«

»Ich bin noch nie in meinem Leben so nervös gewesen. Konntest du mein Herz nicht hämmern hören? Es hat noch nie zuvor so stark gepocht. Ich habe wirklich gedacht, du müsstest es hören.«

Sie schüttelte den Kopf. »Nein, ich hab rein gar nichts gehört.«

»Ich meine, mir war klar, dass du Ja sagen würdest. Aber ich hatte keine Ahnung, dass es so gefühlsintensiv sein würde, vor dir niederzuknien und dich zu fragen, ob du mich heiraten willst. Jetzt kapiere ich, warum alle so einen Wirbel darum machen. Ich bin noch *nie* in meinem ganzen Leben so nervös gewesen.«

»Ich habe bloß gedacht, dass du mir nicht gerade eine große Hilfe bei der Katze bist.«

Er schaute zur Schlafzimmertür. »Wo ist Grease überhaupt?«

Die Katze war in der Aufregung irgendwohin geflüchtet. »Ich weiß nicht«, sagte sie und folgte ihm ins Wohnzimmer. Sie fanden den Kater auf der Couch, wo er sich die Pfoten leckte. Angst stieg in ihr auf, als ihr Blick auf den Boden neben der Couch fiel. Dort lag wie ein vertrockneter Aal Grease' Halsband. Der Ring war nirgendwo zu sehen.

7. Die Neuigkeit wird verbreitet

Ich bringe diese Katze um«, murmelte Ethan, während sie die Couch auseinandernahmen.

Es war der folgende Morgen und das erste Mal seit Beginn ihrer Suche nach dem Verlobungsring, dass er Grease die Schuld gab. Bis jetzt waren sie beide so glücklich gewesen, dass sie mit positiver Einstellung nach dem verloren gegangenen Kleinod gesucht hatten. Eine Einstellung, die eigentlich zum Wiederfinden des Schmuckstücks hätte führen müssen.

Mit Sonnenaufgang war jedoch aller Optimismus verschwunden, und jetzt suchte er die Schuld überall. »Ich werde ihn nicht umbringen«, korrigierte er sich traurig. »Es ist mein eigener blöder Fehler. Ich hätte wissen müssen, dass der Ring verloren geht, wenn ich ihn auch nur in der Nähe dieser Katze deponiere.«

Sie hatten die ganze Wohnung auf den Kopf gestellt. Angefangen vom Bett bis zur Couch. Sie hatten sämtliche Möbel zur Seite gerückt und alle Schuhe umgedreht. Sie hatten wirklich jeden Zentimeter der Wohnung abgesucht, hatten hinter dem Fernsehgerät und der Stereoanlage, unter Teppichläufern und zwischen Staubmäusen geguckt. Ethan hatte sogar das Katzenklo durchgesiebt und nichts Hübsches darin gefunden. Sie wollte es ihm nicht sagen, aber sie hatte, seit der Ring verschwunden war, mehrmals an Greases Besessenheit für Wasser denken müssen. Unzählige Male hatte er seine künstlichen Mäuse in der Toilette ertränkt oder den Deckel einer Shampooflasche in den Abfluss der Dusche gestupst. Sie untersuchte seine Wasserschüssel in der Hoffnung, den Ring darin zu finden, fand aber bloß den Kopf der

Pariser Puppe, den sie jetzt zum zweiten Mal mit Sekundenkleber festkleben durfte.

Alles war so schnell passiert, und sie hatte bloß einen kurzen Blick auf den Ring erhascht. Sie ließ Ethan den Ring mindestens ein Dutzend Mal beschreiben, während sie danach suchten. Anfangs liebte sie es, seiner Beschreibung zu lauschen. Weißgold. Ein Trio aus Diamanten. Der mittlere, rund geschliffene Stein war mit 0,5 Karat der größte und stand ein bisschen höher als seine beiden Nachbarn, die jeder 0,25 Karat besaßen. Sie begann sich allmählich zu sorgen, und die Beschreibung seiner Pracht ließ ihre schmerzliche Sehnsucht nach dem Ring nur noch größer werden. Wenn sie Ethan merken ließ, wie besorgt sie war, würde er wahrscheinlich einen Nervenzusammenbruch erleiden.

»Er wird wieder auftauchen«, sagte sie optimistisch. »Wahrscheinlich ist er dort, wo wir es am wenigsten erwarten.«

»Wir haben überall gesucht.« Er ließ sich auf die polsterlose Couch sinken.

»Warum legen wir nicht eine Pause ein? Rufen ein paar Freunde an und berichten ihnen von der Neuigkeit? Wir haben quasi noch niemanden informiert. Ich bin mir sicher, dass der Ring auftaucht, sobald wir aufhören zu suchen.«

»Wie konnte ich bloß so ein Idiot sein!« Er rammte seine Faust gegen den Rahmen der Couch, und ihr war klar, dass er nicht ein Wort von dem gehört hatte, was sie gerade gesagt hatte.

Ein Klopfen an der Tür schreckte sie auf. Er sah sie an. »Wer ist das?«

»Ich weiß es nicht«, flüsterte sie und war sich nicht sicher, warum sie flüsterte. »Vielleicht Jill? Vielleicht hat sie uns gehört.«

Ethan, der nichts als seine Boxershorts am Leib hatte, schlich auf Zehenspitzen zur Tür und spähte durch den Türspion. Er sprang zurück, als stünde auf der anderen Seite ein Mafia-Killer mit einem Maschinengewehr. »Es ist deine Mutter!«, flüsterte er laut.

»Machst du Witze?«

»Nein. Sie steht dort draußen. Direkt dort draußen.« Er zeigte energisch auf die Wohnungstür. Dann rannte er in ihr Schlafzimmer und stürzte sich in seine Kleidung, als hätte er Ehebruch begangen und der Ehemann seiner Geliebten käme gerade durch die Tür. Cate schlüpfte ebenfalls schnell in eine Jeans und ein T-Shirt.

Als sie die Tür öffnete, lauerte nicht nur ihre Mutter, sondern auch ihr Vater im Flur.

»Guten Morgen.« Connie grinste, als hätte sie die gute Nachricht bereits erfahren.

»Du weißt es, stimmt's?«, meinte Cate, als sie ihre Eltern hereinließ.

»Wir denken es uns«, erwiderte ihr Vater.

»Wir sind verlobt!«

»Ich hab es gewusst! Herzlichen Glückwunsch. Ich habe heute Morgen deine Nachricht abgehört, und ich habe mir gleich gedacht, dass es das ist!« Sie warf die Arme um Cate.

Ihr Vater schüttelte Ethan die Hand. »Herzlichen Glückwunsch!«

»Wir waren gerade in der Nähe und dachten, wir kommen auf einen Sprung vorbei«, meinte Connie. »Übrigens, was ist denn mit deinem Telefon los? Es ist seit mehr als einer Stunde besetzt.«

Das Telefon war heruntergefallen, als sie während ihrer Suchaktion die Couch in ihre Einzelteile zerlegt hatten. Es lag jetzt ausgehängt in einer Ecke des Wohnzimmers. Ethan ging hin, um es wieder in Ordnung zu bringen.

»Wie hat er es denn getan?«, wollte ihr Vater wissen.

Sie war erleichtert, dass Ethan ihr den Antrag nicht in Mexiko gemacht hatte. Ihre Mutter hatte ihre gemeinsame Reise nicht gutgeheißen und hatte Cate vor der Abreise mindestens ein Dutzend Mal daran erinnert, dass sie auf diese Weise die Flitterwochen schon vor der Hochzeit verbringen würde. Sie erzählte ihnen, wie Grease sich gekratzt und sie den Ring ertastet hatte und dass Ethan sich dann vor ihr niedergekniet hatte.

»Zeig uns mal den Ring.« Ihre Mutter nahm Cates Hand.

»Na ja, äh, das ist es ja. Der Ring ist verschwunden.«

Sie berichteten, wie Grease weggelaufen war und sie sein schlaffes Halsband ohne den Ring gefunden hatten und sie die ganze Nacht danach gesucht hatten. Sie hatte das Gefühl, dass sie dieselbe Geschichte an diesem Tag noch tausendmal erzählen würde.

»Ihr müsst zum Heiligen Antonius beten.«

Dazu hatte man sie schon immer angewiesen, wenn etwas verloren gegangen war.

»Betet sofort zu ihm, und ich spreche auch ein paar Gebete. Er findet immer alles. Wirklich. *Immer.*«

Cate hätte gerne erwähnt, dass sie in der Mittelstufe ihr Referat über das Volk der Maya verloren hatte und der Heilige Antonius sie nie zu ihrem Referat geführt hatte, obwohl sie die gesamte Nachbarschaft zum Beten gebracht hatte.

»Habt ihr euch schon überlegt, wo ihr heiraten wollt?«, fragte ihr Vater.

»Wir haben letzte Nacht ein wenig darüber gesprochen, und ich denke, wir möchten in der Universitätskapelle von San Diego heiraten.«

»Ihr solltet besser bald einen Termin reservieren lassen. Ich habe gehört, dass die Kapelle auf Jahre im Voraus ausgebucht ist, und ihr müsst Pfarrer Al bitten, die Trauung durchzuführen, und ihr müsst euch für ein Pre-Cana-Seminar, den Brautleuteunterricht, anmelden.«

Pfarrer Al war ihr Cousin, und sie konnte sich nicht vorstellen, sich von jemand anderem als Al trauen zu lassen. Aber über all das nachzudenken war ihr jetzt wirklich zu viel. Sie blickte ihren Dad an. »Du hast gewusst, dass es so kommen wird, nicht wahr?«

»Sicher. Es ist ein richtig guter Tag, Cate. Ich bin so stolz auf euch beide.«

»Danke, Dad.«

Bevor ihre Eltern ein paar Minuten später wieder aufbrachen, lud ihre Mutter sie noch zum Frühstück ein.

»Nein, danke, es ist okay«, meinte Cate. »Wir müssen diesen Ring finden, und außerdem müssen wir noch Unmengen von Leuten anrufen.«

Sie begleitete ihre Eltern in Hausschuhen zum Parkplatz.

»Mach dir keine Sorgen wegen des Rings«, tröstete ihr Vater sie. »Er wird sicherlich bald wieder auftauchen.«

»Ich habe meinen Ring einmal zufällig im Mülleimer verloren, und wir haben ihn wiedergefunden. Ich habe tagelang jeden Winkel des Hauses abgesucht.«

Das beruhigte Cate tatsächlich, und sie fühlte sich ein bisschen besser. »Ich ziehe ohnehin bald um, also muss er zwangsläufig wieder auftauchen, wenn ich packe.«

Ihre Eltern schauten sie schockiert an. »Du ziehst um?«

»Na ja, ja. Ethan und ich werden ein Haus kaufen.«

»Du meinst, wenn ihr verheiratet seid. Richtig?« Der Ton ihrer Mutter deutete an, dass es nur eine richtige Antwort geben konnte.

»Äh, eigentlich nicht. Wir wollen bald umziehen, solange die Zinsen noch niedrig sind.«

Warum, warum hatte sie das bloß erwähnt? *Du musst ganz schnell das Thema wechseln,* dachte sie. Sie blickte ihren Dad Hilfe suchend an, aber zum ersten Mal seit einer Ewigkeit sah er genauso verblüfft wie ihre Mutter aus.

»Ihr könnt nicht zusammenziehen, bevor ihr verheiratet seid«, erklärte er.

»Na ja, es ist noch nicht fest«, sagte sie. »Wir sind erst seit gestern verlobt.« Soweit es sie betraf, war alles fest, sogar wie fest zementiert. Sie würde mit Ethan zusammenziehen.

Als sie in ihre Wohnung zurückkehrte, war ihre Schwester am Telefon. »Herzlichen Glückwunsch!«

»Mom hat es dir schon erzählt?«

»Nun, ich wusste, dass Ethan unseren Dad vor ein paar Wochen gefragt hat, und dann hat Mom mich heute Morgen angerufen und gesagt, du hättest auf den Anrufbeantworter gesprochen und absolut verzückt geklungen. Also wussten wir, dass es bloß eins bedeuten kann. Wie hat er es denn getan? Wie sieht der Ring aus?«

Cate wiederholte das Malheur in allen Einzelheiten für ihre Schwester. »Sicher wird der Ring bald irgendwo auftauchen. Die Katze kann etwas so Großes nicht verschluckt haben. Ich meine, überleg mal, wie schmal ihr Hals ist. Sie wäre daran erstickt.«

»Die Sache ist die«, flüsterte Cate, damit Ethan sie nicht hörte, »ich bin krank vor Sorge, dass Grease den Ring in der Toilette oder im Abfluss versenkt hat. Er ist besessen von allem, was mit Wasser zu tun hat.«

»Neeeiiin! Das hat Grease nicht getan. Du hättest den Ring vor dem Abspülen in der Toilette gesehen.«

Sie überlegte, wer die Toilettenspülung zuletzt betätigt hatte. Sie selbst war es gewesen, direkt nachdem sie miteinander geschlafen hatten. Hatte sie das Licht angemacht? Sie versuchte sich zu erinnern. Ja, hatte sie. Hatte sie in die Toilettenschüssel geschaut, bevor sie sich gesetzt hatte? Daran konnte sie sich nun wirklich nicht mehr erinnern. Es war ja nicht so, dass sie damit rechnete, Dinge in der Toilette zu finden. »Aber was ist mit dem Abfluss?«

»Besorg dir eins von diesen schlangenähnlichen Dingern im Baumarkt und schieb es in den Abfluss. Vielleicht förderst du ihn so zutage. Oder noch besser, ruf einen Klempner an.«

»Gut.« Sie wollte sich gerade verabschieden, als ihr noch etwas Wichtiges einfiel. »Übrigens, willst du meine Brautjungfer sein?«

»Natürlich! Ich habe auch schon jede Menge Ideen für die Junggesellinnenabschieds-Party. Wen willst du denn noch fragen?«

»Jill und Beth natürlich. Und Leslie.«

»Leslie Brautzilla Lyons? Der Inbegriff der zickigen Braut? Die, die das Pferd bei ihrer Hochzeit hatte?«

»Äh, ja.« Cate fuhr fort. »Cousine Val und Sarah, und ich überlege noch, ob ich Ethans Cousine Denise auch fragen soll. Ich kenne sie zwar nicht besonders gut, aber sie steht Ethan nahe. Nachdem ihre Mutter gestorben war, ist sie hergezogen und hat während ihrer letzten beiden Highschool-Jahre bei ihnen gewohnt.«

»Du solltest sie auf jeden Fall fragen. Das ist absolut richtig.«

Nachdem Cate aufgelegt hatte, stellte sie fest, dass Ethan wie ein Tier durch ihren Wäschekorb wühlte. »Da ist er nicht drin. Ich hab schon nachgesehen«, informierte Cate ihn. Erst jetzt bemerkte sie, dass seine Augen blutunterlaufen waren.

»Ethan, er wird wieder zum Vorschein kommen. Okay? Er ist nicht aufgestanden und davonspaziert. Lass uns eine Pause einlegen. Du hast noch nicht mal deine Eltern angerufen, um ihnen zu erzählen, dass wir uns verlobt haben.«

Er ließ sich auf den Boden plumpsen, legte sich auf den Rücken und breitete die Arme aus. »Besteht *irgendeine* Möglichkeit, dass Grease nach draußen gelangt sein könnte?«

»Nein. Aber bitte ruf deine Eltern an. Ich glaube, es wird dich aufheitern, wenn du dich ein bisschen ausruhst.«

Sie musste alle ihre Überzeugungskünste aufbieten, bis er sich schließlich aufsetzte und nach seinem Handy griff. Mit seinen Eltern zu reden munterte ihn anscheinend tatsächlich etwas auf. Sie hatten den Ring schon gesehen und fragten zum Glück nicht einmal danach. Nachdem er mit ihnen gesprochen hatte, reichte er das Handy an Cate weiter.

»Oh Cate! Ich wollte immer schon eine Tochter haben«, sagte Rita Blakely. »Er hat mir schon erklärt, dass er dich heiraten möchte, als ihr erst ganz kurz zusammen wart, und ich könnte nicht glücklicher sein.«

»Wirklich?« Cate wurde ganz warm ums Herz. Als sie zusammengekommen waren, hatte auch sie direkt gewusst, dass sie füreinander bestimmt waren, hatte aber keine Ahnung gehabt, dass er genauso empfunden und es darüber hinaus seinen Eltern anvertraut hatte.

»Oh ja«, bestätigte Rita. »Aber hör zu, Charles und ich würden gerne eine Verlobungsfeier für euch ausrichten. Wir machen es hier bei uns im Haus. Es wird wunderbar. Ihr könnt einladen, wen ihr wollt.«

»Das wäre super!« Cate malte sich aus, wie es sein würde, ihre beiden Familien zusammenzuführen. Vor etlichen Jahren waren die Blakelys und die Padgetts Nachbarn gewesen. Cate und Ethan waren seit ihrer Kindheit befreundet, was aber nicht gleichzeitig bedeutete, dass ihre Eltern die Art nachbarschaftlicher Freundschaft geführt hatten, bei der man an Sonntagnachmittagen gemeinsam grillte oder sich auf ein Glas Wein zusammensetzte. Im Gegenteil, es hatte immer den Anschein gehabt, als ob ihre Eltern wenige Gemeinsamkeiten hätten. Ethans Eltern waren beide Ärzte, und wenn sie nicht im Krankenhaus waren, waren sie immer im Garten hinter ihrem Haus zugange gewesen, wo sie mit großem Enthusiasmus all ihr Obst und Gemüse selbst zogen.

Cates Mutter hatte nie gearbeitet und wäre nie auf den Gedanken gekommen, ihre Kinder in die Obhut einer Kinderfrau zu geben. Dagegen hätte sie sich niemals selbst um den Garten gekümmert, dafür hatte sie immer einen Gärtner angeheuert. Connie hatte Katechismusunterricht gegeben und Essensspendeaktionen für Obdachlose in der Kirche organisiert, während Rita ihren Mädchennamen behalten und sich die Verantwortung für die Kindererziehung mit ihrem Mann und einem Babysitter geteilt hatte.

Die Blakelys zelteten in den Bergen und betrachteten Weihnachten als Familienfest ohne religiösen Hintergrund, wohingegen Cates Eltern Urlaub im Holdiday Inn machten und Weihnachten in ihren Augen nur eine Bedeutung hatte, nämlich Gott zu preisen. Es machte Cate ein bisschen nervös, an die Zusammenführung ihrer und seiner Eltern zu denken.

Zum ersten Mal, seit sie über das Thema Verlobung nachgedacht hatte, fiel ihr auf, wie schwierig es war, zwei Familien zusammenzubringen. Zwei grundlegend verschiedene Familien, die in der Angelegenheit kein Mitspracherecht hatten. Ohne Cate und Ethan würden sie nie Freunde werden. Aber nun würden sie plötzlich alle für den Rest ihres Lebens miteinander verwandt sein.

»Eine Verlobungsfeier wäre prima!«, wiederholte Cate, um ihre Besorgnis zu überspielen.

Kurz darauf ging Ethan nach Hause, und Cate rief einen Klempner an. Während sie dem Klempner unruhig über die Schulter spähte, drückte sie die ganze Zeit die Daumen. Er sah aus, als hätte er erst vor einer Woche die Highschool abgeschlossen. Er brachte reichlich wenig Interesse dafür auf, dass sie ihren Verlobungsring verloren hatte, geschweige denn dafür, dass sie sich überhaupt verlobt hatte.

Sie wartete ungeduldig, während er das Rohr unter dem Waschbecken aufschraubte. »Hier sind jede Menge Haare drin.« Ihr drehte sich der Magen um, als er etwas herauszog, das wie eine große blonde Ratte aussah. Dann spähte er noch mal in das Rohr. »Sorry, ich kann Ihren Ring nicht entdecken.«

Als Nächstes knöpfte er sich die Badewanne vor, und seine Suche brachte dasselbe enttäuschende Ergebnis. Zweihundert Dollar später begann sie sich zu fragen, ob der Ring tatsächlich endgültig verschwunden war. Den Rest des Nachmittags betete sie zum Heiligen Antonius, während eine Flut von Anrufen von Freunden und Verwandten über sie hereinbrach. Immer wieder erzählte sie die Geschichte.

8. Wahlmöglichkeiten versus Verpflichtungen

Die Fantasievorstellungen über ihr Kleid hatten wahrscheinlich in dem Sommer von Prinzessin Dianas Hochzeit begonnen, und glücklicherweise hatte sie nicht mit sieben geheiratet. Sie war damals bei Tagesanbruch aufgewacht und hatte zusammen mit ihrer Schwester beobachtet, wie Lady Di durch die Kathedrale schritt und eine Schleppe trug, die länger als ein Gang im Supermarkt Vons in San Diego war. Nachdem sie das im Fernsehen gesehen hatte, waren einige ziemlich kreative Brautkleidfantasien entstanden. Sie hatte sich in einem Kleid aus Satin gesehen. Es hatte Puffärmel, einen tiefen V-Ausschnitt mit Spitzen, die ihren nackten Busen bedeckten, und einen ausladenden Rock gehabt und wäre *in jedem Film,* der im viktorianischen England spielte, als passende Garderobe durchgegangen.

Ihr Fantasiekleid während der Collegezeit war fast genauso scheußlich gewesen. Ein bauschiges Satinkleid mit langen durchsichtigen Ärmeln, die wie weiße Nylonstrümpfe aussahen. Danach war ihr Geschmack klassischer geworden, und das Kleid, das ihr jetzt vorschwebte, sah ganz anders aus.

Im Laufe der letzten paar Jahre hatte sie viele heimliche Blicke in Brautmagazine geworfen, während sie mit ihren verlobten Freundinnen zusammen war. Während diese glaubten, sie sähe sich nach Ideen für sie um, plante sie in Wirklichkeit, was sie selbst vor dem Altar tragen würde. Jetzt hatte sie ihren eigenen Stapel Brautmagazine. Es war ein wunderbares Gefühl gewesen, die Zeitschriften zu kaufen. Als sie in der Schlange an der Kasse im Geschäft stand, hatte sie nicht das Gefühl, Ausreden gegenüber der Kassiererin vorbringen und erklären zu müssen, sie würde die Zeitschriften für eine Freundin besorgen. Sie musste nun nicht mehr befürchten, dass man sie für eine verzweifelte Spinnerin hielt, die nicht verlobt war, aber Brautmagazine sammelte, weil sie es kaum erwarten konnte, endlich zu heiraten. Jetzt, da sie verlobt war, trug sie die Zeitschriften zum Ladentisch und lächelte selbstbewusst, als die Kassiererin ihr ein gratulierendes Lächeln schenkte.

Als sie sich dann aber zu Hause den Magazinen widmete, war sie ein wenig überfordert. Einige von ihnen waren so dick wie Telefonbücher, und sie hatte keine Ahnung, wo sie anfangen sollte.

Sie blätterte gerade in einem der dicksten Hefte, als ihre Cousine Val anrief. Sie hatten ständig aneinander vorbeitelefoniert, seit Connie die Nachricht von Cates Verlobung in Umlauf gebracht hatte.

»O mein Gott!«, rief Val. »Bist du nervös? Du musst vor Aufregung ja fast sterben!«

»Ja, ich bin wirklich aufgeregt.« Sie kennzeichnete die aufgeschlagene Seite mit einem Eselsohr und legte die Zeitschrift auf den Wohnzimmertisch.

»Erzähl mir alles. Wo wird es sein? Wann? Hast du dich schon nach einem Kleid umgesehen?«

»Nun, es wird im November sein, und nein, wir wissen noch nicht, wo die Feier stattfinden wird. Aber es wird auf jeden Fall hier in San Diego sein.« Sie war erleichtert, dass Val sich nicht wie alle anderen sofort danach erkundigt hatte, wie der Ring aussah.

»Ich kann dir bei allen Dingen helfen, bei denen du Hilfe brauchst. Vergiss nicht, meine eigene Hochzeit ist noch nicht lange her. Ich kann dir also gute Tipps bezüglich der ganzen Lieferanten geben, welche nervig sind und wer prima war. Also, was hast du schon unternommen? Hast du überhaupt schon etwas gemacht? Angefangen, dich umzusehen?«

»Ein kleines bisschen. Ich möchte eigentlich zuerst mein Kleid aussuchen.«

»Ein Kleid auszusuchen ist absolut ermüdend«, meinte Val.

Ermüdend? Cate hatte sich immer vorgestellt, dass der Kauf eines Brautkleides einer der schönsten Teile der Hochzeitsvorbereitungen war.

Sie hatte eine gertenschlanke Figur. Sie konnte sich nicht vorstellen, zwanzig Kilo Tüll und eine Krinoline zum Altar zu schleppen. Sie sah sich eher in einem eleganten, eng anliegenden Etuikleid. Sie stellte sich etwas ganz Schlichtes vor und wollte auf keinen Fall etwas mit Perlen, Spitze und Glitter. Sie erklärte Val, dass ihr ein Kleid im Stil von Carolyn Bessette-Kennedy vorschwebte.

»Oh, alle wollen so ein Kleid.«

Cate kannte niemanden, der ein Etuikleid getragen hatte. Alle Bräute, die sie bisher gesehen hatte, waren in schulterfreie Kleider mit weiten bauschigen Röcken und einem kurzen Schleier gewandet gewesen. Mit dem Schleier war es übrigens auch so eine Sache. Auf den würde sie nämlich auf jeden Fall verzichten.

»Ich bin froh, dass du angerufen hast, weil ich dich bitten möchte, meine Brautjungfer zu sein.«

Val kreischte so laut, dass Cate den Hörer vom Ohr weghalten musste.

»Darum musst du mich doch nicht bitten! O mein Gott, ich glaube, ich fange gleich an zu weinen. Im Ernst, ich habe Tränen in den Augen. Es wird mir eine Ehre sein, Cate.«

Sie plauderten noch ein paar Minuten, bevor Cate zu ihrem Termin bei der Kosmetikerin aufbrechen musste.

Am selben Nachmittag fand sie im Internet ihr Kleid. Sie verliebte sich augenblicklich in das schmal geschnittene Designerstück mit dem tiefen Rückenausschnitt und dem V-Ausschnitt vorne. Sie war absolut entzückt, wie vorteilhaft die Seide den Körper des Modells umschmeichelte. Es war perfekt.

»Finde heraus, wo es das Kleid gibt, und dann probieren wir es an«, sagte ihre Mutter am Telefon. »Man kann nie wissen, wie etwas aussieht, bevor man es anprobiert hat.«

Oh doch, sie wusste genau, wie es aussehen würde. »Ich mache mich schlau, welche Brautsalons es führen, und dann gehen wir morgen dorthin«, sagte sie schnell.

»Hoffentlich passiert dir nicht dasselbe wie Emily damals, Cate.« Connies Stimme war voller Pessimismus. »Weißt du noch? Sie hatte ein winziges Bild in einer Zeitschrift gesehen, und wir sind mit diesem kleinen Bild *überall* gewesen und haben nach etwas Ähnlichem gesucht, und schließlich hat sie ganz frustriert ein völlig anderes Kleid genommen. Also versteif dich besser nicht auf dieses eine Kleid und bleib für alles aufgeschlossen.«

Cate ließ sich in ihrem Optimismus jedoch nicht von ihrer Mutter beirren. Erleichtert und begeistert, ihr Kleid gefunden zu haben, beschloss sie, eine Pause einzulegen und Ethan anzurufen. Wenn er nicht gerade mit den restlichen Arbeiten für das Menü für die Studienabschluss-Party beschäftigt war, die er an diesem Wochenende ausrichtete, konnten sie sich vielleicht gemeinsam die Kapelle ansehen. Er war noch nicht dort gewesen, und sie wollte sichergehen, dass sie ihm gefiel, bevor sie einen Termin festmachte.

»Hast du den Ring schon gefunden?«, fragte er, als er ans Telefon ging. Das wurde allmählich zu seiner Standardbegrüßung bei jedem Anruf.

»Nein«, entgegnete sie leise. Am allerliebsten hätte sie ihm erzählt, dass der Ring an ihrem Finger steckte. Es war jetzt schon fünf Tage her, und es gab immer noch keine Spur. Jedes Mal, wenn das Thema zur Sprache kam, hätte sie am liebsten für ihn geweint. Er hatte so viel Zeit in den Kauf des Rings investiert, dass er wahrscheinlich einen Kurzvortrag über die Farbe und Reinheit von Diamanten halten könnte. Was noch schlimmer war, sie hatte Angst, daran zu denken, wie viel Geld er ausgegeben hatte. Sie wollte es gar nicht wissen.

Sie meinte am anderen Ende der Leitung ein Stöhnen zu hören und wechselte schnell das Thema. »Ich habe mir gedacht, wir könnten uns die Kapelle ansehen und dann einen Happen essen.«

Er zögerte. »Ja, äh, okay. Das müsste klappen. Ich wollte dich eigentlich fragen, ob du Lust hast, dich mit Denise zu treffen. Ich habe heute mit ihr gesprochen, und sie hat gemeint, sie würde gerne unsere Immobilienmaklerin sein und als Hochzeitsgeschenk auf ihre Provision verzichten.«

»Das ist aber nett von ihr!« Jetzt fühlte sie sich tatsächlich verpflichtet, Denise zu bitten, eine ihrer Brautjungfern zu werden.

»Ja, das wird uns ungefähr fünftausend Dollar ersparen. Dafür können wir ihr richtig dankbar sein.«

»Da hast du recht.« Sie legte die Füße auf den Wohnzimmertisch. »Vielleicht frage ich Denise, ob sie Brautjungfer werden möchte. Was meinst du?«

»Das wird sie sicher sehr gerne tun.«

Sie verabredeten, erst zur Gründerkapelle zu fahren und sich danach mit Denise bei Filippi's in Little Italy zu treffen.

Zwanzig Minuten später traf er bei ihr ein. Er trug Jeans und sein Lieblings-T-Shirt. Es handelte sich um ein altes Baseball-T-Shirt, auf dessen Vorderseite der amerikanische Countrysänger Waylon Jennings abgebildet war. Cate fragte sich jedes Mal, wo er das Teil bloß aufgetrieben hatte, wusste aber genau, dass er es wahrscheinlich jeden Tag tragen würde, wenn er könnte. Er küsste sie auf die Stirn.

Dann griff er in die Hosentasche. »Hör mal, diese ganze Geschichte mit dem Ring treibt mich wirklich in den Wahnsinn. Ich meine, allein daran zu denken, macht mich verrückt. Deshalb hab ich heute morgen beschlossen, das Thema einfach abzuhaken.« Er zog ein Schmuckkästchen hervor. Ihr Herz begann zu rasen. Hatte er einen anderen Ring gekauft? Eine Kopie des alten Ringes?

Sie hoffte beinahe, er hätte es nicht getan. Es war zu viel Geld, vor allem in Anbetracht der Tatsache, dass sie darüber nachdachten, ein Haus zu kaufen. Sie sah zu, wie er die Schachtel öffnete. »Deshalb habe ich beschlossen, dass du einen Ring haben musst. Wir sind verlobt, und du braucht *irgendetwas.* Meine Mom hat mir diesen Ring gegeben. Ich weiß, dass er nicht so toll ist. Aber du sollst ihn ja nur vorübergehend tragen, bis wir dir einen kaufen können, der wie der andere ist. Das hier war eigentlich der Originaltrauring meiner Mutter. Mein Dad hat ihn ihr gegeben, als sie drüben in Asien im Friedenskorps waren, und dann hat er ihr vor ein paar Jahren einen neuen geschenkt.«

Cate betrachtete den goldenen Ring. Funkelte da etwa ein Diamant? Sie hielt sich den Ring dicht vor die Augen und entdeckte tatsächlich drei Diamanten in der Größe von Pfefferkörnchen. Die Zacken der Fassung hatten schon bessere Tage gesehen und waren schief über die Steine gedrückt. Der Ring war jedoch hübsch und hatte außerdem eine schöne Geschichte. Und er war der erste Ring, den sie sich an den Finger stecken konnte, seit sie verlobt waren. Er gefiel ihr, und auch wenn das der Ring war, den sie für den Rest ihres Lebens tragen würde, wäre es in Ordnung.

Auf dem Weg zur Universität betrachtete sie mindestens ein Dutzend Mal das Schmuckstück an ihrem Finger. Diesen Ring zu tragen bescherte ihr irgendwie ein besonderes Gefühl. Sie war jetzt richtig verlobt. *Verheiratete Frau* klang so anders als *unverheiratetes Mädchen,* dabei hatte sie nicht das Gefühl, sich verändert zu haben. Sie hatte weder vor, sich das Haar kurz schneiden zu lasen, wie die Hälfte ihrer Freundinnen es getan hatte, noch demnächst ständig in der Küche zu stehen. Sie war immer noch dieselbe alte Cate.

Erinnerungen an die letzte Hochzeit in der Universitätskapelle, die sie miterlebt hatte, überkamen sie, als sie auf den Campus fuhren. Sie war die Ehrenbrautjungfer gewesen, und der Exfreund der Braut war völlig betrunken aufgetaucht. Cate war diejenige gewesen, die dafür sorgen musste, dass er schnellstmöglich wieder verschwand, und die ganze Sache hätte sich um ein Haar zu einem Desaster entwickelt. Vielleicht sollten sie lieber doch nicht hier heiraten. Was wäre, wenn es Unglück brachte? Die »Mary Star of the Sea«-Kirche war dagegen völlig unbelastet. Sie fragte sich, ob sie nicht einfach dort heiraten sollten.

Sie tauchte die Fingerspitzen in ein riesiges Weihwasserbecken, bevor sie das Kirchenschiff betrat. Die Pracht des Kircheninneren verschlug ihr regelmäßig den Atem. Diesmal interessierte sie sich jedoch weniger für die kunstreiche spanische Renaissance-Decke oder die bunten Fenster, vielmehr war sie gespannt auf Ethans Reaktion. Sie beobachtete, wie sein Blick über die Marmorböden, die dunklen Holzbänke entlang und weiter zu dem prachtvollen goldenen Altar wanderte. Er schwieg, und sie fragte sich, ob die Szene mit Jesus am Kreuz mit mehreren Aposteln zu seinen Füßen zu religiös für seine Familie war. Sein Blick wanderte weiter zur Decke, und ohne ihn von den Stationen des Kreuzwegs auf den bunten Kirchenfenstern abzuwenden, flüsterte er: »Wow, das ist absolut beeindruckend.«

Sie ergriff seine Hand.

»Wirklich, es ist wirklich unglaublich schön hier«, meinte er. »Ja, lass uns hier heiraten.«

»Wirklich? Möchtest du nicht vielleicht doch noch Mary Star of the Sea anschauen?«

Er schüttelte den Kopf. »Nein. Ich liebe diese Kirche.«

Als sie eintrafen, wartete Denise schon mit einem Glas Cola vor sich an einem Ecktisch. Bei Ethans Geburtstag im letzten Jahr hatte Cate einige Familienalben der Blakelys durchgeblättert und mehrere Fotos von Denise von vor über zehn Jahren entdeckt. Außer einer Gewichtszunahme von rund zehn Kilo hatte sie sich kaum verändert. Sie hatte ihr braunes Haar seit ihrer Kindheit immer im selben schulterlangen Schnitt getragen. Sie benutzte immer noch einen Lockenstab, um die Spitzen nach innen zu drehen, und einen Kamm, um sich den Pony zu toupieren und es dann mit Haarspray zu fixieren. Ihre Garderobe bestand aus Hosen im Karottenschnitt, flachen Halbschuhen und schlichten einfachen Kurzarmpullis in unauffälligen neutralen Farben. Sie war nicht unattraktiv, könnte aber, würde sie sich ein bisschen mehr Mühe geben, um Längen besser aussehen. Cate fragte sich, warum sie sich so sehr an diesem altmodischen Stil festklammerte.

»Zeig mir mal den Ring«, forderte Denise sie auf, als sie Platz genommen hatten. »Rita hat mir erzählt, dass sie Ethan diesen Ring geben wollte, nachdem ihr den anderen verloren hattet.« Sie blickte auf Cates Hand. »Ich erinnere mich noch so gut daran, dass Tante Rita diesen Ring getragen hat.« Sie wandte sich an Ethan. »Erinnerst du dich noch, wie sie ihn immer abnahm und mich ihn anprobieren ließ, wenn sie Frikadellen machte? Aber nur, wenn ich mir vorher die Hände wusch.«

Ethan lachte. »Genau. Daran kann ich mich auch noch gut erinnern.«

»Und erinnerst du dich auch noch daran, als Chuck eine Freundin zu Besuch hatte und sie den Ring anprobieren wollte? Rita hat es ihr verweigert.«

»Oh ja. Wie hieß das Mädchen noch gleich?«

»Sally Woods.« Sie drehte sich zu Cate um. »Rita und ich fanden immer, dass sich dieser Name wie der eines Pornostars anhörte, wie eine Art Pseudonym. Sally war so dünn und sah mit ihren schwarz geschminkten Augen seltsam aus. Wir haben sie grundsätzlich ›die schicke Sally Woods‹ genannt. Wir haben allen Freundinnen von Ethan und Chuck Namen gegeben.« Sie hatte immer noch Cates Ring in der Hand. »Es gab ein Mädchen, das wir ›Dandy Mandy‹ genannt haben.« Cate erinnerte sich an sie, weil sie während der Higschool-Zeit Ethans Freundin gewesen war. »Rita und ich haben immer gesagt, dass sie wahrscheinlich Cyndi Laupers Garderobe gestohlen hatte.« Denise lachte, als würde ihr etwas einfallen. »Ja, so ist es. Wir haben Namen für alle …« Als sie abrupt verstummte, warf sie Cate einen Blick zu. »Außer für dich, natürlich.«

Irgendetwas an Denise störte Cate. Sie versuchte, es zu ignorieren. Vielleicht war es die Tatsache, dass Cate plötzlich begriffen hatte, dass sie bald verwandt sein würden. Oder vielleicht war sie es einfach nur satt, dass Denise ständig Geschichten aus der Vergangenheit auspackte.

Cate hatte eigentlich nicht hören wollen, dass Denise ihren Verlobungsring getragen hatte. Auf gewisse Weise zerstörte das seinen sentimentalen Wert für Ethan und sie. Jetzt hatte sie ein Bild von einem kleinen Wurstfinger vor Augen, der mit dem Ring, den Ethan ihr gegeben hatte, geschmückt war. Hätte sie nicht einfach wie jeder normale Mensch *Herzlichen Glückwunsch euch beiden! Ich freue mich für euch* sagen können?

Es hatte Cate immer schon ein wenig gestört, dass Denise beharrlich von Erlebnissen erzählte, die Cate nicht miterlebt hatte, oder von Leuten sprach, die Cate nicht kannte. Sie versuchte in einem inneren Monolog vernünftig zu argumentieren, dass Denise einfach gerne in Erinnerungen schwelgte, und deshalb hörte sie höflich zu, wenn Ethan und sie alle Arten von Erinnerungen austauschten.

Denise sah Cate an und sagte etwas in der Richtung, dass sie schon ganz lange über den geplanten Heiratsantrag informiert gewesen wäre und Ethan ihr natürlich auch vor ihrer Abreise nach Playa del Carmen den Ring gezeigt hätte, und blah, blah, blah.

Cate hörte ihr nicht zu. Sie dachte an Step-Aerobic. Genau genommen war es Denise gewesen, die sich als Erste bemüht hatte, Freundschaft zu knüpfen, indem sie Cate eingeladen hatte, sie zu dem Kurs zu begleiten. »Ich kann dich jederzeit kostenlos in mein Fitnessstudio mitnehmen, wenn du mitkommen möchtest«, hatte sie gesagt.

Cate hatte seit ihrem ersten Studienjahr kein Step-Aerobic mehr gemacht und hätte, um sich Bewegung zu verschaffen, lieber einen Spaziergang um die Bucht unternommen. Da sie sich aber mit Denise anfreunden wollte, hatte sie mit ihr den Kurs besucht.

Während der gesamten Autofahrt zum Fitnessstudio hatte Denise nur davon gesprochen, wie schwierig und anstrengend der Kurs sein würde. Cate machte sich keine Sorgen, weil sie zu Collegezeiten ein Profi gewesen war und sogar am Vorabend ein paar der Bewegungen geübt hatte.

Die Stunde war großartig gewesen, vor allem weil es sich wie beim Ski- oder Fahrradfahren verhalten hatte und sie tatsächlich nichts verlernt zu haben schien. Sie hatte einige Male ein paar Drehungen in die falsche Richtung gemacht, aber das war den meisten der anderen Teilnehmerinnen auch passiert. Sie hatte sich blendend amüsiert und sich gefreut, endlich eine Gemeinsamkeit mit Denise gefunden zu haben. Schon am nächsten Morgen hatte sie wieder von Denise gehört.

»Hallo«, hatte Denise sie zuckersüß am Telefon begrüßt. »Ich rufe bloß an, um zu hören, wie es dir geht. Ich habe heute Morgen schon zu Rita gesagt: ›Sie wird heute einen furchtbaren Muskelkater haben.‹ Und ich habe Ethan angerufen und ihm gesagt, dass er dich massieren muss.«

»Oh, danke«, hatte Cate erwidert. »Das ist sehr nett von dir!« Jede Stelle ihres Körpers hatte geschmerzt – auch Muskeln, von deren Existenz sie bislang nichts geahnt hatte. »Ja, es war ein harter Tag im Kindergarten. Ich konnte es kaum erwarten, nach Hause zu kommen und mich in die Badewanne zu legen.«

»Hoffentlich erholst du dich schnell, damit wir wieder zusammen zum Aerobic gehen können.«

»Sehr gerne!« Sie hatte aufgelegt und sich gefreut, dass sie endlich Freundinnen geworden waren.

Das Seltsame war gewesen, dass Denise nicht wieder angerufen hatte. Sie hatte Cate nie wieder eingeladen, sie zu dem Kurs zu begleiten, und jedes Mal, wenn Cate danach Step-Aerobic erwähnte, hatte Denise das Thema gewechselt. Cate hatte Ethan danach gefragt, und er hatte gemeint, er würde bezweifeln, dass sie überhaupt noch hinging. Sie wäre bei ihrer Arbeit so eingespannt und außerdem auch nicht in richtig guter körperlicher Verfassung. Merkwürdigerweise hatte Cate aber anschließend bei diversen Familienfesten öfters zufällig gehört, wie Denise über Step-Aerobic sprach. Auch wenn der Erfolg nicht offensichtlich war, hatte sie sich bei diesen Gelegenheiten immer den Anschein gegeben, als würde sie den Kurs regelmäßig besuchen.

Cate konnte nicht anders, sie nahm es persönlich und fragte sich, was sie getan haben könnte, um Denise zu verprellen. Sie hatte Deo benutzt, aber vielleicht starken Körpergeruch gehabt, der Denise abgeschreckt hatte, sie wieder einzuladen. Vielleicht sah sie wie ein Trottel aus, wenn sie die Schritte Basic rechts, Basic links machte, und Denise war es peinlich, mit ihr gesehen zu werden.

Als Cate jetzt noch einmal über die ganze Geschichte nachdachte, erinnerte sie sich an die Art und Weise, wie Denise sie beäugt hatte, während sie zur Musik von Britney Spears die Step-Aerobic-Schritte durchführten. Sie erinnerte sich, Denise mehrere Male dabei ertappt zu haben, wie sie sie mit schmalen Augen in dem Spiegel vor ihnen beobachtet hatte. Und bei dem Anruf, mit dem sie sich damals nach ihrem Wohlbefinden erkundigt hatte, war die Schadenfreude in ihrer Stimme nicht zu überhören gewesen, als sie von Cates Muskelkater erfahren hatte. Cate hasste es, Mutmaßungen anzustellen, insbesondere negative, aber vielleicht konnte Denise es einfach nicht ertragen, dass Cate gut in einer Sache war. Der Gedanke war schrecklich, und deshalb hatte sie ihn wahrscheinlich auch verdrängt. Aber schon damals war es ihr wirklich auf die Nerven gegangen, dass Denise mit Rita darüber gesprochen hatte, wie groß Cates Muskelkater gewesen war. Hatten sie sich auch einen Namen für sie ausgedacht? Muskelkater-Cate?

»Cate?«, sagte Ethan fragend.

Als sie aufblickte, starrten die beiden sie an. »Cate, wolltest du Denise nicht etwas fragen?«

»Was?«

»Ja, ich dachte, du wolltest mit Denise über etwas reden.«

Sie warf ihm einen bösen Blick zu, hatte sich aber sofort wieder im Griff und lächelte.

»Wirklich?«, meinte Denise. »Worum geht es denn?«

Beide warteten darauf, dass Cate etwas sagte.

»Na ja, äh …« Sie hatte ihre Meinung geändert. Sie wollte sie nicht fragen. Aber was sollte sie jetzt sagen? Ethan hatte sie bereits in die Enge getrieben, und es wäre peinlich, wenn sie nun irgendeine dämliche Frage stellen würde. Außerdem war sie so schockiert, dass er sie derart in Verlegenheit gebracht hatte, dass ihr nicht einmal etwas Dämliches einfiel, was sie hätte fragen können. Sie warteten, Ethan lächelnd, Denise mit den Perlen der Kette spielend, die sie trug.

»Nun, ich wollte dich fragen, ob du bei unserer Hochzeit Brautjungfer werden möchtest.«

»Oh. Sicher, selbstverständlich. Ich war noch nie Brautjungfer.«

So, das war's. Denise würde aktiv an der Hochzeit teilnehmen. Während sie ihren Wein trank, fragte Cate sich, was sie sich da bloß eingebrockt hatte.

9. Traumkleid … oder nicht

Am folgenden Vormittag rief sie alle ortsansässigen Anbieter an, die auf der Webseite des Brautkleidherstellers genannt waren. Sie war entmutigt wie nie zuvor, als ein Brautladen nach dem anderen ihr mitteilte, dass sie just dieses Kleid nicht im Sortiment hätten. Obwohl ihr Magen knurrte und ihr Ohr schmerzte, weil sie den Hörer so fest daran presste, wählte sie eine Nummer in Los Angeles. In L. A. gibt es alles, sagte sie sich. Irgendwo muss das Kleid doch zu finden sein.

Sie lauschte, während die Verkäuferin in Los Angeles die Seiten eines Katalogs durchblätterte. Dann sprach sie die Worte aus, die ihr das Gefühl gaben, als hätte sie gerade im kalifornischen Lotto gewonnen. »Ja, wir haben es.«

Cate bat sie, die Modellnummer zu wiederholen. Sie wollte sich vergewissern, bevor sie ihre Mom wegen ihres Brautkleides nach L. A. schleppte. Als die Verkäuferin die Artikelnummer vorlas, schnürte sich ihr die Kehle zu. Sie hatte das falsche Kleid herausgesucht. Cate wiederholte die Artikelnummer, die sie inzwischen so gut wie die PIN ihrer Bankkarte kannte, nochmal.

»Ohhh«, murmelte die Frau. Cate konnte hören, wie sie eine Seite in dem Katalog umblätterte. »Das ist wirklich ein entzückendes Kleid. Aber nein, es tut mir leid, wir führen dieses Modell bislang noch nicht.«

Langsam, aber sicher begann Cate, den Designer zu hassen. Wer stellte etwas auf seine Webseite, der Allgemeinheit dann aber nicht zur Verfügung? Nur jemand, der ernsthaft krank war, wollte zukünftige Bräute quälen. Sie schickte eine höfliche E-Mail an die

Kundenberatung des Designers und bat um Hilfe. Einige Stunden später erhielt sie eine Antwort. Das Kleid war nirgendwo in Kalifornien erhältlich, aber sie konnte es in Chicago versuchen.

»Wir fahren nicht nach Chicago«, erklärte Connie resolut, während sie ihrer Tochter über die Schulter auf den Computerbildschirm blickte. Sie war vorbeigekommen, um sich die Abbildung des Kleides anzusehen und eine Liste mit Dingen durchzugehen, die sie für die Hochzeit erledigen mussten. »Und woher willst du überhaupt wissen, ob es dir gefällt? Du hast es noch nicht einmal anprobiert!« Connie schlug vor, es im größten Brautmodengeschäft in San Diego zu versuchen. »Lass uns sehen, ob wir für heute Nachmittag einen Termin machen können.«

Cate druckte ein Foto ihres geliebten Kleides mit der Artikelnummer 045323 aus, mit dem sie später an jenem Tag zu dem Brautladen fuhren. Den Ausdruck hatte Cate sauber gefaltet in ihrer Handtasche verstaut. Als sie in dem Geschäft die vielen Ständer voller weiter Röcke bemerkte, wurde sie leicht nervös.

»Hallo, Sie müssen … äh …« Die Verkäuferin blätterte in einem Terminkalender. »Cate?«

»Ja.« Sie lächelte das muntere junge Mädchen im Kostüm an.

»Willkommen bei *Bridal Couture!* Und Glückwunsch zu ihrer bevorstehenden Hochzeit!«

»Danke!«

Ihr Blick wanderte zu Cates Ringfinger, und das Lächeln auf ihrem Gesicht verblasste. Einen Moment lang wartete Cate darauf, dass das Mädchen etwas sagen würde. Stattdessen lächelte es jedoch nur Connie kess an.

»Und Sie müssen die stolze Mutter der Braut sein!«

»Ja.« Connies Lächeln war matt, und Cate wusste, dass ihre Mutter den abschätzigen Blick der Verkäuferin registriert hatte, als sie den Ring betrachtet hatte. Der Snobismus der Empfangsdame störte Cate nicht. Schon seit Jahren hatte sie immer wieder schweigend zugehört, wie ihre oberflächlicheren Freundinnen Ringe verglichen und mit ihren riesigen Diamanten geprotzt hatten, als wären es äußerst exklusive Designerstücke. Solche Dinge spielten keine Rolle für sie, weil sie wusste, dass sie alle Probleme mit ihren Ehemännern hatten, und sie hatte schon oft gedacht, dass protzige Ringe offenbar als Ersatz für einen Mangel an Engagement dienten.

Wie auch immer, trotzdem war es gut, ihre Mutter an ihrer Seite zu wissen. Connie war eine Naturgewalt. Sie hatte nicht die Spur von Geduld für andere. Sie war der Typ Mensch, den man bei sich haben wollte, wenn man in einem Restaurant schlecht bedient wurde, weil sie sicherstellen würde, dass nicht nur der Leiter, sondern auch der Besitzer sowie jedermann, der sich zufällig in der Nähe befand, davon erfuhr. Cate wäre bereit gewesen zu wetten, dass sie noch nicht einmal in ihrem Leben über den Tisch gezogen worden war. Und wenn es um ihre Kinder ging, lief sie zu Hochform auf.

Cate würde nie die Show vergessen, die ihre Mutter aufgeführt hatte, als sie sechs Jahre alt gewesen war und im Stepptanzunterricht Schwierigkeiten mit einer Schrittkombination namens Step Ball Change gehabt hatte. Statt dafür zu sorgen, dass Cate sich wohl fühlte, hatte ihre idiotische Lehrerin sie herausgepickt und sie den Step Ball Change vor der ganzen Klasse und ein paar Eltern, die zusahen, immer und immer wieder wiederholen lassen. Sie hatte sich unglaublich gedemütigt gefühlt und ihrer Mutter auf der Heimfahrt davon erzählt. Sie hatte immer noch das Geräusch von den quietschenden Reifen von Connies Volvo im Ohr, als die eine abrupte Kehrtwendung machte. Mit Cate im Schlepptau war Connie in die Klasse zurückmarschiert und hatte die Lehrerin in ihrem Unterricht unterbrochen. Cate konnte sich nicht mehr daran erinnern, welche Worte Connie gewählt hatte, aber bevor sie gegangen waren, hatte sie die Lehrerin dazu gebracht, mit demütigem Gesichtsausdruck vor den Augen aller Zuschauer den Step Ball Change vorzutanzen.

»Fantastisch, dass Sie beide kommen konnten«, sagte das Mädchen. »Ich werde Edith holen. Sie wird heute mit Ihnen zusammenarbeiten.«

»Tun Sie das«, erwiderte Connie und blickte ihr nach.

Während sie in der Lobby auf Edith warteten, beobachtete Cate interessiert, wie eine andere zukünftige Braut mit ihrer Mutter und einer jungen, selbstbewussten und modisch gekleideten Verkäuferin lachend durch den Laden schlenderte.

Plötzlich wurde ihr die Sicht von einer korpulenten Frau Ende fünfzig versperrt, die eine türkisfarbene Hose und ein grün-weiß gestreiftes T-Shirt trug. Eine Bananenspange hielt ihr ergrauendes Haar zurück, und auf ihrem Kinn prangte ein Muttermal von der Größe einer Macadamia-Nuss. Es handelte sich um die Mitarbeiterin, die sie beraten sollte.

Na, prima!, dachte Cate. Sie reichte der Frau das Foto und erläuterte, was ihr vorschwebte.

»Hmmm.« Edith gab ihr das Bild zurück. »Okay, dann wollen wir uns mal umsehen.«

Sie führte sie zu einem Ständer mit Kleidern, die nicht im Geringsten wie das auf dem Bild aussahen, das Cate ihr gezeigt hatte. »Was halten Sie von diesem Kleid?« Sie nahm ein schulterfreies Kleid mit Perlenstickerei am Mieder und einem weiten Rock vom Ständer. Es sah aus, als wäre es schon tausendmal von Frauen anprobiert worden, die niemals badeten. Die Kanten waren braun, auf dem Stoff rund um sie Achselhöhlen zeichneten sich Schweißränder ab, und ein paar der Perlen waren lose. »Möchten Sie dieses mal anprobieren?«

Nein. Aber sie wollte auch die Gefühle der Frau nicht unbedingt verletzen. »Mmh. Okay. Aber ich suche eigentlich ein Kleid mit einem V-Ausschnitt aus dünnem Material. Ein Etuikleid.« Hatte sie das nicht gerade erklärt?

Sie entdeckte die andere zukünftige Braut und sah neidisch zu, wie deren Verkäuferin Dutzende von V-Ausschnitt-Kleidern aus fließender Seide mit schmalen Trägern heraussuchte, während das Mädchen fröhlich nickend ihre Zustimmung gab. Cate wurde das Herz schwer, als sie sie mit dem Haufen Kleider verschwinden sah.

»Ich möchte mir solche Kleider ansehen«, meinte Cate und folgte dem anderen Trüppchen mit dem Blick.

Edith forderte sie auf, sich umzusehen, während sie nach einem anderen Kleid suchte, das ihr passend erschien.

»Ich mag unsere Verkäuferin nicht«, flüsterte Connie, sobald sie weg war.

Sie begannen, fieberhaft den Ständer durchzukämmen, an dem die andere Braut gesucht hatte. Sie entdeckten ein paar Kleider, die dem glichen, was sie suchten, und stürzten sich darauf, als wären sie während einer Hungersnot-Periode gerade über Kartoffeln gestolpert.

Als Edith zurückkehrte, trug sie noch mehr rückenfreie Kleider mit weiten Röcken über dem Arm. Cate zog in Betracht, nach dem Geschäftsführer zu fragen. Völlig entmutigt folgte sie Edith zu einem Umkleideraum, der größer als das Einzimmerapartment war, in dem sie einmal gewohnt hatte. Sie wartete darauf, dass Edith hinausging. Die rührte sich jedoch nicht von der Stelle. Stattdessen fing sie an, spitze kleine silberne Stecknadeln aus einem Nadelkissen zu ziehen. Cate konnte an nichts anderes denken als daran, wie dankbar sie war, Unterwäsche zu tragen.

Sie probierte zuerst das von ihr bevorzugte Etuikleid an. Es war zehn Größen zu groß, und sie wartete geduldig, während Edith das Kleid absteckte und daran herumzupfte. Nachdem sie damit fertig war, griff sie nach einem langen Schleier, der in der Umkleide hing. Cate hätte ihr gerne gesagt, sie bräuchte sich die Mühe mit dem Schleier nicht zu machen, weil sie keinen haben wollte. Sie hatte sich einen lockeren Dutt im Nacken vorgestellt, in den zur Zierde ein paar Vendela-Rosen gesteckt waren. Aber Edith hatte bereits damit begonnen, den Schleier an ihrem Scheitel festzustecken, und Cate dachte sich, sie könnte ebenso gut ein bisschen herumexperimentieren, da sie ja nun schon mal die Gelegenheit dazu hatte. Nachdem Edith den Schleier etwas schief befestigt hatte, griff sie schnell nach einem anderen Accessoire. »Bitte sehr«, sagte sie und drückte Cate einen Strauß aus Kunstblumen in die Hand.

Cate drehte sich steif zu ihrer Mutter um. Sie hatte Angst, eine falsche Bewegung zu machen und über das auf dem Boden schleifende Kleid oder den kirchenlangen Schleier zu stolpern, dessen Klammern sich ihr in die Kopfhaut bohrten.

»Es sieht wie ein Nachthemd aus«, stellte Connie sachlich fest, statt feuchte Augen zu bekommen, wie Cate es sich immer vorgestellt hatte, wenn ihre Mutter ihre jüngste Tochter zum ersten Mal in einem Brautkleid zu sehen bekam.

Das Interesse an Mode hatten sie allerdings noch nie miteinander geteilt. Cate erinnerte sich, wie sie zu Highschool-Zeiten ein Paar Leopardenfellschuhe mit dicken Gummisohlen gekauft hatte und Connie gemeint hatte, sie könnte beim besten Willen nicht verstehen, warum jemand freiwillig orthopädische Schuhe tragen wollte. Diesmal jedoch teilte Cate die Meinung ihrer Mutter absolut. Das Kleid sah tatsächlich wie ein Nachthemd aus, und sie konnte jede wenig schmeichelhafte Falte und Wölbung ihres Körpers unter der Seide sehen. Sie sah vor ihrem inneren Auge, wie ihre ganzen Freunde und Verwandten in der Kapelle saßen und sahen, wie sich ihre Pobacken bewegten, während sie auf den Altar zuschritt.

Das Schmeichelhafteste an dem ganzen Ensemble war der

Schleier. Obwohl er schief saß und ihr Kopfschmerzen verursachte, gefiel er ihr. Irgendetwas an seiner enormen Länge war elegant, sogar beinahe dramatisch und schmeichelte ihrer Silhouette.

Die Anprobe der anderen beiden Etuikleider verlief ebenso enttäuschend, und dann verstand sie, warum ihr Traumkleid so schwer zu finden war. Nur Gwyneth Paltrow und Uma Thurman würden darin gut aussehen.

Zu diesem Zeitpunkt war sie für alles offen. Sie probierte das erste Kleid an, das Edith ausgewählt hatte – das schulterfreie mit dem Schmutz an den Rändern. Als Edith das Kleid abzustecken begann, damit es passte, verspürte sie den gleichen Adrenalinschub wie zu dem Zeitpunkt, als sie ihr Traumkleid im Internet entdeckt hatte.

Sie drehte sich zu Connie um. Die betupfte sich die Augen mit einem Papiertaschentuch. »Ich habe dir ja gesagt, man muss die Kleider anprobieren«, meinte sie. »Du siehst wunderschön aus.«

»Fünfundzwanzig Jahre Erfahrung«, fügte Edith hinzu. »Ich weiß immer, was am besten aussieht.«

Von diesem Moment an hörte Cate auf Edith. Sie hing ihr sogar an den Lippen. Schließlich fand sie ihr Kleid. Es war aus reinem Satin, schulterfrei und mit Perlen bestickt, die das Licht wie Strahlen in Regenbogenfarben in den Spiegeln zurückwarf. Der Rock war im Meerjungfrauenstil geschnitten, und weder Tüll noch ein Krinolinen-Reif machten ihn bauschig. Dazu wählte sie einen kirchenlangen Schleier mit weißer Paspelierung an den Rändern aus.

Sie war blendend gelaunt, als sie das Brautgeschäft verließen. Ihre Mutter legte ihr den Arm um die Schulter und sagte: »Ist das nicht aufregend? Du wirst wunderschön aussehen! Ich kann es kaum erwarten, bis alle dich in diesem Kleid sehen. Ethan wird tot umfallen.«

»Danke, Mom. Danke, dass du mich begleitet hast. Es war

ein sehr schöner Tag.« Sie wollte ihrer Mutter gerade ebenfalls den Arm um die Schulter legen, als ihr Handy klingelte. »Es ist Ethan.«

»Erzähl ihm nicht, wie das Kleid aussieht!«, warnte Connie, als Cate den Anruf annahm.

»Hallo, meine Hübsche«, flötete er. »Wie läuft's? Hast du ein Kleid gefunden?«

»Aber sicher.«

Das Auto ihrer Mutter gab einen Piepton von sich, als sie die Tür öffnete. Sie stieg auf der Beifahrerseite ein. »Was ist denn los?«

»Es gibt ein Haus, dass ich mir sehr gerne ansehen würde. Ich bin schon dort vorbeigefahren, und es sieht ziemlich gut aus. Wann kommst du zurück? Denise meinte, sie könnte es uns so gegen sechs zeigen.«

»Wir sind jetzt auf dem Heimweg. Wenn wir nicht in einen Stau geraten, müssten wir rechtzeitig da sein.«

Sie verabredeten, dass sie ihn um fünf Uhr abholen würde, um dann mit ihm zusammen nach Escondido zu fahren. Sie machte das Handy aus und steckte es wieder in ihre Handtasche.

»Wie geht es Ethan?«, wollte ihre Mutter wissen.

»Prima. Er hat ein Haus gefunden, das wir uns ansehen wollen.« Sie würde es ihr früher oder später ohnehin erzählen müssen, als konnte sie genauso gut jetzt schon damit herausrücken, insbesondere, weil ihre Mutter gerade so guter Laune war.

»Jetzt schon?« Ihr Ton ließ darauf schließen, dass sie es gut aufnahm.

»Ja.« Cate lächelte.

»Kann er sich die Hypothek denn allein leisten?«

»Nein.« Sie beschloss, es so harmlos und natürlich wie möglich klingen zu lassen. »Erinnerst du dich? Ich habe Dad und dir doch schon erzählt, dass ich ebenfalls dort wohnen werde.«

Ihre Mutter wandte den Blick von der Schnellstraße ab und sah Cate an, als hätte sie gerade gesagt, sie wolle eine Geschlechtsumwandlung durchführen lassen. »Du? Du ziehst mit ihm zusammen? Vor der Hochzeit?«

Sie spürte, wie das Mutter-Tochter-Band, das sie an diesem Nachmittag in der Umkleidekabine geknüpft hatten, ratzfatz zerschnitten wurde.

Obwohl Connies Stimme lauter geworden war, blieb Cate ruhig. »Mom. Wir sind verlobt.«

»Du kannst nicht vor der Hochzeit mit ihm zusammenwohnen!«

»Wir werden *heiraten.* Ich finde es okay, wenn wir zusammenziehen. Ich weiß nicht, warum du dich so aufregst. Außerdem habe ich es euch doch schon gesagt.«

»Oh nein, du wirst nicht heiraten. Du wirst nicht in einer katholischen Kirche heiraten. Kein Priester wird euch trauen, wenn ihr vorher schon zusammenwohnt.«

Wenn das wahr wäre, hätte keine ihrer katholischen Freundinnen kirchlich heiraten können. Außerdem würde ihr Cousin Al sie wahrscheinlich trauen. Sie hatte ihn zwar noch nicht gefragt, wusste aber, dass er ihren Cousin Toby getraut hatte. Der hatte mit seiner Verlobten zusammengelebt, bevor sie überhaupt verlobt gewesen waren. All das hielt sie ihrer Mutter entgegen, wobei sie versuchte, ruhig zu bleiben. Sie bemerkte eine hervortretende Vene an Connies Hals und wusste, dass dies ein schlechtes Zeichen war. Die Vene wurde immer sichtbar, wenn sie wütend war.

»Nun, wer bezahlt für eure Hochzeit, Cate?«

Das ging unter die Gürtellinie. Natürlich würden ihre Eltern bezahlen. Cate konnte es sich nicht leisten, von ihrem Erzieherinnengehalt eine Hochzeit zu finanzieren, und es war ja schließlich auch nicht so, als könnten ihre Eltern es sich nicht leisten.

»Wenn du glaubst, ich werde diese Hochzeit oder dein Kleid

oder eins der Brautjungfernkleider bezahlen, irrst du dich! Wenn du mit ihm zusammenziehst, bist du auf dich gestellt!«

Im Grunde genommen war es gar nicht Connie, die bezahlen würde. Sie hatte keine Stelle mehr gehabt, seit sie mit Cates älterer Schwester Emily schwanger geworden war, aber Cate beschloss, sie nicht auf diesen Aspekt hinzuweisen. Denn ihre Mutter hatte großen Einfluss auf ihren Vater, und sie konnten Cate nicht auf Gedeih und Verderb ausliefern und sie zwingen, allein zu wohnen und die Miete zum Fenster hinauszuwerfen, wenn die Häuserpreise in San Diego um weitere sechzigtausend Dollar gestiegen sein würden, bis sie verheiratet waren.

»Mom, du bist unfair. Ist dir klar, was in San Diego momentan auf dem Immobilienmarkt los ist? Die Preise für Häuser steigen monatlich um zehntausend Dollar. Wir können uns kaum etwas in City Heights leisten. Wenn wir noch ein Jahr warten, können wir uns nicht mal mehr ein Haus im miesesten Wohnviertel leisten. Wo sollen wir dann leben? Wir müssen das Eisen schmieden, solange es heiß ist. Und außerdem bin ich achtundzwanzig!«

»Mach, was du willst. Aber ich werde nicht zu der Hochzeit kommen, wenn du vorher mit Ethan zusammenziehst. Und ich werde die Hochzeit auch nicht bezahlen.«

Cate fühlte sich wie ein begossener Pudel. Vor zwei Minuten noch waren sie Arm in Arm aus dem Brautmodengeschäft geschlendert, und jetzt wollte ihre Mutter die Hochzeit boykottieren?

Sie versuchte, sich ihre Hochzeit ohne ihre Mutter vorzustellen. Sie würde sich nicht nur leer und einsam fühlen, sondern wahrscheinlich würde es nicht einmal eine Hochzeit geben. Mit ihrem Erzieherinnengehalt könnte man vielleicht gerade mal ein Dutzend Gäste einladen, und Ethan könnte seine berühmte griechische Lasagne und Limettenreis zubereiten. Sie könnte im Kaufhaus Costco ein paar Blumen im Sonderangebot kaufen und ihr Kleid bei eBay ersteigern. Aber was spielte es schon für eine Rolle? Sie wollte eigentlich gar keine große Hochzeit. Nach ihren zahlreichen Verpflichtungen als Brautjungfer hatte sie sowieso das Gefühl, der Hochzeiterei überdrüssig zu sein.

Trotzdem machte der Gedanke, ihre Mutter könnte die Hochzeit boykottieren, sie unglücklich.

Während der restlichen Fahrt sprachen sie nicht mehr, und immer wenn Cate einen Blick auf ihre Mutter warf, sah sie die Ader an deren Hals pulsieren. Als sie bei Cates Haus ankamen, musste sie beinahe aus Connies Volvo springen, als würde sie von einem Buchmacher abgesetzt, dem sie Geld schuldete. Ihre Mutter verlangsamte kaum das Tempo, um sie aussteigen zu lassen, und gab schon wieder Gas, bevor sie die Tür schließen konnte.

Cate beschloss, ihre Schwester anzurufen. Sie hatte sich ihren Freundinnen nie richtig anvertraut, was die übertriebenen religiösen Überzeugungen ihrer Mutter anging. Val, Beth und Sarah waren alle katholisch. Sie hatten alle vor der Hochzeit mit ihren Verlobten zusammengelebt, und soweit sie wusste, hatte keine ihrer Mütter ihnen gedroht, ihre Hochzeit zu boykottieren. Sie war sich auch ziemlich sicher, dass keine ihrer Mütter sechsmal Rom besucht hatte mit dem einzigen Ziel, den Papst zu sehen. Bestimmt hatte auch keine der Mütter ihren Kindern erzählt, dass kaum jemand in den Himmel kam. Stattdessen würden sie in ihrem Leben nach dem Tod zuerst ins Fegefeuer kommen, einen trostlosen und düsteren Ort, an dem man keine Freunde hatte und ständig einsam war. Der einzige Mensch, der sie vielleicht verstehen würde, war jemand, der auf dieselbe Art erzogen worden war.

»Hallo Cate«, sagte Emily. Cate konnte ihre Nichte im Hintergrund juchzen hören. »Ich habe gerade mit Mom telefoniert.«

»Tatsächlich?«

»Ja. Sie hat mir erzählt, was passiert ist.«

»Ich bin achtundzwanzig, Emily. Sie haben mich nicht mehr

finanziell unterstützt, seit ich das College abgeschlossen habe, und selbst während der Collegezeit haben sie mich nur zur Hälfte unterstützen müssen. Sie kann nicht darüber bestimmen, was ich zu tun und zu lassen habe. Das kann sie mir nicht antun.«

»Ach, Cate.« Ihre Stimme klang matt. »Ich weiß wirklich nicht, was ich dir sagen soll.«

»Wie meinst du das?«

»Offen gesagt, ich finde, sie hat recht. Ich habe nicht mit Bradley zusammengewohnt, bis wir verheiratet waren. Ich hielt es Mom gegenüber für respektlos. Und außerdem, was hebst du dir dann noch für die Ehe auf? Ich wollte mich immer noch auf etwas freuen können.«

Emily. Immer der Engel. Immer Moms Liebling. Sie und Connie waren aus demselben Holz geschnitzt und hatten an einem Strang gezogen, seit Cate auf der Welt war. Abgesehen von den Momenten, wenn Connie etwas getan hatte, das Emily wütend machte. Dann war sie immer zu ihr, der dann plötzlich so geliebten Schwester, gerannt gekommen. Wie hatte sie das bloß vergessen können?

Sie erläuterte ihrer Schwester das Argument der steigenden Immobilienpreise, das sie auch ihrer Mutter erklärt hatte.

»Dann kauft doch das Haus jetzt, und Ethan soll sich einen Mitbewohner suchen.«

»Das kann ich ihm nicht antun.«

»Warum nicht?«

»Oh, der Plan sieht folgendermaßen aus, Ethan. Wir kaufen ein Haus, aber ein Fremder wird einziehen, um meine Hälfte der Hypothek zu bedienen, weil meine Mutter nicht zu meiner Hochzeit kommen wird, wenn ich mit dir zusammenwohne. Das ist bescheuert.«

»Er ist ein großer Junge. Er kann damit umgehen.«

Die Wohnkosten stellten eigentlich nur die eine Hälfte ihrer Gründe dar. Die Wahrheit war, dass sie mit Ethan zusammenziehen wollte. Schlicht und einfach. Sie würden bald heiraten, und das war der Schritt, den sie jetzt zu unternehmen bereit war. Vielleicht hätte sich Emily in ihrer Situation entschlossen, Bradley sich allein durchschlagen zu lassen, aber Ethan und sie waren Partner. Sie würden das gemeinsam durchziehen, und sie würde ihn nicht auf dem Trockenen sitzen lassen.

»Ich kann ihm das nicht antun.« Grease rieb sich an ihren Waden, aber sie war zu verärgert, um es zu bemerken. »Es ist einfach nicht fair. Er ist mein bester Freund. Es handelt sich nicht um eine von unseren Eltern arrangierte Ehe, und ich stehe nicht in ihrer Schuld bis zu dem Moment, in dem Dad mich und meine Mitgift dem fremden Mann vor dem Altar übergibt.«

»Erinner dich an *My Big Fat Greek Wedding – Hochzeit auf Griechisch.* Sie hat den Typen alles Mögliche für sich machen lassen, und es war okay für ihn, weil er sie geliebt hat. Und sie hat dieses furchtbare Kleid getragen und das ganze Make-up aufgelegt, bloß um ihre Eltern glücklich zu machen. Er ist für sie sogar zum griechisch-orthodoxen Glauben übergetreten.«

Cate wollte nicht, dass Ethan für sie oder irgendjemand anders zu einem anderen Glauben übertrat. Sie war der Meinung, dass die Religionsangehörigkeit eine persönliche Entscheidung war. Man entschied sich für eine Religion, weil man selbst es so wollte, nicht, um die Eltern seiner Freundin glücklich zu machen. Sie verabschiedete sich von ihrer Schwester, und aus irgendeinem Grund kam ihr Denise in den Sinn, während sie über Connie und Emily nachdachte. Allmählich dämmerte ihr, dass das Einzige, was sich seit ihrer Verlobung verändert hatte, das Verhalten der anderen war.

10. Ein Häuschen für zwei

Ethan schaute gerade *So bau ich mir mein neues Zuhause* im Fernsehen, als sie eintraf. »Sieh mal. So möchte ich es auch mit unserem Haus machen.« Er deutete mit der Fernbedienung auf den Fernseher. »Wenn wir ein Haus kaufen«, fügte er leise hinzu.

Sie sah zu, wie ein Mann mit einer Nagelpistole Holzleisten als Abschluss der Schnittstelle zwischen Wand und Decke befestigte. »Weißt du denn, wie das geht?«, wollte sie wissen.

»Nein. Aber ich werde es lernen.«

Normalerweise hätte sie der Gedanke, dass er ihr Haus renovieren wollte, begeistert. Aber sie war immer noch vom Streit mit ihrer Mutter entmutigt. Vielleicht hatte Emily recht. Vielleicht war es tatsächlich respektlos gegenüber ihren Eltern, wenn sie vor der Hochzeit mit Ethan zusammenzog. Sie hatten sie schließlich großgezogen, ihr ihren Volvo gegeben, als sie sechzehn wurde, und die Studiengebühren fürs College gezahlt. Vielleicht sollte sie einfach warten und nach der Hochzeit mit ihm zusammenziehen. Aber wo würden sie dann wohnen können? Sollten die Immobilienpreise weiterhin ansteigen, würden sie sich kein Haus leisten können, und Ethan fantasierte doch schon, solange sie zusammen waren, von seiner eigenen Garage und dem Garten für einen Hund. Das hier sollte ›die glücklichste Zeit ihres Lebens sein‹, und wenn sie ihm von dem Streit mit ihrer Mutter erzählte, würde ihn das nur ebenfalls runterziehen. Es wäre nicht fair, ihm die Moralvorstellungen ihrer Eltern aufzuzwingen.

»Ich kann es kaum abwarten, mir dieses Haus anzusehen«, meinte Ethan. »Es ist das beste, das ich bislang gesehen habe.«

Es musste gut sein, denn er hatte sich nicht einmal die Mühe gemacht, eins der anderen Häuser zu besichtigen, die er mit Denise zusammen ausfindig gemacht hatte. Dieses hier war das erste annehmbare Haus gewesen.

»Ich bin eben daran vorbeigefahren, und es sieht wirklich gut aus. Es ist wunderbar altmodisch, muss so um 1920 gebaut worden sein und liegt in diesem historischen Teil von Escondido. Es hat sogar eine Veranda und einen kleinen Lattenzaun.«

Das Funkeln in seinen Augen wurde schwächer. »Was ist denn los?«, fragte er.

»Nichts. Ich bin bloß müde.«

Als sie nach Escondido fuhren, überlegte sie, wie sie ihre Mutter besänftigen könnte. Es würde nicht einfach werden, aber sie glaubte, dass es ihr schon irgendwie gelingen würde. Sie müsste nur irgendjemanden auf ihre Seite ziehen, dem ihre Mutter nicht zu widersprechen wagen würde. Dann würde ihr nämlich gar nichts anderes übrig bleiben als zuzustimmen. Ja, das war die Lösung – sie würde mit ihrem Cousin Al reden. Das heißt, wenn ihre Mutter ihr nicht bereits zuvorgekommen war und ihm ausgeredet hatte, die Zeremonie durchzuführen, falls Cate es tatsächlich wagen würde, sich ihren Wünschen zu widersetzen und mit Ethan zusammenzuziehen.

»Das ist es«, sagte Ethan und hielt vor einem winzigen weißen Bungalow mit Spitzengardinen und einer niedlichen kleinen Veranda an. Die Farbe blätterte ein wenig ab, was aber durch einen neuen Anstrich schnell behoben werden konnte.

»Jetzt denk daran, unvoreingenommen zu bleiben«, forderte er sie auf, als er die Handbremse anzog. »Du musst es als Ganzes betrachten. Wir können später dann noch immer einiges nach unseren Vorstellungen ändern.«

»Ich weiß«, erwiderte sie und fragte sich, wie es wohl innen aussah.

Denise parkte vor ihnen. Nachdem sie ihren leicht unförmigen Körper aus dem Auto gezwängt hatte, kam sie mit einem braunen Umschlag in der Hand auf sie zu.

»Die Besitzer sind nicht zu Hause«, erklärte sie. Sie musterte Cate von oben bis unten, und Cate merkte, dass ihr Blick auf ihren grünen perlenbestickten Schuhen verweilte. Dann sah sie Cate wieder ins Gesicht. »Ethan hat mir erzählt, dass du ein Kleid gefunden hast.« Cate dachte an das Kleid und dann daran, wie ihre Mutter davongerast war, und das Herz wurde ihr schwer.

»Ich glaube schon.«

»Super.« Sie lächelte und ließ ihren Blick wieder über Cates Körper gleiten. »Du bist so dünn, du Glückliche, dass du wahrscheinlich so ziemlich alles tragen kannst.«

»Oh, danke«, erwiderte Cate. »So ein Kompliment hört man gern.«

Denise führte sie zur Tür, und sie warteten hinter ihr stehend, während sie mit einem riesigen Schloss herumfummelte.

Das Haus war winzig. Zwei kleine Schlafzimmer, ein winziges Bad, das gerade mal Platz für eine Person bot, eine kleine Küche und ein angrenzendes Wohn- und Esszimmer ergaben eine Wohnfläche von rund neunzig Quadratmetern. Von den meisten Wänden blätterte ein goldener Anstrich ab, und das Linoleum des Badezimmerbodens sah aus, als wäre jemand mit einem Rasenmäher darübergefahren. Die Arbeitsflächen in der Küche hatten so viele Macken wie ein altes Schneidebrett. Es gab jedoch Einbauregale, Schienen an der Wand, damit sie nicht von den Stühlen verkratzt wurde, Erkerfenster und Fenstertüren im Schlafzimmer. Cate malte sich aus, wie sie und Ethan das Linoleum herausrissen, Farbmuster sichteten und eine Küchenarbeitsplatte aussuchten. Sie liebte das Häuschen.

»Was meinst du?«, wollte Ethan wissen.

»Ich finde es prima. Und du?«

»Ich liebe es.«

Einige Minuten später befanden sie sich auf dem Weg in Denises Büro, um ein Angebot aufzusetzen.

Denise faxte ihr Angebot an das Maklerbüro, das den Verkäufer vertrat, und versprach Ethan und Cate, sie anzurufen, sobald sie etwas hörte. Als sie zu ihren Autos zurückgingen, fragte sie, wie die Hochzeitsplanung liefe, und Cate log und antwortete, alles wäre bestens. Dann wandte Denise sich an Ethan. »Du wirst nicht glauben, wen ich vertreten werde.«

»Wen denn?«

»Janet Griffin.«

Cate wäre beinahe abrupt stehen geblieben, aber Ethans Hand ruhte sanft auf ihrem Rücken, und so ging sie weiter.

»Tatsächlich«, sagte er.

Denise nickte. »Sie hat meinen Namen gesehen, als sie auf einer Bank an einer Bushaltestelle saß, und hat Kontakt mit mir aufgenommen. Sie sucht eine Eigentumswohnung. Ihre Wohnung in San Francisco ist ausgebrannt, und vermutlich war sie gut versichert …«

»Ich weiß.«

»Sie ist richtig deprimiert und braucht jede Menge Hilfe, deshalb habe ich ihr gesagt, dass ich sie vertreten werde.«

»Das war nett von dir.« Er schloss die Autotür für Cate auf.

»Na ja, du weißt ja. Dafür hat man Freunde. Sie braucht auch Hilfe bei der Suche nach einer neuen Stelle, und ich dachte, du mit deinen ganzen Beziehungen könntest sie vielleicht unterstützen. Ich habe ihr deine Telefonnummer gegeben. Hoffentlich hast du nichts dagegen.«

»Nein. Überhaupt nicht.«

Das wäre ja alles vollkommen normal gewesen, wenn Cate die Art und Weise hätte vergessen können, mit der Janet ihn an jenem Tag am Pool angesehen hatte, und wie sie ihn auf die Wange geküsst hatte, als der Trikotmann sie erschreckt hatte. Irgendetwas an der ganzen Sache war merkwürdig. Warum zog sie zurück nach San Diego und nahm Kontakt zu Leuten auf, von denen sie wusste, dass sie Ethan nahestanden?

»Sei's drum«, meinte Denise. »Ich rufe euch an, sobald ich eine Reaktion von dem Makler bekomme.« Sie lächelte ihnen zu. »Drückt die Daumen!«

11. Hauskauf besiegelt, Streit nicht beigelegt

Am folgenden Morgen weckte sie das Klingeln von Ethans Handy. Es war Denise. Cate hatte sich am vergangenen Abend mit Vergnügen vorgestellt, wie sie im Sommer auf der Veranda kaltes Sodawasser tranken und wie sie im Winter in ihrem kleinen Häuschen Suppe kochte. Gleichzeitig hatte sie aber auch gedacht, dass sie schon ein winziges bisschen erleichtert wäre, wenn sie das Haus nicht bekämen. Das würde ihr etwas mehr Zeit verschaffen, den Streit mit ihrer Mutter aus der Welt zu räumen.

»Wir haben das Haus!«, rief Ethan ihr aufgeregt zu. »Sie haben unser Angebot angenommen. Wir werden Hausbesitzer!«

Sie reckte den Daumen in die Höhe, und er nahm das Gespräch mit Denise wieder auf, um alle Einzelheiten zu erfahren.

»Bist du nicht aufgeregt?«, fragte er, nachdem er aufgelegt hatte.

»Doch! Natürlich.«

»Was ist los? Ich spüre, dass etwas nicht stimmt.«

Sie erzählte ihm die Sache mit ihrer Mutter, milderte die Geschichte aber ab, damit er nicht glaubte, er heiratete in eine Familie ein, die völlig dem religiösen Wahnsinn verfallen war. Als sie fertig war, drückte er ihre Hand. »Ich werde tun, was *dich* glücklich macht.«

»Ich möchte mit dir zusammenziehen. Ich möchte unser Haus kaufen.«

»Sie wird die Hochzeit sicher nicht boykottieren.«

Sie schlang die Arme um ihre angezogenen Knie. »Ich weiß nicht. Sie schien es ziemlich ernst zu meinen, und ich habe nicht mehr mit ihr gesprochen, seit sie mich gestern abgesetzt hat.«

»Warum sprichst du nicht mit deinem Dad?«

»Ich weiß nicht.« Sie schüttelte den Kopf. »Ich habe das Gefühl, dass er mich in dieser Angelegenheit nicht unterstützen wird.«

»Du kannst nicht zulassen, dass sie alle Entscheidungen für uns trifft.«

»Das stimmt.«

»Ich habe heute eine ganze Menge zu erledigen«, meinte er dann. »Aber wir könnten heute Abend etwas Nettes unternehmen, um unser neues Haus zu feiern.« Er küsste sie auf die Stirn. »Mach dir keine Sorgen wegen deiner Mutter. Alles wird wieder gut. Lass sie ein paar Tage lang schmollen, und dann ist sie darüber weg.«

Den Rest des Tages verbrachte sie am Strand. Es gab tausend Dinge für die Hochzeit, die sie erledigen wollte, aber ohne ihre Mutter oder ihre Ehrenbrautjungfer an ihrer Seite kam ihr das sinnlos vor. Selbst wenn sie es sich hätte leisten könnnen, die Blumen oder den Fotografen anzuzahlen, wäre es ohne sie nicht so amüsant und befriedigend. Sie wollte sich auf die Meinung und Kompetenz ihrer Mutter stützen. Connie war eine meisterhafte Partyplanerin und Gastgeberin. Wenn jemand ein schönes Ambiente und eine angenehme Atmosphäre schaffen konnte, dann war sie es. Cate erinnerte sich an viele Partys und Feste, die etwas Besonderes gewesen waren, weil ihre Mutter einen Blick für Details und einen großartigen Geschmack bei der Essenszusammenstellung besaß. Cate hatte weder Erfahrung mit Tischdekorationen noch Ahnung von Serviettenringen, und sie hatte sich schon oft gefragt, ob es ihr je gelingen würde, mit diesen Dingen auch nur halb so geschickt wie ihre Mutter umzugehen. Für Cate bestand die Planung einer Party gewöhnlich darin, Chips, Salsa und Pinot Grigio in irgendwelchen sauberen Gläsern zu organisieren. Die Planung einer Hochzeit war immer etwas, das Mutter und Tochter gemeinsam taten, und jetzt fühlte sie sich allein gelassen.

Trotz des wunderschönen Tages war der Strand ziemlich verlassen. Leere Sandflächen waren an Wochentagen typisch, und genauso gefiel es ihr. An den Wochenenden dagegen drängten sich die Menschen am Strand, und wenn man nicht bis elf Uhr dort war, hatte man Glück, überhaupt einen Sandflecken für sein Handtuch zu finden, der nicht mit Seetang bedeckt war. Ein Radio wurde lauter als das nächste gestellt, und nach einer Weile klangen die verschiedenen Musikrichtungen wie ein einziges Brummen. Die Mülleimer quollen vor Getränkedosen über, und vor den Toiletten war ständig eine Schlange.

An diesem Tag jedoch waren bloß ein paar Familien am Strand, zweifellos Touristen, und im Wasser waren nur einige wenige Surfer. Verstreut lagen noch einige Mädchen wie sie selbst in der Sonne, die ein Buch lasen oder in einem Modemagazin blätterten. Ihr Blick fiel auf eine junge Frau, die in eine Ausgabe von *Die moderne Braut* vertieft war. Ihr wurde das Herz schwer, als ihr durch den Kopf ging, dass sie selbst vielleicht gar keine Hochzeitszeitschriften mehr brauchen würde, wenn sie ausreißen mussten, um zu heiraten.

Sie liebte den Sommer, weil sie dann immer so viel Zeit hatte, um zu lesen. Während des Schuljahres war es schwierig, den ganzen Tag zu arbeiten, Zeit mit Ethan und ihren Freunden zu verbringen und sich trotzdem noch richtig in ein gutes Buch zu vertiefen. Sie hatte eine lange Liste von Büchern für den Sommer. Zumindest hatte sie Zeit zu lesen, wenn die Hochzeitspläne auf Eis lagen.

Sie rollte sich auf den Bauch und wollte sich wieder in ihren Roman vertiefen, musste aber feststellen, dass ihre Gedanken nur darum kreisten, was für eine Art Hochzeit Ethan und sie ohne ihre Eltern haben würden. Sie hatte gerade angefangen, sich mit dem Gedanken anzufreunden, dass auch eine Hochzeit in Las Vegas Spaß machen könnte, als etwas Kaltes und Nasses über ihre Schultern spritzte. Ihr erster Gedanke war, dass eine Seemöwe auf sie geschissen hatte. Besorgt, was sie vorfinden würde, drehte sie sich um.

»Oh, tut mir leid, Mann, ich wollte dich nicht nass spritzen. Mein Brett ist gerade kaputtgegangen, und ich bin ein bisschen genervt. Sorry, ich habe nicht mal darauf geachtet, wo ich hingehe oder was ich tue, und ich habe das Wasser aus meinen Haaren geschüttelt und dich voll erwischt.«

Wenn Brad Pitt einen Zwilling vermisste, so hatte sie ihn gerade gefunden. Es fiel ihr schwer, verärgert zu sein, dass der Typ seinen Kopf wie ein nasser Schäferhund über ihr ausgeschüttelt hatte, denn sein Bauch sah so hart wie das ramponierte Surfbrett unter seinem Arm aus. Sie betrachtete zuerst das kaputte Brett, das mit wie Speckscheiben aussehendem Wachs bedeckt war, dann seine perfekten weißen geraden Zähne.

»Schon in Ordnung. Kein Problem. Wirklich nicht.«

»Ich habe doch hoffentlich nicht auch noch dein Buch nass gemacht, oder?«

Sie konnte sehen, wie ihm Wasser von der Nase tropfte und Tropfen in seinen langen Wimpern wie Regentropfen an Palmwedeln hingen.

»Nein, schon okay«, antwortete sie, obwohl sie sah, dass die ersten Seiten des Romans sich wie welker Kopfsalat wellten.

»Na ja, dann wünsche ich dir noch 'nen tollen Tag. Und noch mal, es tut mir leid.«

»Dir auch 'nen schönen Tag!« Sie sah ihm nach, als er davonging. Seine orange-roten Shorts hingen auf seinen perfekt geformten Hüften und enthüllten den aufreizendsten Bräunungsstreifen, den sie je gesehen hatte. Leises Schuldbewusstsein stieg in ihr auf, weil sie ihn so ungeniert unter die Lupe nahm und sich wünschte,

Jill wäre bei ihr. Sie könnte ihre einzige Freundin, die noch Single war, mit dem schärfsten Typen bekannt machen, den sie seit einer Ewigkeit in San Diego gesehen hatte.

Zum zweiten Mal seit ihrer Ankunft am Strand trug sie Sonnencreme auf. Da sie so hellhäutig war, ging sie eigentlich nicht zum Strand, um sich zu bräunen. Sie wollte sich eher entspannen, aufs Meer gucken und Leute beobachten. Nach ihrer Begegnung mit dem sexy Surfer konnte sie sich über das Leute-Beobachten nicht beklagen. Es war immer einfach, die Touristen zu erkennen, denn wenn sie aufstanden, um zu gehen, bedachten sie immer jemanden mit einer Ladung Sand. Sie achteten nie darauf, in welche Richtung der Wind wehte, wenn sie ihre Handtücher ausschüttelten.

Das Plätschern der Wellen und die Hitze machten sie immer schläfrig. Sie konnte tagsüber normalerweise kaum ein Nickerchen machen, aber nach einer halben Stunde am Strand döste sie im Nu ein. Sie träumte gerade, dass Ethan und sie beschlossen hatten, im Badeanzug zu heiraten, als ihr Handy klingelte.

Es war Ethan. Benommen meldete sie sich.

»Hallo, schläfst du?«

»Gewissermaßen«, antwortete sie.

»Also, ich habe gerade mit meinem Bruder gesprochen. Er ist übers Wochenende in der Stadt. Anscheinend hat er eine neue Freundin, und er hat uns für heute Abend zu einem Bauchtanz-Festival im Balboa Park eingeladen.«

Die Einladung hätte sich seltsam angehört, wäre sie von jemand anderem gekommen, aber sie sprachen ja von Chuck. Derselbe Mensch, der einmal Mitglied einer Band namens *The Land of Pot and Death* gewesen war. Im Vergleich dazu wirkte Bauchtanz zahm.

»Er hat eine neue Freundin?«

»Jau, sie kommt aus Tschechien.«

»Tatsächlich? Ist sie Bauchtänzerin?« Sie wischte sich Sand von den Beinen.

»Ich glaube ja.«

Das klang faszinierend. Sie hatte zuletzt Bauchtänzerinnen im Papadakis gesehen, einem sehr guten griechischen Restaurant in Los Angeles, und sie waren wundervoll gewesen.

»Ja, okay. Lass uns hingehen.«

Eine neue Nachricht wartete auf sie, und sie hoffte, sie wäre von ihrer Mutter. Connie und Cate hatten in der Vergangenheit schon oft Meinungsverschiedenheiten gehabt. Gewöhnlich folgte die Entspannung der Lage einen oder zwei Tage später durch einen Anruf ihrer Mutter. Cate hoffte, dass es diesmal genauso sein würde. Dass sie einfach akzeptierte, dass Cate mit ihrem künftigen Ehemann zusammenzog, so tat, als hätten sie nie gestritten, und die Sache abhakte. Sie drückte auf die Play-Taste ihres Anrufbeantworters.

»Hallo Cate. Hier spricht Peg Migillicuddy.« Es war die Hochzeitsplanerin, die Cate kontaktiert hatte, und sie hörte sich genau wie Mrs. Doubtfire an. Ihre Stimme klang tief und ruhig, und sie sprach mit leicht irischem Slang. »Das ist mein Rückruf, meine Liebe, und ich freue mich sehr darauf, mich mit Ihnen über Ihren ganz besonderen Tag zu unterhalten.«

Cate schrieb sich ihre Telefonnummer auf. Wenn jemand ihre Mutter umstimmen konnte, dann war es vielleicht diese Frau. Cate konnte sie jedoch nicht zurückrufen, solange sie nicht einmal wusste, ob es eine Hochzeit zu planen geben würde.

12. Ein neuer Pfarrer

Sie duschte und föhnte sich das Haar. Es war noch nicht ganz trocken, als auch schon Ethan vor der Tür stand.

»Hast du mit deiner Mom gesprochen?«, wollte er, gleich nachdem sie sich begrüßt hatten, wissen.

»Noch nicht. Es ist so peinlich. Was werden deine Eltern von meiner Familie halten, wenn meine Mom die Hochzeit boykottiert und wir durchbrennen müssen?« Sie wickelte das Kabel um den Föhn. »Ich komme mir vor wie in einer Seifenoper.«

»Wie bitte?«

»Die ganze Situation ist so, als ob sie in einer Seifenoper passieren würde.«

Er lachte über ihre Bemerkung, aber es stimmte. Die Auseinandersetzung mit ihrer Mutter war wie eine Geschichte, die man, eine Tüte Popcorn verschlingend, gebannt verfolgen würde, pikante Details eines Dramas, das einem anderen passierte. Jedenfalls sollte es auf keinen Fall ihre eigene Geschichte sein.

»Sie wird die Hochzeit nicht platzen lassen. Gib ihr einfach ein bisschen Zeit, um darüber wegzukommen. Oder sprich mit deinem Dad. Warum redest du nicht mal mit ihm?«

»Er ist noch nicht zurück.«

Sie zog ein Paar Jeans aus ihrer Kommode. Sie nahm an, dass das Festival draußen stattfinden und sie wie die Indianer in einem großen Kreis im Gras sitzen würden, während wie Aladin gekleidete Frauen in ihrer Mitte tanzten. Sie zog ein bequemes weißes Tanktop an und schnappte sich ihre vorne mit einer großen Hawaiiblume versehene Kapuzenjacke.

Sie fuhren in Cates Volvo, und Ethan parkte vor einem kreisrunden Gebäude mit leuchtend dekorierten Mauern.

»Es ist drinnen?«

»Ja. Chuck hat gesagt, wir sollen hierherkommen.« Sie gingen hinein und an einer kleinen Gruppe Leute vorbei. Cate nahm sich ein Programm von einem Kartenspieltisch, und Ethan blieb stehen, um einen Fünfdollarschein in eine zur Spendendose umfunktionierte Glasvase zu werfen.

»Das war aber großzügig«, meinte Cate und mit Blick auf die wenigen Münzen, die sich darin befanden.

»Das war alles, was ich noch dabeihatte.«

Sie gingen gerade durch die zweiflügelige Tür des Zuschauerraums, als sie hinter sich eine Stimme hörten. »Äh, habt ihr beide bezahlt?«

Sie wirbelten herum und sahen sich einer Frau mit einem Baby in einem Tragetuch auf der Brust gegenüber. Die Frau trug kein Make-up und hatte langes strohfarbenes Haar, das aussah, als wäre es seit ihrer Geburt nicht ein einziges Mal geschnitten worden.

»Haben wir gerade getan.« Ethan deutete auf die Vase.

Die Frau lächelte. »Das ist nur das Trinkgeld für die Angestellten. Für die Show werden Eintrittskarten verkauft. Fünfzehn Dollar pro Person«, erklärte sie sachlich. Typisch Chuck. Er vergaß immer wichtige Details, und wenn sie gewusst hätten, dass der Eintritt dreißig Dollar kostete, hätten sie auf dem Hinweg an einem Geldautomaten angehalten.

Ethan wandte sich an Cate. »Hast du Geld dabei?«

Sie kramte bereits in ihrer Geldbörse. Sie zog ein winziges Bündel Scheine hervor. »Ähh … Oh, hier ist ein Fünfdollarschein.« Sie reichte ihn Ethan. »Und eins … zwei … drei. Noch drei Dollar. Acht Dollar.« Sie spürte, wie ihre Wangen unter dem Blick der Frau heiß wurden.

Ethan versuchte es mit seiner sanften Verhandlungsstimme. Die ›Treffen wir uns irgendwo in der Mitte, weil ich so süß und vernünftig bin‹-Stimme. Sie hatte sie schon bestimmt tausend Mal gehört, wenn er mit Kunden sprach, die wegen ihrer Fünfhundert-Personen-Ruhestandsparty ausflippten oder Shiitake-Eierbrötchen oder Ingwer-Lachshäppchen für ihre Studienabschlussparty haben wollten. Da er regelmäßig mit so vielen verzweifelten Partyplanern konfrontiert war, konnte er einfach wunderbar mit Leuten umgehen.

Er sah ihr mit einem unschuldigen Gesichtsausdruck in die Augen. »Mein Bruder hat uns eingeladen, und er hat mir gesagt, der Eintritt würde bloß ein paar Dollar kosten. Als ich dann die Vase für Spenden gesehen habe, dachte ich, der Eintritt wäre frei und habe meine letzten fünf Dollar hineingeworfen.« Er beugte sich vor und fischte den Schein aus der Vase. Cates Wangen glühten, als er den Schein zu ihrem Geld hinzufügte. Er schüttelte den Kopf. »Ich schwöre es ihnen, ich habe gerade meinen letzten Schein dort hineingeworfen. Besteht die Möglichkeit, dass Sie uns einen Sonderpreis machen, zwei zum Preis von einem? Ich meine, mehr haben wir nicht dabei, und wir sind wirklich nur hergekommen, um uns mit meinem Bruder zu treffen.«

Cate wäre am liebsten im Boden versunken. Er hatte tatsächlich ihre Spende zurückgenommen und dann um einen Sonderpreis gebeten, obwohl sie mit ihren dreizehn Dollar nicht einmal eine einzige Karte bezahlen konnten.

»Ich denke schon«, flüsterte die Frau und griff nach einem Stempel. »Aber erzählt es niemandem.« Sie drückte ihnen den Stempel auf die Hand.

Sobald sie drinnen waren, entdeckten sie Chuck, der in der vordersten Reihe auf einem Klappstuhl saß. Ein breites Grinsen erschien auf seinem Gesicht, als er sie bemerkte. Er trug eine schwarze Lederhose und einen Blazer, aber kein Hemd darunter.

Sie konnte seine behaarte Brust und seinen Bauchnabel sehen. Sein Haar war mit Gel zurückgekämmt, und seine auffällig großen Ohrringe glänzten im Licht der Deckenbeleuchtung. »Hallo! Da ist ja das glückliche verlobte Paar!«

Schnell umarmte er Ethan und drehte sich dann zu Cate um. Seine Umarmung war fest und sein Kuss auf ihre Wange feucht. »Ich möchte euch Tatjana vorstellen.«

Die Person neben seinem leeren Stuhl begrüßte sie mit geschürzten Lippen. Cate war nicht sicher, was ihr als Erstes auffiel. Der Edelstein mitten auf ihrer Stirn oder ihr offenherziges Dekolletee. Unter ihrem Blazer war tatsächlich weder ein Hemd noch ein Tanktop zu sehen. Nur ihre riesigen Brüste. Was hatten diese Leute bloß gegen normale Kleidung? Langes blondes Haar ergoss sich über ihre Jacke, und sie hatte einen glänzenden Schmollmund, eng zusammenstehende Augen und eine winzige Stupsnase.

»Tatjana, das sind mein Bruder Ethan und seine Verlobte Cate.« Sein Blick glitt über sie. »Ich habe ihr schon so viel von euch erzählt.«

»Nett, dich kennenzulernen«, sagte Cate und streckte die Hand aus. Als Reaktion auf ihre Geste wandte Tatjana den Kopf ab. Cate war etwas beleidigt, aber dann erinnerte sie sich daran, dass das Mädchen aus Tschechien stammte und wahrscheinlich kein Englisch sprach. Vielleicht hatte sie sie einfach nicht verstanden.

»Tut uns leid, aber es war schon voll, als wir angekommen sind, aber ihr beide könnt euch hinter uns setzen.« Chuck zeigte auf zwei leere Stühle.

Sie quetschten sich auf die beiden freien Plätze hinter Chuck und Tatjana, und Cate konnte wegen Tatjanas Kopf nichts sehen. Sie spähte durch eine schmale Lücke zwischen Chucks und Tatjanas Schultern. Einige Minuten später ging eine Frau in einem fließenden Rock und einer Wildlederweste zum Mikrophon. Sie sprach ungefähr fünfzehn Minuten lang darüber, welch wundervoller Abend vor ihnen lag. Cate meinte Ethan irgendwann aufstöhnen zu hören, und sie konnte seine Befürchtungen nachvollziehen. Sie hatten geglaubt, ein kostenfreies Festival zu besuchen, bei dem sie sich zwanglos unter die Leute mischen und wieder gehen konnten, wann sie wollten. Stattdessen waren sie in eine ausgewachsene Abendveranstaltung mit künstlerischen Darbietungen geraten, und als sie das Programm durchblätterte, erkannte sie, dass sie in der Falle saßen. Es konnte Stunden dauern, bevor sie entkommen können würden.

»Und jetzt möchte ich Ihnen einen der besten Auftritte des heutigen Abends ankündigen. Es ist eine geradezu magische Band, die eine vielfältige Mischung aus Spiritualität und tiefer Einsicht in die Dinge des Lebens bietet. Ladys und Gentlemen, hier sind Unite!«

Sekunden später betraten eine Reihe von Musikern leise wie Ameisen die Tanzfläche. Die normalste Person war eine Geigenspielerin, eine Asiatin in den Zwanzigern mit kahl geschorenem Kopf und gepiercten Augenbrauen. Begleitet wurde sie von mehreren Typen mit Rastalocken, einem Kerl mit pinkfarbenem Irokesenschnitt und einer Frau mittleren Alters mit einer Bongotrommel, die aussah, als wäre sie Dozentin für Anthropologie an der örtlichen Universität und schriebe gelegentlich Artikel über die Rettung der Seehunde in der Bucht von La Jolla. An dem langen beigefarbenen Rock der Frau hing darüber hinaus ein vielleicht gerade mal zweijähriges Kind.

Die Frau setzte sich auf den Boden, schlug die Beine übereinander und stellte die Trommel vor sich. Das blonde Kind in einem süßen rosafarbenen Sweatshirt und weißen Hosen setzte sich neben sie, steckte sich einen Schnuller in den Mund und verhielt sich still, als wäre es absolut normal, Teil einer New-Age-Band zu sein, statt Kinderlieder vor der *Sesamstraße* zu singen.

Die Musik war von der Art, die Cates Puls beschleunigte und die sie mit Menschen in Zusammenhang brachte, die um Räucherstäbchen tanzten, während sich eine Kobra aus einem Korb schlängelte. Nur Sekunden nach Beginn des ersten Songs hüpfte ein barfüßiger Typ mit dicken schweren Rastalocken und Stammestätowierungen zwischen dem Bühnenvorhang hervor. Er trug jede Menge Augen-Make-up und eine perlenbesetzte Dschinn-Hose. Federn baumelten von seinem Haar. Der interessanteste Teil seines Outfits war der Tierschwanz, der von seinem Hinterteil baumelte. Er legte ein Gebaren an den Tag, das auf den jahrzehntelangen Konsum von Halluzinogenen schließen ließ.

Er nahm das Mikrophon vom Ständer und begann in einer fremden Sprache zu singen. Eine Minute lang stampfte er von einem Fuß auf den anderen, in der nächsten Minute wirbelte er über die Bühne wie ein russischer Balletttänzer und drehte Pirouetten, als würde er den *Nussknacker* tanzen.

Cate warf einen Blick auf Ethan. Er war tief in seinen Sitz gesunken, ließ aber die Bühne nicht aus den Augen. Er merkte nicht einmal, dass sie ihn beobachtete.

Der Sänger steckte das Mikrophon wieder auf den Ständer, warf sich auf den Boden und rollte herum. Auf allen vieren streckte er zweimal die Zunge heraus, bevor er auf die Zuschauer zukrabbelte.

Lass ihn nicht in meine Nähe kommen. Lass ihn nicht in meine Nähe kommen. Lass ihn nicht in meine Nähe kommen. Lass ihn nicht in meine Nähe kommen.

Er war auf dem Weg in ihre Richtung und krabbelte schnell. Sie hob die Füße hoch und hoffte, er würde geradewegs an ihr vorbeirobben. Ihr brach der Schweiß aus, als sie feststellen musste, dass er direkt auf sie zukam und die ganze Zeit mit der Zunge schnalzte. Er kroch zu ihr, hielt noch einmal auffordernd schnalzend mit einem Millimeter Abstand von ihrem Bein inne. Sie begann sich zu entspannen, als er den Kopf wandte und offenbar nach seinem nächsten Opfer suchte. Er griff jedoch nach ihrer Wade, als wäre sie ein Mikrophon, und begann in ihren Fuß zu singen – irgendetwas über das Finden von Licht und einer besseren Quelle für Frieden. Vielleicht meinte er in Wahrheit, dass sie eine Pediküre brauchte. Sie blickte Ethan Hilfe suchend an, aber er war zu sehr damit beschäftigt, das Schauspiel schockiert zu beobachten.

»Wir sind eiiiiins! Bring uns zum Liiiiiicht!« Wenn er nicht in einer fremden Sprache sang, hörte er sich an, als gäbe er die Hauptrolle im *Phantom der Oper.* »Gib uns Liiiiicht!«

Plötzlich presste er seinen Daumen in ihrem Fußballen, und sie fragte sich, was er sich dabei dachte. Dann begann er wieder mit seinem unverständlichen Gesang. Er war besessen, er musste besessen sein.

Er sprang auf die Füße. Erschrocken zuckte sie zusammen. Für den Bruchteil einer Sekunde befürchtete sie, er würde sie über die Schulter werfen und ihren Po als Bongotrommel benutzen. Sie war noch nie in ihrem Leben so erleichtert gewesen als in dem Moment, in dem er auf die Tanzfläche zurückwirbelte. Als sie beobachtete, wie er ging, erhaschte sie einen Blick auf Chucks entzücktes Gesicht.

Der erste Song dauerte fünfzehn Minuten.

Lauter Applaus folgte, und Ethan beugte sich zu Cate. »Lass uns zusehen, dass wir bei der erstbesten Gelegenheit hier rauskommen«, presste er zwischen zusammengebissenen Zähnen hervor.

»Wir können nicht gehen«, flüsterte sie zurück und klatschte weiter. Obwohl sie das Gefühl hatte, ihr Fuß wäre missbraucht worden, konnte sie nur an die Frau mit dem Baby denken, die sie kostenlos reingelassen hatte. Was für Leute schmuggelten sich auf unverschämte Weise in die Show hinein, um dann mittendrin zu gehen? Das wäre einfach mehr als unhöflich.

»*Doch,* wir *können* gehen. Auf keinen Fall halte ich das hier drei

Stunden lang aus.« Er deutete auf das Programmheft. »Das ist erst die erste Band!«

Der nächste Song wurde angestimmt, und sie schlug die Beine übereinander und schob ihre Knie in Ethans Richtung. Die Musik war diesmal langsamer, blieb aber derselben mystischen Art treu. Sie hörte das leise Geräusch kleiner Glöckchen, und als sie sich umdrehte, um zu eruieren, woher sie kamen, sah sie die Bauchtänzerinnen. Offensichtlich war Bauchtanz keine Aktivität, bei der man viele Kalorien verbrannte. Die beiden Frauen hatten fleischige kurvenreiche Körper, und ihre ziemlich dicken Bäuche schwabbelten über ihre Hüfthosen, als hätten sie noch nie in ihrem ganzen Leben eine einzige Bauchmuskelübung gemacht. Sie tanzten mit dem Fußschnüffler überall herum, schwangen ihre Hüften und klingelten mit den Glöckchen über ihren Köpfen. Eine der beiden trug einen dünnen Schleier, der ihr Gesicht bedeckte.

Das Faszinierendste an der ganzen Show war nicht Mr. Fußfetisch, der auf allen vieren über einer Bibel kauerte, oder die zwei Bauchtänzerinnen, die Schwerter auf der Stirn balancierten. Es war das winzige blonde Kleinkind in seinem rosafarbenen Outfit, das neben der Bongotrommel saß wie ein Erwachsener, der auf den Bus wartete. In den Augen des kleinen Mädchens war keine Faszination oder Begeisterung zu sehen. Sie bewegte sich kaum. Sie nuckelte nur an ihrem Schnuller, als hätte sie die Vorführung dieser Verrückten schon tausend Mal gesehen, als hätte sich der Reiz des Neuen in ihren Kleinkindtagen bereits abgenutzt. Cate fragte sich, was das Kind wohl von den *Teletubbies* hielt. Wenn der Fußschnüffler und sein Tierschwanz sie nicht amüsierten, mussten die *Teletubbies* auf sie wie die Lektüre von *Krieg und Frieden* wirken.

Das Lied war zu Ende, und Ethan drehte sich zu ihr um. »Okay, geh«, flüsterte er. »Wir treffen uns draußen.«

»Was ist mit Chuck? Willst du ihn einfach sitzen lassen?«

»Wir treffen uns später mit ihm. Das hier halte ich auf keinen Fall länger aus«, zischte er.

»Ethan, sie haben uns im Grunde genommen kostenlos reingelassen. Wir können nicht so unhöflich sein. Das ist einfach furchtbar unverschämt.«

»Das ist mir ziemlich egal. Ich sterbe *und* ich verhungere gleich.« Er blickte zur rechten Seite des Gebäudes, bevor er sie sanft von ihrem Sitz schob.

Cate taumelte leicht, aber sobald sie das Gleichgewicht wiedergefunden hatte, huschte sie schnell aus dem Gebäude und betete, dass ihr Abgang nicht jedermann auffiel.

Die Luft draußen war kühl. Sie fühlte sich schuldbewusst, als sie an die Frau dachte, die sie hineingelassen hatte. Ein paar Sekunden später kam Ethan durch die doppelflügelige Tür gestürmt.

»Tut mir leid«, sagte er, als er sie sah. »Aber ich hätte es da drinnen keine Minute länger ausgehalten. Wie geht's deinem Fuß?«

Sie musste lachen. »Gut. Ich dachte bloß, dass ich ihn vielleicht nie wieder zurückbekomme.«

Sie glaubte, eine unauffällige Flucht über die Bühne gebracht zu haben, als sie Schritte hinter sich hörte.

»Heh! Wartet, ihr beiden!« Es war Chuck.

Schnell drehten sie sich um. »Oh, hallo«, sagte Ethan. »Tut uns leid. Wir hatten eigentlich nicht vor, so abzuhauen, aber wir sind völlig ausgehungert, und ich dachte, die Show wäre viel kürzer.«

»Kein Problem. Wir hatten ohnehin nicht vor, bis zum Ende zu bleiben.«

Cate hatte immer das Gefühl gehabt, ziemlich durchschnittlich groß zu sein, aber neben Tatjana kam sie sich winzig vor.

Jede ihrer Brüste war so groß wie Cates Kopf.

Sie ahnte, was jetzt kommen würde, und wenn es einen höflichen Weg gegeben hätte, Ethan vom Sprechen abzuhalten, hätte sie es getan. »Wie schön, wollt ihr nicht mit uns essen gehen?«, hörte sie ihn da auch schon sagen.

»Möchtest du etwas essen, Baby?« Chuck kniff in Tatjanas Pobacke.

Sie schenkte ihm mit ihrem Schmollmund ein Lächeln. Cate hoffte, sie würde sagen, sie sei völlig satt und wolle nach Mexiko fahren, aber etwas sagte ihr, dass diese Möpse eine Menge Futter brauchten. »Ja, Baby. Ich muss was essen.« Sie sprach mit ausgesprochen starkem Akzent, aber immerhin war es der erste vollständige Satz, den Cate aus ihrem Mund vernommen hatte.

Sie war froh, als sie beschlossen, getrennt zum Red Fox zu fahren.

»Bist du noch ganz bei Sinnen?«, fragte sie, als sie ins Auto einstiegen.

»Was denn? Ich musste sie einladen, mit uns zu kommen. Alles andere wäre mehr als merkwürdig gewesen.«

»Hast du gesehen, wie dieses Mädchen mich ansieht?«

Sie rechnete damit, dass er vorgeben würde, nichts bemerkt zu haben, damit sie ihn nicht später dafür verantwortlich machen konnte, den Rest des Abends mit Chuck und seiner schaurigen Freundin verbracht haben zu müssen. Zu ihrer Überraschung gab er zu, dass ihm aufgefallen war, wie unhöflich sie war. »Aber du bist so nett, Cate. Vielleicht kannst du sie einfach mit Freundlichkeit zur Strecke bringen. Ich bin sicher, dass du sie am Ende des Abends für dich gewonnen haben wirst.«

Tatjana und Chuck warteten bereits in einer runden Nische, als sie eintrafen. Sie kaute mit gelangweiltem Gesichtsausdruck auf dem Stiel einer Kirsche herum. Chuck hatte ihr den Arm um die Schultern gelegt. Selbst sitzend war sie gut sieben Zentimeter größer als er.

Cate ließ sich neben sie in die Nische gleiten. Falls sie eine

Unterhaltung mit ihr führen sollte, würde sie hauptsächlich mit dem tiefen Spalt zwischen ihren Brüsten reden.

»Das war toll«, meinte Cate und schlug ihre Speisekarte auf. »Unite, meine ich.«

»Ja, sind sie nicht super?«, sagte Chuck dröhnend. »Tatjana tanzt manchmal mit ihnen, aber sie lernt noch. Deshalb gehen wir ab und zu einfach hin, um zuzusehen. Und ich kann euch sagen, ich habe nichts dagegen, ihnen zuzusehen.« Er zwinkerte Ethan zu, dann trank er den Cocktail, der vor ihm stand, in einem Zug aus.

»Äh, also«, fuhr Cate fort. »Welche Religion haben sie? Ich meine, ich dachte, sie würden einer östlichen Tradition anhängen, aber dann haben sie ja über das Christentum und so ein Zeug gesungen.«

»Total gestört«, klinkte Ethan sich ein. »Das ist ihre Religion.«

Chuck lachte über den Sarkasmus, aber Cate spürte, dass er nur höflich sein wollte und Ethans Bemerkung nicht sonderlich amüsant fand. »Jetzt mal im Ernst, es ist so, dass sie im Prinzip alle Religionen verkörpern, aber Ezekiel, der Leadsänger, ist Christ.«

»Tatsächlich?«

»Oh ja. Vor einer Weile hatte er diese *unglaubliche* Erscheinung.« Die Art und Weise, wie er über Ezekiel sprach, erinnerte sie an Stone Phillips, den Chefsprecher der Nachrichten auf NBC, der die Geschichte eines heldenhaften Kindes erzählte, dass ein Elternteil aus den Fluten rettete, oder die Geschichte eines achtzigjährigen Mannes, der immer noch an Triathlonwettkämpfen teilnahm. »Er hat sieben Tage lang nicht geschlafen und gegessen, und in dieser Zeit realisierte er, dass er die wiedergeborene Seele von einem der Apostel Jesu sein könnte. Er glaubt, er ist hier, um die Botschaft zu verbreiten.«

Cate nickte höflich und dachte daran, wie sich ihre Mutter mit ziemlicher Sicherheit über Ezekiel äußern würde. ›Verrückt.‹ ›Der Antichrist.‹ ›Vom Teufel besessen.‹ »Wie faszinierend.«

»Chuck«, meinte Ethan. »Wahrscheinlich stand er unter Drogen. Kein Schlaf. Kein Essen. Hatte Visionen. Es war eine verdammte Woche auf LSD.«

Chuck schüttelte den Kopf. »Er war nicht auf LSD. Es ist wirklich faszinierend. Er hat wirklich Jesus gesehen, und Jesus hat ihm gesagt, dass er jetzt Ezekiel heißt.«

»Wie hieß er denn vorher?«, wollte Cate wissen.

»Bill.«

Ethan sah seinen Bruder an, als wäre der übergeschnappt, und Cate hielt es für das Beste, einfach das Thema zu wechseln. »Tatjana, wie lange bist du denn schon in den Staaten?«

»Sechs Jahre.«

Und bemerkenswerterweise sprichst du ein furchtbares Englisch. »Oh, toll.«

»Äh … meine Eltern, sie bringen mich rüber, als ich noch war in der Grundschule, und dann sie reisen aus, aber ich lasse mich vom Gericht aus der elterlichen Aufsicht entlassen, weil ich will bleiben.«

Cate war überrascht. Wenn sie erst seit sechs Jahren hier war und im Grundschulalter hergekommen war, musste sie noch im Teenageralter sein. »Wie alt bist du?«

»Achtzehn.«

Hätte sie ein Getränk vor sich stehen, würde sie es jetzt in einem Zug austrinken, nur damit sie ihren Mund beschäftigen könnte. Sie fand keine Worte. »Oh, achtzehn! Das ist … äh … jung!« Was um alles in der Welt fand diese Achtzehnjährige an dem fünfunddreißig Jahre alten Chuck? Als Cate achtzehn gewesen war, war sie der Meinung gewesen, dass man schon mit dreiundzwanzig seine besten Zeiten hinter sich hatte.

Als könnte er ihre Gedanken lesen, winkte Ethan eine Kellnerin herbei. »Was möchtet ihr trinken?«, fragte er in die Runde, als die Kellnerin auf sie zusteuerte.

»Wodka. Mit einem Spritzer Tonic«, sagte Cate.

»Tatjana ist super.« Chuck schmiegte sich an sie. »Sie wird Schauspielerin. Ich habe ihr ein Vorsprechen für Pam Andersons jüngsten Pilotfilm organisiert. Einer meiner Freunde hat da Beziehungen.«

»Ja«, bestätigte Tatjana. »Ich probiere aus für Schauspielen. Wie sagt man? Faltet die Hände für mich.«

Chuck warf den Kopf zurück und lachte, als wäre sie seine zweijährige Tochter, die gerade etwas Bezauberndes getan hatte. »Es heißt ›Drückt mir die Daumen!‹«

Sie kicherte. »Oh. Daumen drücken. Ich kenne nicht diese ganze Sachen, die ihr sagt.«

»Ist sie nicht perfekt fürs Fernsehen?« Chuck deutete auf sie, und ob er es merkte oder nicht, sein Finger zielte direkt auf ihren Busen. »Ich meine, seht sie euch an. Sie ist perfekt.«

Er küsste sie wieder und kitzelte sie diesmal im Dekolletee. *Er hat sie im Dekolletee gekitzelt. In aller Öffentlichkeit.*

»Sie sieht super aus.« Cate lächelte ihr zu. »Ich bin sicher, du wirst es prima machen.«

»Yeah, viel Glück.« Ethan hob sein Glas, prostete ihr zu und nahm einen Riesenschluck. »Lass uns wissen, wie es läuft.«

Als sie das Essen bestellten, wollte Tatjana einen Cäsarsalat haben. »Möchten Sie Anchovis drauf?«, fragte die Bedienung.

Tatjana guckte ein bisschen verwirrt, nickte aber trotzdem. Cate fand es ekelhaft, aber vielleicht hatten die Tschechen einfach einen anderen Geschmack.

»Stopp, stopp, stopp! Warten Sie einen Moment«, unterbrach Chuck. Er legte seine Speisekarte hin. »Was haben Sie sie gerade gefragt?«

»Ob sie Anchovis haben möchte.« Die Kellnerin bedachte ihn mit einem Blick, der signalisierte, dass sie wahrlich etwas Besseres zu tun hatte.

Er sah Tatjana an. »Weißt du, was Anchovis sind?«

Sie schüttelte den Kopf. Er wandte sich wieder an die Bedienung und fuhr mit der Hand über den Tisch, bevor er glucksend lachte. »Nein. Sie möchte keine Anchovis.«

»Ich hätte gerne Ananassaft mit Wodka.«

»Okay«, sagte Chuck. »Sie möchte Ananassaft mit Wodka zum Essen.«

»Ausweis, bitte.« Die Kellnerin streckte die Hand aus und wartete, während Tatjana einen Ausweis hervorkramte. Cate wollte grade darum bitten, ihn auch sehen zu dürfen, beschloss aber, besser zu warten, bis die Bedienung gegangen war. Sie beobachtete, wie die Bedienung den Ausweis, dann Tatjana, dann wieder den Ausweis musterte. »In Ordnung«, murmelte sie, bevor sie das Dokument zurückgab.

Cate und Ethan bestellten beide Hamburger mit Pommes frites. Sobald die Kellnerin verschwunden war, baten sie darum, Tatjanas falschen Pass sehen zu dürfen. »Das ist meine Freundin Anja. Sie ist zurückgekehrt für eine Weile in Tschechien und hat mir das hiergelassen. Sie ist zweiundzwanzig.«

Das Mädchen auf dem Foto sah ihr sehr ähnlich.

»Ja, ist meine Mitbewohnerin. Ich lebe mit ihr seit drei Jahren. Nachdem meine Eltern gehen, wir bleiben zusammen.«

»Wo – äh, wo wohnst du jetzt?«

»Ich bleibe bei Chuck für eine Weile.«

Sie wollte wissen, was Anchovis waren, und sie verbrachten zehn Minuten damit, ihr die salzigen wurmähnlichen kleinen Sardellen zu beschreiben. Sie fragte immer wieder, ob sie wie Thunfisch wären, und sie erklärten ihr immer wieder, dass sie eher Sardinen glichen, aber sie hatte auch keine Ahnung, was eine Sardine war.

»Wie auch immer, wie laufen denn die Hochzeitspläne? Ihr zwei! Mannomann! Ihr werdet also tatsächlich heiraten!«

Cate und Ethan wechselten einen Blick. »Es läuft gut«, antwortete Ethan.

»Ja, wir haben zwar gerade ein bisschen Stress mit meiner Mutter, aber das wird sich schon geben.« *Sie nimmt vielleicht nicht an der Hochzeit teil, was bedeutet, dass wir in unserem Garten heiraten und mit einer Würstchen-Grillparty feiern werden. Hoffentlich könnt ihr kommen, Leute!*

Ethan nickte. »Yeah, Connie tut sich mit der Tatsache schwer, dass wir möglicherweise schon vor dem großen Tag zusammenwohnen werden.«

Tatjana sah völlig verwirrt aus. Für sie als Achtzehnjährige, die mit einem fast doppelt so alten Mann zusammenlebte, ergab das nicht den geringsten Sinn.

»Ziemlich altmodisch, nicht wahr?«, meinte Chuck.

»Sie will nicht zur Hochzeit kommen, wenn wir zusammenziehen, was bedeutet, dass sie definitiv nicht für die Hochzeit zahlen und wahrscheinlich meinen Cousin davon abbringen wird, uns zu trauen, und ich weiß nicht, was wir tun sollen. Wahrscheinlich abhauen und woanders heiraten.« Immer wenn Cate an ihre Mutter dachte, wurde sie traurig. Die Traurigkeit war ständig da, wie eine Wunde, an die man nicht dachte, bis man das Pflaster bemerkte.

»Mmh, ich habe eine Idee«, sagte Chuck. Der Ausdruck auf seinem Gesicht sagte ihr, dass es etwas Gutes sein würde, ein diplomatischer Weg, Frieden in die Hochzeitsplanung zu bringen. »Es ist ganz einfach. Ezekiel kann euch trauen. Habe ich erwähnt, dass er Priester ist?«

Ethan bedeutete der Bedienung, die Rechnung zu bringen. »Äh, ja. Wir werden eine Lösung finden«, meinte er, als er sich wieder zu uns umdrehte. »Ich bin sicher, Connie wird sich wieder fangen, aber danke für das Angebot.«

»Gut, sagt mir einfach Bescheid. Er würde das sicher tun.«

Ethan zahlte die Rechnung. Draußen breitete Tatjana die Arme aus, um Cate zu umarmen. Die Geste überraschte Cate, da das Mädel vor nur zwei Stunden noch den Anschein erweckte hatte, sie am liebsten unter ihren Stöckelschuhen zerquetschen zu wollen. Bei der Umarmung hob sie sie tatsächlich ein Stückchen hoch, und Cate spürte, wie ihre Wangen in Tatjanas Busen gepresst wurden.

»Ich hoffe, ihr werdet haben eine wunderbare Hochzeit. Und mach dir keine Sorgen wegen deiner Mutter. Ich spreche nicht einmal mit meiner Mutter. Sei froh, dass du nicht eine hast, die dich lässt schlagen von ihrem Freund.«

»Oh, danke. Ja, ich bin sicher, alles wird gut. Und viel Glück mit dem Pilotfilm. Du bist sehr hübsch. Sicher bekommst du die Rolle.« Sie sah Chuck an. »Gib uns Bescheid, wie es läuft.«

»Natürlich, Püppchen.« Er küsste Cate auf beide Wangen.

Als sie zum Auto zurückgingen, lachten sie über den Abend und sprachen darüber, wie verrückt Chuck war. »Hast du mitbekommen, dass er für sie bestellen musste?«, fragte Ethan.

»Ja, stimmt. Das arme Ding. Sie ist völlig unbedarft.«

Er zog sein Handy aus der Tasche. »Ich glaube, ich habe eine Nachricht auf der Mailbox.«

Sie ließ ihn seinen Anrufbeantworter abhören und dachte sich, dass wahrscheinlich alle Nachrichten mit seiner Arbeit zu tun hatten. Er wurde immer von Tausenden von Anrufen überschwemmt. Oft, wenn sie an Ethan dachte, stellte sie sich ihn mit dem ans Ohr gedrückten Telefon vor. Nachdem er das Handy ausgeschaltet hatte, starrte er völlig geistesabwesend vor sich hin.

»Ist alles in Ordnung?«, wollte sie wissen.

»Ja, alles ist prima. Es ist … äh … in Ordnung.«

»Wer war es?«

»Na ja, ich wollte es dir eigentlich sagen, aber dann hatte ich Sorge, dass du ausflippst, deshalb habe ich irgendwie auf den richtigen Moment gewartet.«

So sollte niemand je einen Satz beginnen. Sie blieb stehen. »Was meinst du?«

»Äh, das war Janet.«

»Sie ruft dich an?« Ihr Stimme blieb leise. Sie wollte ihm zu verstehen geben, dass sie nicht ›ausflippen‹ würde, aber in Wahrheit brannte sie darauf, ihm das Handy aus der Hand zu reißen und zu verlangen, die Nachricht zu hören und dann Janet mitzuteilen, dass sie jemanden zum Anrufen finden sollte, der nicht verlobt war.

»Denise hat ihr meine Nummer gegeben. Sie hat mich gestern angerufen –«

»Sie hat dich gestern angerufen?« Ihre Stimme war nicht mehr ganz so leise.

»Ja, hat sie. Aber sie wollte bloß Hallo sagen und mir zu unserer Verlobung gratulieren.« Er nahm ihre Hand. »Sie hat gesagt, sie freut sich sehr für uns.«

»Warum hast du mir das nicht erzählt?«

»Ehrlich gesagt habe ich es vergessen. Weißt du, sie ist wieder hergezogen und sagte, sie suche eine Stelle. Ich wusste, dass Ryan jemanden für sein Restaurant einstellen wollte, und dachte, ich könnte ihr damit aus der Klemme helfen. Ryan ist knapp an Personal, also helfe ich auch ihm damit.«

Ryan war einer von Ethans engsten Freunden und sollte bei ihrer Hochzeit Brautführer sein. »Du lässt sie für Ryan arbeiten?«

»Ja, ich meine, sieh doch mal. Ich mache mir nichts aus ihr. Aber ich hasse sie auch nicht. Ich kann immer noch mit ihr befreundet sein, und sie hat eine Menge durchgemacht. Ihr Haus ist gerade abgebrannt. Ihre Eltern sind geschieden, und sie spricht nicht mehr mit ihrer Mom. Sie hat keine Geschwister. Sie hat im Grunde niemanden. Ich hab einfach Mitleid mit ihr.«

Sie führte sich vor Augen, dass das einer der Gründe war, warum sie Ethan so sehr liebte. Er hatte ein verdammt gutes Herz.

Aber wie auch immer, fest stand auch, dass Frauen nicht einfach nur zufällig in Städte zogen, in denen der einzige Mensch, den sie kannten, ihr Exfreund war. Frauen beschlossen normalerweise genauso wenig, auf ihre Exfreunde als Quellen bei der Jobsuche oder für andere Gefälligkeiten zurückzugreifen, falls sie nicht noch Gefühle für sie hegten. Sie beispielsweise würde Paul um nichts in der Welt anrufen, egal aus welchem Grund. Sie war über ihn hinweg, und wenn sie erfahren würde, dass er zu heiraten beabsichtigte, würde sie ihm im Stillen alles Gute wünschen. Sie würde nicht anrufen, um ihm zu gratulieren.

Sie war nie eins der Mädchen gewesen, das sich von jemandem trennte und dann auf Partys und in Bars auftauchte, wo man als Paar gemeinsam gewesen war. Sie rief niemals an, um so zu tun, als sein man ›einfach befreundet‹. Wenn es vorbei war, war es vorbei. Die Sache abzuhaken war ihr immer als die beste Lösung für alle Beteiligten erschienen. Sie wusste, dass Ethan über Janet hinweg war, aber war Janet auch über ihn hinweg? Schlicht und einfach, Cate traute ihr nicht.

13. Halleluja

Am folgenden Morgen wurden sie um halb acht vom Läuten des Telefons geweckt. Es kam bloß eine Person von zwei möglichen infrage. Ihre Mutter oder ihre Schwester. Seit Emily ihr erstes Kind bekommen und Hausfrau und Mutter geworden war, stand sie mit den Hühnern auf und glaubte anscheinend, dass alle anderen es genauso hielten. Ihre Mutter, ebenfalls Frühaufstehe-rin, war der einzige Mensch, der genug Zeit hatte, morgens zuerst einmal jemanden anzurufen. Alle sonstigen Bekannten befanden sich im Berufsverkehr, warteten in der Schlange bei Starbucks oder nahmen gerade eine heiße Dusche.

»Das kann nur meine Mutter oder meine Schwester sein«, sagte Cate und rollte sich auf den Bauch.

»Gehst du dran?«

»Ja.« Sie hielt sich den Zeigefinger an die Lippen. »Hallo?«

»Hallo Cate!«

Die Stimme war männlich, und sie hatte das Gefühl, sie eigentlich sofort erkennen zu sollen.

»Hier spricht Al!«

»Al! Oh, mein Gott, ich meine, du meine Güte. Du meine Güte!« Sie hatte gerade gegenüber einem Priester den Namen des Herrn missbraucht. Noch dazu gegenüber einem Priester, den sie dringend auf ihrer Seite brauchte. »Es ist toll, von dir zu hören.« Sie war wirklich nicht darauf vorbereitet. Sie hatte das Problem mit ihrer Mutter noch nicht gelöst. Er meldete sich jetzt auf ihre Bitte um Rückruf von vor einigen Tagen, als die Hochzeit noch auf dem Programm gestanden hatte. Er hatte ihre ganzen Cousinen getraut, und jetzt war sie verlobt. Sie hatte keine Wahl – sie musste ihm gegenüber offen sein. Wenn ihre Mutter die Hochzeit boykottieren würde, würde sie ihn vielleicht auf ihre Seite ziehen. Deshalb beschloss Cate, dass Al genauso gut auch ihre Version hören konnte.

»Tut mir leid, dass ich mich nicht früher gemeldet habe. Ich war gerade für zwei Wochen in Rom.« Gott sei Dank. Das bedeutete, dass ihre Mutter ihn vielleicht noch nicht in die Finger bekommen hatte.

»Rom! Toll. Das ist super. Was hast du da gemacht?«

»Ich habe mit ein paar Freunden aus dem Priesterseminar Urlaub gemacht. Es war eine Art Wiedersehenstreffen für uns. Es war toll, wieder dort zu sein. Ich vermisse Italien. Und he, Glückwunsch!« Moment, wenn er von der Verlobung wusste, musste Connie es ihm erzählt haben. »Meine Mutter hat es mir gerade erzählt.«

Puh! Tante Agnes hatte ihm davon erzählt. »Na ja, deshalb habe ich eigentlich auch angerufen. Äh, nun, ich habe gehofft, du könntest uns trauen.«

»Auf jeden Fall! Es wäre mir eine Ehre. Wenn wir ein passendes Datum finden können.«

Sie sagte ihm, dass der 18. November schon feststehen würde, und wartete, während er in seinem Kalender blätterte. »Das müsste bei mir klappen. Ich trage mir das Wochenende in meinen Kalender ein.«

Obwohl Al einer der vernünftigsten Menschen war, die sie kannte, machte es sie trotzdem nervös, ihm reinen Wein einzuschenken. Damit, dass ihre Mutter ausflippen könnte, wenn sie mit Ethan zusammenzog oder es versäumte, die Sonntagsmesse zu besuchen, hatte sie im Prinzip gerechnet. Wirklich schlimm wäre es, wenn jetzt auch noch Al sie verachten würde.

»Na ja, es gibt ein großes Problem, Al. Ethan und ich, nun, wir wollen ein Haus kaufen. Äh, jetzt. Wir nehmen gemeinsam einen Kredit auf, und … äh …, wir werden zusammenziehen. Meine Mutter ist absolut dagegen. Wir hatten einen Riesenstreit, und jetzt will sie nicht zur Hochzeit kommen.« Sie schüttete ihm ihr Herz aus, während Ethan in der Küche Pfannkuchen buk.

Als sie mit ihrer Schilderung fertig war, bereitete sie sich innerlich darauf vor, einen ausführlichen, wenn auch freundlichen Vortrag darüber zu hören, warum genau die Kirche es nicht guthieß, wenn Paare vor der Hochzeit zusammenlebten, und dass er als Priester sie nicht trauen könnte. Er würde nicht so hysterisch und sauer wie ihre Mutter sein, was beinahe noch schlimmer war, weil alles, was aus seinem Munde kam, wahrscheinlich einen Sinn ergeben würde. Er würde diplomatisch und ruhig klingen, und er würde bloß bekräftigen, woran zu glauben man ihr beigebracht hatte. Auf keinen Fall würde sie mit ihm streiten können. Sie würde eine von drei Optionen akzeptieren müssen: Erstens, Ethan suchte sich einen Mitbewohner, damit ihr Cousin sie in der Kirche trauen konnte. Zweitens, Ethan und Cate nahmen für ihre Hochzeit einen Kredit auf, während Cate verzweifelt nach einem liberalen Jesuiten suchte, der sie in der Gründerkapelle trauen würde. Drittens, sie verzichteten auf den Kredit und heirateten woanders.

»Nun gut, hör zu«, sagte Al. »Natürlich findet die Kirche so was nicht gut, aber ich werde die Sache mit deiner Mutter regeln.«

»Wie bitte?«

»Ich rede mit deiner Mom.«

»Wirklich? Äh, also wirst du uns trauen? Ich meine, du wirst uns nicht sagen, dass wir nicht in der Kirche heiraten können?«

»Cate, weißt du, warum die Kirche das, was Ihr vorhabt, nicht gut findet?«

»Äh, na ja, ja.«

»Gut. Es ist deine Entscheidung. Mit so was habe ich die ganze

Zeit zu tun. Ich sage euch das Gleiche, was ich allen erzähle, die in derselben Lage sind. Ein Teil der Eheschließung besteht darin, sich von seinen Eltern zu lösen.« Er legte eine Pause ein. »Ich meine damit nicht, dass ihr die Bindung zu ihnen löst. Aber es ist wichtig, euch bewusst zu machen, dass ihr, Ethan und du, jetzt eine eigene Familie sein werdet. Du hast immer noch deine Eltern und deine Schwester. Aber deine Hauptfamilie wird in Zukunft Ethan sein. Deine Eltern und Ethans Eltern sollten sich nicht in eure Entscheidungen einmischen. Ich will damit nicht sagen, dass euer Zusammenleben die Antwort ist, und du weißt auch, dass die Kirche es nicht gutheißt, aber das ist ein anderes Thema. Ich möchte, dass ihr beide anfangt, euch mit euren *eigenen* Entscheidungen ein eigenes Leben aufzubauen. Wenn ihr es jetzt zulasst, dass sich sämtliche Familienmitglieder in eure Angelegenheiten mischen, dann wartet mal ab, wie es weitergeht. Ich sehe euch schon in der Eheberatung sitzen. Du musst Grenzen setzen, Cate.«

»Aber meine Mom … sei vorsichtig mit ihr. Sie könnte dafür sorgen, dass du deine Meinung änderst.«

Er lachte. »Sie ist genau wie meine Mom.«

»Trotzdem, pass besser auf«, wiederholte sie.

»Mach dir keine Sorgen. Aber hör zu. Es gibt eine Sache, die ihr beiden tun müsst. Ich möchte, dass ihr an einem Brautleuteunterricht teilnehmt.«

Das hatte sie fast vergessen. Sie wussten, dass sie das tun mussten. Jeder Katholik machte es, und sie hatte schon Horrorgeschichten von Lagererfahrungen mit religiösen Extremisten gehört, die während des ganzen Wochenendes über natürliche Geburtenkontrolle geredet hatten. Nichtsdestotrotz war sie bereit. Sie erinnerte sich, dass Sarah gesagt hatte, Miles und sie wären sich nach ihrer Klausur viel näher gewesen. Vielleicht würde es eine richtig bindende Erfahrung werden. »In Ordnung. Kein Problem«, sagte sie fröhlich. »Denk daran, es meiner Mutter zu erzählen. Es wird sicher helfen.«

»Mach ich. Oh, übrigens, ich hab euch letztens eine CD gebrannt. Ich schicke sie euch zu.«

»Danke!«

»Ja, es sind die ganzen alten Songs drauf, die wir immer gehört haben.«

Al lebte in Arizona, war aber während ihrer Kindheit im Sommer oft bei ihnen gewesen. Er war einige Jahre älter als Cate und immer eher ein großer Bruder als ein Cousin für sie gewesen. So würde sie beispielsweise nie vergessen, dass er der Erste gewesen war, der sie ins Kino mitgenommen hatte. Sie hatten sich *E.T.* angesehen, und sie hatte sich die Augen aus dem Kopf geheult, als der Außerirdische die Farbe eines verdorbenen Steaks angenommen hatte und in den Händen der Wissenschaftler beinahe gestorben wäre. Bis heute war es einer ihrer Lieblingsfilme.

Sie erinnerte sich an Tage am Pool, als sie *Men At Work* oder *Hall & Oates* gehört hatten. Er hatte ihr immer CDs gekauft und ihr in seinen Briefen Musiktipps gegeben. Sie hatte gedacht, dass er sich ändern würde, als er Priester wurde. Aber er war immer noch derselbe alte Al.

Nach dem Gespräch mit ihm fühlte sie sich besser, aber sie wollte sich keine falschen Hoffnungen machen. Sie hatte schon öfters mit ihrer Mutter gestritten, aber so ernst war es noch nie gewesen. Die Hochzeit der eigenen Tochter zu boykottieren war etwas, was sie immer mit der Art Drama verbunden hatte, die man bei *Lifetime* zu sehen bekam. Nie hätte sie gedacht, dass ihr so etwas passieren könnte.

Beim Frühstück erzählte sie Ethan von Al. Nachdem sie Ethans Bananenpfannkuchen gegessen hatten, zog sie es in Erwägung, ihre Mutter anzurufen, entschied sich aber schnell dagegen. Sie würde warten, bis ihre Mom den ersten Schritt unternahm. Connie brauchte Zeit, um sich wieder zu beruhigen, und wenn irgendjemand den Brand löschen konnte, dann war es ein Priester. Sie beschloss, den Tag wieder am Strand zu verbringen. Sie las in ihrem Buch, als ein Schatten über die Seiten fiel. Einen Moment dachte sie an eine vorüberziehende Wolke, aber als sie Sand auf ihrem Rücken spürte, war klar, dass jemand vorbeigegangen war. Ein sehr unhöflicher Mensch. Jemand, der anderen keine Aufmerksamkeit schenkte und es nicht für nötig hielt, aufzupassen, wohin er trat, um anderen nicht gedankenlos Sand auf den Rücken zu befördern. Schnell drehte sie sich um, und dann hörte sie eine vertraute Stimme. »Sorry, Mann. Hast du was abbekommen?«

Es war der sexy Surfer, der sie neulich von oben bis unten mit Wasser bespritzt hatte. Derjenige, der wie Brad Pitt aussah. »Oh, ist schon okay. Ich hab es gar nicht gemerkt.« Warum log sie?

»Du bist es!«, sagte er. »Mann, du musst mich für einen richtigen Idioten halten. Habe ich dich nicht vor kurzem nass gespritzt?«

Sie nickte und versuchte ihr Erstaunen zu verbergen. Er erinnerte sich an sie. An sie? Flacher Busen, hängender Hintern, blasse Haut und anfällig für Sonnenbrand – an sie? Jemand, der wie Cindy Crawford aussah, war wohl eher die Art Frau, die ihm würdig war.

»Jetzt bin ich schon zweimal ins Fettnäpfchen getreten.« Er beugte sich vor, und sie fing den Hauch eines blumigen Shampoos auf. Sie hatte mit dem Geruch nach Sonnencreme gerechnet, aber wahrscheinlich war er nicht der Typ Mann war, der sich Gedanken um Sonnenschutz machte. »Nate«, sagte er und streckte die Hand aus. »Nett, dich kennenzulernen.«

»Ich bin Cate.« Selbst als sie seine Hand ergriff, bemerkte er den Ring nicht. Etwas sagte ihr, dass er sich nicht viele Gedanken über die Ehe oder Eheringe machte, und wahrscheinlich wusste er nicht einmal, an welcher Hand man einen Verlobungsring trug.

»Nate und Cate«, wiederholte er, und seine Mundwinkel bogen sich leicht nach oben. »Es reimt sich.« Als er grinste, fiel ihr auf, dass seine gerade stehenden Zähne perfekt waren. »Gut, Cate. Ich lasse dich weiterlesen, tut mir leid wegen des Sandes.«

»Mach dir keine Gedanken. Es ist in Ordnung, wirklich. Genieß diese Wellen!« *Genieß diese Wellen?* Genieß diese Wellen! Kaum hatte sie die Worte ausgesprochen, kam sie sich wie das dämlichste Mädel vor, das je sein Handtuch an den Pazifikstrand gelegt hatte. Sie hätte genauso gut sagen können: »Ich wünsche dir einen tollen Seegang. Ich hoffe, dass es dir da draußen nicht zu blöd wird!« Sie ließ den Kopf wieder aufs Handtuch sinken. Was kümmerte es sie? Sie musste diesen Typen schließlich nicht beeindrucken.

Sie las noch zwanzig Minuten, merkte aber, dass sie zu rastlos war, um die Faulenzerei am Strand zu genießen. Sie sammelte ihre Sachen ein und ging zu ihrer Wohnung zurück. Sie hoffte auf eine Nachricht von ihrer Mutter, leider vergebens.

Sie entschied, dass Al recht hatte und ihre Mutter bestimmt bald anrufen, die Unstimmigkeiten ausbügeln und alles abhaken würde. Vielleicht war es etwas voreilig, aber sie beschloss, dort anzuknüpfen, wo sie mit der Hochzeitsplanung aufgehört hatte. Sie setzte sich vor den Computer und gab ›Kleider für Brautjungfern‹ in das Suchfenster von Yahoo ein.

Obwohl Cate zum ersten Mal heiratete, hatte sie große Erfahrung mit Hochzeiten. Sie war nur allzu vertraut mit sämtlichen Tücken, die das Dasein als Brautjungfer mit sich brachte. Die horrenden Kosten für die Kleidung, das Opfern vieler Wochenenden, um Freundinnen beim Auspacken von Geschenkpaketen voller Gabeln zuzusehen, und die Vorbereitung von Tischreden, an die zu denken ihr jetzt noch den Magen umdrehte, waren nur einige der Dinge, die sich dauerhaft in ihr Unterbewusstsein eingebrannt hatten.

Sie erinnerte sich daran, wie Leslie sie alle an ihrem Hochzeitstag hatte hungern lassen, damit sie vor dem Fotoshooting keine Essenflecken auf ihre scheußlichen, überteuerten Brautjungfern-Hosenanzüge machten. Etwas später hatte Beth alle gezwungen, sich zu ihrer Hochzeit an Halloween zu kostümieren. Die Liste der Qualen, die sie als Brautjungfer durchlitten hatte, alles im Namen der ›besonderen Tage‹ ihrer Freundinnen, war lang und schmerzlich. Einen flüchtigen Moment lang zog sie in Erwägung, jede Einzelne von ihnen der Folter zu unterwerfen, die sie bei den jeweiligen Hochzeiten hatte ertragen müssen.

Sie verdiente ein Junggesellinnenwochenende mit Spa-Anwendungen in Santa Barbara oder einen ausgedehnten Aufenthalt im Hotel Mandalay Bay in Las Vegas, oder etwa nicht? Wenn sie sich die Flugtickets und drei Nächte in protzigen Hotels leisten konnte, obwohl sie zur niedrigsten Steuerklasse im Land gehörte, dann konnten ihre Mädels das ja wohl auch für sie tun. Sie hatte für sie alle Quiches und Hühnersalate zubereitet und stundenlanges Auspacken von Geschenken durchgestanden. Sie sollten eine Mottogeschenkparty für sie planen, mit einem internationalen Motto und Gerichten, die jedes Land repräsentierten.

Dann wurde ihr aber plötzlich klar, dass ihr an so etwas gar nichts lag. Sie empfand zwar ein Bedürfnis nach bräutlicher Rache, aber Mottopartys und wilde Junggesellinnenwochenenden brauchte sie überhaupt nicht. Sie würde ihren besten Freund auf der Welt heiraten, und sie interessierte sich mehr für ihr Leben mit Ethan. Sie würde die coolste Braut überhaupt werden. Die Glückspilze würden nie erfahren, welchem Schicksal sie entgangen waren.

Während sie verschiedene Webseiten anklickte, dachte sie, sie wäre vielleicht sogar cool genug, sie ihre eigenen Kleider auswählen zu lassen. Sie würde die Farbe und einen günstigen Designer für Brautjungfernkleider aussuchen, und sie konnten sich für den

Stil entscheiden, den sie haben wollten. Die etwas üppigeren Mädchen wie Denise und Jill wollten vielleicht etwas weniger Freizügiges, also konnten sie einen Schnitt wählen, der mehr bedeckte. Ihre Cousine Val und Beth waren bestimmt wild auf die modischsten Kleider, während Sarah und Leslie mit Sicherheit lieber klassische rückenfreie oder schulterfreie Kleider tragen würden.

Sie bekam eine Gänsehaut, als sie sich an die Kreditkartenschulden erinnerte, die sie angehäuft hatte, als sie Kleider für über dreihundert Dollar bezahlen musste oder an die entsetzlichen E-Mails von Leslie über ihre Pflichten als Brautjungfern. Statt also das perfekte Brautjungfernkleid aufzustöbern, mailte sie ihren Freundinnen deshalb:

Hallo Ladys,
ich habe gerade über die Kleider für die Brautjungfern nachgedacht, und ich denke, ich wähle einfach nur einen Designer und eine Farbe aus und überlasse den Rest euch. Ihr könnt euch für euren Wunschschnitt entscheiden, damit ihr die Kleider vielleicht später noch brauchen könnt. Ich lasse es euch wissen, wenn ich den Designer gefunden habe, und die Farbe wird höchstwahrscheinlich Champagner sein. Ich hoffe, dass ihr alle einen tollen Tag haben werdet.

Liebe Grüße,
Brautzilla ☺

Kurz nach dem Versenden der Mail wurde ihr klar, dass das möglicherweise ein Fehler gewesen war. Sie hatte ihr Herz an champagnerfarbene Kleider gehängt, und alle attraktiven champagnerfarbenen Kleider kosteten mindestens zweihundertfünfzig Dollar. Sie besaß einfach nicht die Frechheit, ihre Freundinnen zu bitten, so viel Geld auszugeben, da die meisten von ihnen erst Einstiegsgehälter bezogen. Die Kleider sämtlicher niedrigpreisiger Designer waren in schrecklichen Babykack-Champagnerfarbtönen. Nach dreistündiger Internetrecherche stolperte sie über einen günstigen Designer, der sich in ihrer Preisklasse bewegte und Kleider in exakt dem Champagnerton herstellte, den sie haben wollte. Sie verschickte noch mal eine freundliche Mail mit einem Link zur Webseite des Designers an die Brautjungfern. Sie wollte erst die Zustimmung der anderen einholen, bevor sie sich festlegte.

Die Mails waren gerade rausgegangen, als das Telefon klingelte. Sie wurde ein bisschen kribbelig, als sie die Nummer ihrer Mutter erkannte. Nervös ließ sie es zweimal klingeln, bevor sie abhob.

»Hallo.« Connies Stimme klang normal. Nicht zornig, aber auch nicht entschuldigend. Einfach normal, als wäre nichts vorgefallen. »Was machst du gerade?«

»Ich habe gerade –« Sie wollte eigentlich nicht, dass ihre Mutter unter den gegebenen Umständen erfuhr, dass sie gerade für die Hochzeit recherchierte. »Ich bin gerade, äh, vom Strand zurückgekommen.«

»Oh. Habt ihr schon eine Wunschliste für eure Geschenke erstellt?«

Cates Herzschlag setzte aus. Es konnte eine Fangfrage sein. Vielleicht fragte sie das, um Cate dann mitteilen zu können, sie könnte sich die Mühe sparen, da es keine Hochzeit geben würde. »Nein, haben wir nicht. Warum?«

»Weil ich ständig gefragt werde, wo ihr die Liste hinterlegt habt. Sie wollen alle Verlobungsgeschenke schicken. Ihr solltet das also besser bald mal machen.«

»Okay.« Zum ersten Mal seit Tagen konnte sie tief durchatmen und sich ein bisschen entspannen.

Sie hätte wissen müssen, dass es so ausgehen würde. Ihre Mutter funktionierte immer so. Sie tat, als wäre nichts passiert, als hätte sie nicht vor ein paar Tagen noch damit gedroht, die Hochzeit zu boykottieren. Der Sturm hatte sich gelegt, einfach so.

Cate überlegte, ob sie etwas zu ihrem Streit sagen und sich entschuldigen sollte, um ihre Freundschaft wieder zu festigen. Aber dann entschied sie, dass es das Risiko nicht wert war. Was auch immer Al gesagt hatte, es hatte ihre Mutter wieder auf den Hochzeitszug aufspringen lassen. Eine Diskussion über ihre Auseinandersetzung könnte seine ganze harte Arbeit zunichtemachen.

»Und wir müssen ein Budget ausarbeiten«, meinte Connie. »Ich habe lange und angestrengt nachgedacht, und ich glaube wirklich nicht, dass es bei der Hochzeit Alkohol geben muss.«

Die Wolken hatten sich verzogen, machten allerdings offensichtlich nur Platz für eine Bombe. Kein Alkohol? Kein Alkohol! Was war eine Hochzeit ohne Alkohol? Es würde keinen betrunkenen Hochzeitsgast geben, der die Tanzfläche vereinnahmen und alle Gäste den ganzen Abend lang unterhalten würde. Sie erstarrte und versuchte, ruhig zu bleiben.

»Mom, warum das denn?«

»Ich verstehe einfach nicht, warum die Leute glauben, sie müssten trinken, um sich zu amüsieren. Man kann auch ohne Alkohol Spaß haben. Wir werden gutes Essen haben, und es wird den Leuten nicht einmal auffallen, dass es keinen Alkohol gibt.«

Offensichtlich war es lange her, seit ihre Mutter zuletzt auf einer Hochzeit gewesen war. Das Erste, was neunzig Prozent der Hochzeitsgäste beim Empfang taten, war, auf die Bar zuzusteuern. Es war völlig in Ordnung, wenn Connie nicht ein bisschen lockerer werden wollte, aber es war nicht fair, ihre weltverbesserischen Überzeugungen allen anderen aufzuzwingen.

Wie zum Teufel sollte sie dieses Problem lösen? Etwas sagte ihr, dass Cousin Al diese Angelegenheit nicht ins Lot bringen konnte. Dann fiel ihr der wunderbare freundliche Klang von Peg Migillicuddys Stimme ein.

»Übrigens, ich habe mit einer Hochzeitsplanerin Kontakt aufgenommen. Sarah hat sie empfohlen. Peg Migillicuddy. Ich finde, wir sollten uns mit ihr treffen.«

»Was kostet sie?«

»Sie macht ziemlich vernünftige Preise.«

»Mach einen Termin für Donnerstag oder Freitag aus.«

Als sie auflegte, betete sie darum, dass diese Frau in der Lage war, mit ihrer Mutter umzugehen. Der Gedanke an Gäste, die herumstanden und ständig auf die Uhr blickten, während sie an ihrem Mineralwasser nippten, war schlimmer als die Vorstellung von Wiener Würstchen im Garten.

14. Rat von der weisen Hochzeitsplanerin

Drei Tage später trafen sie sich mit Peg Migillicuddy. Cate hatte vor dem Termin noch ein bisschen Zeit totzuschlagen, und deshalb rief sie bei *Bridal Couture* an, um zu fragen, ob sie die champagnerfarbenen Kleider für Brautjungfern führten, die sie im Internet gefunden hatte.

»Ich möchte, dass meine Mädels ihre Kleider selbst auswählen können. Ich werde lediglich die Farbe vorgeben.« Sie erklärte Edith, dass ihre Brautjungfern ganz unterschiedliche Figuren und Konfektionsgrößen hatten und sie sicherstellen wollte, dass alle sich wohlfühlten.

»Hmmmm«, meinte Edith langsam. »Ich würde Ihnen von dieser Idee abraten.«

Cate war verwirrt. Es war, als würde jemand sagen: »Ich würde Ihnen nicht raten, Leuten eine einfache Wegbeschreibung zu Ihrem Haus zu geben. Sagen Sie Ihnen, sie sollen den kompliziertesten Weg wählen.«

»Viele Leute haben diese Idee«, erklärte Edith. »Das Problem ist, dass sie, wenn wir die Kleider beim Designer bestellen, den Stoff vom selben Ballen schneiden; wenn man aber eine Reihe verschiedener Modelle bestellt, müssen sie möglicherweise verschiedene Ballen benutzen, und nicht alle Ballen sind genau gleich. Es könnte sein, dass ein paar Kleider ein bisschen dunkler oder heller sind. Und, vertrauen Sie mir, es gibt einfach Chaos, wenn Sie es so machen. Ich würde Ihnen raten, einen Stil herauszusuchen, der Ihnen gefällt, und dann daran festzuhalten. Sofern Sie nicht schwarze oder weiße Kleider für die Brautjungfern möchten.«

Sie war entmutigt und machte sich Sorgen, dass sie die Mails voreilig verschickt haben könnte. Sie hätte damit warten sollen, allen mitzuteilen, dass sie sich ihre Kleider selbst aussuchen konnten. Nachdem sie aufgelegt hatte, kehrte sie auf die Webseite zurück und wählte ein schulterfreies Kleid mit angesetztem Schoß aus. Wieder schickte sie eine Rundmail und fügte einen Link zu dem Kleid ein.

Hallo Mädels,
ich glaube, ich habe das perfekte Kleid gefunden. Es kostet knapp einhundertsiebzig Dollar und ist champagnerfarben. Hoffentlich gefällt es euch. Sagt mir, wie ihr es findet!

Liebe Grüße,
Cate

Sie hatten sich mit Peg Migillicuddy im Hotel Rancho Bernardo Inn verabredet. Connie musste ab halb drei auf Emilys Tochter Cassidy aufpassen, und Emily und Bradley wohnten in der Nähe des Hotels. Außerdem zogen sie das Inn als Ort für die Feier in Erwägung, und somit würde Cate die Gelegenheit haben, es sich anzusehen.

Peg und Cates Mutter warteten in der Lobby, als Cate eintraf. Sie konnte am sanften Lächeln ihrer Mutter erkennen, dass Peg sie offenbar schon um den Finger gewickelt hatte.

»Das muss die reizende Braut sein«, sagte Peg, als sie Cate bemerkte. Sie war eine kleine Frau mit grauen Haaren, die aussahen, als wären die Spitzen mit der Brennschere bearbeitet worden. »Hallo, ich freue mich sehr, Sie kennenzulernen.« Sie ergriff Cates Hände und hielt sie fest. »Oh, ich liebe es, mit hübschen Bräuten zu arbeiten. Sie werden eine entzückende Braut abgeben.«

Sie fanden einen Tisch im Speisesaal und bestellten Eistee und Brötchen.

»Sie haben hier das frischste Brot auf der Welt«, meinte Peg. »Ich habe schon eine ganze Reihe Hochzeiten im Inn organisiert.«

»Wie lange arbeiten Sie schon als Hochzeitsplanerin?«, wollte Connie wissen.

»Fünfunddreißig Jahre.« Sie nahm ein Buttermesser und wollte gerade nach der Butterschale greifen, zeigte aber stattdessen darauf. »Sehen Sie mal, das gefällt mir nicht.« Cate betrachtete die kleine Schale und fragte sich, was einem an einer Butterschale nicht gefallen konnte. »Das ist Portionsbutter«, erklärte Peg. »Portionsbutter ist nicht akzeptabel, wenn man eine Hochzeit plant.« Obwohl ihr ja offensichtlich etwas missfiel, blieb ihre Stimme herzlich und ruhig. »Wenn man diese Butter auf sein Brot streichen möchte, reißt man das Brot auseinander, und wer möchte schon auseinandergerissenes Brot haben?« Sie lächelte Connie zu. »Die Butter sollte leicht streichbar sein. Wir werden nach Rollenbutter fragen. Rollenbutter lässt sich hübsch glatt verstreichen, und so sollte Butter serviert werden.«

Cate würde nie an Dinge wie die Streichfähigkeit von Butter denken. Sie brauchten diese Frau. Sie sprachen eine Weile darüber, welche Art von Hochzeit sie sich vorstellten. Zweihundert Gäste, eine Band, sieben Brautjungfern. Als sie ihr erzählten, sie hätten einen Termin für die Trauung in der Gründerkapelle gemacht, lächelte Peg. »Oh, ich liebe diese Kirche. Ich kenne die Koordinatorin dort sehr gut. Sie hat sehr viel zu tun, und wenn Sie Probleme haben, sie zu erwischen, sagen Sie mir Bescheid. Ich kann mich auch um Fragen im Zusammenhang mit der Kirche kümmern.«

Sie empfahl Floristen, einen Fotografen, einen Videokameramann, einen Friseur. Es war so, als würde sie das Gewicht der gesamten Hochzeitsvorbereitungen auf ihre Schultern nehmen. »Möchten Sie ein Büfett haben, meine Liebe, oder soll das Dinner am Platz serviert werden?«

»Am Platz«, antwortete Connie. »Ich kann es nicht leiden, wenn alle den ganzen Abend zum Büfett und wieder zurücklaufen. Sagen Sie mir, was Sie davon halten, Peg.« Cate spürte, was als Nächstes kam. Es war die ›Siehst du, ich habe es dir ja gesagt‹-Stimme, die Connie oft benutzte, wenn sie und Cate unterschiedlicher Meinung waren und Connie eine dritte Person auf ihre Seite ziehen wollte. »Ich finde übrigens, dass wir bei der Hochzeit nicht unbedingt Alkohol ausschenken müssen. Ich verstehe nicht, warum jedermann heutzutage das Bedürfnis hat, sich zu betrinken.« Sie sagte dies, als würden sie beide zu derselben altmodischen Generation gehören, und erwartete, dass Peg die ganze Zeit heftig nicken würde. »Ich denke, jeder kann sich auch *ohne* Alkohol prächtig amüsieren. Aber Cate glaubt anscheinend, dass alle sich betrinken müssen, um Spaß zu haben.«

»So habe ich das nicht gesagt, Mom.«

»Nun, du bist fest entschlossen, freie Wahl aus dem kompletten Barangebot anzubieten, damit alle sich volllaufen lassen können.« Sie schenkte Peg ein wissendes Lächeln.

Cate war ein bisschen besorgt. Peg war alt und vielleicht auch ein wenig altmodisch. Was wäre, wenn sie *tatsächlich* Connies Meinung teilte?

»Nun ja, Mrs. Padgett«, erwiderte Peg dann jedoch mit sehr sanfter Stimme. »Ich denke, dass die meisten Leute auf der Hochzeit etwas trinken möchten. Ein bisschen Alkohol gehört zum Feiern einfach dazu, und ich bin mir sicher, dass sich niemand furchtbar betrinken wird, meine Liebe.« Sie schüttelte den Kopf. »Und wenn doch, na ja, es ist ganz einfach, ich gebe dem Barmann einfach ein Signal, wenn ich gewisse Personen auf die Bar zusteuern sehe.« Sie machte eine Handbewegung, als würde sie sich die Kehle durchschneiden. »Das ist das Signal, dass sie genug hatten. Und dann wird der Barmann ihre Gläser mit Wasser füllen. Sie sind so betrunken, dass sie den Unterschied gar nicht merken werden.«

Ausnahmsweise war ihre Mutter sprachlos.

»Und wenn Sie sich Sorgen wegen der Kosten machen«, fuhr Peg fort, »es gibt hier viele Möglichkeiten zu sparen. Man könnte zum Beispiel nur Bier und Wein anbieten. Wissen Sie, wenn die Leute ein Glas Wein oder Bier trinken, brauchen sie eine ganze Weile. Mixgetränke jedoch sind mit ein paar Zügen leer. An manchen Veranstaltungsorten kann man sogar seinen eigenen Wein mitbringen.«

»In Ordnung«, meinte Connie. »Ich denke, wir finden eine Lösung bezüglich des Alkohols.«

›In Ordnung?‹ Heißt das, sie ist einverstanden? Ist es so einfach? Cate liebte Peg! Sie hätte sie am liebsten adoptiert, als Großmutter beispielsweise. Cate fragte sich, ob sie nicht bei allen Hochzeitsbesorgungen mitkommen könnte, vielleicht könnte sie sogar auch an Familienfesten teilnehmen!

Als Connie wie geplant früher aufbrach, um auf ihre Enkelin aufzupassen, unternahmen Cate und Peg einen kurzen Rundgang durch das Hotel. Peg zeigte ihr die verschiedenen Säle, die für Hochzeiten zur Verfügung standen. Sie wies darauf hin, in welchen der beste Sound für die Band war, und zeigte ihr, wo der Cocktailempfang stattfinden würde. Das Inn war entzückend, aber sie brauchte eine abschließende Meinung von Ethan, bevor sie die Reservierung veranlassen konnte. Es wäre sehr schön für eine Hochzeit im späten Herbst, weil es Wärme ausstrahlte.

Sie ging mit Peg zum Parkplatz, und sie plauderten darüber, wie Ethan ihr den Antrag gemacht hatte. Peg war der einzige Mensch, der sich nicht völlig entsetzt oder besorgt zeigte, weil Cates Ring verloren gegangen war. Sie überlegten gemeinsam, welche Art von Blumen Cate mochte. Sie hätte den Rest des Tages mit Peg verbringen und über die Hochzeitspläne sprechen können.

»Hören Sie, meine Liebe. Denken Sie daran, dass alles, was Ihnen im Zusammenhang mit der Hochzeit wichtig ist, auch für mich wichtig ist. Ich bin schon mal bis zwei Uhr morgens aufgeblieben, weil ich mit einer Braut geredet habe. Sie hat mich um Mitternacht weinend angerufen und gesagt: ›Peg, die Tischdecken und die Servietten haben nicht den richtigen Ultramarin-Ton, und niemand will mir zuhören. Alle glauben, ich bin verrückt‹.« Und ich habe ihr gesagt, ich wüsste, wie wichtig es ihr wäre, und sie sollte sich keine Sorgen machen, ich würde mich darum kümmern.« Sie berührte Cates Arm. »Wenn es Dinge gibt, die Ihnen wichtig sind, sagen Sie es mir einfach.«

Diese Frau war ein Gottesgeschenk. »Ich wünsche Ihnen einen schönen Tag, und melden Sie sich einfach, wenn Sie mich brauchen.« Langsam begann die Hochzeit, ihr richtig Spaß zu machen.

15. Ein bühnenreifer Auftritt

Am folgenden Vormittag checkte Cate ihre Mails. Die Antworten von einigen der Brautjungfern ließen sie blass werden.

›Ich fühle mich sehr unwohl in einem schulterfreien Kleid. Und könntest du etwas aussuchen, dass in A-Form geschnitten ist? Mein Hintern passt niemals in dieses Kleid.‹ Von Denise.

›Ich dachte, wir suchen unsere Kleider selbst aus.‹ Das kam von Beth, die gewöhnlich so unbekümmert war. ›Schulterfreie Kleider stehen mir nicht.‹ Und was bitte hatte Beth ihr mit ihrer Halloween-Hochzeit zugemutet!

Die beste Reaktion stammte von Jill, ihrer lieben Freundin, die sie liebte und bewunderte. ›Kann ich mein Kleid selbst nähen? Ich kaufe Stoff in derselben Farbe und entwerfe mein Kleid selbst.‹ Sie hatte nicht die geringsten Nähkenntnisse.

Cate hatte das Gefühl, jeden Augenblick einen Nervenzusammenbruch zu bekommen, als das Telefon klingelte. Sie schaute auf die Rufnummernüberprüfung. Es war Leslie ›Brautzilla‹ Lyons, eine ihrer besten Freundinnen und der pingeligste Mensch, den sie kannte. Sie hatte vor ihrer Hochzeit Wegbeschreibungen verschickt, die mehr als die meisten Taschenbücher gewogen hatten. Das Telefon klingelte wie eine tickende Zeitbombe. Cate stand vor dem Apparat, biss sich auf die Nägel und überlegte, ob es das Risiko wert war, das Gespräch anzunehmen. Wer weiß, was für eine Art von Kleid Leslie haben wollte? Beim letzten Klingeln hob sie ab und sagte schwach Hallo in den Hörer.

»Cate? Bist du das?«

»Ja. Hallo, Leslie.« Sie wartete darauf, dass Leslie einen bösen

Kommentar zu ihrer Kleiderwahl abgeben würde, aber stattdessen sagte sie freundlich: »Ich wollte mal hören, wie es so läuft und ob ich dir irgendwie helfen kann. Ich weiß, wie stressig diese Phase sein kann.«

»Oh. Danke.« Sie setzte sich auf die Couch. »Hast du die E-Mail bekommen?«

»Nein. Welche Mail? Ich habe meine Mails heute noch nicht abgefragt.«

Cate erzählte ihr von dem Kleid, dass sie ausgesucht hatte, und den mürrischen Antworten, die sie von den Mädchen erhalten hatte. »Ich meine, bei Denise habe ich mit so was gerechnet. Aber Jill und Beth? Ich weiß nicht …«

»Hör zu, Denise … Was für Deppen! Nur jemand, der noch nicht selbst geheiratet hat, kann sich so aufführen. Beth hat alle gezwungen, zu ihrer Hochzeit Halloween-Kostüme zu tragen. Jill ist nicht verheiratet, und offen gesagt, Leute, die nicht verheiratet sind, kapieren es einfach nicht. Sie haben keine Ahnung, wie das ist. Nur Verheiratete wissen, wie es ist, eine Hochzeit zu planen, und ich finde, das ist der Grund, warum du es einfach so machen musst, wie ich es gemacht habe. Du musst einfach die Entscheidung treffen, dass Einzelheiten nur zur Information mitgeteilt werden, nicht auf Diskussionsbasis. Für alle. Und ich meine *alle*.«

Cate dachte an ihre Tage als Brautjungfer und dass man ihr tatsächlich nie die Möglichkeit gegeben hatte, ihre Bedenken über die Kleidung kundzutun. Man hatte ihr nie einen Link angeboten, um sich das Kleid vorab anzusehen. Man hatte ihr nur grundsätzliche folgende Anweisungen erteilt: Bitte nimm deine Maße und teile sie zusammen mit deinen Kreditkartendaten bis zu einem festgelegten Datum mit. Sie hatte die Kleider, für die sie ein kleines Vermögen ausgegeben hatte, immer erst gesehen, wenn sie ihr – viel zu groß – ins Haus geliefert worden waren. Jetzt wusste sie, warum.

»Du suchst einfach ein Kleid aus«, meinte Leslie. »Und du lässt alle ihre Maße nehmen, und dann bezahlen sie ihr Kleid. Ende.«

»Du hast recht.« Nie in ihrem Leben hätte sie gedacht, dass sie mit dem Menschen einer Meinung sein würde, der ihr so viele Brautjungferqualen zugefügt hatte, dass sie immer noch in Schweiß gebadet aufwachte, weil sie Angst hatte, ihre eigens gefärbten Schuhe zu verlieren. War sie im Begriff, Brautzilla zu werden? Das war das Letzte, was sie sein wollte.

Sie legte auf und kam zu dem Schluss, dass die Mädels sich erst einmal ein paar Tage beruhigen sollten. Dann würde sie ihnen eine E-Mail schicken und ihnen mitteilen, wohin sie ihre Maße und ihre Kreditkarteninformationen schicken sollten. Mehr an Informationen brauchten sie nicht. Was die Schuhe anging, würde sie ihnen freie Hand lassen. Sie konnten tragen, was sie wollten, solange die Schuhe schwarz waren.

Ethan war den ganzen Tag völlig mit Arbeit überlastet gewesen, und sie wollte ihn mit einem Subway-Sandwich überraschen. Sie wählte für ihn sein Lieblingssandwich mit Truthahn auf getoastetem Brot, und für sich nahm sie ein Schinkensandwich. Als sie in seine Wohnung kam, telefonierte er gerade mal wieder. Sein Haar stand in alle Richtungen, und er trug immer noch die Boxershorts, in denen er in der vergangenen Nacht geschlafen hatte. »Ich bin so froh, wenn dieses Wochenende vorbei ist«, meinte er, nachdem er aufgelegt hatte. »Heute Abend habe ich eine Hochzeit und morgen Abend ein Bar-Mizwa-Fest.« Seine Augen leuchteten auf, als er die Tüte mit den Sandwiches sah. »Du bist die Beste!« Sie aßen an seinem Wohnzimmertisch.

»Sag mir Bescheid, wenn ich dir irgendwie helfen kann«, meinte sie.

»Da gibt es tatsächlich etwas. Ich wollte es eigentlich schon gestern erwähnen. Ich habe an ein paar Wochenenden in diesem Sommer zu wenig Personal, und ich dachte, wenn du dir etwas dazuverdienen willst, kannst du mit mir zu den Hochzeiten kommen und aushelfen. Vielleicht bekommst du ein paar Anregungen für unsere eigene Hochzeit. Lernst ein paar Lieferanten kennen, mit denen wir vielleicht zusammenarbeiten wollen. Ich bezahle dich natürlich.«

»Okay, aber ich habe noch nie bedient und will nicht allen den ganzen Abend mit Fragen auf den Wecker fallen.«

»Das wirst du nicht. Es ist ganz einfach. Du musst bloß mit einem Tablett voll Appetithäppchen herumlaufen und dann das Dinner servieren. Das ist alles. Ich glaube, wir haben ein Hemd und eine Weste in deiner Größe, und du brauchst eine schwarze Hose und schwarze Schuhe, und davon hast du ja wohl Tausende.« Er biss in sein Sandwich, und ein großer Klacks Senf tropfte auf den Tisch.

»In Ordnung. Klar, und wann brauchst du mich?«

»Heute Abend.«

* * *

Einige Stunden später saß sie neben Ethan im Lieferwagen von *Good Time Catering*. Sie trug ihre graue Weste und eine Krawatte und hatte die Haare zu einem Pferdeschwanz zurückgebunden. Ethan war zusammen mit seinem besten Freund Sean Besitzer der Firma. Die Firma lief so gut, dass sie mittlerweile über zwei Lieferwagen, eine große Küche und mehrere Köche verfügten. Sean und Ethan nahmen zwei Aufträge pro Wochenende an, sodass jeder von ihnen eine Veranstaltung beaufsichtigen konnte. Das einzige Mal, dass sie Ethan bei der Arbeit gesehen hatte, war vor zwei Jahren auf Sarahs Hochzeit gewesen, bei der sie sich kennengelernt hatten. Auch damals hatte er weiße Kochkleidung getragen. Aber sie konnte sich nicht erinnern, dass er damals auch so ernst gewesen war. Er war nicht aufgeregt oder nervös, er arbeitete so sorgfältig und war so perfektionistisch, und sie wusste intuitiv, dass er keine Bummelei tolerieren würde. Sie war ein bisschen nervös.

Die Hochzeit fand in einem riesigen Haus in Rancho, Santa Fe statt. Ethans Angestellte waren schon seit dem Morgen dort, um alles für die große Veranstaltung im Freien vorzubereiten. Im Garten hatten sie ein riesiges weißes Zelt aufgebaut. Weiße Leuchten tropften wie Diamanten von den mit Satinbändern umwickelten Zeltstangen. Sie betrachtete die Blumen, große Tischgestecke aus purpurroten und rosafarbenen Rosen, Orchideen, die größer als ihr Gesicht waren, und süß duftenden Gardenien. Cate dachte, dass man hier allein für den Blumenschmuck einige Hunderter hinblättern musste.

Nur Minuten nach ihrer Ankunft verschwand Ethan. Er wurde von der Hochzeitsplanerin, der Brautmutter und Angestellten mit Fragen in fünfzigtausend Richtungen gezerrt. Er schien nie die Ruhe zu verlieren, und als sie sah, wie er ein Problem nach dem anderen löste, wuchs ihr Respekt für das, was er tat.

Die Hochzeit hätte an keinem heißeren Tag stattfinden können, und die Zeremonie begann mit fünfundvierzig Minuten Verspätung. Die Braut brauchte offensichtlich ›mehr Zeit‹, um sich fertig zu machen, und ließ ihre Gäste in der höllischen Nachmittagshitze schmoren. Die Feier würde im Zelt stattfinden, aber die weißen Klappstühle für die Zeremonie standen im Freien. Sie beobachtete aus der Ferne, wie Männer in ihren Anzügen ganz furchtbar schwitzten und Frauen sich mit den Programmheftchen Luft zufächelten, während sie versuchten, sich vor den UV-Strahlen zu schützen. Sie konnte an nichts anderes als an die Körpergerüche denken, die sich dort draußen vermischen mussten.

Statt mit tief empfundenem Interesse auf die Braut zu blicken, als die endlich den Gang entlangschritt, sahen alle nur erleichtert aus. Cate entdeckte keine einzige Träne. Schlimmer noch, die Zeremonie schien endlos zu sein. Der Pfarrer hörte nicht auf, davon zu sprechen, welch großartiges Paar Hillary und Jason doch waren, und er hielt alle zwei Minuten inne, damit er einem Volksmusiksänger lauschen konnte, der kitschige Liebeslieder zum Besten gab.

Es war eine gute Idee gewesen, Ethan zu helfen. Sie hatte bereits ein paar Anregungen für ihre Hochzeit bekommen. Nicht nur, dass alles drinnen stattfinden würde, sondern auch, dass sie pünktlich sein würde.

Zu behaupten, die Gäste wären ausgehungert, war eine Untertreibung. Kaum hatten die Braut und der Bräutigam den Altar verlassen, wurde Cate praktisch von schwitzenden Menschen überrannt, die sich auf die mit Speck umwickelten Garnelen und Olivencrostini stürzten. Die Gäste nahmen sich zwei, manchmal sogar drei Appetithäppchen auf einmal, und sie musste alle fünf Minuten in die Küche zurücklaufen, um ihr Tablett aufzufüllen. Dort herrschte ein einziges hektisches Chaos, verbreitet von den Servicekräften, die aneinander vorbeihasteten, um Nachschub zu holen. Sie erhaschte kaum einen Blick auf Ethan. Nach der Cocktailstunde beruhigte sich die Lage wieder. Alle nahmen ihre Plätze ein, und die Tischreden begannen. Cate servierte Salate und schenkte Wein ein.

Sie stahl sich einen kleinen Augenblick, um sich auszuruhen und dem Eröffnungstanz des Brautpaars zuzusehen. Die Band spielte ›*The way you look tonight*‹ von Frank Sinatra, ein auf Hochzeiten immer wieder gerne gespielter Hit. Ihr ging durch den Kopf, dass Ethan und sie noch gar nicht darüber gesprochen hatten, welches Lied bei ihrem ersten Tanz gespielt werden sollte. Sie selbst hatte noch überhaupt keine Idee und nahm sich vor, Ethan bei nächster Gelegenheit auf das Thema anzusprechen.

Sie registrierte erstaunt, dass sich die Lippen von Braut und Bräutigam unablässig bewegten. Zuerst glaubte sie, die beiden würden irgendetwas ausdiskutieren, dann begriff sie, dass sie zählten.

»Eins. Zwei. Drei. Vier«, flüsterte die Braut, während sie um die Bühne herumtanzten.

Sie vollführten einige Drehungen, wobei die Arme des Bräutigams an Bleistifte erinnerten, so unbeweglich und steif hielt er seine Frau fest. Irgendwann streckte er einen Arm aus, als käme jetzt der Augenblick, in dem sich seine Tanzpartnerin nach hinten neigen sollte. Ein Sekundenbruchteil verging, während sie verwirrte Blicke tauschten. Offenbar hatte er Schwierigkeiten gehabt, Arme und Beine zu koordinieren, und einen Schritt ausgelassen. In genau dem Moment, in dem er seinen Arm dann wegnahm, lehnte sich die Braut dramatisch zurück. Leider war nichts mehr dort, um sie aufzufangen, und sie fiel wie ein vom Blitz getroffener Baum um.

Ihr Kleid schob sich bis zur Taille hoch, und allen Gästen auf der einen Seite der Tanzfläche bot sich ein prächtiger Blick auf ihren enthüllten Hintern.

Cate hörte ein lautes gackerndes Lachen von einem älteren Herrn mit einem schrecklichen Toupet und einer Zigarre im Mundwinkel. Er saß am Tisch der Eltern des Bräutigams. Er hatte eine raue, aber gleichzeitig schrille Stimme mit einem New-Jersey-Akzent. »Ha, ha, ha, ha, ha! Was für ein bühnenreifer Auftritt! Ha, ha, ha, ha, ha! Was für eine professionelle Nummer!«

Cate konnte bloß ahnen, wie gedemütigt die Braut sich fühlen musste. Wenn ihr so etwas passiert wäre, hätte sie wahrscheinlich einen Knicks gemacht und wäre von der Tanzfläche gelaufen. Diese Braut jedoch sprang auf und vollführte ein paar gekonnte Hopser, bevor sie ihren neuen Ehemann ansprang und ihm die Beine um die Hüfte schlang. Der Bräutigam blieb einen Augenblick verblüfft stehen. Sie flüsterte ihm etwas ins Ohr, und er begann sich mit ihr im Kreis zu drehen. Es war wie ein schlechter Paarlaufwettkampf beim Eislaufen, und Cate fragte sich, ob ihnen nicht schwindelig werden würde. Aber er drehte sich immer weiter. Cate nahm an, dass sie diese Figur wahrscheinlich nicht geprobt hatten.

»Was zum Teufel ist das?«, stöhnte der alte Mann. »Wenn ich Patrick Swayze sehen wollte, hätte ich mir *Dirty Dancing* ausgeliehen.« Er lachte wieder gackernd. »Unglaublich.«

Der Bräutigam schwang seine Braut unendlich lange im Kreis, bis sie schließlich die Fallfigur wiederholten. Diesmal bewegte er den Arm nicht, selbst nicht, nachdem er sie aufgefangen hatte. Sie verharrten gleich mehrere Minuten in der Haltung. Ein Moment der Stille verging, bevor der Beifall einsetzte. Selbst die Band sah ein bisschen mitgenommen aus.

Die Hochzeit dauerte bis Mitternacht, und Ethan musste bleiben, bis auch der allerletzte Krümel beseitigt war.

»Hast du den Eröffungstanz gesehen?«, fragte sie auf dem Heimweg.

»Ja, habe ich. So etwas habe ich wirklich noch nie gesehen.«

»Ich dachte, sie würden nach dem Sturz vor Verlegenheit sterben, aber stattdessen hat sie versucht, es mit ein paar seltsamen *Lets Dance*-Einlagen zu überspielen.« Sie legte die Füße aufs Armaturenbrett und merkte, wie sehr sie schmerzten. Sie hatte seit Stunden nicht mehr gesessen.

»Bitte sag mir, dass wir das nicht tun müssen«, meinte Ethan.

»So tanzen? Auf keinen Fall.«

»Nein, ich meine, vor den Leuten tanzen.«

Sie lockerte ihre Krawatte. »Na ja. Wir müssen den ersten Tanz tanzen.«

»Müssen wir?«

»Es ist unsere Hochzeit.«

»Ich bin ein furchtbar schlechter Tänzer.«

»Es ist okay. Wir bekommen es gemeinsam hin, und es werden bloß unsere Freunde sein, die uns zusehen. Wir treten nicht vor einem Millionenpublikum auf.«

»In Ordnung.« Obwohl er ihr zustimmte, spürte sie, dass er es nur tat, um sie glücklich zu machen.

16. Zwischen den Fronten

Hallo Mädels,
tut mir leid, dass ich eine solche Nervensäge bin, aber ich wollte euch bloß wissen lassen, dass ich in den nächsten Tagen zu Bridal Couture gehen werde, um mir das Kleid anzusehen, das ich ausgesucht habe. Wenn es so süß ist, wie es online aussieht, werde ich euch informieren, wohin ihr eure Maße und eure Kreditkartendaten für die Bezahlung senden müsst. Danke, Leute, und tut mir leid, dass ich euch nerven muss!

Liebe Grüße,
Brautzilla ☺

Innerhalb von Minuten tauchte Denise Blakelys Namen in ihrem Posteingang auf.

Cate,
glaubst du, ich könnte mitkommen, um das Kleid mal anzuprobieren? Ich mache mir wirklich Sorgen wegen meinem Hinterteil und möchte einfach sehen, wie es an mir aussieht.

Mit freundlichen Grüßen,
Denise

Das war ziemlich unverfroren von ihr. Denise benahm sich allerdings schon seit Cate und Ethan verlobt waren mehr als merkwürdig, und sie hatte sich wirklich des Öfteren gefragt, ob das

Mädel wohl irgendwie übergeschnappt war. Was sollte sie jetzt antworten? *Nein. Du kannst nicht mitkommen. Ich erwarte, dass du über hundert Dollar für dieses Kleid ausgibst, das du nie wieder tragen wirst, aber wir wollen dich nicht dabeihaben.* Sie überlegte einen Moment, bevor sie antwortete. Wollte sie, dass ihre Brautjungfern das Kleid trugen, das ihr gefiel? Oder wollte sie, dass sie gut aussahen? Was, wenn Denise wie eine champagnerfarbene Kartoffel aussah?

Also schrieb sie ihr, sie würden sich um fünf Uhr nachmittags vor *Bridal Couture* treffen. Bevor Denise sich selbst eingeladen hatte, hatte Connie schon angeboten, auch mitzukommen. Zuerst hatte Cate ein bisschen gezögert, ob sie eine weitere Meinung zu den Kleidern für die Brautjungfern einholen sollte. Da aber ihre Mutter in dieser Angelegenheit bestimmt ein neutrales Urteil abgeben würde, hatte sie zugestimmt.

Sie verbrachte den Rest des Tages mit packen. In zwei Wochen würde sie umziehen. Sie hatte fast vier Jahre lang in ihrem Apartment in Pacific Beach gewohnt und hätte gedacht, dass der Auszug sie traurig stimmen würde. Jill wohnte im selben Haus, und sie sahen sich fast täglich. Der Strand war nur einen kurzen Spaziergang weit entfernt. Auch ihre Lieblingsbar, *The West End*, lag nur einen Häuserblock weiter, sodass man sogar betrunken völlig problemlos nach Hause stolpern konnte. Um traurig zu sein, war sie jetzt allerdings viel zu beschäftigt.

Gott allein wusste, was ihr bei *Bridal Couture* bevorstand. Sie versuchte, positiv zu denken. Denise würde in dem Kleid toll aussehen, und wenn nicht, würden sie eben andere anprobieren. Das Letzte, was sie wollte, war, selbstsüchtig zu sein. Deshalb würde sie etwas anderes aussuchen, wenn Denise sich damit wohler fühlte.

Sie brauchte den ganzen Nachmittag, um die Schränke im Badezimmer auszuräumen, und ihr fielen dabei Dinge in die Hand, deren Existenz sie lange vergessen hatte. Künstliche Wimpern, die sie für ihre Marilyn-Monroe-Kostümierung für Beths Hochzeit gekauft hatte. Es gab eine Schachtel voller Perlenketten und Armbänder, die sie in Beths Perlengeschäft selbst gemacht hatte. Lockenwickler, die sie einmal benutzt hatte. Eine Tüte voll Minishampoofläschchen, die ihr Exfreund immer von seinen Reisen mitgebracht hatte. Sie warf die Tüte weg. Ein Umzug war wie eine Reise in die Vergangenheit. Sie schwitzte, während sie die schweren Sachen in die Kartons stopfte.

Sie vertiefte sich so sehr in das Anlegen ihres ganzen alten Schmucks, dass sie fast zu spät zu ihrem Termin bei *Bridal Couture* kam. Sie trug eins ihrer alten Armbänder. Es bestand aus roten und schwarzen Staubperlen, und sie hatte zehn Minuten lang nach einem roten Top gesucht, das dazu passte.

Denise wartete vor dem Brautgeschäft auf sie. Drinnen wurden sie von Edith in Empfang genommen. Sie nahm das champagnerfarbene Brautjungfernkleid von einem Ständer und führte Denise zu einer Umkleidekabine.

Denise kam und kam nicht wieder hervor, und Cate begann sich allmählich Sorgen um sie zu machen. Sie tauschte ein paar beunruhigte Blicke mit Connie. Als Denise dann endlich geraume Zeit später den Vorhang zur Seite zog, zeugte ihr Gesichtsausdruck nicht gerade von Begeisterung.

»Die Farbe gefällt mir sehr gut«, sagte Connie sofort. »Sie wird allen Mädchen gut stehen.« Cate war froh, ihre Mutter mitgebracht zu haben. Sie brauchte ein wenig Beistand.

Denise schwieg.

Cate betrachtete ihr Hinterteil und dachte, Denise wäre die haushohe Favoritin, wenn sie an einem Wettbewerb teilnehmen würde, bei dem es darum ging, die größte Ähnlichkeit zu einer Avocado aufzuweisen. Sie wollte nicht gemein sein, aber allmählich fragte sie sich, ob es überhaupt Kleider gab, die ihr schmeichelten. Ein Kleid in A-Linie würde vielleicht ein bisschen besser aussehen, aber wie sollte sie es allen recht machen? Wenn sie ein

Kleid in A-Linie bestellte, würden zierliche Mädchen wie Val und Sarah darin schwimmen. »Wie fühlst du dich?«, fragte Cate, obwohl sie die Antwort bereits kannte.

Denise zuckte die Schultern. »Ich glaube einfach, mein Po würde in einem Schnitt in A-Linie besser aussehen.«

»Meinst du?«

»Ich glaube nicht, dass ich mich sehr wohl fühlen würde, wenn ich dieses Kleid den ganzen Abend tragen müsste.«

Wenn das hier die TV-Show *Survivor* wäre, würde Denise als Erste herausgewählt werden. Mit ihr zusammen zu sein war, als würde man verprügelt. Also wirklich, Cate musste bei Leslies Hochzeit einen dreihundert Dollar teuren königsblauen Polyester-Hosenanzug tragen. Die einzigen Frauen, denen er gestanden hätte, wären Janet und Chrissy aus der Uraltserie *Drei zum Verlieben* gewesen. Sie hatte jedoch das grässliche Outfit angezogen, sich dazu auch noch mit einer schrecklichen Frisur zufriedengegeben und war ohne ein Wort des Protests zum Altar marschiert.

»Ich finde, es sieht gut aus, Denise«, meinte Connie. Dann neigte sie den Kopf zur Seite. »Aber weißt du, ich glaube, etwas mit Ärmeln wäre für die Kirche angemessener. Wie wäre es mit diesem Kleid?« Sie nahm ein champagnerfarbenes Kleid in A-Linie mit kurzen Ärmeln, das einen hochgeschlossenen Ausschnitt hatte, von einem Ständer.

Das nächste Mal würde Cate ganz allein zum Brautgeschäft gehen. Sie musterte das Kleid, dann merkte sie, dass Denise viel glücklicher aussah.

»Das sieht super aus«, sagte Denise. »Und ich stimme Ihnen absolut zu, dass bedeckte Arme in der Kirche viel angemessener sind.«

Cate hätte am liebsten eins der herumliegenden Nadelkissen zu einer Voodoopuppe von Denise umfunktioniert. Sie dachte an ihre Unterhaltung mit Leslie und wie sie ihr geraten hatten, die an der Hochzeit Beteiligten von allen Entscheidungen auszuschließen. Dabei wollte sie wirklich nicht Brautzilla sein.

»Ich möchte etwas Schulterfreies, und ich weiß, dass einige der anderen Mädels das auch wollen, also nein. Sorry, aber dieses Kleid ist nicht das richtige. Fragen wir doch, ob es das schulterfreie Kleid, das Denise gerade trägt, auch in A-Linie gibt«, schlug sie als Kompromiss vor. »Ich möchte, dass Denise sich wohl fühlt, aber schulterfrei ist sicher auch in der Kirche in Ordnung.«

Sie warteten, während Denise ein ähnliches Kleid mit einem volleren Rock, der ihren Po kaschieren sollte, anprobierte. »Mir gefällt es an Denise«, meinte Connie.

»Es ist hübsch«, erklärte Cate.

Das Kleid sah nicht viel anders aus, aber wenn Denise sich wohl fühlte, war es in Ordnung. Cate wollte bloß wieder aus dem Laden raus, bevor Denise und Connie noch Pläne schmiedeten, gemeinsam die Bibelstunde zu besuchen.

Cate gab Edith die Namen und Adressen aller ihrer Brautjungfern, damit sie ihnen ein Formular für Maße und Kreditkartenangaben zusenden konnte. Cate fragte sich ununterbrochen, was Leslie wohl sagen würde, wenn sie wüsste, dass Cate den Schnitt des Rocks für Denise geändert hatte. Es spielte keine Rolle, denn das Bestellen der Kleider für die Brautjungfern verursachte ihr ohnehin Schuldgefühle. Das Kleid hatte einen vernünftigen Preis, aber sie konnte nicht vergessen, was für ein Gefühl es war, ein Kleid zu kaufen, das man nur ein einziges Mal tragen würde.

Es war spät, als sie aufbrachen, und Edith ging mit ihnen zusammen zum Parkplatz. »Dann sehen wir uns wohl auf der Verlobungsfeier nächstes Wochenende«, meinte Denise.

»Ja. Ich freue mich darauf.«

»Woher nimmst du bloß die Zeit für diesen ganzen Kram, während du gleichzeitig packen musst?«, wollte Denise wissen.

Sie wollte nicht vor ihrer Mutter über den Umzug sprechen.

Connie war sich des bevorstehenden Termins zwar hundertprozentig bewusst, aber man musste sie ja nun auch nicht noch daran erinnern.

»Sie ziehen um?«, fragte Edith, während sie in ihrer Handtasche nach ihren Schlüsseln kramte.

»Irgendwann mal. Mensch, wenn man bedenkt, dass es mitten im Sommer ist, ist der Abend verdammt kühl, oder?«, versuchte sie das Thema zu wechseln.

»Wohin ziehen Sie?«

»Nach Escondido. Mit meinem Verlobten.« Ihre Stimme war beinahe unhörbar.

»Wunderbar«, sagte Edith. »Wir überlegen gerade, unser Haus im nächsten Monat auf den Markt zu bringen.«

Denise zog sofort eine Visitenkarte aus ihrer Brieftasche. »Bitte rufen Sie mich an, wenn Sie darüber reden möchten.«

Connie war gefahren, und sobald sie im Wagen saßen, fuhr sie mit quietschenden Reifen vom Parkplatz, als würde sie polizeilich gesucht.

»Auweia, Mom. Immer mit der Ruhe! Wo liegt das Problem?«

»Du musstest Edith ja unbedingt erzählen, dass du mit Ethan zusammenziehst.«

»Ach, komm, Mom. Das ist Edith egal.«

»Ich schäme mich so.« Sie umklammerte das Lenkrad so fest, dass ihre Fingerknöchel weiß hervortraten. »Zu meiner Zeit ist man einfach nicht herumgelaufen und hat so etwas laut verkündet. Es war tabu, etwas, für das man sich schämen musste. Man ist einfach nicht damit hausieren gegangen und hat es allen erzählt, die zugehört haben.«

Cate hätte gerne etwas erwidert, aber die ganze Unterhaltung war absolut lächerlich.

Sie wurde von ihrem Handy gerettet. »Hallo, Ethan.«

Stimmengewirr und Musik dröhnten ihr ins Ohr. »Cate! Kannst

du mich verstehen?« Er brüllte, und sie musste das Handy ein Stück vom Ohr weghalten.

»Wo bist du?«

»Ich bin bei Longboards!«

»Oh. Wer ist bei dir?«

»Ich war mit Ryan verabredet, aber Janet hatte heute ihr Vorstellungsgespräch bei ihm, deshalb sind sie beide hier!«

Genau was sie jetzt brauchte.

»Komm doch auch!«, schrie er. Seine Stimme war so laut, dass ihre Mutter stirnrunzelnd auf das Handy schielte. Sie konnte Ethan ebenfalls hören.

Ein Drink war verlockend, aber ein Drink mit Janet würde ihr vielleicht den Rest geben. Sie musste ein bisschen Dampf ablassen, und das tat sie am besten, indem sie weiter packte. »Nein! Ich glaube, ich passe.«

»Ich komme später vorbei! Ich schlafe heute Nacht bei dir!«

Connie trat das Gaspedal durch, als sie auf die Schnellstraße auffuhr. Wenn sie vorher schon sauer gewesen war, konnte Cate sich nur zu gut vorstellen, welche Art von Vulkan jetzt kurz vor dem Ausbruch stand.

Warum waren sie bloß nicht nach Vegas gefahren? Seit sie sich verlobt hatten, waren alle in ihrer Umgebung verrückt geworden – außer ihr selbst. Die meisten ihrer Brautjungfern benahmen sich mehr als seltsam. Da war Denise, und da war Connie. Jetzt musste sie auch noch mit Ethans Exfreundin fertig werden. Alle waren verrückt geworden.

Noch nie war sie glücklicher gewesen, ihr Apartmenthaus zu sehen. Sie wollte gerade einen sauberen Abgang hinlegen, als ihre Mutter ihr nachrief: »Denk nur daran, dass es deine Seele ist, die bis in alle Ewigkeit schmoren wird!«

»Danke, dass du mit mir gekommen bist!«, rief Cate, während Connie schon wieder beschleunigte. Sie ging in ihre Wohnung und war glücklicher, als sie sich den ganzen Tag gefühlt hatte, als sie Grease an der Wohnungstür auf sie warten sah.

»Komm her, Grease«, sagte sie, während sie ihre Handtasche abstellte. Sein Schnurren war so laut wie ein getuntes Moped, und es war das Beste, was sie seit einer Weile vernommen hatte. Sie liebte es, wenn er in einer anhänglichen Stimmung war. Er rieb seine Schnauze gegen ihr Gesicht. Sie trug ihn ins Schlafzimmer und beschloss, für den Rest des Abends nicht mehr ans Telefon zu gehen. Leere Kartons nahmen schon die Hälfte des Platzes in ihrer Wohnung ein, und sie zu füllen schien ihr der beste Weg zu sein, ihre innere Anspannung abzubauen. Sie setzte Grease ab, und er sprang in einen Karton.

Sie entschied sich, zuerst ihr Bücherregal auszuräumen. Sie sortierte die Bücher in drei Stapeln. Der erste war dem Schund vorbehalten – Bücher, die zu peinlich waren, um sie jemandem zu leihen und die sie einem Secondhand-Laden spenden wollte. Der zweite gehörte wirklich großartigen Werken – diese wollte sie für den Rest ihres Lebens im Regal stehen haben. Dazu gehörten Titel von Jack London, David Sedaris und Flannery O'Connor. Und im dritten stapelte sie mitreißende Unterhaltungsromane, die sie an einem Tag verschlungen hatte und an Jill und Beth weitergeben würde, die immer heiß auf Lesestoff waren.

Sie nahm eine blau-weiße Vase in die Hand, die sie vor einigen Jahren auf einem Garagenflohmarkt in ihrer Straße gekauft hatte. Sie hatte nie zu irgendetwas in ihrer Wohnung gepasst, aber sie hatte sie behalten, weil sie ihren Stil einfach mochte.

Sie trug die Vase zu einem Karton in der Küche und stolperte dabei über einen Stapel Bücher. Sie stürzte, und die Vase glitt ihr beinahe aus der Hand. Es gelang ihr, sie festzuhalten, aber kurz bevor sie den Boden berührte, hüpfte etwas Kleines aus dem Inneren der Vase und machte auf den Küchenfliesen leise ›Ping‹. Sie konnte sich nicht vorstellen, was darin gewesen sein könnte. Sie fragte sich, ob vielleicht der Stängel einer Rose abgebrochen war. Ihr Kinn schmerzte von dem Aufprall, und ihre Knie zitterten, als sie aufstand. Sie zog sich aus und untersuchte ihre Knie und Ellbogen auf Verletzungen, bevor sie wieder in die Küche zurückkehrte. Sie fragte sich, was in der Vase geklimpert haben könnte. Dann kam sie darauf – ihr Verlobungsring! Das musste es sein. Sie erinnerte sich an Greases Besessenheit für Wasser und Vasen. An dem Tag, als der Ring verloren gegangen war, hatte sie die Vase geschüttelt. Der Hals der Vase war so eng, dass der Ring möglicherweise stecken geblieben war und sich durch ihren Sturz gelöst hatte.

Aufgeregt suchte sie den Küchenboden ab, aber was sie fand, war nicht so aufregend. Es war das Obstkörbchen, das Grease der französischen Puppe geklaut hatte. Na ja, immerhin musste sie sich jetzt im Nachhinein keine Sorgen mehr machen, dass sein Blinddarm hätte durchbrechen können. Sie wandte sich wieder ihrer Packerei zu und nahm die Vase in die Hand. Ihr Herzschlag setzte aus, als sie etwas klimpern hörte. Sie schüttelte die Vase und hörte dasselbe Geräusch. Es befand sich definitiv noch etwas darin. Sie versuchte, es herauszubugsieren, aber was auch immer es war, es passte nicht durch den Hals der Vase. Sie schob einen Kleiderbügel aus Draht in die Öffnung und versuchte, den Gegenstand herauszuziehen, aber er rührte sich nicht. In einer Anwandlung purer Erregung warf sie die Vase auf den Küchenboden. Sie sah, wie der Ton zu Tausenden von Scherben zersprang. Da, in der Mitte der gipsartigen Tonscherben, lag ihr Verlobungsring. Sie konnte sehen, wie die Diamanten ein Funkeln ausstrahlten, das sich in den Küchenwänden widerspiegelte.

17. Ein netter Klang

In ein paar Wochen habe ich wieder eine Hochzeit, bei der ich Hilfe brauche. Glaubst du, du hättest Zeit? Es ist am letzten Juliwochenende.«

Der einzige Laut, der auf Ethans Frage folgte, war das Quietschen der Räder des Einkaufswagens, den sie durch den Vons-Markt schob.

»Cate? Hörst du mir überhaupt zu? Cate! Oh mein … Jesus! Cate, pass auf, wo du …«

Sie riss ihren Blick genau in dem Moment von ihrem Ring los, bevor sie ungebremst in die Obstauslage krachte. Sie sahen hilflos zu, wie Granny-Smith-Äpfel und ein Berg Birnen wie eine Lawine von dem Gestell purzelten. »Oh mein …« Sie warf sich gegen den herabstürzenden Obstberg, aber die Früchte fielen alle gleichzeitig, und sie konnte bloß jeweils einen Apfel auf einmal auffangen. Als Nächstes folgten die Nektarinen, die lawinenartig die Pfirsiche mitrissen. Zitronen prasselten auf den Boden wie Hagel, und es klang wie ein Erdbeben, als die Cantaloupe-Melonen auf der anderen Seite der Auslage vom Gestell stürzten.

»Vielleicht sollten wir einfach nur abhauen«, hauchte Ethan.

Sie fühlte sich wie ein gefangenes Kaninchen. Jede sich in der Obst- und Gemüseabteilung aufhaltende Person starrte sie an. Ein Paar, das gerade die Zutaten für seinen Salat aussuchte, hielt inne, um sich die Idiotin anzusehen, die Vons ins Chaos gestürzt hatte. Zwei kleine Kinder waren absolut fasziniert von dem Schlamassel, den sie angerichtet hatte. Eine nicht ganz so faszinierte ältere Dame warf ihr einen finsteren Blick zu. Der Herr mit der Vons-

Kappe und der Schürze sah jedoch mit Abstand am ungnädigsten aus.

»Es tut mir leid.« Ihre Stimme brach, als sie sprach.

Seit sie ihren Ring gefunden hatte, war sie fünf Beinahe-Unfällen entronnen, hatte die Heilige Kommunion bei der Sonntagsmesse versäumt und versehentlich einen Chihuahua von der Bordsteinkante gestoßen, als sie mit Jill joggte. Sie erschauderte immer noch, wenn sie an den kleinen Hund dachte, der unter ihren Joggingschuhen hervorspähte.

»Hast du wieder deinen Ring angestarrt?«, murmelte Ethan leise.

Sie hatte Angst zu antworten. Stattdessen begann sie, Äpfel aufzusammeln.

»Aufräumaktion! In der Obst- und Gemüseabteilung!«, brüllte der Mann mit der Schürze. »Ich brauche ein paar Leute!«

Eine Stimme krächzte aus den Lautsprechern. »An alle Angestellten, Alarmstufe eins bei Obst und Gemüse. Bringt Kartons mit.«

Sie war die Verursacherin für Alarmstufe eins. Sie wusste nicht einmal, was Alarmstufe eins bedeutete, aber angesichts der Obstmenge auf dem Boden wusste sie, dass es schlimm war.

Sie sollten eigentlich auf dem Weg zu ihrer Verlobungsparty sein und hatten bei Vons angehalten, um Zitronen und Eis zu besorgen. Rita hatte angerufen, kurz nachdem sie das Apartment verlassen hatten, und gesagt, sie hätte diese wesentlichen Utensilien für die Party beim Einkaufen vergessen. Froh, helfen zu können, hatten sie zugesagt, die Sachen mitzubringen. Jetzt wünschte sie, sie hätte einfach nur im Wagen gewartet.

Sie halfen den verdrossenen Angestellten, das Obst aufzuheben. Sie wurden gebeten, von weiterer Hilfe Abstand zu nehmen, als Cate eine Handvoll Zitronen auf die Auslage legte und die Früchte dann wieder herunterrollten. Sie starb fast vor Scham, als sie Ritas Sachen bezahlten und gingen.

»Ich freue mich, dass dir dein Ring gefällt«, sagte Ethan, und sie bekamen beide einen derart heftigen Lachanfall, dass sie dachte, Ethan würde keine Luft mehr bekommen.

Cate wischte sich die Tränen aus den Augen. »Ich wollte das nicht. Ich schwöre es.«

»Du solltest besser aufpassen. Sonst wirst du wirklich noch jemanden verletzen.«

»Ich liebe meinen Ring.«

»Gut.« Er griff über den Schaltknüppel hinweg nach ihrer Hand.

Ein großer Strauß Nachthyazinthen lag auf ihrem Schoß. Sie hatte die Blumen für Rita auf dem Bauernmarkt gekauft, als Zeichen ihrer Dankbarkeit für das Ausrichten der Party. Sie war aufgeregt, als sie in die Straße der Blakelys einbogen. Es war der offizielle Beginn der Feierlichkeiten. Ihre ganzen Brautjungfern kamen. Ethans beste Freunde, die das Pendant zu den Brautjungfern darstellten, waren da. Ihre Familien würden zusammenkommen. Fast alle, die sie liebten, kamen zu ihrer Verlobungsfeier.

Cate wollte gerne früher da sein, um Rita und Charles vor der Ankunft der ersten Gäste noch ein bisschen helfen zu können. Sie bemerkte Denises Auto in der Einfahrt und fragte sich, was über sie gekommen war, dass sie ebenfalls so früh dran war.

Sie nahm schon von draußen köstliche Essensdüfte wahr. Lichterketten erhellten den langen Weg zur Haustür. Chuck stand in der Nähe der Tür, als sie eintraten. »Sie sind da!«, rief er dem Rest der Familie in der Küche zu. Er küsste Cate auf die Wange, und sie spürte seinen Nasenring an ihrem Wangenknochen. »Du siehst wie immer toll aus!«, sagte er.

»Danke!« Trotz seiner Verrücktheiten war er ein richtig netter Typ. Sie sah Tatjana allein in einer Ecke des Wohnzimmers der Blakelys stehen. Cate wollte sie gerade begrüßen, als Denise ihr dazwischenfunkte.

»Hallo, ihr beiden«, sagte sie. »Oh Cate, ich kann dir die Blumen abnehmen. Ich stelle sie ins Wasser. Ich weiß, wo Rita ihre Vasen aufbewahrt.« Cate war leicht verärgert, als Denise ihr die Blumen aus der Hand nahm. Sie hatte sie Rita eigentlich selbst überreichen wollen. Es war eine kleine Geste, ihr zu zeigen, wie dankbar sie für die Party war.

Sie plauderten einen Moment mit Chuck und Tatjana. »Hattest du schon deine Probeaufnahmen?«, wollte Cate wissen.

»Nein. Erst nächste Woche.«

»Das ist so aufregend. Sicher wirst du deine Sache gut machen.«

Sie hörte, wie Denise mit ihren Blumen in die Küche ging, dann vernahm sie Ritas Stimme. »Oh, sind die schön!«

»Ja, nicht wahr?«, erwiderte Denise. »Ethan hat sie mitgebracht. Ich stelle sie für dich in eine Vase.«

Ethan hat sie mitgebracht? Ethan? Nun, streng genommen waren sie gemeinsam eingetroffen. Es machte ihr nichts aus, sich die Lorbeeren mit Ethan zu teilen, aber Denise hatte *ihr* die Blumen aus der Hand genommen. Cate war es gewesen, die bei 30 Grad Hitze auf den Bauernmarkt gegangen war und genau den richtigen Strauß ausgewählt hatte.

»Ich liebe Nachthyazinthen. Das ist typisch Ethan. Nicht wahr?«, hörte sie eine vertraute, jedoch nicht identifizierbare Stimme sagen. Hatte Denise eine Freundin mitgebracht? Soweit Cate wusste, hatte sie keine Freundinnen. Falls doch, hatte diese Person absolut keine Ahnung, was zum Kuckuck sie da sagte. Denn Ethan war zwar sehr aufmerksam, hatte aber nicht einmal gewusst, was Hyazinthen waren, bis er die Blumen mit den langen Stängeln und den weißen Blüten auf der Fahrt zur Party auf Cates Schoß liegen sah.

»Warum gehen wir nicht in die Küche?«, schlug Ethan vor. Er legte ihr die Hand auf den Rücken. Sie hörte Rita fröhlich über irgendeinen Kommentar der Fremden lachen.

Als sie in die Küche traten, begriff Cate, dass diese Person überhaupt keine Fremde war. Es war Janet. Sie lehnte an der Arbeitsplatte der Blakelys, als hätte sie sich erst gestern von Ethan getrennt.

»Das seid ihr ja!«, rief sie aus. »Die reizenden Turteltauben! Zeig mir mal deinen Ring!« Sie lief zu Cate und zerrte grob an ihrer Hand. »Ich war an dem Abend, an dem du ihn wiedergefunden hast, mit Ethan zusammen. Wir waren bei Longboards, und du hättest seine Erleichterung sehen sollen. Es war soooooo süß!«

Sie musterte den Ring, und Cate sah, wie ihre Augen kurz finster aufflackerten. »Hoffentlich macht es euch nichts aus, dass ich mitgekommen bin. Denise hat mich eingeladen. Ich habe es schwer gehabt, seit ich von San Francisco hergezogen bin.« Sie wischte sich doch tatsächlich eine Träne aus dem Augenwinkel. »Denise dachte, es wäre vielleicht schön für mich, auszugehen und ein paar alte Freunde wiederzutreffen.«

»Äh, ja. Super«, sagte Ethan.

Cate sah aus dem Augenwinkel, wie sich Denises dünne Lippen zu einem schmalen Lächeln verzogen. Das Mädchen war wirklich die Pest.

Janet nickte. »Danke.« Dann biss sie sich auf die Unterlippe. »Ich habe gewusst, dass du es verstehen würdest. Es war hart für mich.«

»Danke für die Blumen, Ethan«, sagte Rita.

»Bedank dich nicht bei mir, sondern bei Cate.«

Denises Augen wurden schmal, als Rita Cate umarmte. »Das war so aufmerksam von dir.«

Cate begrüßte den Rest von Ethans Familie und lächelte dabei so aufgesetzt wie damals, als sie zum letzten Mal als Brautjungfer für Fotos posieren musste. Sie war sich nicht sicher, warum Denises Verhalten sie derart aus der Fassung brachte. Sie hätte mit irgendeiner Aktion von ihrer Seite rechnen müssen, aber sie hätte nie gedacht, dass sie so weit gehen würde. Es war ihre Verlobungsfeier. Kein Grillen im Garten mit Hamburgern und Hotdogs. Was würde ihr als Nächstes einfallen? Würde sie Janet ihr Brautjungfernkleid leihen und sie als Teil des engsten Kreises der Braut präsentieren?

Als sie Beths Mann Ike durch die Haustür kommen sah, ging es ihr ein wenig besser. Hinter ihm waren Beth und Jill. Offensichtlich waren sie gleichzeitig mit ihrer Mutter und ihrem Vater eingetroffen. Sie brauchte ihre Freunde. Sie mussten ihr ausreden, Denise am Genick zu packen, zur Bowle zu schleifen und ihren Kopf in den kleinen fruchtigen Teich zu tauchen, genau wie Pony Boy und Johnny in *The Outsiders* gefoltert worden waren.

»Was ist los?«, fragte Connie misstrauisch, als Cate auf sie zuging.

»Ja, was ist passiert?«, flüsterte Beth.

»Du bist so blass«, meinte Jill.

Das Lächeln auf ihren Gesichtern verblasste, während sie sich zu Cate vorbeugten.

»Lasst es euch nicht so anmerken, dass wir über etwas Ernstes reden. Tut einfach so, als würdet ihr lächeln und lachen.«

»Okay.« Sie lehnten sich alle zurück und zauberten sich ein Lächeln ins Gesicht.

»Ich hasse diese verdammte Denise!«, sagte sie mit zusammengebissenen Zähnen.

»Cate!«, fuhr Connie sie an.

»Was hat sie gemacht?«, wollte Jill wissen, die immer noch ihr unechtes Lächeln präsentierte.

»Lasst uns so tun, als würden wir uns draußen am Weintisch etwas zu trinken holen. Dann kann ich es euch ungestört erzählen.«

»Okay.«

Connie und Jill folgten ihr, und Cate gelang es sogar, auf dem Weg nach draußen ein Lächeln in Denises Richtung zu schicken.

Draußen erzählte sie ihnen alles. Sie versuchte, ihre Körpersprache und ihre Stimme unter Kontrolle zu halten. Sie fing mit den Hyazinthen an und ließ dann die Bombe platzen, dass Janet uneingeladen zu ihrer Party erschienen war.

»Du meinst dieses Mädchen, an dem wir auf dem Weg nach draußen vorbeigekommen sind?«, fragte Jill. »Deren Haare so dünn und an den Spitzen so voller Spliss wie ein Bastrock sind? Ich sollte ihr meine Visitenkarte geben.«

»Ja.« Es war nett von Jill, dass sie versuchte, Cate aufzumuntern, aber in Wahrheit sah das Mädchen wie Heidi Klum aus.

Beth blickte über Cates Schulter. »Ich hab nicht richtig aufgepasst. Wo ist sie?«

Connie warf ebenfalls einen Blick über Cates Schulter. »Die da? Oh, ich bitte dich, Cate. Ethan liebt dich.«

»Darum geht es nicht. Es geht nicht darum, dass ich mich durch sie bedroht fühle. Ich habe so langsam das Gefühl, dass Denise versucht, mich zu provozieren, so als wollte sie mich eifersüchtig machen. Sie will uns die Party verderben und mich vor Ethans Eltern in einem schlechten Licht erscheinen lassen. Sie hat mir die Blumen aus der Hand genommen und dann allen erzählt, Ethan hätte sie mitgebracht.«

»Sie ist so eifersüchtig auf dich«, meinte Jill.

»Aber warum? Was habe ich ihr denn getan?«

»Wer weiß?«, sagte Connie. »Beachte sie einfach nicht. Sie ist armselig.«

»Sieh die Sache mal so, Cate«, fügte Beth hinzu. »Denise ist wie ein Cracker. Ein trockener, langweiliger, fader, weißer Cracker, den man erst in einen Dip tunken muss, damit er überhaupt nach irgendwas schmeckt. An ihr ist nichts dran. Nichts Interessantes oder Anziehendes. Sie ist bloß ein Cracker. Und du, du bist wie … ein mit Honig glasiertes Rippchen. Voller Würze und Geschmack.« Das war der Grund, warum Beth ihre älteste und liebste Freundin war. Sie brachte es immer fertig, dass Cate sich besser fühlte.

»Danke«, sagte sie, über das seltsame Kompliment grinsend. Sie war noch nie mit irgendeinem Essen verglichen worden, ganz zu schweigen von Rippchen.

Beth blickte über Cates Schulter. »Aber ich kann sie immer noch nicht sehen.«

»Möchtest du wissen, was ich finde?«, meinte Connie.

»Was denn?«

»Ich finde, du solltest das alles vergessen. Lass dich davon nicht quälen. Mach einfach weiter, als würden sie gar nicht da sein.«

»Wie kann ich mich davon nicht quälen lassen?«

»Weil du Ethan heiraten wirst«, antwortete Jill. »Er liebt dich. Nicht sie. Und wenn du dir die Laune verderben lässt, lässt du Denise gewinnen.«

»Es ist deine Verlobungsfeier«, sagte Connie. »Rita und Charles haben sich viel Mühe gegeben. Also beachte Denise und dieses Mädchen einfach nicht, und genieß den Abend. Vergiss einfach, dass die beiden hier sind. Schenke ihnen keine Aufmerksamkeit, und hüte deine Zunge.«

»Du hast recht«, sagte Cate. Sie fühlte sich, als würde sie gegen ihren Willen in die achte Klasse zurückkatapultiert. Niemand hatte sie mehr so missgünstig behandelt, seit sie einmal mit einem von allen heiß begehrten Paar knallroter Sneakers und dazu passenden Halsketten in die Schule gekommen war. Sie würde sich von Denise nicht die Laune verderben lassen und nahm sich vor, keine weitere Minute mehr damit zu verschwenden, herumzustehen, als wären sie ein Haufen pubertierender Girlies in der Mittelstufe.

Es wurde Zeit, sich unter die Gäste zu mischen. Sie begrüßte Leslie und ihren Mann Russ. Er wirkte immer wie ein ramponierter Zugwaggon, den Leslie hinter sich hergeschleift hatte. Sein

Gesichtsausdruck ließ darauf schließen, dass er lieber irgendwo anders als hinter ihren neuen Stöckelschuhen und ihrer französischen Hochsteckfrisur stehen würde.

Leslie war auf dem College eine von Cates engsten Freundinnen gewesen. Sie war eine gute und verlässliche Freundin, die Art Mensch, die einen mit einer Happy Hour verwöhnte, wenn man einen harten Arbeitstag gehabt hatte. Einmal hatte sie sich die Homepage des Toilettenartikelherstellers *Bath and Body Works* angesehen und festgestellt, dass Cates Lieblingslotion ausverkauft wurde. Es waren nur noch fünf Flaschen übrig, und sie hatte sie alle für sie gekauft. Sie schnitt für ihre Freunde interessante Zeitungsartikel aus und war immer die Erste, die einem den Rücken stärkte, wenn man sich in Verlegenheit gebracht hatte.

Jedoch war sie auch der Typ Mensch, der massenweise Aufmerksamkeit verlangte. Ihr Haus hatte sie mit tollen Fotos von sich selbst gepflastert, und auf mehr als der Hälfte der Fotos hatten mindestens zwei andere der abgebildeten Personen die Augen geschlossen. Sie hatte ihre Brautjungfern an ihrem Hochzeitstag grässliche Hosenanzüge tragen lassen, wohingegen sie selbst fantastisch ausgesehen hatte und auf einem Pferd zum Altar geritten war. Sie machte sich Gedanken über Dinge wie Tischwäsche für ihren Vorspeisentisch am Superbowl-Sonntag. Wer benutzte überhaupt eine Tischdecke an so einem Tag?

»Hast du dir schon überlegt, was du als Gastgeschenke verteilen möchtest?«, fragte Leslie.

»Nein. Noch nicht.« *Gastgeschenke?* Die Hochzeit war noch so weit weg, und Gastgeschenke auszuwählen war eine lächerlich kleine Angelegenheit angesichts einer Mutter, die die Hochzeit hatte boykottieren wollen, eines verschwundenen Verlobungsrings und der Tatsache, dass die Exfreundin deines Verlobten uneingeladen auf deiner Verlobungsfeier aufgetaucht war.

»Werdet ihr Leinen- oder Polyesterservietten haben?«

Nur Leslie beschäftigte sich mit diesen Dingen, und Cate waren die Servietten absolut gleichgültig. Sie hatte das Gefühl, Leslie würde glauben, mit ihr wäre etwas nicht in Ordnung, wenn sie das ausspräche. In ihrer behüteten Welt waren Servietten so wichtig wie das Atmen.

»Ich bin noch nicht ganz sicher«, antwortete sie deshalb, als würde sie noch über das Thema nachgrübeln.

»Oh!« Ihr Pashmina-Tuch um ihre Schultern verrutschte, als sie nach Cates Hand griff. »Zeig mir mal deinen Ring!«

Cate streckte ihr die Hand hin, aber statt die Hand zu nehmen, wie alle anderen das getan hatten, bat Leslie sie den Ring abzunehmen. Cate hatte Leslie den Ring kaum gegeben, als sich ihr jemand von hinten näherte.

»Cate, wie geht's dir?« Es war Sarah. Ihr Mann Miles begleitete sie. Sie umarmte die beiden.

»Wie läuft die Planung?«, fragte Miles.

»Gut. Ein bisschen stressig, aber gut.«

»Genieß die Zeit«, meinte Sarah. »Ich wünschte, ich hätte in der Hochzeitsphase mehr an mich gedacht, hätte es mehr genossen, eine Braut zu sein. Statt ständig herumzurennen und mir Gedanken über die ganzen Einzelheiten zu machen. Wo ist denn dein Ring?«, fragte sie.

»Oh, Leslie hat ihn. Warte. Ich hole ihn.«

Als Cate sich umdrehte, war Leslie weg. Sie wusste, dass Leslie niemals mit ihrem Ring verschwinden würde, aber vor dem Hintergrund von allem, was geschehen war, empfand sie eine leichte Unsicherheit, weil ihr Ring auf der Party im Umlauf war. Sie fand Leslie unter einer Terrassenleuchte. Sie hatte ihren eigenen Verlobungsring vom Finger gezogen und untersuchte jetzt im Schein der Leuchte beide Ringe. Ihr Gesichtsausdruck war verkniffen, als sie die Ringe hin- und herdrehte und die Prismen betrachtete, die Cates Ring ausstrahlte. Cate sah, wie Leslie die Augen zusammenkniff und dann in ihrer Handtasche nach etwas suchte. Sie zog eine Lupe hervor und beugte sich über die Linse, während sie die beiden Ringe auf ihrer Handfläche betrachtete.

»Leslie, was tust du da?«, wollte Cate wissen.

Sie seufzte, als sie Cate den Ring zurückgab. »Es ist wirklich wahr. Die runden Steine leuchten viel mehr. Meiner hat einfach nicht so viele Schlifffacetten. Er funkelt einfach nicht so.«

»Leslie, dein Ring ist hinreißend.« Cate warf einen Blick auf ihren Stein im Princess-Cut-Schliff.

Sie zuckte die Schultern. »Ja, das stimmt. Aber er funkelt nicht so.«

Arme Leslie, nicht, weil mit ihrem Ring etwas nicht stimmte, sondern weil sie sich ständig mit allen anderen vergleichen musste. Sie lebte in einer Welt, in der nichts je gut genug sein würde.

Als Cate ihren Ring wiederhatte, war die Party in vollem Gang. Sie hatte gewusst, dass die Blakelys massenhaft Freunde hatten, aber es war ihr nicht klar gewesen, dass es so viele waren. Der Garten war proppenvoll, und sie ging mit Ethan zusammen von Gruppe zu Gruppe. Sie badeten in Glückwünschen und erzählten wieder und wieder die Geschichte, wie er ihr seinen Antrag gemacht hatte und wie dann der Ring verloren gegangen war.

Ethan schenkte ihnen beiden gerade ein weiteres Glas Wein ein, als Rita zu ihnen stieß. Sie warf Cate einen Arm um die Schulter. »Ethan, du hast so eine hübsche Verlobte.«

»Das stimmt.« Er drückte Cate das Weinglas in die Hand.

»Wir haben heute Abend noch eine Überraschung für euch beide.«

Er zog eine Augenbraue hoch. »Wirklich?«

»Ja, es war Chucks Idee. Etwas, von dem er meint, dass ihr es lieben werdet!«

»Super, ich kann es kaum erwarten.« Sie war schon jetzt überrascht. Sie hatte keine Ahnung gehabt, dass Chuck wusste, was ihnen gefiel. Er konnte manchmal richtig aufmerksam sein.

»Was glaubst du, was es sein könnte?«, fragte sie, nachdem Rita sich wieder abgewandt hatte.

»Keine Ahnung. Vielleicht eine Flasche Champagner oder so?«

Er wurde von ein paar Freunden unterbrochen und drehte sich um, um mit ihnen zu plaudern.

»Caaaate!«, hörte sie jemanden hinter sich kreischen. Auf Anhieb erkannte sie die Stimme ihrer Cousine Val. »Ich freue mich ja soooo für dich.« Val warf Cate die Arme um den Hals und stellte sich auf die Zehenspitzen. Ihr kleiner fester Körper fühlte sich in Cates Armen leicht an.

»Ich habe gerade deine Mom getroffen«, erklärte Val, als Cate sie wieder absetzte. »Und sie hat mir von dieser boshaften Hexe von Cousine erzählt, die Ethan da hat.«

»Psssst.« Cate sah sich vorsichtig um. »Sie könnte dich hören.«

»Und wen interessiert das? Ich hasse sie jetzt schon. Sie ist nicht meine Freundin, und ich sage dir, wenn sie nur eine Sache tut, um dir den Tag zu verderben, und ich meine auch nur eine einzige, dann sag mir bloß Bescheid, und ich kümmere mich um sie. Du verdienst die allerschönste Hochzeit überhaupt!«

Trotz Vals winziger Statur und der Tatsache, dass Denise Vals Körper wahrscheinlich mit einem Oberschenkel bedecken könnte, glaubte Cate ihr. Sie könnte Denise ruinieren. »Danke, Val, aber ich denke, wir sollten sie wahrscheinlich am besten einfach ignorieren.«

Sie unterhielten sich gerade über die Hochzeitsplanung, als sie das leise Geräusch von Glöckchen hörte. Es kam näher, und erst als die Menge still geworden war, bemerkte sie die Bauchtänzerin. Sie erkannte sie auf Anhieb wieder. Es war die von dem Konzert, zu dem Chuck sie mitgenommen hatte. Die verschleierte Frau balancierte ein riesiges Schwert auf dem Kopf. Sie bewegte sich durch die Menge, schwang sich sanft in den Hüften und führte ein Gefolge in derselben Besetzung wie bei dem Konzert an.

»Was ist das denn?«, fragte Val überrascht.

»Eine … äh, Überraschung.« Nie im Leben hätte sie erraten, dass *Unite* die Überraschung war, und sie konnte an nichts anderes als an ihre Mutter denken. Wahrscheinlich umklammerte sie ihren Rosenkranz, während Ezekiel sich überlegte, an wessen Füße er sich klammern sollte.

Es war die Besetzung aus Balboa Park, abzüglich der elektrischen Instrumente. Es waren ausschließlich akustische Instrumente und Bongotrommeln. Die Partygäste machten Platz, damit die Truppe ihre Aufführung vortragen konnte. Ezekiel hielt eine Bibel über dem Kopf, und Cate fragte sich, warum er ausgerechnet diese Requisite ausgewählt hatte. Sie konnte sehen, wie Sarah und Leslie einen Blick wechselten, und sie war sich sicher, dass keine von beiden Bauchtänzerinnen oder eine Band auf einem LSD-Trip bei ihren Verlobungsfeiern gehabt hatten. Sie sah, wie Rita in die Hände klatschte und ihre Hüften zum Takt der Musik bewegte, und Cate fragte sich, ob sie betrunken war und ob ihre Mutter sie auch sah.

Ezekiel war wie ein Hund – und zwar nicht, weil er auf dem Boden herumkroch. Gemäß ihrer Erfahrung überschütteten Hunde immer die Leute mit Aufmerksamkeit, von denen sie am wenigsten gemocht wurden. Diejenigen, die entweder Angst hatten oder allergisch gegen Hunde waren, bekamen gewöhnlich den meisten Sabber ins Gesicht.

Ezekiel hatte seine Bibel einer Bauchtänzerin übergeben und piesackte die ganze Zeit Connie, drehte singend Pirouetten vor ihr, als wäre sie der einzige Mensch im Raum. Das Mienenspiel ihrer Mutter spiegelte eine Mischung aus Verwirrung und ein bisschen Humor. Zumindest versuchte sie, keine Spielverderberin zu sein. Cate machte sich richtig Sorgen, als er ihre Mutter an der

Hand nahm und sie in die Mitte des Kreises führte. Hätte er nicht Tatjana nehmen können? Jemanden, der die Aufmerksamkeit zu schätzen gewusst hätte? Als Ezekiel dann auch noch vor ihr niederkniete, erweckte ihre Mutter den Anschein, als würde sie jeden Augenblick wegrennen wollen. Cate wäre am liebsten in den Kreis gesprungen und hätte sich selbst geopfert. Eine solche Show konnte Connie um den Verstand bringen.

Die Sache wurde noch schlimmer, als er Connie auf seine Schultern hob. Cate kam in den Sinn, dass er sich Connie aus der Menge ausgewählt hatte, weil sie der einzige Mensch auf der Party war, der keinen Cocktail in der Hand hielt. Sonst hätte er Alkohol auf den Kopf bekommen, während er sie auf seinen Schultern balancierte, als befänden sie sich auf einem Van-Halen-Konzert.

Connie klammerte sich verzweifelt an ihm fest. Cate sah, wie ihre Brille auf ihrer Nase hüpfte, während Ezekiel herumtanzte. Sie rief etwas, aber die Worte waren nicht zu hören, und Cate hielt es auch eindeutig für besser, dass niemand sie verstehen konnte.

Als das Lied vorbei war, setzte er ihre Mutter ab, legte ihr die Hände um die Taille und begann mit einer Polonaise. Verblüfft ging Connie los und führte die Gruppe an. Jill und Beth klinkten sich ein, und Rita und Charles schlossen sich an. Die Polonaise beschrieb einen ganzen Kreis, und Connie blickte über die Schulter, als sie an Cate vorbeitrabte. »Das ist Satanskult!«, schrie sie.

Ethan reihte sich hinter ihrer Mutter ein. »Es ist gar nicht so übel, nicht wahr?«

»Woher kennt ihr *diese* Leute?«

Cate versuchte, sich das Grinsen zu verkneifen. Es war ziemlich lustig, zuzusehen, wie ihre Mutter von der Antithese ihrer ganzen Existenz verfolgt wurde. Kurz später musste sie das Grinsen jedoch nicht mehr unterdrücken. Es verging ihr von selbst, als Janet in die Schlange hüpfte und Ethans Taille umfasste. *Das ist keine große*

Sache, sagte sie sich. *Es ist eine Polonaise.* Vielleicht sollte sie sich auch einfach anschließen.

Sie konnte jedoch nicht hinterherjagen. Sie musste warten, bis die Runde zu Ende war. Sie konnte sehen, wie Janet ihn kitzelte. Er lachte laut.

Janet flüsterte ihm etwas ins Ohr, und sie glaubte, ihm ein *Danke* von den Lippen abzulesen. Es war nicht bloß Denise. Es waren beide. Sie wollten beide, dass Cate hinausgedrängt wurde. Als der Song zu Ende war, umarmte Janet Ethan.

Der ahnungslose Ezekiel wandte sich ihnen zu. »Herzlichen Glückwunsch, ihr beiden! Ich hoffe, ihr genießt eure Party!«

Ethan war verwirrt und machte Anstalten, den Irrtum aufzuklären, aber Janet warf die Arme um Ezekiel. »Danke! Das hat so viel Spaß gemacht!«

Wollte sie ihn etwa tatsächlich in dem Glauben lassen, sie wäre Ethans Verlobte? Das Mädchen war krank. Als Nächstes würde sie Cate wahrscheinlich die Klamotten stehlen und sich das Haar schneiden lassen, um wie Cate auszusehen.

Sie war verrückt, und Cate hatte gute Lust, hinüberzumarschieren und sich Ezekiel als Ethans Verlobte vorzustellen, aber sie wurde von ihrer angesäuselten Schwester aufgehalten. »Hast du Mom gesehen?«, lallte Emily. »Das war ja der absolute Hammer. Ich wünschte, ich hätte es mit der Videokamera festgehalten!«

Emily und Bradley hatten einen Babysitter für Cassidy engagiert, und da Emily selten ausging, reichten zwei Gläser Wein, um sie stark angeheitert sein zu lassen.

Ethan bahnte sich einen Weg zu ihnen. »Das war wirklich lustig«, meinte er. »Anfangs, als ich die Band gesehen habe, dachte ich, ›Mist, was hat Chuck denn da getan?‹ Aber jetzt glaube ich, dass sie die Party richtig aufgepeppt haben.«

»Ethan«, flüsterte sie. »Ich glaube, Janet will ein bisschen mehr als ein Vorstellungsgespräch und ein paar Freunde.«

»Was meinst du?«

»Hast du es nicht gemerkt … sie ist hinter dir her.« Ihr Flüstern klang schroff.

Er schüttelte den Kopf. Er hatte nicht das Geringste bemerkt. »Nein, das ist sie nicht. Sie ist mit Ryan liiert. Seit sie für ihn arbeitet.«

»Bist du sicher?«

»Absolut.«

Cate sah zum Käsebüfett hinüber, wo Janet mit Ryan stand. Sie lachte laut über etwas, was er gesagt hatte, dann tauschte sie einen Zungenkuss mit ihm aus. Sobald sie ihre Lippen voneinander gelöst hatten, glitt ihr Blick zu Ethan. »Sie versucht, dich eifersüchtig zu machen«, meinte Cate. »Ich weiß es einfach. Ethan, sie hat Ezekiel nicht einmal aufgeklärt, als er *euch beiden* gratuliert hat.«

»Sie ist betrunken.«

»Hallo, ihr beiden«, sagte Denise in diesem Moment und neigte den Kopf zur Seite. »Hört mal, hoffentlich stört es euch nicht, dass ich Janet mitgebracht habe. Ich habe ihr heute Nachmittag eine Wohnung gezeigt, und sie hat mir so leidgetan. Es geht ihr anscheinend nicht gut, und es ist hart, gleich nach dem Umzug mit allem zurechtkommen zu müssen und so, und ich dachte einfach, ich tue das Richtige.«

Ihre Entschuldigung besänftigte Cate ein bisschen, und sie fragte sich, ob sie nicht doch überreagierte. Vielleicht waren Denises Absichten nicht vollkommen schlecht, und vielleicht hatte Ethan recht, was Ryan und Janet betraf. »Ist es also okay? Ich wusste es, wenn irgendjemand es verstehen würde, dann wärt ihr das.«

Ethan zuckte die Schultern. »Ja, es ist in Ordnung.«

»Mach dir keine Gedanken. Es war nett von dir«, sagte Cate.

Ethan entschuldigte sich, er müsse dringend die Toilette aufsuchen.

Sie sah Denise unter dem Terrassenlicht an. Ihre Stirn sah feucht aus, und ihr Teint wirkte grau. »Ich hoffe, du bist nicht sauer«, fügte Denise hinzu. »Ich wollte nicht, dass es dir unangenehm ist.« Vielleicht war sie wirklich ein Idiot und hatte keine Ahnung, dass es widerwärtig war, seine Ex zu der Party einzuladen. Auf jeden Fall wollte Cate ihr nicht zeigen, dass es sie störte. Wahrscheinlich würde sie dann gleich zu Rita und Charles rennen und ihnen erzählen, wie unsicher und zickig Cate war. Dann wäre Denise der nette aufmerksame Mensch, der der armen Janet geholfen hatte, und Cate wäre die egoistische und mitleidlose Zicke.

»Nein, es ist in Ordnung, Denise. Janet scheint wirklich nett zu sein. Ich mag sie.«

»Oh, gut. Ich habe mir gedacht, dass es dir nichts ausmacht, und ich wusste, dass es Rita nichts ausmacht. Sie *liebt* Janet. Immer schon. Sie hat während der ganzen Jahre, in denen die beiden ein Paar waren, quasi zur Familie gehört. Es ist schwer zu glauben, dass sie ... na ja ... was soll's.«

Ein letzter Seitenhieb.

Cate wollte so schnell wie möglich weg und war froh, als ihre Familie sie unterbrach, um sich zu verabschieden. Sie bot an, sie zu ihrem Auto zu begleiten, bloß um Denise loszuwerden.

Emily war ruhig und schwankte ein wenig. Cate hatte Mitleid mit ihr. Verkatert zu sein, wenn man den ganzen Tag ein Kleinkind um sich herum hatte, versprach eine Tortur zu werden.

»Sind Ethans Eltern in einer Sekte?«, fragte Emily, sobald sie die Auffahrt erreichten.

»Sei nicht lächerlich. Es war bloß eine Band, die Chuck gefällt.«

Emily betrachtete Chuck und Tatjana, die in der Nähe einer Mülltonne in der Auffahrt herumknutschten. »Typisch!«

»Das war seltsame Musik«, fügte Bradley hinzu. Alles was nicht in den Top Vierzig des Lokalsenders rangierte, war in Bradleys Augen seltsame Musik. Er war ein absoluter Trottel, und sie hatte sich oft gefragt, ob er in seinem ganzen Leben je etwas Aufregendes getan hatte.

»Ich fand, die Musik hatte einen netten Klang«, meinte ihr Vater. Er drückte Cates Schulter, und sie war froh, dass er da war. »Es erinnert mich ein bisschen an eine bestimmte Musik, die deine Mutter und ich mal in Griechenland gehört haben, noch bevor du auf der Welt warst.« Ihre Mutter war ungewöhnlich still, was interessant war. Cate dachte sich, wenn jemand etwas über den Abend zu sagen hatte, dann war es Connie.

»Wissen Ethans Eltern, dass ihr in einer katholischen Kirche heiraten werdet?«, wollte Emily wissen.

»Ja.«

»Und sie sind damit einverstanden?«

»Ja.« Cate legte sich ihren Pulli um die Schultern.

»Ethans Familienmitglieder wirken wie Leute, die wollen, dass man einen Ehevertrag unterschreibt.«

»Emily!« Sie stolperte fast über den Bordstein.

»Ich glaube nicht, dass sie Cate das antun würden«, sagte Connie. »Und du solltest keinen Alkohol trinken, Emily.«

»So kommen Auftragsmorde zustande«, sagte Bradley, erpicht darauf, seinen Senf dazuzugeben.

»Wie bitte?«, fragte Cate, die sich fragte, wovon zum Teufel er sprach und wie weit es noch zu ihrem Auto war, damit sie sich ausrechnen konnte, wie lange sie diese Unterhaltung noch ertragen musste.

»Wenn Leute Eheverträge abschließen, steht meistens darin, dass der Ehepartner, der fremdgeht, nichts bekommt«, erläuterte Bradley. »Wenn also jemand hingeht und den anderen betrügt und dann die Scheidung will, stellt er fest, dass er nichts bekommt, wenn vor Gericht herauskommt, dass er fremdgegangen ist. Es ist wie eine Episode von *American Justice*.« Bradley fuhr fort: »›Betrügerischer Ehemann bringt Frau um, damit sie seine Geliebte nicht entdeckt.‹ Und es geht nur ums Geld.«

»Okay, genug davon.« Sie konnte nicht glauben, dass sie diese Unterhaltung führten. Ethan würde nie einen Ehevertrag wollen, geschweige denn einen Auftragsmörder anheuern, der sie umbrachte, weil sie ihn betrog. »Ethan wird keinen Auftragsmörder anheuern, um mich umzubringen, in Ordnung?« *Aber wundere dich nicht, wenn* du *verschwindest,* hätte sie am liebsten hinzugefügt. Was zum Teufel war bloß mit ihm los?

Als sie sich von ihnen verabschiedete, wurde ihr klar, dass sie nicht die Einzige war, die ungewöhnliche Familienmitglieder dazubekam. Ethan bekam Bradley.

18. Der Geschmack nach Dreck

Zufällig fiel der Tag ihres Umzugs auf denselben Tag wie ihr Termin zum Probieren des Hochzeitskuchens. Die Bäckerei lag zwischen Escondido und Pacific Beach, und die Zeit würde nicht reichen, um ihre ganzen Habseligkeiten nach Escondido zu bringen, sie auszuladen und pünktlich zu ihrer Verabredung in der Bäckerei zurückzukehren. Sie planten, Grease für den Tag bei Ethans Eltern zu lassen, ihre ganzen Sachen zusammenzupacken und in der Nähe der Bäckerei zu parken, damit sie ein Auge auf ihre Habseligkeiten haben konnten, während sie Kuchen testeten.

Alle Lieferwagen von *Good Time Catering* waren belegt, sodass sie sich den heruntergekommenen Toyota-Lastwagen, Baujahr 1980, von Ethans Vater ausgeliehen hatten. Der Lastwagen diente seit zwei Jahrzehnten dazu, Feuerholz zu transportieren. Er hatte jetzt seit über einem Jahrzehnt im Schatten eines Feigenbaumes vor dem Haus der Blakelys gestanden. Der Wagen hatte wahrscheinlich in den etwa zwanzig Jahren, die er Charles Blakely gehörte, noch nie einen Wasserschlauch gesehen. Ethans riesengroße Matratze ragte über die Ecken wie eine gigantische Waffel.

»Bist du sicher, dass sie auf der Schnellstraße nicht runterfliegen wird?«, fragte Cate, während sie Bungee-Seile um die Ecken der Matratze banden.

»Nö, das wird schon halten«, erwiderte Ethan.

Allein in den Truck zu steigen gab ihr schon das Gefühl, sich die Haare waschen zu müssen. Sie trug Jeansshorts, und die Sitzbezüge fühlten sich unter ihren Oberschenkeln kratzig und feucht an, als sie sich setzte.

»Du glaubst wirklich nicht, dass wir die Matratze mit Plastikfolie abdecken sollten?«, fragte sie und betrachtete den Himmel. Es war einer der seltenen Julitage, an denen es donnerte, und jedermann dachte dann, man müsste Pullis hervorkramen und Suppe kochen. In San Diego regnete es im Sommer kaum, und falls doch, war es dabei warm.

Ethan startete den Motor, der prompt wieder abstarb. »Nö«, meinte er. »Es wird nicht regnen. Es ist bloß schwül.«

Er ließ den Motor nochmals an, und diesmal erwachte der kleine Truck zum Leben. Er verschwendete keine Zeit und fuhr mit quietschenden Reifen aus der Einfahrt ihres ehemaligen Zuhauses in Pacific Beach.

»Funktioniert die Klimaanlage?«, fragte sie und streckte die Hand nach dem Knopf aus.

»Ich weiß nicht. Probier es aus.«

Sie drehte an dem Knopf und freute sich, als sie den Luftstrom unter dem Armaturenbrett hervorströmen spürte. Es war ein Wunder. Ihre Freude verschwand so schnell, wie sie gekommen war. Die Luft, die aus den Schlitzen strömte, wirbelte nämlich Staub und Zweige von mindestens zehn Jahren ins Wageninnere.

»Ach du heilige Scheiße!« Ethan wischte sich kleine Blätter aus dem Gesicht.

Sie wollte etwas sagen, aber ihr Mund war voller Dreck. Schnell schaltete sie die Klimaanlage wieder aus, allerdings nicht schnell genug, um sie nicht beide mit Schmutz zu bedecken. Sie versuchte, ihr Fenster herunterzukurbeln, aber die Kurbel war so alt und verrostet, dass sie ihre ganze Kraft einsetzen musste, um es nur einen Spalt zu öffnen. Sie würden in dem Schmutzmobil gebacken werden.

Der Wind, der durch den Spalt pfiff, war ohrenbetäubend laut und rüttelte am Führerhaus. Der Truck brachte es auf gerade mal fünfzig Meilen pro Stunde, weshalb sie die ganze Zeit auf der

Kriechspur der Schnellstraße fahren mussten und die anderen Autos an ihnen vorbeizischten – manche von ihnen hupten auch. Sie schrie die Wegbeschreibung zu der Bäckerei über das Heulen des Windes hinweg. Sie hielt sich die Haare mit den Händen fest, damit sie ihr nicht in die Augen gepustet wurden. »Bieg hier ab!«, brüllte sie.

Versehentlich fuhr er über den Bordstein, als sie auf den Parkplatz des Einkaufszentrums einbogen, und die Matratze rutschte zur Seite wie ein Pfannkuchen vom Pfannenwender. »Hier ist es.«

»Ja, ich sehe es.« Als er zu einer Parklücke vor der Bäckerei fuhr, hörte sie ein hässliches Geräusch und warf einen Blick in den Außenspiegel. Die Matratze hatte unglücklicherweise ein geparktes Auto gestreift, und der Rückspiegel des Wagens war umgeklappt.

»Ethan!«

»Mist, ich hoffe, es ist nichts kaputt.«

Sie betrachtete den silbernen Buick und fragte sich, ob der Besitzer wohl irgendwo auf dem Parkplatz stand und sie beobachtete. Aller Wahrscheinlichkeit nach gehörte er einer älteren Person. Der größte Teil von Rancho Bernardo bestand aus einer Seniorensiedlung, und aus der Art und Weise, wie die meisten Leute hier herumfuhren, schloss sie, dass Seitenspiegel hier wahrscheinlich täglich abgefahren wurden. Der Fahrer würde sogar vermutlich froh sein, dass er keine Beule an der Stoßstange hatte. Sie überlegte jedoch gleichzeitig, dass so wahrscheinlich Gewalt im Straßenverkehr anfing. Sie stellte sich Ethan vor, wie er völlig verschmutzt den Spiegel reparierte, während ein Robert-De-Niro-Typ mit einem Schlagstock auf ihn losging.

»Vielleicht solltest du den Spiegel einfach so lassen. Sie können ihn selbst wieder zurückklappen«, meinte sie. »Wir sind ohnehin schon spät dran.«

Sie erhaschte im Seitenspiegel einen Blick auf sich selbst. *Krä-*

hennest, fuhr es ihr durch den Kopf. Sie hatte Dreckspuren auf den Wangen, und als sie die Hände hob, um sich die Ästchen aus dem Haar zu ziehen, fiel ihr Blick auf die Schmutzränder unter ihren Fingernägeln. Ihr gepflegter Pagenkopf hatte sich durch das Gebläse der Klimaanlage in ein verknotetes Durcheinander verwandelt.

Ethan sah aus, als wäre er gerade von vierzig Tagen Dreharbeiten für *Survivor* zurückgekehrt. Sie fischten sich gegenseitig die kleinen Zweige aus dem Haar, und als sie fertig waren, versuchte sie sich mit den Fingern zu kämmen, aber ihr Haar war zu verheddert. Die Luftfeuchtigkeit hatte wie eine Art Styling-Gel gewirkt und die Wellen und Kringel konserviert, als hätte sie Rastalocken.

Sie wartete im Auto, während Ethan zu dem Buick sprintete. Sie konnte an seinem Gesichtsausdruck ablesen, dass etwas nicht stimmte. In der Nähe befand sich ein Laden von *Taco Bells,* und sie vermutete, dass der Besitzer des Wagens dort drin saß, eine Enchilada aß und keine Ahnung hatte, dass der Spiegel seines Wagens um ein Haar von einer Schlaftherapie-Matratze abgerissen worden war. Sie sah, wie Ethan den Spiegel wieder befestigte und dann zurück zum Truck lief. »Die Tür ist zerkratzt«, sagte er. »Nicht allzu schlimm, aber trotzdem.«

»Super«, erwiderte sie sarkastisch. »Wir hinterlassen besser eine Nachricht.« Sie wühlte zwischen den Tausenden von Kassenbelegen und Kaugummiverpackungen in ihrer Handtasche nach einem Stift. Schließlich fand sie einen Kuli und einen Kassenbeleg vom Supermarkt. »Wie schlimm ist es?«, fragte sie.

»Nichts, was ein Lackstift nicht beheben könnte, aber ich denke, wir sollten trotzdem was Schriftliches dalassen.«

Sie wartete, während er zu dem Wagen zurücktrabte und den Zettel unter den Scheibenwischer schob.

Die Bäckerei war voll. Rentner, die Gebäck oder Kuchen

mampften und Kaffee tranken, hatten die Tische belegt. Mitten unter ihnen saß ein junger Vater mit zwei Kindern. Außer den Kindern, die zu sehr mit ihrem Berg Keksen beschäftigt waren, schienen alle innezuhalten, um die beiden zerzaust aussehenden komischen Vögel zu betrachten, die den Laden betraten.

»Sie müssen Cate und Ethan sein«, sagte eine Frau hinter der Verkaufstheke. Sie war klein, zierlich und mittleren Alters, und Cate fragte sich, wie es ihr gelang, so hübsch und adrett zu bleiben, obwohl sie in einer Bäckerei arbeitete. Müsste sie selbst hier arbeiten, würde sie Akne bekommen und nie wieder in ihre Lieblingsjeans passen, da war Cate sich sicher.

»Ja. Das stimmt!« Sie lächelte warm, das Lächeln der Frau blieb jedoch dünn. »In Ordnung.«

»Tut uns leid, dass wir ein paar Minuten zu spät kommen«, sagte Ethan. »Wir ziehen gerade um und haben ein paar Schwierigkeiten gehabt.«

»Ja, ich weiß. Es war der Buick meines Mannes, den Sie gerammt haben.«

Cate wäre am liebsten im Boden versunken.

Zum Glück sprach Ethan, denn sie war so verlegen, dass sie nicht wusste, ob ihre Zunge in der Lage wäre, Worte zu formen. »Wirklich?«, sagte Ethan. »Es tut mir *so* leid.« Er warf einen Blick auf ihr Namensschild. »Myrtle, ich bin zu dem Wagen gegangen, um ihn mir anzusehen, und er hat bloß einen *winzigen* Kratzer.« Die Situation wäre viel einfacher gewesen, wenn nicht jeder Mensch in der Bäckerei ihrer Unterhaltung gelauscht hätte. »Ich habe einen Zettel hinterlassen, dass ich für jeglichen Schaden aufkommen werde.«

Zum ersten Mal war das Lächeln der Frau aufrichtig, und sie senkte die Stimme. »Es ist okay. Meinem Mann ist auch schon mal so etwas passiert – an einem anderen Wagen. Ich bin sicher, es kommt in Ordnung.«

Dank Ethan hatten sie noch mal von vorn angefangen. Cate hatte das Gefühl, dass sie ein neues Kapitel aufgeschlagen hatten, als Myrtle sie an einen Tisch führte. Cate versuchte, ihr zu folgen, aber ihr Fuß klebte am Teppichboden fest. Myrtle und die meisten Kunden in der Bäckerei sahen, wie Cate den Fuß hob und einen dehnbaren Strang aus pinkfarbenem Kaugummi hochzog. Er klebte an ihrem Schuh wie weicher, klebriger Gummizement, und sie ließ ihren Fuß in der Luft schweben, als wäre sie gerade in Hundescheiße getreten. Die einzige Möglichkeit, sich zu rehabilitieren, schien zu sein, aus dem Laden zu laufen und sich einen neuen Namen zuzulegen. Jetzt hatte sie auch noch Erdbeerkaugummi in die Bäckerei getragen.

Myrtle seufzte. »Ich hole Küchenpapier.«

Cate hätte dem Schmutzfink, der seinen Kaugummi auf den Gehweg gespuckt hatte, jetzt gerne den Hals umgedreht. Sie ging raus und rieb ihre Schuhsohle so fest sie konnte an der Bordsteinkante, bis sie nicht nur sicher war, dass der Kaugummi weg war, sondern auch vermutete, dass die Schuhsohle inzwischen von der Reibungswärme geschmolzen war.

Als sie wieder in den Laden trat, kratzte Ethan gerade die Reste des Kaugummis vom Boden. Nachdem er fertig war, geleitete Myrtle sie zum Tisch.

Sie setzten sich, und Myrtle legte ein Buch vor sie hin, das größer als die *King James Bibel* war. »Das ist das erste Buch«, meinte sie.

Das erste Buch? Es gibt noch mehr davon?

»Und hier ist das zweite.« Cate sah Myrtles Bizeps spielen und hörte ein Keuchen aus ihrer Kehle dringen, als sie das zweite Buch zum Tisch hievte. Es landete mit einem Bums.

Myrtle erklärte ihnen, dass es vier gängige Geschmacksrichtungen für die Torten gab: Erdbeer, Schokolade, Bayerische Creme und Himbeer. Es gab so viele Einzelheiten über Glasuren und Tortengrößen und Portionen und Blechkuchen, dass es schwierig war, die ganzen Informationen zu verarbeiten. Sie lauschten einer kurzen Abhandlung über eine Glasur namens Rollfondant, die laut Myrtle extrem teuer war, perfekte Ecken und Kanten bildete, aber wie Teer schmeckte.

»Die meisten Gäste werden die Glasur einfach ablösen und am Rand ihres Tellers liegen lassen.« Sie zuckte die Schultern. »Viele Paare wollen die Glasur haben, weil sie so hübsch aussieht, aber essen will sie eigentlich niemand.« Sie senkte die Stimme. »Ich halte das für eine Geldverschwendung, wenn Sie mich fragen. Aufgeschlagener Zuckerguss ist viel günstiger, und wir können die Ecken trotzdem scharfkantig machen. Nun ja«, sagte sie und blickte zur Tür. »Da kommt gerade noch ein Brautpaar, das eine Torte aussuchen möchte. Ich muss mich jetzt um sie kümmern, und ihr könnt euch die Bücher ansehen. Sucht euch aus, was ihr haben wollte, während ich sie probieren lasse. Dann geben wir die Bücher an sie weiter, und ihr könnt probieren.«

Cate warf einen Blick auf das Paar. Sie waren beide ordentlich frisiert, ein bisschen mollig und wirkten, als hätten sie gerade das College verlassen. Die Mutter der Braut begleitete sie. Der Bräutigam trug sein Haar streng gescheitelt, und sein Gesichtsausdruck ließ darauf schließen, dass man ihn gegen seinen Willen in die Bäckerei geschleppt hatte. Die Khakihose der Braut hatte akkurate Bügelfalten, und auch ihre taubenblaue Bluse war nicht auch nur ein bisschen verknittert. Sie und die Mutter trugen beide große *Dooney & Bourke*-Handtaschen. Die Braut musterte Cate von Kopf bis Fuß, bevor sie ihren Blick auf die Bücher richtete.

»Ich möchte auf keinen Fall Rollfondant«, sagte Ethan. Er war so sehr in das Buch vertieft, dass er nicht einmal aufsah, als er sprach. »Ich möchte, dass unsere Torte gut schmeckt. Was bringt es, diese Art von Glasur zu haben, wenn niemand sie essen wird? Eine Torte ist dazu da, gegessen zu werden.«

»Ich kann dir nur zustimmen.«

Eifrig durchblätterte er das erste Buch, und sie war froh, dass er die Regie übernommen hatte, denn wenn es nach ihr gegangen wäre, hätte sie Myrtle wahrscheinlich gebeten, ihr die Top-Ten-Torten zu zeigen, von denen sie dann eine ausgewählt hätten. Sie hatte nicht gewusst, dass es so viele verschiedene Arten von Torten gab. Interessierten die Gäste sich tatsächlich für die Torte? Vielleicht hatten ein paar unverheiratete, sehnsüchtig von ihrer eigenen Hochzeit träumende Mädchen vor dem Werfen des Brautstraußes nichts Besseres zu tun, als die Hochzeitstorte zu bewundern. Nach ihren Hochzeitserfahrungen wollten sich die meisten Leute nämlich bloß volllaufen lassen und tanzen.

Manche der Tortenaufmachungen stammten offenbar noch aus den Achtzigern. Die einzelnen Etagen wurden von kleinen Plastikstrahlen unterteilt, auf der obersten thronte ein Plastikhochzeitspaar, und die Ränder waren mit leuchtend gelben und braunen Blumen aus dickem schwerem Zuckerguss bedeckt. Eigentlich gefielen sie ihr sogar, und sie dachte, sie wären auf jeden Fall so auffällig, dass die Leute stehen bleiben und sich den Kuchen auch ansehen würden.

»Was hältst du von diesem?«, fragte Ethan. Er deutete auf eine dreistöckige Torte. Kleine Zuckergussperlen umrandeten jede Etage, und eine Kaskade aus Vendela-Rosen fiel über die Ränder nach unten.

»Sie ist super, aber ist das nicht Rollfondant?«

»Ja. Aber sie hat gesagt, wenn wir etwas mit Rollfondant im Buch sehen, können wir den durch geschlagenen Zuckerguss ersetzen, und es würde dann sehr ähnlich aussehen. Hast du nicht zugehört?«

»Oh.« Die andere Gruppe setzte sich an den kleinen Tisch neben ihnen. Cate spürte ihre bohrenden Blicke, und sie fühlte sich unbehaglich, weil sie beobachtet wurden.

»Was machen wir jetzt? Worauf warten wir?«, stöhnte der Bräutigam.

»Auf das andere Paar«, sagte die Braut laut. *»Sie haben die Bücher.«*

»Deshalb verpasse ich das Turnier?«, murmelte er. »Ich habe gedacht, du hättest gesagt, wird sollten Punkt zehn hier sein.«

»Als würdest du dir nicht schon genug Golfturniere ansehen.«

»Ich kann nicht glauben, dass sie nicht mehr Exemplare von diesen Büchern haben«, sagte die Mutter. Cate konnte sie aus dem Augenwinkel sehen. Sie starrten Ethan an, der die Seiten umblätterte, und die Braut hatte noch immer nicht ihre Tasche von der Schulter genommen.

Ethan nahm die Brautzillas gar nicht wahr und blätterte weiter.

Sie sah, wie Myrtle ihnen die Kostproben brachte, und selbst das hinderte die drei nicht daran, weiter finstere Blicke in ihre Richtung zu werfen. Sie wusste, dass es nicht gerade freundlich war, aber irgendwie hoffte sie, dass Ethan mit den Büchern noch ewig brauchen würde. Arschlöcher. Konnten sie nicht einfach ihren Kuchen probieren und mit dem zufrieden sein, was sie gerade hatten? Dann merkte sie, wie kindisch sie war, und empfand das überwältigende Bedürfnis, sich zu beeilen. Sie war sich ihrer Blicke unangenehm bewusst, als wären sie Aasgeier, die darauf warteten, zum Angriff überzugehen. Frustrierte Seufzer und übertriebenes Aufstöhnen drangen aus ihrer Ecke, bis Cate es schließlich nicht mehr aushalten konnte.

Sie drehte sich zu ihrem Tisch um. »Wann ist denn euer großer Tag?«

Die Mutter warf ihr nur einen kurzen Blick zu, und das Gesicht des Bräutigams blieb ausdruckslos. Er hatte nicht einmal die Kuchenproben angerührt. »Am siebzehnten Juni. Im nächsten Sommer«, antwortete die Braut höflich, bevor sie etwas mit rosafarbener Füllung probierte.

»Sind Sie gestresst?«, fragte Cate freundlich, obwohl die Antwort klar ersichtlich war.

»Ja. Ist sie«, antwortete der Bräutigam.

»Nein, bin ich nicht!«, fuhr sie ihn an. *Okay, falsche Frage.*

»Ihre Tasche gefällt mir sehr gut«, log Cate nach Strich und Faden.

Brautzillas Augen leuchteten auf. »Oh! Danke. Ich habe sie erst letztes Wochenende bekommen.«

»Großartig. Die ganze Sache mit den Büchern tut mir leid. Wir machen so schnell wie möglich.«

Danach entspannten sie sich offenbar ein bisschen.

Schließlich hatten Cate und Ethan ihre Auswahl auf drei der Prachtstücke eingegrenzt. Am Ende entschieden sie sich für die erste Torte, die Ethan vorgeschlagen hatte, die mit den Vendela-Rosen. Sie beschloss, dass in alle Sträuße und Gestecke ebenfalls Vendela-Rosen eingearbeitet werden sollten. Sie hatten die Farbe von Sahne und waren so zart und samtig, dass sie beinahe essbar aussahen. Sie würden wunderbar zu champagnerfarbenen Kleidern passen.

Als es Zeit für das Probieren der Torten war, ließ sie ebenfalls Ethan die Wahl treffen. Es gab so viele Details rund um die Hochzeit, bei denen er kein Mitspracherecht haben würde, sodass sie ihm gerne die Entscheidung über die Torte überließ. Er wählte die Schokoladenfüllung, und bevor sie gingen, kauften sie einen kleinen Geburtstagskuchen mit der gleichen Füllung und Glasur, die die Hochzeitstorte haben würde. Es hatte zwar niemand Geburtstag, aber damit ließ sich auch prima ihr neues Heim feiern.

Als sie zahlten, hatte sie das Gefühl, erfolgreich gewesen zu sein. Es gab jetzt eine Aufgabe weniger, die erledigt werden musste, und sie war sich auch darüber klar geworden, welche Blumen sie haben wollte. Als sie herauskamen, ließ sie beinahe ihren Geburtstagskuchen auf den abgekratzten Kaugummi fallen. Es regnete auf ihre Matratze.

19. In der Gefahrenzone

Das *Texas Chainsaw Massacre* hatte ihr Haus erreicht. Das Brummen von Elektrowerkzeugen wurde von Schneefall begleitet. *Seltsam*, dachte sie. *Und das in San Diego.* Sie schlug die Augen auf und versuchte sich zu erinnern, wo sie war. Oh ja, in ihrem neuen Haus. Sie lag in einem Bett aus Schlafsäcken auf dem Küchenfußboden. Vor zwei Wochen waren sie eingezogen, und trotz der Lüfter, die vierundzwanzig Stunden am Tag liefen, hatte die Luftfeuchtigkeit dafür gesorgt, dass die große Matratze noch nicht trocken war.

Sie wischte sich etwas aus dem Gesicht und hörte wieder das Geräusch, ein Kratzen, als würde eine Heckenschere gegen eine Eiche gerieben. Sie setzte sich auf und entdeckte einen Mexikaner auf einem kleinen Gerüst in ihrem Wohnzimmer, der die Wand abkratzte. Gips und Farbe fielen wie ein heftiger Schneesturm herunter. Dünne schwarze Abdeckfolie bedeckte den Dielenboden, und die Möbel waren ebenfalls mit Folie abgedeckt.

»Hallo«, sagte der Mann aus einer Höhe von fast drei Metern.

Sie wischte sich Gips aus dem Gesicht und winkte. Ethan kam aus dem Esszimmer. Er hatte eine Schleifmaschine in der Hand, deren Kabel hinter seiner schmutzigen Kleidung herschleifte. Er trug seit fünf Tagen dieselbe Jeans und dasselbe T-Shirt. Eine fünf Zentimeter dicke weiße Staubschicht bedeckte seine Haare, und sein Gesicht war hinter einer OP-Maske und einer Schutzbrille verborgen.

»Oh, gut. Du bist auf.« Er zog die Maske herunter. »Wir müssen das Bett ins Hinterzimmer tragen, weil Enrique hier ebenfalls die

Wände abschleifen wird.« Mit *Bett* meinte er nicht die Matratze, die im Schlafzimmer vor sich hintrocknete. Er meinte den Lagerplatz, der wie ein chaotisches Pfadfinder-Camp anmutete.

»Ich hatte keine Ahnung, dass er kommt«, flüsterte sie.

»Oh, ich habe vergessen, es dir zu sagen. Ich dachte, er käme am Donnerstag, aber er hat heute angerufen und gesagt, dass ein Termin abgesagt worden ist.« Er lächelte, während er den Schlafsack unter ihr wegzog. Staub aus seinen Haaren rieselte wie Mehl über sie. »Vertrau mir, es wird dir wunderbar gefallen. Die Wände werden so viel besser aussehen.«

Sie fand immer noch, dass sie in Ordnung waren, so wie sie jetzt aussahen, aber Ethans Heimwerker da drüben hatte andere Vorstellungen.

»Wie sollen wir denn so leben?«, fragte sie flüsternd. »Unsere ganzen Möbel sind mit Klarsichtfolie verhüllt.« Sie sah zu, wie der Mann energisch die Wände bearbeitete. Unser Wohnzimmer sieht aus wie der Lake Tahoe im Dezember.«

»Na ja, es wird ja nicht mehr lange dauern. Ich verspreche es dir. Warum gehst du heute nicht an den Strand?«

»In Ordnung. Gut.«

Schnell zog sie ihren Badeanzug und ein leichtes Sommerkleid an und verschwand ohne Frühstück aus dem Haus. Sie stand gerade auf der Veranda, als sie die Nachbarn von der gegenüberliegenden Straßenseite hörte.

»Deb, warte! Ich kann dir das erklären!« Sie sah, wie eine Frau mit Vokuhila-Frisur und knöchelhohen *Reebok*-Turnschuhen aus ihrer Haustür geschossen kam. Sie lief um den abgespachtelten Chevrolet-Pickup herum, der auf Ziegelsteinen in der Einfahrt stand.

Ein Mann jagte hinter ihr her. »Bitte! Tu es nicht!«, bettelte er, während er sie einzuholen versuchte. Cate hatte ihn schon häufiger gesehen, und er hatte noch nie so verzweifelt ausgesehen. Gewöhnlich trug er locker sitzende, knallfarbene Tanktops und er hatte immer eine Zigarette zwischen den Lippen hängen. Heute war sein Oberkörper nackt, und er trug nur eine verwaschene Jeans und ein Paar Leinenschuhe. Er sah gequält aus. »Ich schwöre es, ich kenne niemanden namens Pamela!« Er versuchte, sie einzuholen.

Die Frau, die eindeutig nicht an seiner Geschichte interessiert war, zog sich an der Fahrerseite des aufgebockten Trucks hoch, als würde sie in ein Baumhaus klettern. Über das Motorengeräusch dröhnte *Eighteen and Life* von Skid Row durch die Nachbarschaft. Das Motorrad und das Quad auf der Ladefläche des Pickups wackelten, als sie den Rückwärtsgang einlegte und losfuhr.

»Stopp! Bitte!« Verzweifelt begann er zu rennen.

»Heul dich bei Pamela aus, du Hurensohn!«

Die Reifen drehten durch, und sie ließ ihn in einer dicken Staubwolke stehen.

»Nein! Neeeeeeiiiiiin!« Sein Heulen klang herzzerbrechend. Einen Moment lang schienen ihm die Knie weich zu werden, und sie dachte, er würde zu Boden gehen, aber stattdessen trat er gegen den Briefkasten. »Verdammt noch mal! Mein Motorrad! Und mein Quad! Wie konnte sie bloß?« Er stürmte ins Haus zurück.

Plötzlich bekam sie Zweifel, ob sie mit Ethan zu ihnen gehen und sich ihnen vorstellen sollte. Sie wirkten nicht unbedingt wie Leute, die sich ein Ei ausleihen wollten oder mit einer Tasse Zucker aushelfen konnten.

Zumindest wimmelte es in der Gegend nicht von Kriminellen. Bislang hatten sie keine Schüsse und keine Gangster-Rap-Musik gehört, dafür viel Countrymusik von Kenny Rogers.

Sie wohnten jetzt in einer Gegend, in der die Leute ihre Haustiere nicht kastrieren ließen und fast alle mit dem Fahrrad fuhren, weil sie ihre Führerscheine wegen Alkohol am Steuer verloren hatten. Trotzdem fühlte sie sich sicher. Verglichen mit anderen Wohngegenden in ihrer Preisklasse, erschien diese Nachbarschaft wie das Paradies.

Sie schlüpfte in ihren Wagen und stellte fest, dass das Einzige, was sie an dem Umzug ein bisschen störte, die Tatsache war, sich daran gewöhnen zu müssen, alles mit Ethan zu teilen. In den vergangenen zwei Jahren hatten sie fast jede Nacht miteinander verbracht. Das war jedoch nicht dasselbe, wie tatsächlich unter einem Dach zu leben. Sie hatte seine schmutzigen Schuhe bisher noch nicht auf dem Küchentisch stehen sehen und auch nie bemerkt, dass er den Badezimmerspiegel nach dem Rasieren immer nass und fleckig hinterließ. Sie hatte das Gefühl, dass er, wenn sie gerade die Küche sauber gemacht oder das Wohnzimmer aufgeräumt hatte, immer wie ein Wirbelsturm hereingefegt kam und alles wieder in Unordnung brachte.

Sie hatte sich in seiner Gegenwart immer wohl gefühlt. Er hatte sie täglich ungeschminkt gesehen. Seit sie ein Paar waren, hatte sie ihn jeden Morgen pinkeln gehört. Zusammenzuziehen hatte sie auf eine neue Ebene der Intimität gebracht. Ihr fiel seine benutzte Zahnseide auf, die aus dem Abfallkorb hing, und er hatte sie beinahe dabei überrascht, als sie sich ein dunkles Haar oberhalb der Oberlippe ausriss.

Als sie am Strand ankam, war es ein bisschen drückend, und das Wasser war dunkel und sah olivgrün, beinahe schwarz aus. Sie rechnete mit dem Auftauchen des Ungeheuers von Loch Ness, aber stattdessen schlenderte ihr heißer Surfer auf sie zu. Er war nass, und seine gebräunten Füße waren mit Sand überzogen.

»Hallo«, grüßte er, als er sie bemerkte. »Ich habe dich länger nicht mehr gesehen.«

»Stimmt.« Sie wollte ihm gerade erzählen, dass sie nach Escondido gezogen war, wechselte aber stattdessen das Thema. »Wie war das Wasser?«, fragte sie.

»Nicht schlecht. Red Tide. Alle flippen aus und wollen nicht reingehen, wenn es so ist, aber mich stört es nicht. Weniger Konkurrenz um die Wellen draußen.«

»Was genau ist die Red Tide eigentlich?«

Er setzte sich neben sie. »Ich glaube, es hat mit der Algenblüte im Wasser zu tun. Das Wasser ist voll davon.« Er zuckte die Schultern. »Mich stört es kaum.« Sie dachte bei sich, dass es wahrscheinlich nicht viel gab, was ihn störte. Er hatte sich jedenfalls gerade mit seiner nassen Badehose in den Sand gesetzt.

»Warum gehst du nicht rein?« Er nickte in Richtung Ozean.

Sie schüttelte den Kopf. »Mir gefällt es, einfach in der Sonne zu sitzen und zu lesen.« Sie hörte sich wie ein Trottel an, aber was sie am meisten beschäftigte, war, dass es ihr so wichtig war, ihn zu beeindrucken.

»Du surfst nicht?«

Sie lachte. »Nein. Ich glaube, dass ich es nicht einmal auf das Brett schaffen würde.«

»Es ist nicht schwer. Ich wette, du würdest an einem Tag lernen, darauf zu stehen.«

»Wohl kaum.« Er saß so dicht neben ihr, und sie hatte Angst, sie könnte Mundgeruch haben, weshalb sie ihre Sätze so kurz wie möglich hielt.

»Besorg dir ein Brett, und ich bring es dir bei. Du weißt ja, ich bin fast jeden Tag hier. Ich hab nichts dagegen, dich mit rauszunehmen.«

»Mal sehen, ich weiß es noch nicht.« Sie versuchte, mit zusammengebissenen Zähnen zu sprechen, und fragte sich, wie er sich in der Nähe von jemandem, den er kaum kannte, so wohl fühlen konnte, gar nicht zu reden von dem Angebot, ihr Surfunterricht zu geben. Es wäre richtig, Ethan zu erwähnen, irgendwie einfließen zu lassen, dass ihr Verlobter ihr schon Surfunterricht angeboten hatte. Aber sie tat es nicht. Sie hatte immer geglaubt, sich selbst recht gut zu kennen, aber jetzt kamen ihr allmählich Zweifel.

Er stand auf und klopfte sich den Sand von den Shorts. »Treib einfach ein Brett auf, und ich zeige es dir.«

Als sie ihm nachsah, wurde ihr das Herz schwer. Es würde keinen Surfunterricht geben. Nicht, dass sie vor ihrer Verlobung Surfstunden bei ihm genommen hätte. Sie war Ethan immer treu gewesen. Es war einfach das Wissen, dass Surfunterricht von sexy Männern jetzt offiziell verboten war, was sie ein bisschen traurig machte. Sie erinnerte sich an ihren Collegeabschluss und wie sie die Wohnung begutachtet hatte, die sie sich mit Sarah und Leslie geteilt hatte. Sie würden nicht mehr an Wochentagen ausschlafen können und dann gemeinsam in der Mensa der Uni essen gehen. Die Party war zu Ende, und ihr war das Herz ein bisschen schwer geworden, als sie ihrem Vermieter die Schlüssel übergeben hatte. Jetzt fühlte sie sich genauso.

Ein brandneuer BMW parkte vor ihrem Briefkasten. Er war schwarz und schnittig und hatte getönte Scheiben, und sie fragte sich, welcher Nachbar einen solchen Luxusschlitten fuhr. Ihre Handbremse kreischte laut, als sie sie anzog.

An diesem Tag würden sie ihre Post nicht bekommen. Ihre Postbotin war unerbittlich. Seit sie nach Escondido gezogen waren, hatten sie gelernt, dass ein parkendes Auto mindestens einen Abstand von einem Meter zum Briefkasten einhalten musste. Wenn ein Auto den Briefkasten blockierte, waren die Postboten nicht für das Ausliefern der Post zuständig. Die Postbotin hatte eine Figur wie ein Pinguin, und wenn sie einen Umweg watscheln musste, um die Post in den Kasten zu stecken, hielt sie nicht an. Cates Volvo hatte einige Male in der fraglichen ›Gefahrenzone‹ gestanden. Ethan war so sauer gewesen, dass er ein Stück Kreide genommen hatte, das er aus ihr rätselhaften Gründen fast immer mit sich rumschleppte, und eine Linie auf die Straße gezogen hatte; daneben hatte er *1 Meter!!!!!* geschrieben.

Für die meisten Menschen wäre es keine große Sache, ein oder zwei Tage keine Post zu bekommen, aber für Ethan war es ein Problem. Wegen seines Catering-Unternehmens erhielt er viele Anzahlungen und Schecks per Post.

Die strenge Postbotin hatte ihr ein neues Bewusstsein hinsichtlich des Parkens vor Briefkästen vermittelt, und sie hatte inzwischen einen festen Pakt mit sich selbst geschlossen, niemals, unter keinen Umständen, den Briefkasten von irgendjemandem zu blockieren. Wer also war der Trottel, der vor ihrem geparkt hatte? Wahrscheinlich Pamela.

Zu behaupten, in ihrem Haus sähe es aus wie auf einem Schlachtfeld, war eine Untertreibung. Ihr kleines Häuschen hatte nichts mehr mit dem sauberen, luftigen Ort gemeinsam, den sie flüchtig kennengelernt hatte. Sie hatte eigentlich damit gerechnet, dass Enrique und alles, was er mitgebracht hatte, weg waren. Der Boden war immer noch mit Abdeckfolie bedeckt. Es sah aus, als hätte jemand den erfolglosen Versuch gestartet, den Staub zusammenzukehren, und die Möbel waren immer noch mit Folie bedeckt. Ihre Füße knirschten auf der Folie, als sie eintrat, und als sie die Tür hinter sich schloss, regnete ihr jede Menge puderartiger Gips auf den Kopf. Sie berührte ihr Haar, und als sie ihre Hand wegzog, sah sie aus, als hätte sie sie in Puderzucker getaucht.

Sie hörte Ethans Stimme. »Ich finde, wir sollten diese Wand hier einreißen und die Verbindung in die Küche erweitern.«

Mit wem unterhielt er sich? Der Gedanke, in ihrem brandneuen Haus etwas ›einzureißen‹, machte sie ein bisschen nervös.

»Oh! Das wird super aussehen!« Denise.

Hat sie sich ein neues Auto gekauft?

»Ich denke einfach, es würde den Raum offener gestalten, ihn größer wirken lassen. Anderenfalls sieht jeder Raum wie ein kleiner Kasten aus. Größere Durchgänge schaffen mehr offenen Raum, und das vermittelt den Eindruck, das Haus wäre viel größer.« Die Idee hatte er wahrscheinlich von *HGTV*, dem Heimwerker-Sender, den er sich offen gestanden dieser Tage zu oft ansah. In der letzten Zeit schienen die Dinge, die aus seinem Mund kamen, in direktem Zusammenhang mit Bob Vila, dem Oberheimwerker aus dem Fernsehen, zu stehen. Sich Ethan mit einem Vorschlaghammer und einem Paar Arbeitshandschuhen vorzustellen war beunruhigend.

»Du bist so geschickt und kreativ, Ethan! Alles wird umwerfend aussehen!« Es war diese verdammte Janet.

»Oh, hallo, Cate!« Ethan hatte sie bemerkt.

»Hallo. Enrique ist weg?«

»Er ist schon vor einer Weile gegangen. Ich habe ihm gesagt, er braucht nicht aufzuräumen.«

Warum zum Teufel hast du das getan?

»Ich werde dieses Wochenende anstreichen, und deshalb wird es mir viel Zeit sparen, wenn alles schon abgedeckt ist.«

»Oh.« Sie nickte. Sein Plan ergab Sinn, aber sie war von der Vorstellung, noch mehrere Tage ohne Möbel und mit abgedecktem Fußboden zu leben, nicht gerade begeistert.

»Ich habe Janet und Denise gerade erzählt, dass ich diese Wand hier einreißen möchte, damit wir den Raum ein bisschen offener gestalten können. Was hältst du davon?«

»Ich denke, der Durchgang ist gut so«, sagte sie. »Das Haus hat so viel Charme, ich hasse es, alles zu verändern.« Ganz abgesehen davon, dass er sich seit ihrem Einzug kaum um seine Arbeit gekümmert und sich stattdessen völlig seinen Umgestaltungsträumen gewidmet hatte. Wenn er so weitermachte, würden nicht nur keine teuren Veränderungen in Frage kommen, sondern sie hätten bald auch kein Haus mehr, an dem sie überhaupt Veränderungen durchführen konnten.

Er sah verärgert aus. »Klar, es ist in Ordnung. Aber es könnte *so viel* besser sein.«

»Ich finde, ein einfacher Anstrich würde sehr viel bewirken. Warum streichen wir die Wand nicht einfach an?«, schlug Cate vor und hoffte, dass eine große Aufgabe ihn genug schlauchen würde. »Warum warten wir nicht bis nach der Hochzeit, um weitere größere Umgestaltungen in Angriff zu nehmen? Wir haben schon mit dem hier genug zu tun, und außerdem ist jetzt Hochzeitshochsaison, und du bist bis über beide Ohren mit Arbeit eingedeckt. Wie willst du die Zeit finden, all das hier fertigzumachen?«

Sie sahen sie alle an, als hätte sie gerade Ethans Träume unter ihren Schuhen zermalmt.

»Ich finde, ihr solltet auf jeden Fall diese Wand hier einreißen«, meinte Janet. »Du hast immer so gute Ideen, Ethan.«

Er blickte sie an und lächelte. »Danke. Kommt, ich zeige euch, was ich sonst noch tun möchte.« Janet folgte ihm ins Badezimmer.

Verbündeten sie sich gerade miteinander? Offensichtlich hatte er das Gefühl, Janet unterstützte seine Träume, und wo blieb sie dabei? Sie war die quengelige Traumzerstörerin, die er bald heiraten würde. Sie blieb einen Moment stehen, bis sie merkte, dass Denise sie anstarrte.

»Was hast du denn in den Haaren?«, fragte Denise.

Cate erinnerte sich an den Putz, der ihr auf den Kopf gerieselt war, als sie die Tür zugezogen hatte. »Das ist bloß ein bisschen Gips«, erwiderte sie. Sie stellte ihre Strandtasche ab. »Was habt ihr denn heute so gemacht?«, erkundigte sie sich, obwohl sie eigentlich nur wissen wollte, was zum Teufel sie in ihrem Haus zu suchen hatten.

»Ich habe Janet ein paar Wohnungen gezeigt, und eben haben wir uns dann noch eine hier in der Straße angesehen.«

So wahr ihnen Gott helfe! Janet – in ihre Straße ziehen? »Und wie war's?«, wollte sie mit heftig schlagendem Herzen wissen. »Hat ihr die Wohnung gefallen?«

»Wir wollten ein Angebot abgeben, aber sie war schon verkauft.«

»Was für ein Pech.«

Sie kamen aus dem Badezimmer. Unnötig zu erwähnen, dass Janet es befürwortete, die vorhandene Badewanne samt Dusche herauszureißen und eine altmodische Badewanne mit Klauenfüßen einzubauen, außerdem einen Aufsatzwaschtisch und ein neues Installationssystem. Cate wünschte, jemand würde ihn darauf hinweisen, dass er Caterer und kein Handwerker war.

»Ha-ha-ha!«, kicherte Janet, als sie Cate ansah. »Sieh dir mal deine Haare an! Du siehst aus wie jemand, der den ganzen Tag Wände abgeschliffen hat.« Sie kreischte vor Lachen.

»Ich muss ohnehin duschen, weil ich am ganzen Körper Sand habe.«

»Dein neues Auto ist toll!«, meinte Ethan, als er sie zur Tür brachte.

»Ja, ist es nicht super?«, erwiderte Janet. »Ich denke, alles passiert aus irgendeinem Grund, weißt du. Ich habe gedacht, dass der Brand meiner Wohnung das Schlimmste überhaupt wäre, aber dann habe ich die großzügige Entschädigung von der Versicherung bekommen. Besser noch, ich bin in San Diego, und ich habe so wunderbare Freunde.« Sie sah Ethan und Denise an.

Wenn sie glaubte, dieses schleimige Gehabe würde sie wieder mit Ethan zusammenbringen, war sie sogar noch verrückter, als Cate ohnehin annahm. Sie hatte absolut keine Erklärung dafür, warum Ethan sie nicht durchschaute.

Er begleitete die Mädchen nach draußen, um sich Janets neues Auto anzusehen, und zum ersten Mal, seit Janet in ihr Leben eingedrungen war, hatte Cate das Gefühl, dass Janet eine Runde gewonnen hatte.

Teil 2

Der Weg zur Kapelle

20. In Flammen

Einen Monat später lag auf den Fußböden immer noch dieselbe staubige Folie, und der größte Teil ihrer Möbel stand immer noch mit Plastikplanen abgedeckt mitten in den Zimmern. Dank der heftigen Hitzewelle, die San Diego heimgesucht hatte, war aber zumindest ihre Matratze getrocknet. Jeden Abend, wenn sie zu Bett ging, entdeckte sie staubige Gipsteile und Putz in ihren Laken. Wenn sie morgens aufwachte, stellte sie ihre Füße auf dieselbe dreckverkrustete Folie, die ihr inzwischen als Fußboden geläufig war.

Ihr Bett war zu einer Insel in dem Baustellenmeer geworden, das einst ihr Haus gewesen war. Sie hatten den Fernseher und die Kommode in ihrem Schlafzimmer von der Plastikfolie befreit und sahen sich ihre ganzen Lieblingsfernsehsendungen vom Bett aus an. Sie aßen im Bett und bezahlten ihre Rechnungen auf dem Rand der Matratze sitzend. Wenn Grease nicht gerade fraß oder sein Katzenklo benutzte, diente das Bett auch ihm als Lebensmittelpunkt. Selbst er hasste es, sich die Pfoten schmutzig zu machen.

Da Ethan bis Mitte September mit Hochzeitsfeiern ausgebucht war, schaffte er es nie, die Anstreicharbeiten so durchzuführen, wie er es geplant hatte. Weil er derart sehr mit Arbeit überlastet war, wollte sie nicht herumnörgeln. Also gewöhnte sie sich daran, im Dreck zu leben, und hatte fast vergessen, wie die Dielenböden und die Sofas aussahen.

Der letzte Sommermonat ging schnell vorüber, und sie beschäftigte sich die meiste Zeit damit, sich um die Organisation der

Hochzeit zu kümmern. Sie entschieden sich endgültig, im Rancho Bernardo Inn zu feiern, und sie überließ Peg Migillicuddy und ihrer Mutter die Entscheidung über die meisten Einzelheiten wie beispielsweise Tischdecken und Sitzbezüge. Es war wunderbar, sich auf ihre Hilfe stützen zu können. Ohne die beiden wäre sie hilflos verloren gewesen.

Sobald die Schule wieder anfing, würde es schwierig sein, Gespräche mit Fotografen und Floristen zu führen, und deshalb wählte sie die Blumen und den richtigen Fotografen, der sämtliche Fotos schießen würde, aus, solange sie die Gelegenheit dazu hatte. Sie suchte Blumengestecke, Einladungen und Gastgeschenke aus, und sie engagierte einen Videofilmer sowie eine Band.

Sie erstellten eine Geschenkewunschliste, eine Aufgabe, die sie immer als das ultimative Einkaufserlebnis betrachtet hatte. Alles auszusuchen, was man wollte, und nicht dafür bezahlen zu müssen klang wie ein Traum, aber als man ihnen schließlich im Kaufhaus Macy's einen Scanner überreichte, stellte sie fest, dass es eine der ermüdendsten Aufgaben überhaupt war. Sie war noch nie so überwältigt gewesen. Sie verbrachte allein Stunden damit, sich Porzellan anzusehen, bis sich ihr Blick durch das endlose Betrachten von Formen und Mustern trübte. Schließlich beschloss sie, es sich leicht zu machen und vollkommen auf feines Porzellan zu verzichten. Sie sah ein, dass sie es wahrscheinlich nur einmal pro Jahr benutzen würden, und das war noch eine optimistische Annahme. Es würde nur den begrenzten Platz im Schrank belegen oder auf dem Dachboden verstauben. Bis sie ein Haus haben würden, in dem sie zu größeren Festivitäten einladen konnten, würde sie es sich wahrscheinlich auch leisten können, selbst ein Service zu kaufen. Schließlich setzten sie ein Geschirrservice von Villeroy & Boch für den täglichen Gebrauch auf die Wunschliste, das sie für den jeweiligen Anlass entsprechend mit Accessoires kombinieren konnten.

»Es ist wie das kleine Schwarze des Geschirrsektors«, hatte die Frau, die ihnen half, gesagt. »Sie können es jeden Tag benutzen und Accessoires auf die Wunschliste setzen, mit denen es aufgepeppt werden kann.«

Sie suchten das Menü und den Song für den ersten Tanz aus, *Ain't No Mountain High Enough* von Marvin Gaye. Sie bestellten Ethans Smoking und diskutierten Flitterwochenziele. Zu behaupten, sie wären beschäftigt, war eine Untertreibung. Dank ihrer vollgestopften Zeitpläne blieb nicht viel Zeit übrig, in der Janet oder Denise sich in ihr Leben hätten einschleichen können. Sie waren zweimal vorbeigekommen, nachdem sie sich ›Eigentumswohnungen in Escondido‹ angesehen hatten, und jedes Mal war Ethan auf dem Sprung gewesen, um das Catering für eine Veranstaltung zu machen.

Cate versuchte, ihm so oft sie konnte bei der Arbeit zu helfen. Sie gewöhnte sich allmählich daran, im Lieferwagen zu fahren und den Duft des Lufterfrischers nach Tannennadeln einzuatmen, der am Rückspiegel hing.

Am letzten Wochenende übernahmen sie das Catering für eine Hochzeit auf einer Farm in Jamul mit dreißig Morgen Land. Sie half, mit den anderen Angestellten in der Küche Appetithäppchen vorzubereiten. Es hatte Spaß gemacht, die ganzen Leute kennenzulernen, mit denen Ethan zusammenarbeitete. Sie hatte schon so viele Geschichten über seine Mitarbeiter gehört, und jetzt verstand sie seine ganzen Beschreibungen. Als in der Küche anscheinend alles unter Kontrolle war, schlich sie sich heimlich davon, um aus der Ferne der Hochzeit zuzusehen. Sie beobachtete immer gerne andere Hochzeitsfeste, um sich Anregungen für ihr eigenes zu holen.

Die gesamte Veranstaltung fand draußen statt, aber es gab ein paar gewaltige alte Eichen, die reichlich Schatten boten. Die Augusthitze fühlte sich wie eine schwere Decke an und machte sie schläfrig. Sie versteckte sich unter einer schattigen Eiche hinter den Gästen. Einige der Gäste sahen aus, als hätten sie in Schweiß gebadet, und Cate bemerkte, dass viele lavendelblaue und meergrüne Pompons in den Händen hielten. Statt Programmen waren auf jedem Sitz Pompons gelegt worden, und die meisten Gäste hatten sie genau untersucht, als fragten sie sich, was sie bei einer Hochzeit mit einem Paar Pompons anfangen sollten.

Sie sah, wie das Brautpaar mit seinem Gefolge auf den Altar zuschritt. Die Kleider der Brautjungfern hatten dieselben Farben wie die Pompons. Was selten vorkam, war, dass die Brautjungfern und die Brautführer paarweise auf den Altar zuschritten. Sie war immer allein gewesen. Erst auf dem Rückweg war sie dann meistens von einem Brautführer begleitet worden. Nachdem sie das erste Paar gesehen hatte, begriff sie, warum man sich vielleicht dazu entschlossen hatte, sie paarweise gehen zu lassen. Einige Leute aus dem Hochzeitsgefolge brauchten Hilfe. Sie wirkten alle, als hätten sie während des Frisierens und während der Fotosession Tequilas gekippt. Eine Brautjungfer winkte auf dem Weg zum Altar die ganze Zeit fröhlich in die Runde. Die Brautführer hatten allesamt eine Ausstrahlung wie Rindviecher, und einer nach dem anderen klatschte den Bräutigam ab, als sie am Ende des Gangs angekommen waren. Schweißtropfen fielen dem Bräutigam aus den Ponyhaaren wie Regentropfen aus einer Dachrinne.

Zum Glück für alle war die Braut pünktlich. Wenn sie später gekommen wäre, hätte Cate sich gesorgt, dass nicht nur der Bräutigam einen Hitzschlag erleiden könnte, sondern dass auch die winkende Brautjungfer in Ohnmacht fallen würde. Sie hatte Mühe, das Gleichgewicht zu halten, und war einige Male schon fast im Stehen eingenickt.

Einen Augenblick dachte sie, sie würde den Hochzeitsmarsch erkennen. Die hohen schnellen Noten der Blaskapelle schienen dem klassischen Marsch zu ähneln, aber dann begriff sie, dass es sich um das Kampflied handelte, dass bei Footballspielen am College gespielt wurde. Alle Gäste schwenkten und schüttelten die Pompons mit der Musik und schrien Hurra, als hätte die Braut gerade ein Touchdown erreicht.

Glücklicherweise ging die Zeremonie schnell vorbei.

»Ich erkläre euch zu Mann und Frau«, sagte der Pfarrer.

»Ja!«, rief der Bräutigam. Er ballte die Hand in einer triumphierenden Geste zur Faust. »Ich bin verheiratet, verdammt noch mal!« Die Braut wirkte nicht überrascht, als er sie hochhob und wegtrug.

Cate ging zurück zu ihrem Tablett mit den Appetithäppchen und rechnete damit, überrannt zu werden, sobald die Gäste ins Zelt strömten. Man konnte jedoch leicht an der Menschenschlange rund um die Farm erkennen, dass die Gäste weniger an gegrillten Steak-Kebab-Spießchen als an einem Gläschen Jägermeister interessiert waren. Obwohl ihre Catering-Erfahrungen begrenzt waren, war dies die einfachste Hochzeit, bei der sie bisher mitgeholfen hatte. Anscheinend waren die Großeltern die einzigen Leute, die sich für das Essen interessierten. Alle anderen waren betrunken und stürmten die Tanzfläche. Bei jeder Hochzeit, die sie miterlebt hatte, war sie in der Lage gewesen, den Betrunkenen vom Dienst zu benennen. Sie konnte immer darauf zählen, dass es einen Depp gab, der zu viel trank und für Unterhaltung sorgte. Auf dieser Hochzeit gab es so viele Betrunkene, dass man unmöglich den Überblick behalten konnte. Sie musste die Leute regelrecht nötigen, sich etwas von ihrem Essenstablett zu nehmen.

»Kann ich Sie vielleicht mit Frühlingsrollen und Steak-Kebab-Spießchen locken?«, fragte sie ein Dutzend Mal.

Bei den meisten Hochzeiten, bei denen sie bedient hatte, hatte sie gewöhnlich Dinge gesagt wie: »Ich komme so schnell ich kann mit Nachschub zurück.«

Irgendein Besoffener hatte die geniale Idee, Wunderkerzen

zu verteilen. Wahrscheinlich hatte er sie über die mexikanische Grenze geschmuggelt. Wunderkerzen hatten sie immer schon nervös gemacht. Sie erinnerte sich, wie ihr Onkel Jack an einem Silvesterabend bei ihnen zu Hause aufgetaucht war, als sie noch ein kleines Kind gewesen war. Er hatte genug Kracher und explodierende Partyknaller mitgebracht, um eine kleine Stadt in die Luft sprengen zu können. Er hatte sprühende kleine Stäbe an seine Nichten und Neffen verteilt, und Cate hatte zugesehen, wie Funken wie winzige Granaten von den Stäben sprangen. Obwohl die Funken in der Sekunde, in der sie den Asphalt berührten, erloschen, hatte sie Angst gehabt, dass ihr ein großer Funken ins Auge fliegen oder ihr die Hand verbrennen könnte. Während all ihre Cousins und Cousinen im Garten herumgerannt waren und ihre Wunderkerzen geschwenkt hatten, als befänden sie sich auf einem hawaiianischen Folklorefest, war sie stocksteif stehen geblieben und hatte die Wunderkerze ganz am Ende mit den Fingerspitzen festgehalten, möglichst weit von ihrem Körper entfernt.

Sie sah, wie alle Gäste ihre Wunderkerzen schwenkten, als Braut und Bräutigam prachtvoll Einzug hielten. Sie konnte an nichts anderes denken als daran, dass Alkohol und Feuer eine ganz schlechte Kombination waren. Die gesamte Situation beunruhigte sie, und während sie ihr Tablett herumtrug, war sie bemüht, allen Gästen mit Wunderkerzen aus dem Weg zu gehen.

Sie beobachtete aus der Ferne, wie sich das glückliche Paar zu den Klängen von *Shameless* von Garth Brooks zum Eröffnungstanz auf die Tanzfläche begab. Ihr Auftritt erinnerte Cate an die Art und Weise, wie sie in der achten Klasse getanzt hatte. Die Braut hatte dem Bräutigam die Arme um den Hals gelegt, und ihre Körper waren eng aneinandergepresst, während sie sich im Kreis bewegten. Der einzige Unterschied zu ihrer Teenie-Zeit bestand darin, dass der Bräutigam die Hände über die Pobacken der Braut gelegt hatte.

Als ihr gerade ein bisschen langweilig wurde und sie sich wieder in die Küche begeben wollte, fiel ihr die Brautjungfer auf, die auf dem ganzen Weg zum Altar gewinkt hatte. Ihre Augen waren geschlossen, und sie wiegte sich zur Musik, während ihre Wunderkerze zwischen ihren Fingerspitzen baumelte. Es war nicht der Cocktail, den sie sich vorne über ihr Kleid geschüttet hatte, oder die Wimperntusche, die ihr die Wangen hinunterlief, die Cates Aufmerksamkeit erregten. Es war die Art und Weise, wie sie ihre Wunderkerze festhielt, die Cate wie angewurzelt stehen bleiben ließ. Die Brautjungfer stand hinter der Großmutter der Braut, die kaum größer als Schlumpfine war und den betrunkenen Trottel nicht bemerkte, der seinen Flammenwerfer gefährlich nahe an ihrer Perücke schwenkte. Die Perücke war zu groß für den Kopf der alten Dame und hatte dieselben Spitzen und Erhebungen wie eine Zitronentorte mit Baiserhaube. Jedes Mal, wenn die benebelte Brautjungfer sich bewegte, hielt Cate den Atem an.

Sollte sie etwas sagen? Wenn sie nicht schnell handelte, würde Großmama wie ein Holzscheit der Marke Duraflame in Flammen aufgehen. Sie stellte ihr Tablett ab und versuchte, die Aufmerksamkeit der vor ihr stehenden Gäste auf sich zu ziehen, aber sie waren zu betrunken, um sie zu bemerken. Sie wiederum hatte Angst, sich in die Nähe ihrer Wunderkerzen zu begeben. Hektisch winkte sie der Großmutter zu, aber die alte Lady sah es nicht. Niemand schenkte ihr Beachtung.

Sie wollte gerade auf die andere Seite des Raums laufen, als Großmamas Perücke wie eine olympische Fackel aufleuchtete. Weder die alte Dame noch die betrunkene Brautjungfer merkten es. Gerade als Cate über die Tanzfläche schoss, bahnte sich ein Brautführer aus der anderen Richtung einen Weg durch die Menge und entleerte einen Eiskübel über dem Kopf der alten Frau. Kaltes Wasser spritzte über Cates Gesicht und Brust. Sie fühlte sich, als hätte sie in der ersten Reihe der Killerwal-Show im Seaworld-Center von San Diego gesessen. Cate war sich ziemlich sicher, dass der größte Teil vom Inhalt des Eiskübels auf ihr gelandet war. Sie sah zwischen tropfnassen Wimpern, wie der Brautführer das Haarteil vom Kopf der Großmutter zog, als wäre es ein gebratenes Stück Fleisch auf einem Grill. Er warf die Perücke auf den Boden und begann, darauf herumzutrampeln. Einige andere Brautführer beschlossen mitzuhelfen und rempelten sich gegenseitig zur Seite, um auch voller Enthusiasmus auf der Perücke herumzuspringen. Die alte Dame, jetzt so kahl wie Bruce Willis, beobachtete bestürzt, wie ihre Perücke zu einem überfahrenen Tier zu mutieren schien. Sie glich dem Körper eines verbrannten Waschbären, und der sich verbreitende Geruch schuf nicht gerade eine romantische Atmosphäre.

Sie berührte ihren kahlen Kopf, dann blickte sie auf den Boden. »Meine Perücke!«, brüllte sie. Sie sah aus, als wollte sie sich in die Truppe Brautführer stürzen, um ihre Perücke zurückzuholen, hielt dann aber inne. Sie blieb mit beiden Händen auf dem Kopf stehen, und ihr Blick glitt zur Spitze des schwarzen Schuhs eines der Brautführer, von dem die Perücke inzwischen baumelte. Er versuchte, sie wegzukicken, aber sie klebte fest; also versuchte er es mit einem Karate-Kick. Alle sahen zu, als die weiße Perücke der Frau über die Menge segelte und auf der Eisskulptur in Form eines Schwans in der Nähe des Haupttisches landete.

Jemand gab Cate eine Serviette, und sie wischte sich das Gesicht ab. Das Feuer war unter Kontrolle, und ein paar Kinder waren zu der Perücke gerannt und hatten sie gerettet, als wäre es der Brautstrauß gewesen. Sie beschloss, besser in die Küche zurückzukehren, wo sie von Anfang an hätte sein sollen.

»Was zum Teufel ist denn mit dir passiert?«, fragte Ethan, als er sie erblickte. »Hat jemand sein Getränk über dich geschüttet?«

»Lange Geschichte. Ich erzähle sie dir später. Aber eins weiß ich sicher. Wir werden kein offenes Feuer bei unserer Hochzeit haben.«

Er zuckte die Schultern. »In Ordnung.« Dann reichte er ihr ein Tablett voller Salate. »Es ist Zeit, den ersten Gang zu servieren.«

Sie fühlte sich feucht und klebrig, während sie das Dinner servierte. Sie spürte, wie ihre Haare zu einer merkwürdigen Frisur trockneten, und konnte sich nicht erinnern, sich je unwohler und gehemmter gefühlt zu haben. Als sie jedoch die glatzköpfige Großmutter sah, die sich gerade ein Brötchen mit Butter bestrich, wurde ihr klar, dass sie keinen Grund zur Klage hatte.

»Darf ich Ihren Teller mitnehmen?«, fragte sie und versuchte, den kahlen Kopf nicht anzustarren.

»Übrigens, könnte ich ein paar Servietten haben, meine Liebe?«, bat die alte Dame. »Ich bin klatschnass.«

Cate hatte noch nie so viele Servietten verteilt. Es schien, als würde alle fünf Sekunden jemand sein Getränk umstoßen oder jemandem eine Gabel voll Essen oder ein Steak in den Schoß fallen lassen.

Der Trauzeuge war zu betrunken, um seinen Toast auszusprechen, weshalb schließlich der Bräutigam die Sache in die Hand nahm. Sein Gesicht war immer noch schweißnass, und er trug seine Fliege, sein Sakko und seine Weste schon lange nicht mehr. Das weiße Smokinghemd war bis zur Mitte der Brust aufgeknöpft und von Rotwein geziert. Er hielt einen Cocktail in der Hand, als er das Mikro ergriff. Er schwieg einen Moment und sah tatsächlich ein bisschen wehmütig aus, als er seine Braut anschaute. »Ich liebe dich so sehr«, erklärte er. Lauter Beifall brandete auf. Er genoss die Aufmerksamkeit und setzte dem sentimentalen Augenblick schnell ein Ende, richtete sich auf und lachte leise. Er trank einen Schluck von seinem Cocktail und fuhr dann fort: »Wisst ihr, es ist ein Wunder, dass Shannon mich überhaupt geheiratet hat.«

»Was du nicht sagst!«, rief eine gemeine Stimme von der Rückseite des Zeltes. »Du Wichser!«

Der Bräutigam hielt das Mikro locker in den Händen. »An dem Abend, an dem ich Shannon kennengelernt habe, habe ich in ihre Einfahrt gekotzt.« Lautes Gelächter und Pfiffe folgten. »Sie hat mich nicht einmal ins Haus gelassen. Stattdessen hat sie mich in ein Taxi verfrachtet und nach Hause geschickt. Ich bin am nächsten Morgen mit dem schlimmsten Kater aufgewacht, den ich je hatte, und ich wusste nicht einmal mehr ihren Namen. Ich konnte mich nur noch an die flotte Biene erinnern, die ich am Dienstagabend bei Moose's Taco kennengelernt hatte. Mann, ich dachte … ich sehe sie nie wieder. Ich konnte ihr Gesicht einfach nicht vergessen. Ich dachte ständig Sharon oder Susan oder wie auch immer ihr Name gewesen sein mochte. Ich ging an zwei Abenden hintereinander zu Moose's und hoffte, die blonden Haare und die blauen Augen wiederzusehen, aber nichts.« Ein paar Oohs und Aahs folgten. Er nahm einen weiteren Schluck von seinem Drink, dann hielt er das Glas in die Höhe, um dem Barmann zu signalisieren, einen weiteren Drink haben zu wollen. »Dann rief sie mich zum Glück drei Tage später an. Ich hatte ihr meine Telefonnummer gegeben und wusste es nicht einmal mehr. Gott sei Dank hat sie angerufen. Ich hatte geglaubt, dass sie nie wieder mit mir ausgehen würde, nach allem, was passiert war.« Ein Brautführer brachte ihm einen neuen Wodka-Cocktail, und er legte eine Pause ein, um einen Schluck zu trinken. »Danke, JJ«, sagte er halblaut. »Jedenfalls war ich mir sicher gewesen, sie würde nie wieder mit mir ausgehen, aber sie wollte es doch. Ich dachte, *Junge, Junge, diesmal hast du wirklich Eindruck hinterlassen.* Also holte ich sie ab, und wir sind zu einem Footballspiel gegangen, und ich sage euch, sie hat sich völlig volllaufen lassen. Diesmal war sie diejenige, die gekotzt hat, und zwar in mein Auto.« Er hielt inne, um sich im Applaus zu sonnen. »Bis zum heutigen

Tag habe ich den Geruch nicht wieder aus meinem Bronco herausbekommen. Aber als wir so im Auto auf dem Seitenstreifen der Schnellstraße saßen und ich ihr das Haar zurückhielt, wurde mir klar, dass sie das richtige Mädchen für mich war. Das wird meine Frau werden! Und ich sage euch, es war die beste Erkenntnis, die ich je hatte. Ich habe nie zurückgeblickt, und ich liebe sie noch genauso sehr wie an dem Tag, an dem sie mir das ganze Auto vollgekotzt hat.« Er hob sein Glas. »Darauf könnt ihr alle anstoßen! Hurra!« Etwas von seinem Drink floss ihm über Kinn und Hals, als er das Glas leerte.

Auf eine seltsame Art war dieser Toast irgendwie rührend. Die Liebe war dasselbe, gleichgültig, wie man sie betrachtete. Jeder Mensch hatte bloß andere Gründe, sich zu verlieben.

Es war Mitternacht, als sie schließlich in den Lieferwagen kletterten. Ihr Hemd war getrocknet, und sie war erschöpft. Sie sank in ihrem Sitz zusammen und kickte ihre Schuhe von den Füßen.

»Happy birthday to me«, sang Ethan, nachdem er einen Blick auf die Uhr im Armaturenbrett geworfen hatte.

Sie schoss in die Höhe. »Ja! Du hast ja Geburtstag! Herzlichen Glückwunsch!« Streng genommen hatte er schon Geburtstag – es war schließlich Mitternacht. Sie hatte natürlich gewusst, dass sein Geburtstag bevorstand. Es war nicht so, dass sie es vergessen hätte. Sie war bloß so beschäftigt gewesen, dass sie es völlig verdrängt hatte. Irgendwie hatte sie im Hinterkopf gehabt, dass es noch weiter weg war. Sie dachte, sie hätte noch eine Woche. Es machte ihr Angst, dass sie so sehr in die Hochzeitsvorbereitungen vertieft gewesen war, dass sie beinahe seinen Geburtstag vergessen hätte. Wenn er nicht selbst etwas gesagt hätte, hätte sie es wahrscheinlich sogar völlig vergessen. »Was möchtest du morgen unternehmen? Na ja, eigentlich heute?«, fragte sie.

Er veränderte die Einstellung der Klimaanlage. »Nichts. Wirklich, mach dir keine Umstände wegen mir. Wir haben beide so viel zu tun. Ich muss mich tagsüber mit ein paar Kunden treffen, und dann möchte ich einfach nur ausspannen.«

»Also, ich habe ein Geschenk für dich.« Sie log.

Er lächelte. »Danke, Catie Bär.«

Auf dem Rest des Heimwegs sprach er über die Tischrede des Bräutigams und die Glatze der Großmutter, aber sie hörte nicht zu. Sie zerbrach sich den Kopf darüber, was zum Kuckuck sie ihm zum Geburtstag schenken sollte.

21. Zum ersten Mal Eltern

Es war immer schwierig, etwas für Männer zu kaufen. Die meisten Frauen würden sich riesig über eine Henri-Bendel-Kerze mit Vanilleduft oder ein Lavendelschaumbad freuen, aber mit Männern war es nicht so einfach. Er besaß alle CDs und sämtliche Kleidung, die er brauchte. Er liebte es, zu kochen, aber er hatte so viele Kochutensilien und Küchenmaschinen wie ein Gourmetkoch. Sie überlegte, ob sie ihm etwas kaufen könnte, was er für ihre Flitterwochen in Kauai auf Hawaii brauchen könnte, aber auch für solche Gelegenheiten war er beinahe perfekt ausgerüstet.

Glücklicherweise war er früh aufgestanden, um mit einem Kunden ein Menü durchzusprechen, und sie hatte den Vormittag für sich. Sie brauchte ein bisschen Zeit allein, um sein Geschenk zu besorgen und einzupacken, ohne dass er merkte, was sie vorhatte. Sie sah sich im Haus um. Werkzeug würde ihm wahrscheinlich eine Riesenfreude bereiten, aber sie hatte keine Ahnung, welche Art von Werkzeugen er brauchen könnte oder haben wollte. Sie könnte sich natürlich auch für die sichere und bequeme Gutscheinlösung entscheiden. Dann konnte er sich im Baumarkt kaufen, was auch immer er haben wollte.

Dann dachte sie daran, was er ihr zu ihrem letzten Geburtstag geschenkt hatte. In dem Monat vor ihrem letzten Geburtstag hatte es in San Diego ständig geregnet, und sie hatten mehrere Wochenenden auf der Couch verbracht. Sie hatten sich mit Decken und heißem Kakao zusammengerollt und davon geträumt, nach Kauai zu reisen. Da sie sich Kauai nicht leisten konnten, ein

Reiseziel, von dem sie beide träumten, hatten sie sich stattdessen in der Videothek *South Pacific* ausgeliehen. Die Musik zum Film ging ihr wochenlang nicht mehr aus dem Sinn. Sie hatte ›Bali Ha'i‹ gesummt, während sie die Wäsche faltete oder im Verkehr festsaß, und sie hatte sich dabei ertappt, ›There Ain't Nothing Like a Dame‹ zu singen, während sie ihr Bett machte.

Zum Geburtstag hatte er ihr eine Spieldose geschenkt, auf der sich kleine Palmen und eine Hulatänzerin befanden. Wenn man das Kästchen öffnete, spielte es ›Bali Ha'i‹. Es war ein ausgesprochen aufmerksames Geschenk gewesen, und auf der Suche danach hatte er tagelang im Internet gestöbert. Sie konnte ihm einfach keinen Geschenkgutschein schenken.

Sie sah im Internet nach, ob es in der nächsten Zeit Konzerte gab. Rolling-Stones-Eintrittskarten würden wahrscheinlich für ein paar Tage ein Lächeln auf sein Gesicht zaubern. Der Besuch auf der Stones-Homepage machte die Idee zunichte. Sie waren nicht auf Tournee, und die ganzen anderen Bands, auf deren Seiten sie nachsah, gaben Konzerte, deren Termine sich zu dicht an ihrem Hochzeitstermin befanden.

Sie wollte sich gerade ausloggen, als ihr aus einem in diesem Moment auf dem Bildschirm auftauchenden Pop-up ein entzückender Malteser-Welpen, entgegenblickte. Das war das perfekte Geschenk! Ein Welpe. Er hatte einen haben wollen, seit sie ihn kannte, und jetzt, da sie ein eigenes Haus besaßen, würde er einen bekommen.

Sie war versucht, zum Tierheim zu gehen, um einfach irgendeinen netten Hund zu adoptieren, wusste aber, dass sein Herz für einen Boxer schlug. Er hatte immer von seinem alten Hund Rocky erzählt, den er als Kind besessen hatte. »Er war der beste Hund, den es je auf der Welt gab«, hatte sie schon tausende Male zu hören bekommen. Sie fragte sich, wie Grease sich mit einem Hund arrangieren würde, und fühlte sich ein bisschen schuldbewusst bei dem Gedanken, ein weiteres Tier ins Haus zu bringen. Was, wenn Grease dachte, sie liebte ihn nicht mehr? Sie würde ihn mit Zuneigung überschütten müssen, bis er sich an ihr neues Haustier gewöhnt hatte.

Sie ging zu dem Minimarkt in ihrer Straße und holte sich eine Tageszeitung, um die Kleinanzeigen zu durchkämmen. Als sie die Straßen entlangschlenderte, dachte sie, wie wundervoll es wäre, mit einem Hund spazieren zu gehen.

In dem Moment, als sie wieder zu Hause ankam, klingelte das Telefon. Sie rannte hin und sah Jills Namen in der Rufnummernanzeige aufleuchten. »Hallo! Was gibt's?«

»Ich hab heute frei und wollte einfach hören, was du so machst. Ich vermisse meine alte Nachbarin. Es ist hier so traurig ohne dich.«

Cate durchströmte plötzlich ein stark nostalgisches Gefühl. Sie hatte immer geglaubt, sie würde nicht mehr zurückblicken, wenn sie erst einmal mit der Liebe ihres Lebens verlobt und in ihr erstes gemeinsames Heim gezogen wäre. War es nicht das, was sie immer gewollt hatte? Als sie Jills Stimme hörte, kamen ihr ihre Lebensumstände auf einmal gar nicht mehr wie ein wahr gewordener Traum vor.

Sie dachte an ihre alte Wohnung, an die vielen Vormittage, an denen Jill mit einer Tüte Doughnuts vorbeigekommen war, und daran, wie oft sie zusammen zur Happy Hour ausgegangen waren, wann immer ihnen danach gewesen war. Plötzlich verspürte sie eine ungeheure Lust, nach Pacific Beach zu fahren und von Bar zu Bar zu ziehen. Die Tage der spontanen Happy Hour waren vorbei. Sie freute sich jetzt auf Abende mit reichhaltigen Dinners für zwei. »Ich vermisse dich auch«, sagte sie traurig. »Wie ist deine neue Nachbarin?«

»Ich habe sie noch nicht kennengelernt, aber sie legt mir nicht meine Post auf die Türschwelle, wenn sie versehentlich in ihrem

Briefkasten gelandet ist. Sie stopft sie bloß in den Spalt zwischen unseren beiden Briefkästen.«

»Wirklich?«, erwiderte Cate und empfand Verlustgefühle hinsichtlich ihrer alten Wohnung.

»Und sie hört Jessica Simpson. Den ganzen Tag lang, sehr laut.«

»In *meiner* Wohnung?«

»Hmm. Ich schwöre, wenn ich diese Coverversion von *Take My Breath Away* noch ein einziges Mal höre ... Ich weiß nicht, was ich dann tue.«

»Sag ihr, sie soll damit aufhören!«

»Mache ich. Übrigens, was hast du denn heute vor?«

»Ich bin auf der Suche nach einem Welpen. Ich will Ethan einen zum Geburtstag schenken.«

»Ohhhhh!«, säuselte sie. »Im Ernst? Das ist ja süß.«

»Ja, willst du nicht mitkommen?«

»Na klar.«

Sie verabredeten, sich bei Cate zu treffen, und verabschiedeten sich dann eilig. Nachdem sie aufgelegt hatte, sah sie sich im Haus um. Was würde Jill von der Baustelle halten, in der sie wohnten? Dann begriff sie, dass es Jill war – ihre alte Freundin Jill, die Möbel aus Müllcontainern zog. Wahrscheinlich würde ihr das Chaos nicht einmal auffallen.

Sie freute sich darauf, Jill zu sehen, und während sie auf sie wartete, machte sie ein paar Anrufe. Die erste Züchterin, mit der sie sprach, verkaufte Boxerwelpen für tausend Dollar. »Der Vater war ein Champion bei dem Futtermittelhersteller Eukanuba«, erklärte sie.

Cate war es egal, von welcher Champion-Linie die Welpen abstammten, sie bezahlte keinen Riesen für einen Welpen. Den zweiten Züchter konnte sie nicht erreichen, und der dritte klang äußerst vielversprechend.

»Ich habe noch einen hellbraunen mit weißen Pfoten und zwei weiße übrig«, sagte er freundlich. »Die weißen haben keine Papiere, weil man einen weißen Boxer nicht registrieren lassen kann. Ich verkaufe sie für einhundertfünfzig, und der hellbraune Welpe kostet dreihundert.«

»Wie sieht der hellbraune genau aus?«, wollte sie wissen.

»Er hat die für einen Boxer typische Farbe. Hellbraun mit ein paar weißen Flecken. Dieser Welpe ist weiß an den Pfoten, an der Brust und ein kleines bisschen im Gesicht.«

Es klang hinreißend, und sie vereinbarte, etwa eine Stunde später zu ihm zu kommen.

»Ich züchte auch Perserkatzen, weiße Hototkaninchen und Wachteln. Sind Sie vielleicht auch daran interessiert?«

An was für einem Ort lebte dieser Mann? »Ich denke, ich fange mit einem kleinen Hund an«, antwortete sie höflich. Mit Grease war ihr Bedarf an Katzen für den Augenblick gedeckt, und das Letzte, was sie brauchten, waren ein Kaninchen und wilde Vögel.

»Nun, Sie können es ja für die Zukunft im Hinterkopf behalten. Ich führe meine Kaninchen auf der Fachmesse vor. Sie sind Champions.«

Sie war nicht überrascht, dass er mitten in der Walachei lebte. Wo sonst könnte man einen kleinen Zoo halten, ohne die Nachbarn in den Wahnsinn zu treiben? Sie schrieb sich die Wegbeschreibung auf und verabschiedete sich.

Nachdem sie aufgelegt hatte, war sie froh, dass Jill sie begleitete. Sie hatte wie immer eine äußerst lebhafte Fantasie und glaubte, dass sich der Nachmittag wie die Handlung eines Romans von Mary Higgins Clark entwickeln könnte. Junge Frau meldet sich auf Anzeige von ›Hundezüchter‹. Fährt irgendwo in die Walachei, ohne jemanden darüber zu informieren, weil das Hündchen eine Überraschung für ihren Verlobten werden soll. Sie wird nie wieder gesehen, nachdem sie auf einen irren Serienmörder trifft, der seine Opfer mit Anzeigen für den Verkauf von Haustieren in die Falle lockt.

Als Jill eintraf, erzählte sie ihr sofort von diesem Horrorszenario, woraufhin diese äußerte: »Du solltest wirklich Schriftstellerin werden.«

»Wie meinst du das?«

»Weil diese Ideen, mit denen du immer ankommst, so kreativ sind. Hör dir doch mal selbst zu. Er ist kein Serienmörder! Er züchtet Hunde. Sicher ist er ein komischer Vogel, zweifellos. Aber er wird uns nicht umbringen. Ich habe in Ramona gelebt. Dort züchtet jeder irgendetwas. Es ist wie ein Gesetz. Meine Mutter züchtet Chinchillas.«

Für die Fahrt zu dem Züchter brauchten sie fünfundvierzig Minuten. Der letzte Teil führte sie eine einsame Schotterstraße entlang, an deren Seiten sich diverse selbst gefertigte Schilder mit den Aufschriften *Betreten verboten!*, *Langsam fahren!* und *Achtung Wachteln!* reihten.

Ein ausgewachsener Boxer, der dem glich, den der Züchter beschrieben hatte, lief ihnen entgegen. An seinem Bauch hingen überdimensionierte Zitzen.

Das Haus sah aus, als würde es bald einstürzen. Putzbrocken lagen auf dem Boden, und rostfarbene Streifen zogen sich über die Wände. Mehrere Aufkleber mit dem Abbild Jimmy Buffets zierten die Fenster, und Cate hatte noch nie so viel verrostetes Autozubehör gesehen. Verbeulte Radkappen und ein paar Lenkräder lagen auf dem kaum noch vorhandenen Rasen. Zwei Autowracks, deren Marke und Typ nicht zu erkennen waren, verrotteten neben der Einfahrt.

Drei kleine Kinder rannten auf Cates Volvo zu. Sie waren barfuß und hatten nackte Oberkörper. Offensichtlich machte es ihnen nichts aus, auf scharfkantige Gräser und Steine zu treten.

Eins von ihnen hielt ein Kaninchen in den schmutzigen Händen. »Kommen Sie wegen des Welpen?«, fragte es.

»Ja, genau«, antwortete sie und stieg aus dem Wagen.

»Okay, kommen Sie mit.« Geschmolzene Schokolade bedeckte das halbe Gesicht des vorwitzigen Jungen.

Das kleinste Kind zeigte auf Jill. »Warum sind deine Haare blau?«

»Ich weiß nicht … weil es mir so gefällt.«

»Mein Daddy fällt manchmal neben der Toilette in Ohnmacht, und ich frage mich immer, ob seine Haare von dem Wasser blau würden, wenn sein Kopf in der Toilette wäre.«

Cate und Jill wechselten einen Blick.

»Na ja, ich glaube, wenn es so wäre, würde es sich wieder rauswaschen«, meinte Cate.

»Das sagt meine Tante auch.«

Sie folgten den Kindern zu einer Hütte hinter dem Haus. »Dad!«, rief der älteste Junge. »Sie sind da!«

Ein Mann mit blondem, ergrauendem Haar, das ihm bis auf die Schultern reichte, tauchte auf. Er trug Mokassins und hatte Federn im Haar. An fast allen Fingern trug er Ringe mit Türkisen. »Hallo allerseits, ich bin Dan«, sagte er.

»Cate.« Sie streckte die Hand aus.

»Ich habe die Welpen in die Hütte gesteckt, weil ich nicht wollte, dass ihre Mutter euch beunruhigt.«

»Ist sie bösartig?«, fragte Cate.

»Nein. Sie ist nur richtig verspielt. Wahrscheinlich würde sie ständig an euch hochspringen.« Er öffnete die Tür der Hütte, und zwei weiße Welpen kamen herausgelaufen. Sie sprangen an Cates Waden hoch, und als Jill sich herunterbeugte, um sie zu streicheln, leckten sie ihr das Gesicht ab. Cate schaute in die Hütte und bemerkte einen kleinen hellbraunen Hund mit einer schwarzen Nase und weißen Pfoten, der sie beobachtete. Er sah ein bisschen verängstigt aus, als würde er sich fragen, wo seine Mutter war. Cate ging sofort auf ihn zu. Sie hob ihn hoch, und sein Blick war zum Dahinschmelzen.

»Mensch, Jill! Sieh ihn dir an.«

Sie keuchte. »Er ist so süß! Und er wirkt richtig sanft. Ruhige, stille Welpen sind immer am besten. Du willst ja keinen haben, der zu wild ist.«

»Für den da habe ich Papiere«, erklärte Dan. »Und er kostet dreihundert Dollar.« Die weißen Hündchen waren auch süß und außerdem billiger. Als sie die beiden miteinander balgen sah, fragte sie sich, ob es nicht eine bessere Idee wäre, nur einhundert Dollar auszugeben. Sie war ohnehin gegen das Züchten von Hunden. Andererseits konnte sie diesem kleinen hellbraunen Tierchen einfach nicht widerstehen. Seine traurigen runden Augen und seine weichen Ohren waren zu niedlich, um ihn nicht haben zu wollen. Außerdem hatte Jill recht. Das Letzte, was sie brauchten, war ein Hund, der nicht zu bändigen war. Zweihundert Dollar mehr auszugeben war es ihr wert, wenn der Hund einen sanften Charakter hatte.

Sie bezahlte Dan, und er gab ihr eine große Tüte mit Futter, die Papiere und die Aufzeichnungen über sämtliche Impfungen. Im Auto hielt Jill den Welpen auf dem Schoß, und er wimmerte, als sie losfuhren. Schließlich legte er seinen kleinen Kopf in Jills Schoß und schlief ein.

»Ethan fällt tot um, wenn er ihn sieht!«, meinte Cate, als sie die Schnellstraße erreichten.

»Das ist der allersüßeste Hund!«

Als sie nach Hause kamen, war Ethan noch nicht da. »Ich fahre jetzt, damit du ihn allein überraschen kannst«, meinte Jill. »Erzähl mir dann, wie es gelaufen ist.«

Cate überlegte, ob das Hündchen vielleicht hungrig war, und während sie eine alte Müslischüssel für sein Futter holte, pinkelte er auf den Küchenfußboden. »Ups«, sagte sie, während sie ihn schnell hochnahm und mit ihm in den Garten lief. »Mein Fehler. Ich hätte dich pinkeln lassen sollen, sobald wir aus dem Auto gestiegen sind. Wir werden daran arbeiten.«

Als sie ins Haus zurückkehrte, schnüffelte Grease misstrauisch an der Stelle herum, wo der kleine Hund seine Pfütze hinterlassen hatte. Er sah verblüfft aus, als er Cate bemerkte, und seine Augen wurden schmal, als er den Hund entdeckte. Sie dachte sich, dass sie die beiden Tiere genauso gut jetzt miteinander bekannt machen konnte, und so setzte sie den Welpen etwa eineinhalb Meter von Grease entfernt auf den Boden. Sie konnte nicht einschätzen, wie Grease reagieren würde.

Sie erwartete, dass Grease sich sofort auf die Zehenspitzen stellen würde, während sich die Haare auf seinem Rücken wie bei einem Kaktus aufstellten. Stattdessen pirschte er sich sofort an den Hund heran, und zwar auf allen vieren kriechend, als wäre er auf der Jagd. Als er ganz nahe herangekommen war, fauchte er dem Hündchen mitten ins Gesicht. Der Hund winselte nur nervös, während Grease seinen Körper beschnüffelte. Also war er wahrscheinlich nicht der Typ Hund, der Diebe in die Flucht schlug oder den Postboten anbellte, aber das war in Ordnung. Sie wollte keinen Hund, der ständig bellte. Grease fauchte wieder, bevor er davonlief und auf die Arbeitsplatte neben dem Spülbecken sprang, wo er sich mit der Säuberung seiner Pfoten beschäftigte.

Der Welpe war nicht daran interessiert, herumzulaufen und seine neue Umgebung auszukundschaften. Er saß einfach da und sah elend aus.

Während sie auf Ethans Rückkehr wartete, fragte sie den Anrufbeantworter ab. »Herzlichen Glückwunsch zum Geburtstag, Ethan. Hier ist Denise, und Janet ist bei mir.«

»Herzlichen Glückwunsch, Ethan!«, ertönte Janets Stimme aus dem Hintergrund.

»Wir haben versucht, dich zu erreichen, aber du gehst nicht ans Telefon. Jedenfalls sind wir wieder in der Nähe und dachten uns, wir kommen kurz vorbei. Ich habe auch eine Nachricht auf deinem Handy hinterlassen. Ruf uns doch an, wenn du es abhörst.«

Zu schade. Er trifft sich mit einem Kunden. Sie löschte die Nachricht und überlegte, ob sie ihm erzählen sollte, dass sie angerufen hatten. Sie wollte nicht, dass sie sich aufdrängten, insbesondere nicht, wenn sie ihn mit dem kleinen Hund überraschte. Er hatte ja wahrscheinlich die Nachrichten bekommen, die sie auf seinem Handy hinterlassen hatten.

Sie wollte gerade ein bisschen Futter in den Hundenapf schütten, als sie die Haustür aufgehen hörte. Sie nahm den Hund und stand auf.

Ethan ließ seine Aktentasche fallen, als er sie bemerkte. »Was?« Er zeigte auf den Hund und lachte. »Was ist das denn?«

»Ich habe ihn draußen gefunden, er war ganz allein.«

»Nein, das stimmt nicht. Oder doch?«

Sie schüttelte den Kopf. »Herzlichen Glückwunsch zum Geburtstag!«, sagte sie und hielt ihm den Welpen entgegen.

Ethan nahm ihn auf den Arm. »Er sieht genauso aus wie Rocky! Hellbraun mit weißen Pfoten.« Er hielt den Hund vor sich. »Er ist so süß!«

»Wirkt er nicht ziemlich traurig?« Sie blickten dem Hund in die traurigen Augen, während er in Ethans Händen baumelte.

»Ein bisschen«, antwortete Ethan. »Er muss sich ja erst an uns gewöhnen.« Er setzte ihn auf dem Boden ab, dann küsste er Cate. »Das ist der allerbeste Geburtstag!«

»Wie sollen wir ihn nennen?«, fragte Cate.

»Er muss nach einem berühmten Boxer benannt werden.« Er kauerte sich neben das Tierchen.

»Solange er nicht Mike Tyson heißt, ist es mir egal.« Sie sah dem Hündchen in sein langes Gesicht. Er wirkte nicht wie ein Kämpfer, aber er war Ethans Geburtstagsgeschenk, und er hatte deshalb auch das Recht, den Namen auszusuchen.

»Vielleicht hat er Hunger«, meinte Ethan. Sie stellten den Futternapf vor ihn, aber er war nicht interessiert. Stattdessen kroch er unter ihr Bett und schlief ein.

»Ich glaube, mit ihm stimmt etwas nicht. Warum ist er so traurig und lethargisch?«

»Ihm geht's gut«, sagte Ethan. Während der kleine Hund schlief, zogen sie die Namen jedes einzelnen Boxers, der ihnen einfiel, in Erwägung. Sugar Ray. Evander Holyfield. Muhammad Ali. Mehr als nur einmal war der Hund nahe daran, Sugar oder Ray genannt zu werden. Sie dachten darüber nach, ihn Sly nach Sylvester Stallone zu nennen, aber Ethans alter Hund hatte Rocky geheißen, und der Name war zu ähnlich. Schließlich einigten sie sich auf Oscar, nach Oscar De La Hoya.

Zur Essenszeit machte sie sich Sorgen um Oscar. Er spielte nicht. Er winselte nicht. Er bellte nicht. Er saß einfach da und hatte noch immer diesen traurigen Ausdruck in den Augen. »Im Ernst, glaubst du, mit ihm ist etwas nicht in Ordnung?«, fragte sie.

»Nö, er ist bloß nervös. Vielleicht auch ein wenig verängstigt.«

»Wahrscheinlich hast du recht«, meinte sie und versuchte sich zu beruhigen.

Grease verfolgte jede Bewegung des Welpen, hielt aber einen sicheren Abstand – manchmal kauerte er sich auf eine der Leitern, die wegen Ethans unvollendeter Projekte noch überall herumstanden.

Später am Abend unternahm sie einen kurzen Ausflug zu einem Buchladen, um ein paar Bücher zur Erziehung von Hunden zu erstehen. Als sie zurückkehrte, blockierte Janets schwarzer BMW ihren Briefkasten. Sie wünschte, sie wären gekommen, um zu erzählen, dass Janet in den Irak zog und Ethan endgültig

Lebewohl sagen musste, um dann für immer aus ihrem Leben zu verschwinden. Ihr war jedoch klar, dass sie Ethan wahrscheinlich zum Geburtstag gratulieren wollten.

Heliumballons versperrten den Flur, als sie das Haus betrat. Sie bahnte sich einen Weg und stieß auf Janet, die sich gerade Oscar vors Gesicht hielt. Prompt erwachte in Cate ein ausgeprägter Mutterinstinkt für den kleinen Hund. Sie hätte ihn Janet am liebsten weggenommen.

»O mein Gott!«, wimmerte Janet. »Das ist das Süßeste, was ich je in meinem Leben gesehen habe.«

Geschenkpapierfetzen bedeckten den Boden. »Sieh mal, was sie mir geschenkt haben«, sagte Ethan. Er hob einen großen Karton hoch. »Es ist eine Nagelpistole.« Sie war keine Expertin für Werkzeug, aber sie hatte das Gefühl, dass die Nagelpistole ein kleines Vermögen gekostet hatte.

»Wir haben uns gedacht, dass er eine eigene Nagelpistole braucht, weil er so ein guter Schreiner geworden ist«, erklärte Janet.

»Wir waren den ganzen Nachmittag im Baumarkt, um die Richtige auszusuchen«, fügte Denise hinzu.

Soweit sie sich erinnern konnte, hatte Denise ihm zum Geburtstag immer eine hübsche Karte und gelegentlich einen Geschenkgutschein für Starbucks oder eine Videothek überreicht. Noch nie hatte sie ein derartig teueres Geschenk springen lassen, und sie fragte sich, wie Ethan sich dabei fühlte, so etwas Schönes anzunehmen. Wenn er es nicht merkwürdig fand, dass seine Exfreundin ihm immer noch teure Geschenke kaufte, war er wahrlich absolut blind.

Sie blieben fast zwei Stunden lang, und Cate glaubte schon, sie würden nie wieder gehen. Janet wanderte durch ihr Haus und redete über Stellen, an denen Ethan mit seiner neuen Nagelpistole Holzleisten anbringen könnte.

Irgendwann während ihres endlos scheinenden Besuches stahl Cate sich davon und suchte über Google die genaue Marke und den Typ der Nagelpistole heraus. Ihre Kinnlade klappte fast auf die Tastatur, als sie sah, dass sie dreihundert Dollar gekostet hatte. Sie hatten je einhundertfünfzig Dollar für ihn ausgegeben? Sie gab nicht einmal für ihre engsten Freunde so viel Geld aus.

Endlich gingen sie, und sie war noch nie glücklicher gewesen, die Tür hinter ihnen schließen zu können. »Das ist ein teures Geschenk, das sie dir gemacht haben«, meinte sie. »Gibt Denise dir nicht gewöhnlich nur eine Glückwunschkarte?«

»Manchmal schenkt sie mir auch was.« Er setzte sich auf die Couch und streichelte das schlafende Hündchen.

»Geschenke, die dreihundert Dollar kosten? Und bei denen sie sich mit deiner Exfreundin zusammentut?«

»Na ja, weißt du, ich glaube, sie versuchen einfach nur zu helfen, und sie wissen ja, dass wir gerade in ein neues Haus eingezogen sind und jede Menge zu tun haben.«

»Ethan, es ist sonderbar. Ich meine ... wenn du das nicht sonderbar findest, weiß ich gar nicht, was ich sagen soll. Stell dir vor, ich würde hingehen und meinen Exfreunden teure Geschenke kaufen und sie besuchen, wann immer ich Lust dazu hätte.«

»Das würdest du nicht tun. Es war wahrscheinlich ohnehin Denises Idee. Sie weiß, wie gerne ich Zierleisten anbringen möchte, und sie war den ganzen Tag mit Janet zusammen. Wahrscheinlich hat Janet nur mitgemacht, um nett zu sein.«

Seine Naivität schockierte sie. Sie hatte ihn immer für einen intelligenten Menschen gehalten, und es machte sie wütend, dass er Janet und Denise nicht durchschaute. Sie versuchte, ruhig und vernünftig zu klingen, aber ihr Frust ließ ihre Geduld allmählich dahinschmelzen. »Du fühlst dich nicht unwohl, weil sie dir das geschenkt haben?«

»Oh, komm schon!« Jetzt schrie er, und davon wachte Oscar

auf. »Ich habe Geburtstag, Cate, verdammt noch mal! Sie haben mir etwas geschenkt – na und? Ich werde dich heiraten! Dich! Nicht Janet! Du musst nicht alles analysieren, was sie tun!«

Er machte ihr einen Vorwurf? Wieder hatte sie die dumpfe Ahnung, dass die beiden dummen Gänse, die diese Diskussion heraufbeschworen hatten, irgendwo zusammensaßen, um zu feiern. Dieser Streit war genau das, was sie bezweckt hatten. Sie wollten Cate in einem schlechten Licht erscheinen lassen. Ethan musste ihren Zorn gespürt haben, denn sein Gesichtsausdruck wurde weicher, und er kam auf sie zu. Er zog sie in seine Arme, aber sie erwiderte die Umarmung nicht.

»Es tut mir leid«, sagte er. »Ich wollte dich nicht anschnauzen. Ich verstehe ja, warum du aufgebracht bis. Mir würde es auch nicht gefallen, wenn dein Exfreund dir Geschenke machen würde.« Er küsste sie auf die Stirn, aber sie rührte sich nicht – sie sah ihn nicht einmal an. »Aber du musst doch verstehen, dass Janet nur nett sein will. Außerdem ist sie doch mit Ryan zusammen. Ich glaube, es läuft richtig gut mit den beiden.«

»Warum gibt sie dann ihr Geld nicht für ihn aus?«

»Ich habe es dir doch gesagt – wahrscheinlich war es Denises Idee. Sie weiß, wie viel mir das Haus bedeutet.«

Ihr fiel ein, dass Ryan bei ihrer Hochzeit Brautführer sein würde. Bedeutete das, dass Janet als seine Freundin zur Hochzeit kommen würde? Sie erinnerte sich, wie sie uneingeladen bei der Hochzeit in Playa del Carmen aufgetaucht war. Sie würde Ryan wahrscheinlich auch begleiten, wenn er nicht eingeladen worden war, einen Gast mitzubringen.

»Ich möchte Janet bei unserer Hochzeit nicht dabeihaben«, sagte Cate. Vielleicht war das kindisch, aber es war ihr egal.

Sie rechnete damit, dass er protestieren und ihr sagen würde, wie lächerlich ihr Benehmen wäre, da Janet die Freundin eines seiner engsten Freunde war. Er nickte jedoch. »Das verstehe ich.

Wir überlegen uns einen Weg, Ryan wissen zu lassen, dass sie nicht willkommen ist.«

»Ich will auch nicht mehr, dass sie ständig zu uns kommen.«

Er schwieg einen Moment. »Sieh mal, wir hatten so einen tollen Tag.« Er sah zu Oscar hinüber. »Ich möchte nicht mit dir streiten. Lass uns den Tag nicht verderben.«

»In Ordnung. Du hast recht. Ich will an deinem Geburtstag nicht mit dir streiten.« Vielleicht zog sie voreilige Schlüsse. Vielleicht hatte er tatsächlich recht, und das Geschenk war lediglich eine nette Geste, ihnen bei der Einrichtung ihres neuen Domizils zu helfen. So oder so, sie konnte keine von beiden ausstehen. Sie konnte genauso jetzt damit anfangen, sich an Denise zu gewöhnen, weil sie nicht weggehen würde. Die Vorstellung, mit ihr verwandt zu sein, war beunruhigend, aber sie musste sich daran gewöhnen.

Der auf den kleinen Disput folgende Versöhnungssex war unglaublich. Den Rest des Abends lasen sie in den neuen Büchern und diskutierten über Möglichkeiten, den Hund zu erziehen. Es war fast so, als würden sie zum ersten Mal Eltern werden.

Oscar schlief die meiste Zeit, und wenn er wach war, sah sein Gesichtsausdruck aus, als wäre er gekidnappt worden. Während der Nacht winselte er zweimal. Abwechselnd gingen sie mit ihm raus, sahen zu, wie er sein Bächlein machte, und lobten ihn dann, wie es in den Büchern stand. Nach ihrem zweiten Ausflug nach draußen hatte Cate Probleme wieder einzuschlafen. Sie konnte an nichts anderes denken als an das Flattern von Ethans Blick, als sie ihm mitgeteilt hatte, sie wolle Janet nicht bei ihrer Hochzeit dabeihaben. Sie war sich nicht sicher, ob er traurig war oder ob er bloß Furcht empfand. Furcht, Ryan sagen zu müssen, dass sie nicht mitkommen konnte. So oder so, es quälte sie.

22. Ein Monster wird geboren

Am folgenden Morgen wurden sie von Geheul geweckt. Es hatte keine Ähnlichkeit mit dem schwachen Winseln des Vorabends. Dies hier war hohes verzweifeltes Heulen. Cate schoss aus dem Bett und lief zu Greases Korb, der einstweilen als Oscars Korb diente. Der Welpe wedelte mit seinem kurzen Stummelschwanz, und seine kleinen Pfoten pressten sich gegen ihre Brust, als sie vor ihm niederkniete. Dann begann er wie wahnsinnig das Gesicht abzulecken. Seine Zunge kitzelte sie im Gesicht, und sie war erleichtert, das Tier etwas lebendiger und fröhlicher als am Vortag zu sehen.

Sie warf einen Blick auf die Uhr. Sechs Uhr. Eigentlich wollte sie während der letzten Tage ihrer Sommerferien nicht gerade bei Sonnenaufgang aufstehen, und sie betete, dass der Welpe wieder einschlafen würde, nachdem er draußen sein Geschäft erledigt hatte. Sie trug ihn in den Garten hinter dem Haus und wartete benommen fünfzehn Minuten lang, bis er schließlich sein kleines Beinchen hob und an ihren Grill pinkelte. Sie nahm ihn wieder auf den Arm und ging ins Haus zurück. Ethan schlief noch, und sie beneidete ihn. Sie versuchte, Oscar wieder in den Korb zu legen, aber er wand sich in ihren Armen wie wild. Als es ihr schließlich doch gelungen war, ihn hineinzubugsieren, legte er den Kopf auf die Seite und sah sie an, als wäre er verwirrt.

»Schlaf noch ein bisschen«, flüsterte sie.

Sie kletterte ins Bett und genoss eine ruhige Minute, bevor das Geheul begann. Ethan drehte sich um. »Ich glaube nicht, dass er noch mal schlafen wird«, brummte er.

Sie konnte sich nicht erinnern, was das Hundebuch dazu sagte. Sollte sie ihn weinen lassen, damit er lernte, wieder einzuschlafen, oder sollte sie ihn aus dem Korb nehmen? Nachdem sie ein paar Minuten seinem verzweifelten Heulen gelauscht hatten, gab es nur eine Antwort. Sie musste ihn herausnehmen. Er hörte sich an, als würde er gefoltert, und sie konnte nicht glauben, dass aus einem derart kleinen Körper so lauter Lärm kommen konnte.

Vielleicht würde er sich bei ihnen im Bett zusammenrollen. Scheinbar begeistert, dass Cate wieder da war, rannte er im Kreis herum. Sie setzte ihn aufs Bett, und sofort leckte er Ethans Gesicht ab. Als er davon genug hatte, nahm er eine Ecke seines Kopfkissens zwischen die Zähne und zerrte daran. Er biss so fest zu, dass Federn herausquollen und er den Bezug zerriss.

»Nein«, sagte Ethan fest, als er das Maul vom Kissen löste. »Wir können ihn nicht so auf Dingen herumkauen lassen«, meinte er.

Sobald Ethan ihn absetzte, rannte er zu Cates Kopfkissen und wiederholte das Spielchen.

Mittags war offensichtlich, dass Oscars früherer Charakter, der eines sanften, verängstigten kleinen Hündchens, nur Schauspielerei gewesen war. Der Welpe, der an diesem Vormittag durch ihr Haus tobte, hatte nichts mit dem schüchternen Hund gemeinsam, den sie gestern mitgebracht hatte. Er war außer Rand und Band. Wenn sie ihn eine Sekunde aus den Augen ließen, kaute er auf Elektrokabeln herum oder nagte Tischbeine an. Er zerrte an Müllbeuteln und pinkelte auf den Fußboden. Sobald sie eine Pfütze aufgewischt hatte, drehte sie sich um und durfte sehen, wie er die nächste produzierte.

Grease musste nur ein einziges Mal mit der Pfote ausholen, und Oscar verstand, dass die Katze nicht daran interessiert war, Freundschaft zu schließen. Leider war das anscheinend die einzige Sache, die Oscar lernte. Er wollte mit allem spielen, mit dem er nicht spielen sollte, und ließ die Spielsachen, die sie extra für ihn gekauft hatte, links liegen.

Ethan hatte einen Termin mit einem Kunden, und sie musste dringend in den Kindergarten gehen, um ihren Gruppenraum vorzubereiten. Ihn in Greases Transportbox zu lassen, bis sie am Abend zurückkehrten, kam nicht in Frage. Bis sie eine größere Box gekauft hatten, musste er im Badezimmer eingeschlossen bleiben. Sie konnte ihn nicht im Haus allein lassen.

Sie lenkte ihn mit einem Spielzeug ab, dann schlüpfte sie aus dem Badezimmer und schloss die Tür hinter sich. Sie nahm ihre Autoschlüssel und ein paar Kartons mit Kindergartenzubehör, als sie ihn wie einen verwundeten Kojoten heulen hörte. Seine Schreie zu hören brach ihr das Herz, aber sie musste zur Arbeit fahren. Sie hatte fünfzig Millionen Dinge zu tun, bevor der Kindergarten wieder eröffnete. Sie überlegte, ob sie ihn mitnehmen sollte, aber wahrscheinlich würde er den ganzen Gruppenraum vollpinkeln, wie er es zu Hause getan hatte. Sein Heulen war so laut, dass sie ihn bis zu ihrem Auto hören konnte. Sie musste ihre ganze Willenskraft aufbieten, um wegzufahren.

Sie sortierte ihre Wandbordüren durch und überlegte, welche für den ersten Kindergartentag am besten aussehen würde. Sie wollte, dass der Raum hell und freundlich wirkte. Sie stand oben auf einer Leiter, als ihre neue Assistentin vorbeikam, um sich vorzustellen.

Simone war Anfang zwanzig und hatte schulterlanges lockiges kastanienbraunes Haar.

»Ich freue mich, Sie kennenzulernen.« Ihr französischer Akzent war schwach und größtenteils kaum wahrnehmbar, und sie hatte eine kräftige Stimme. Mit ihrer resoluten Ausstrahlung nahm sie Cate auf der Stelle für sich ein. Die Kinder würden sie lieben, das wusste Cate jetzt schon. »Und Glückwunsch! Ich habe von Ihrer Verlobung gehört!«

»Danke. Anscheinend verbreiten sich Neuigkeiten hier schnell.« Sie kletterte von ihrer Leiter.

»Also werden Sie nicht mehr lange Miss Padgett heißen. Wie wird denn Ihr neuer Nachname sein?«

Cate schwieg einen Augenblick. Sie hatte sich noch gar nicht richtig mit der Änderung ihres Namens befasst. Ihr war immer klar gewesen, dass ein Namenswechsel unvermeidbar war, aber zum ersten Mal seit ihrer Verlobung realisierte sie, dass sie nicht mehr lange Cate Padgett sein würde. »Blakely. Ich denke, Miss Blakely, ich meine Mrs. Blakely.« Es klang so alt, und wer war überhaupt Cate Blakely?

»Darf ich mal Ihren Ring sehen?«

Cate streckte die Hand aus, beachtete Simones Komplimente aber kaum, sondern dachte immer noch über ihren neuen Namen nach.

Sie erinnerte sich, wie sie heimlich Cate Blakely auf Zettel geschrieben hatte, die dann sofort im Reißwolf landeten, als sie davon geträumt hatte, sich zu verloben. Während ihrer Hochzeitsfantasien hatte sie nie überlegt, wie seltsam es sein würde, einen anderen Namen zu bekommen. *Cate Blakely.* Der Name wiederholte sich in ihrem Kopf wieder und wieder, und je mehr sie darüber nachdachte, desto mehr wollte sie sich verzweifelt daran festklammern. Sie überlegte, ob sie auf ihren zweiten Vornamen verzichten und Cate Padgett Blakely werden sollte. Agnes war ohnehin kein besonders reizvoller Name. Würde ihre Mutter ausflippen, wenn sie ihren Zweitnamen fallen ließ? Es war schließlich auch der Name ihrer Tante. Vielleicht würde sie ihren Namen nie wirklich ändern. Sie könnte Blakely heißen, wenn sie mit Ethan zusammen war, und bei der Arbeit Mrs. Padgett statt Miss Padgett sein. Es war so verwirrend.

»Sie haben sicher einigen Stress wegen der Hochzeit, ich würde Ihnen gerne so viel wie möglich hier im Kindergarten helfen.«

»Danke«, sagte Cate, die aus ihren Gedanken gerissen wurde. »Ich werde Ihnen zeigen, was ich für den ersten Tag vorbereiten möchte.« Sie gingen ihre Unterrichtspläne durch, und Cate sprach über ihre Ideen für die folgende Woche.

Auf dem gesamten Heimweg dachte sie über den Namenswechsel nach. Vielleicht wäre es bequemer, einfach ihren Namen zu behalten. Aber Ethan wäre am Boden zerstört, wenn sie seinen Namen nicht annehmen würde. Dann dachte sie an ihre Kinder. Wollte sie wirklich einen anderen Nachnamen als sie haben? Nein. Wahrscheinlich würde sie eine Weile brauchen, sich daran zu gewöhnen, eine Blakely zu sein. Sie würde einfach nach und nach damit beginnen, seinen Namen zu benutzen, und dann würde sie schließlich irgendwann Padgett für immer fallen lassen müssen.

Als sie nach Hause kam, heulte Oscar immer noch. Sie konnte ihn schon von der Straße aus hören, als sie die Post holte. Ein champagnerfarbener Umschlag hob sich von den Werbesendungen ab. Sie sah den Absender ihrer Schwester und wusste, dass es sich um die Einladung zur Geschenkparty handeln musste. Schnell betrachtete sie die Einladung, während sie Richtung Badezimmer ging. Sie war genauso, wie es sich für die Geschenkparty einer Hochzeit gehörte – süß und bräutlich und blumig. Sie kannte bereits die meisten Details rund um das Ereignis. Emilys Haus in der Stadt war nicht besonders groß, weshalb die Party im Haus ihrer Eltern stattfinden würde.

Ocscars Geheul war so laut, dass sie schnell die Einladung weglegte, um ihn herauszulassen. Sie war überzeugt, ihn genau am selben Ort vorzufinden, bis sie die Tür öffnete. Sie fand einen Saustall vor. Ihr Badezimmer war buchstäblich mit Toilettenpapier gepflastert. Während er begeistert an ihren Waden hochsprang, betrachtete sie die leere Papprolle auf dem Toilettenpapierspender. Er hatte offensichtlich einen Streifen herabhängendes Papier gepackt und die gesamte Rolle abgerollt. Es war nicht das Einzige, was er in Fetzen gerissen hatte. Er hatte sämtliche Handtücher von der Wand gerissen, und cremefarbene Frotteestücke lagen wie alte Lumpen auf dem Boden verstreut.

Die Zunge hing ihm aus dem Maul, als sie auf ihn herabblickte, und er war außer Atem. Wie sie erwartet hatte, war das ganze Linoleum vollgepinkelt, aber es war nicht viel Arbeit, es aufzuwischen, da das Toilettenpapier und die Handtücher das meiste davon aufgesaugt hatten. Sie brauchte einen ganzen Müllbeutel, um das Chaos, das er angerichtet hatte, zu beseitigen. Grease sah aus schmalen Augen zu, wie sie aufräumte. Sie rechnete beinahe damit, dass die Katze sich räuspern würde, um ihr zu sagen, was für ein Idiot sie gewesen war, als sie einen Hund angeschafft hatte.

Sie fragte sich allmählich, ob sie das Richtige getan hatte. Vielleicht wäre es doch die beste Lösung gewesen, einen Gutschein von einem Baumarkt zu besorgen. Sie blickte zu Oscar hinab, der zu ihr aufblickte. Sein gutes Aussehen war das Einzige, was für ihn sprach.

Der Rest der Woche verging schnell. Sie jonglierte mit ihrer Zeit, um Oscar davor zu bewahren, in Schwierigkeiten zu geraten, und sich auf den Kindergarten vorzubereiten. Zwischen Teambesprechungen und der Einrichtung ihres Gruppenraums brachte sie ihn zum Tierarzt, der ihm die nötigen Spritzen setzte, und verbrachte einige Zeit mit dem *Versuch*, ihn zu erziehen. Ethan arbeitete viel außer Haus, weshalb sie die Verantwortung für den Hund übernahm. Sie fragte sich, ob sie je wieder eine Nacht würden durchschlafen können oder ob ihr Leben je wieder so werden würde, wie es gewesen war. Der Hund war wie ein Duracell-Hase. Seine Energie war unerschöpflich.

Er fraß Greases Verdauungsreste direkt aus dem Katzenklo. Weitere Lieblingssnacks waren vergammeltes Gemüse, Papiertücher und wochenalte Fleischreste aus vollen Müllbeuteln, die er auseinanderriss. Natürlich hatte er nach diesen ganzen Köstlichkeiten keinen Platz mehr für teures Welpenfutter. Stattdessen erfüllte er das Haus mit den übelsten Blähgasen, die Cate in ihrem ganzen Leben gerochen hatte.

Obwohl Grease auch ein ziemlicher Plagegeist gewesen war, dachte sie allmählich, dass Katzen die einzig wahren Haustiere waren. Sie hatte ihm nur ein einziges Mal zeigen müssen, wo sein Katzenklo stand, und er hatte sein Geschäft noch nie woanders erledigt. Abgesehen von der ein oder anderen Vase und seiner Feindseligkeit gegenüber der französischen Puppe, hatte er eigentlich nicht viel zerstört. Oscar jedoch zerstörte alles, was in die Nähe seiner Zähne gelangte. Aus Ethans Sandalen hatte er Gummihackfleisch gemacht. Drei Sonnenbrillen waren zu Plastikkonfetti geworden. Abfall musste auf der Arbeitsplatte abgelegt werden, und sämtliche Tischbeine waren mit kleinen Bissspuren überzogen. Aber obwohl er sich als kleines Ungeheuer entpuppt hatte, blieb er nach wie vor hinreißend, und Cate konnte ihre mütterlichen Gefühle für ihn nicht leugnen. Wenn sie im Kindergarten war, hatte sie Angst, Ethan könnte ihn aus den Augen lassen und Oscar würde ein Elektrokabel durchnagen und einen tödlichen Stromschlag erleiden. Sie war traurig, wenn sie beide das Haus verlassen mussten, und er heulte, als würden sie ihm Schmerzen zufügen.

Am Sonntag vor Kindergartenbeginn hatte sie ein wenig freie Zeit und beschloss, an den Strand zu gehen. Sie war länger nicht mehr dort gewesen, und die Chance, das Meer zu sehen, würde es, sobald sie wieder arbeiten musste, so schnell nicht mehr geben. Ethan richtete eine Geburtstagsfeier aus, und sie brachte es nicht über sich, Oscar allein zu lassen. An den meisten Stränden in San Diego waren Hunde nicht erlaubt, weshalb sie sich entschloss, zur Strandpromenade von Pacific Beach zu spazieren. Vorher verabredete sie sich noch mit Jill.

»Ist das derselbe Hund?«, fragte Jill, sobald sie sie entdeckte. »Er ist so groß geworden!«

»Das stimmt. Ich glaube, er wird mal riesig«, erwiderte Cate und zog an der Leine. Seit sie die Leine an seinem Halsband eingehakt hatte, versuchte er, sich loszureißen. Er zerrte so heftig, dass er sich beinahe selbst erwürgte.

An der Strandpromenade spazieren zu gehen war unmöglich. Oscar zog so heftig, dass Cate beinahe im Laufschritt hinter ihm herhecheln musste. Außerdem mussten sie alle fünf Sekunden stehen bleiben, weil jemand ihn streicheln wollte.

»Sieh dir den an!«, hörten sie alle zehn Schritte eine Stimme kreischen. »Er ist so süß! Darf ich ihn mal streicheln?« Gewöhnlich waren es Frauen und gelegentlich auch mal ein Kind, und Cate taten sie immer grauenhaft leid, wenn sie sich vor Oscar hinknieten und glücklich lachten, wenn er ihnen das Gesicht ableckte, nachdem er zuvor Abfall und Katzenkacke gefressen hatte.

Sie waren noch nicht einmal zehn Minuten auf der Strandpromenade unterwegs, als sich schon eine kleine Menschenmenge um sie versammelt hatte.

»Er ist das entzückendste Hündchen, das ich je gesehen habe!«, sagte eine Frau, die im Bikini Rollerblades fuhr.

»Können wir auch einen bekommen?«, fragte ein kleiner Junge seine Mutter.

»Ich möchte auch einen kleinen Hund«, jammerte ein anderes Kind.

»Wo haben Sie diesen Hund her?«, fragte ein Mädchen auf einem Fahrrad.

Sie wollte gerade antworten, als sie ein paar ihr vertraute sandige Füße neben Oscar bemerkte. »Du hast dir einen Welpen zugelegt?«, meinte Nate und beugte sich hinunter, um den Hund zu streicheln.

»Ja.« Sie wollte ihm erzählen, dass der Hund ein Geschenk für ihren Verlobten gewesen war, aber aus Gründen, die sie nicht verstand, konnte sie die Worte nicht herausbringen. »Das ist Oscar.«

»Er ist ein hübscher kleiner Hund«, sagte er, schaute dabei aber nicht den Hund an. Sein Blick war auf sie gerichtet. »Ich habe dich vermisst«, sagte er und grinste durchtrieben.

Er hatte sie vermisst? Ihr Herz raste aufgeregt, und sie hatte Schmetterlinge im Bauch. Sie hatte dieses Gefühl von Aufgeregtsein, wenn ein attraktiver Typ mit ihr flirtete, seit Jahren nicht mehr erlebt. Es war wundervoll. »Du äh … äh, wirklich?«

Er nickte. »Ich habe mich öfters gefragt, wo meine Freundin vom Strand wohl steckt, da ich dich seit einer ganzen Weile nicht mehr gesehen habe.«

»Na ja, ich war sehr beschäftigt mit …« *Sag es. Sag es, du betrügerische Schlampe! Sag ihm, dass du heiraten wirst!* »Ich war mit Oscar beschäftigt, und ich musste mich auf meine Arbeit vorbereiten.« Es stimmte alles. Es war nur nicht die ganze Wahrheit.

»Das Angebot, dir Surfunterricht zu geben, steht noch.« Fast wünschte sie sich, das Angebot stünde nicht mehr. Das bloße Wissen, dass das Angebot bestand, machte ihr das Herz schwer. Es wäre einfacher, wenn er nach Tahiti ziehen würde, um dort von morgens bis abends auf seinem Brett zu stehen. Auf die Weise müsste sie ihn nie wiedersehen und würde nicht ständig daran erinnert, was sie verpasste.

»Danke. Das ist wirklich nett von dir.«

»Du weißt, wo du mich findest.« Seine Grübchen waren beinahe unwiderstehlich. Er nickte, bevor er mit seinem Surfbrett davonging. Sie sah, wie das Wasser an seinem gebräunten Rücken herunterperlte.

»Wer zum Teufel war das denn?«, wollte Jill wissen, sobald er außer Hörweite war.

Cate sah sie an und merkte, dass sie, solange sie sich mit ihm unterhalten hatte, in einer anderen Welt gewesen hatte. Oscar hätte entführt werden können, und sie hätte es nicht gemerkt.

»Niemand«, sagte Cate schwach.

»Das war nicht *niemand*. Das war der heißeste Typ, den ich in meinem ganzen Leben ja gesehen habe.«

»Ja, er ist recht süß.« Sie sah, wie Oscar am Handtuch einer Frau zerrte.

»Er hat mit dir geflirtet«, sagte Jill. »Er hat dir Surfstunden angeboten.«

Sie überlegte, ob sie Jill erzählen sollte, dass sie ihn jedes Mal getroffen hatte, wenn sie am Strand gewesen war, und wie umwerfend sie ihn fand und dass ihr jedes Mal das Herz schwer wurde, wenn ihr klar wurde, dass die Tage vorbei waren, an denen sie mit sexy Jungs am Strand flirten und herumknutschen konnte. Jedoch erschreckte es sie zu Tode, das zu empfinden. Sie fühlte sich wie eine üble, schreckliche Person. Sie konnte sich nicht vorstellen, was Jill von ihr denken würde, wenn sie ihr erzählte, dass sie gerne die aufregende Erfahrung machen würde, jemand Neues kennenzulernen, obwohl ihre Hochzeit in wenigen Wochen stattfinden würde.

»Er ist bloß ein Typ, dem ich zufällig jedes Mal begegne, wenn ich an den Strand komme. Er ist mir völlig wurscht. Wirklich, ich hatte vergessen, dass es ihn überhaupt gibt.« Nachdem sie die Worte ausgesprochen hatte, spürte sie, dass Jill die Wahrheit kannte.

23. Wieder im Kindergarten

Während der ersten Kindergartenwoche wachte sie früh auf. Sie war um fünf Uhr morgens hellwach. Es war das Lampenfieber vor der ersten Woche, das sie jedes Jahr hatte. Sie wusste, dass sie sich in einigen Wochen gegen den Wecker wehren und sich verzweifelt wünschen würde, sie könnte noch ein paar Minuten länger schlafen. Bis der gewohnte Gang sich wieder einstellte, würde ihr Körper überdreht sein.

Trotz ihrer Aufregung freute sie sich auch ein bisschen darauf, den ganzen Tag aus dem Haus zu kommen. Jeden Tag bei ihrer Heimkehr aus dem Kindergarten hoffte sie, dass Ethan wie durch ein Wunder hart gearbeitet hätte. Sie hatte Visionen, wie sie das Haus betrat und einen Dielenboden sah, außerdem ein Sofa, auf dem man liegen konnte, und einen Küchentisch. Aber jeden Tag kehrte sie nach Hause zurück, und er saß auf ihrem Bett, Oscar kaute zu seinen Füßen auf irgendeinem teuren Einrichtungsgegenstand herum, während er mit einem Kunden plauderte. Sie war versucht, eine Firma damit zu beauftragen, die Arbeiten für sie zu Ende zu führen. Aber dann erinnerte sie sich daran, dass sie vom Gehalt einer Erzieherin lebte und sich glücklich schätzen konnte, wenn sie sich einen Teenager zur Unterstützung holen konnte.

Die ersten Unterrichtswochen dienten den Kindern hauptsächlich zur Orientierung. Die Kleinen sollten sich wohl fühlen, und sie konnte sie kennenlernen. Sie führte sie im Kindergarten herum und erzählte ihnen von ihrem Sommer. Sie zeigte ihnen Fotos von Oscar und Ethan und erklärte ihnen, dass sie heiraten würde.

Sie fragten, ob sie den kleinen Hund einmal mitbringen könnte, um ihn vorzuführen. Sie hatte Visionen, wie Oscar durch den Kindergarten tobte, alles, was ihm im Weg stand, umwarf, einen Graben von der Größe eines Swimmingpools im Sandkasten grub und das Mittagessen der Kinder aß, wenn sie nicht aufpassten.

»Nein, ich glaube nicht, dass Oscar euch besuchen kann. Aber wenn jemand einen Hamster hat, den er mitbringen möchte, können wir das vielleicht arrangieren.«

Sie fand schnell heraus, wer das interessanteste Kind des Jahrgangs sein würde. Sein Name war George Franklin, und er war der einzige Junge, der sein Mittagessen in einer rosa-schwarzen Schminktasche von Lancôme mitbrachte. Es handelte sich um eins dieser Werbegeschenke, die man manchmal beim Kauf von Dingen gratis dazubekam. Cate erkannte die Tasche von einem Sommerschlussverkauf wieder. Seine Mutter, eine kräftige Frau mit fleischigen Händen und einem tuntenhaften Zottelhaarschnitt, schickte ihn durch die Tür des Gruppenraums und stürzte davon, bevor er merken konnte, dass sie ging.

»Das ist eine hübsche Tasche für dein Mittagessen«, sagte Cate.

Er nickte. »Ich habe meine Tasche heute Morgen in den neuen Safe meiner Eltern eingeschlossen, und sie kennen die Kombination nicht.« Seine kleinen Pausbacken sahen aus, als wären sie mit Watte ausgestopft, als er sie angrinste. »Meine Mom hat gerade alle Einkaufstüten zum Recycling gegeben, und deshalb hat sie gesagt, ich muss das hier mitnehmen.« Er hob die Tasche hoch.

»So so, dann würde ich mal sagen, dass der ›Best Fashion Award‹ des heutigen Tages an dich geht. Möchtest du gerne ein Bild malen oder ein Buch ansehen?« Am ersten Tag eines jeden neuen Kindergartenjahres, wenn die Kinder zum ersten Mal kamen, stellte sie ihnen zur Wahl, entweder ein Buch anzusehen oder etwas zu malen. Es war ein guter Weg, sie von der Trennung von ihren Eltern abzulenken, und außerdem brauchte sie die Zeit, um sich mit allen Eltern und Kindern bekannt zu machen.

»Ein Buch lesen.« Er war das einzige Kind, das sich für ein Buch entschieden hatte. Sie schickte ihn zu dem kleinen Teppich vor dem Regal, um sich ein Buch auszusuchen und es sich ruhig anzusehen, bis der Unterricht anfing. Seine molligen Oberschenkel gingen ansatzlos in seine Knie über, und sie sah ihm nach, wie er davonwatschelte.

Einige Tage später bat sie die Kinder nach der im Freien verbrachten Pause, sich in einer Reihe aufzustellen, damit sie geordnet in den Gruppenraum zurückgehen konnten. Alle außer George stellten sich an. Er saß gegen die Mauer gelehnt, hatte die Knie an die Brust gezogen und die Arme um die Knöchel geschlungen.

»George!«, rief sie. »Es ist Zeit, sich in einer Reihe aufzustellen!« Er blickte weg.

»George, bitte stell dich an«, forderte sie ihn nochmals auf.

Er drehte den Kopf noch weiter von ihr weg.

Sie ging zu ihm. Ihre Stimme war sanft und freundlich, als sie ihn fragte: »George, warum stellst du dich denn nicht an?«

Er schwieg einen Augenblick. »Ich kann nicht.«

»George, natürlich kannst du. Du hast die ganze Woche alles super hinbekommen. Hast ein gutes Beispiel für die anderen Kinder abgegeben. Ich weiß, dass du dich in die Reihe stellen kannst.«

»Nein, ich kann nicht.«

»Hast du dir weh getan?«

Er schüttelte den Kopf. Die anderen Kinder warteten, und Simone leistete ganze Arbeit, indem sie sie mit dem Singen von *Die Räder vom Bus* beschäftigte. Cate wusste, dass es nicht mehr lange dauern würde, bevor sie kribbelig werden würden und Simone sie nicht mehr in Zaum würde halten können. Es würde ein langes

Jahr werden, wenn George so viel Aufmerksamkeit brauchte. Sie bückte sich zu ihm herunter und berührte seinen Arm. »George, sag mir, warum du dich nicht anstellen möchtest.«

»Weil ich nicht kann.«

Vielleicht hatte er in die Hose gemacht, und es war ihm peinlich aufzustehen. In der ersten Kindergartenwoche verließ immer mindestens ein Kind mit nasser Unterwäsche in einer verschlossenen Tüte den Kindergarten. »George, gibt es etwas, was du mir erzählen möchtest?«

»Ich kann mich nicht in die Reihe stellen.«

»Hast du einen Unfall gehabt?«

Er schüttelte den Kopf, und sie fragte sich, ob das alles ein Hilfeschrei war, um Aufmerksamkeit zu erregen.

»Nein, ich kann mich wirklich nicht anstellen.« Dann hob er die Hände hoch und zeigte seine Schuhe. Die grauen Schnürsenkel seiner Turnschuhe waren mit unzähligen winzigen Knoten aneinandergeknotet. Sie sah, wie er versuchte, die Füße zu bewegen. Während die anderen Kinder Ball gespielt und sich gegenseitig auf den Schaukeln angestupst hatten, hatte George an der Mauer gesessen und seine Schuhe aneinandergeknotet.

»Ach so!« Sie versuchte, den ersten Knoten zu lösen, aber er war zu fest. Sie hätte etwas Spitzes hineinschieben müssen, um die Knoten lösen zu können.

»Okay«, meinte sie. »Du wirst deine Schuhe ausziehen und auf Socken in den Gruppenraum zurückgehen.« Es war die einzige Alternative. Sie konnten nicht den Rest der Klasse aufhalten, während sie seine Schuhriemen aufknotete. Sie würden sonst den ganzen Nachmittag singen müssen. Es war vorgeschrieben, dass alle Kinder Ersatzkleidung für Notfälle dabeihatten, aber niemand brachte ein zweites Paar Schuhe mit. Es war eine schwierige Aufgabe, ihm die Schuhe von den Füßen zu zerren. Er hatte die Knoten so eng geknüpft, dass die Schnürsenkel so eng wie ein Korsett von Scarlett O'Hara waren. Er hatte sich praktisch die Durchblutung abgeschnitten.

Für den Rest des Tages trug er nur Socken, sang und malte mit Fingerfarben. Sie schickte ihn mit einer Einkaufstüte nach Hause, in der sich seine Schuhe befanden.

Auf dem Heimweg hörte sie sich eine CD des Streichquartetts an, das während der Trauung spielen würde. Die CD war vor einigen Tagen per Post gekommen, mit der Bitte, die Stücke auszuwählen, die bei dem Ereignis gespielt werden sollten.

Sie hatte immer zu den Klängen des Kanon in D-Dur auf den Altar zuschreiten wollen, aber schon die ersten Takte des Stückes ließen ihr die Tränen in die Augen steigen. Sie hatte noch nie etwas Ähnliches empfunden und konnte das Gefühl auch nicht genau beschreiben. Es waren keine Tränen der Traurigkeit, aber auch keine der Freude. Es war ein bittersüßes Gefühl, so ähnlich wie der Besuch bei Verwandten und die Traurigkeit, wenn man sich verabschiedete. Sie hatte das Gefühl, sich von etwas zu verabschieden, konnte aber nicht präzise bestimmen, was es war. Sie freute sich sehr, Ethan zu heiraten. Sie liebte ihn mehr als alles andere auf der Welt, aber trotzdem hatte sie das Gefühl, sich zu verabschieden. Vielleicht waren es ihr Name und die Tatsache, dass sie nicht mehr mit sexy Surfern flirten durfte, wenn sie erst einmal verheiratet war. Oder vielleicht war es die Tatsache, dass sie nie wieder das kleine Mädchen ihres Vaters sein würde, wenn der sie erst einmal zum Altar geführt haben würde. Es waren so viele Dinge.

In ihren ganzen Hochzeitsträumen und Fantasien hatte sie sich nie ausgemalt, dass sie so gerührt sein würde. Als sie die Schnellstraße erreichte, flennte sie, und sie fragte sich, ob sie ein Musikstück auswählen sollte, das sie nicht mochte. Vielleicht würde ein Stück, das sie nervte, sie davon abhalten, auf dem ganzen Weg den Gang zum Altar entlang wie eine Närrin zu heulen.

Wieder war sie über sich selbst schockiert. Es war schwer zu glauben, dass sie sich überhaupt sorgte, eine Braut zu sein, die weinte. Sie vergoss normalerweise nicht einmal bei den schlimmsten Liebesschnulzen Tränen.

Bis sie in Escondido eintraf, hatte sie ihre Gefühle wieder unter Kontrolle. Jegliche Traurigkeit verflog in dem Augenblick, als sie Ethan mit einer Farbrolle auf einer Leiter stehen sah. Er strich an! Die Wände würden bald nicht mehr wie weißer Pappkarton aussehen, und nachdem sie fast zwei Monate im Chaos gewohnt hatten, würden sie endlich ihre Fußböden wieder sehen können. Der Refrain eines klassischen Liedes, das sie eben im Auto gehört hatte, schoss ihr durch den Kopf. *Halleluja! Halleluja! Halleluja!*

»Soll ich dir helfen?«, fragte sie. Sie bemerkte einen Streifen getrockneter Farbe auf seiner Wange.

»Klar«, antwortete er grinsend. »Warum gehst du nicht ins Schlafzimmer und ziehst dir ein paar Anstreicherklamotten an.«

»Okay.« Sie brachte ihre Schultasche und ihre Handtasche ins Schlafzimmer. Sie kreischte fast vor Freude, als sie die Tür öffnete. Er hatte schon das ganze Schlafzimmer angestrichen. Die Folie war weg, und er hatte sogar die Wandschutzleisten weiß getüncht. Sie hätte sich am liebsten auf den Boden gelegt und die honigfarbenen Dielenbretter berührt. Grease schlief auf der Bettdecke und öffnete die Augen einen Spaltbreit, als sie nach Luft schnappte. In der Ecke stand ein wunderschöner antiker Ludwig-XIV.-Stuhl. Rosenfarbige Samtpolster überzogen die ovale Rückenlehne und die viereckige Sitzfläche. Kunstvolle Schnitzereien verzierten die bernsteinfarbenen hölzernen Armlehnen und Stuhlbeine.

»Das ist unser erstes antikes Möbelstück«, sagte Ethan hinter ihr. »Gefällt es dir?«

»Ich liebe es!« Schnell ging sie zu dem Stuhl und strich mit den Fingern über den weichen Stoff. »Wo hast du dieses Prachtexemplar gefunden?«

»Ich bin heute Vormittag in den Antiquitätenladen an der Grand Street gegangen und habe ihn dort gesehen. Ich dachte, er könnte deinen alten Korbstuhl ersetzen.«

»Du meine Güte. Dies ist der allerbeste Ersatz. Er muss aber ein Vermögen gekostet haben.«

»Mach dir keine Gedanken. Ich dachte, wir könnten nach und nach damit anfangen, Antiquitäten für das Haus zu sammeln.«

»Das ist wundervoll.« Sie würde die Stuhlbeine mit bitterem Apfelspray einsprühen müssen, damit Oscar seine Zähne nicht hineinschlug. »Wo ist Oscar?«, wollte sie wissen.

»Er spielt im Garten.«

»Du meinst, er gräbt Löcher in den Rasen.«

Den Rest des Abends strichen sie an, und zum ersten Mal seit ihrem Einzug hatte sie das Gefühl, dass es sich nach einem Zuhause anfühlte.

24. Großmama die Große

Am Morgen ihrer Geschenkparty bekam Cate einen Anruf von ihrer Mutter. »Ich habe vergessen, dir zu erzählen, dass Nana kommt.«

»Wirklich?«

»Ja. Greta hat schon vor langer Zeit darum gebeten, das Wochenende frei zu bekommen, und deshalb müssen wir Nana für das Wochenende zu uns holen. Bradley holt sie gerade ab.«

»Du lässt sie von Bradley abholen?«

»Ich musste. Emily und ich haben zu viel zu tun, und wir haben deinen Vater übers Wochenende nach Palm Springs geschickt, damit er uns aus den Füßen ist.«

»Wird sie nicht ausflippen? Sie glaubt doch, dass jeder Mann außer Dad es auf sie abgesehen hat.«

»Es wird schon klappen. Ich mache mir mehr Sorgen, ob es dich nicht stören wird, wenn sie da ist.«

»Nein. Das ist in Ordnung. Wahrscheinlich wird es ihr guttun, mal herauszukommen und mit anderen Leuten zusammen zu sein.« Ihre Großmutter väterlicherseits litt seit fast sieben Jahren an Alzheimer und lebte ständig in einem Zustand, der einem LSD-Trip ähnlich war. Ihr Leben bestand aus Unterhaltungen mit Leuten, die es nicht gab, und aus der Suche nach Gegenständen, die verloren gegangen waren, von deren Existenz jedoch außer Nana nie jemand etwas gewusst hatte. Meistens war es recht interessant, wenn sie da war, und sie störte Cate nicht. Gewöhnlich wurde man aus Nanas Äußerungen nicht schlau, aber ab und zu platzte sie mit etwas Ehrlichem und Urkomischem heraus. Als sie zum Beispiel Ethan zum ersten Mal gesehen hatte, hatte sie ihn gefragt, wann er sie in seinem Cabrio mitnehmen würde, damit sie ihm ihre Beine zeigen konnte. Als sie sie darauf hinwiesen, dass Ethan noch nie ein Cabrio besessen hatte, behauptete sie beharrlich, dass es doch so war – und zwar ein gelbes mit weißen Sitzen. Zehn Minuten später benahm sie sich, als hätte sie Ethan noch nie gesehen, fragte, wer er sei und was er von ihr wolle.

Cate war froh, dass ihre Familie über einige von Nanas Wahnvorstellungen lachen konnte. Sonst wäre es absolut herzzerreißend gewesen, dem Verfall ihrer Großmutter zusehen zu müssen. Die verletzliche, geplagte Frau hatte keine Ähnlichkeit mehr mit der eleganten und kultivierten Großmutter, mit der sie aufgewachsen war.

Cate fragte sich, welche interessanten Dinge sie bei der Geschenkparty sagen würde, und hatte schon jetzt Mitleid mit ihrer Mutter. Nana war schwierig. Sie war in jeder Hinsicht paranoid, immer unbequem und extrem hilfsbedürftig. Sie fragte sich, ob ihre Mutter wohl in der Lage sein würde, den Tag zu genießen, oder ob sie sich ständig um Nana würde kümmern müssen.

Die meisten Frauen, die Cate kannte, freuten sich so sehr auf ihre Geschenkpartys, wie Cate sich auf ihren einundzwanzigsten Geburtstag gefreut hatte, als sie ihren falschen Ausweis für den Rest ihres Lebens vernichten konnte. Die meisten ihrer verheirateten Freundinnen hatten ihre Geschenkpartys als ›ihren ganz besonderen Tag‹ betrachtet – eine der seltenen Gelegenheiten für sie, voll und ganz im Rampenlicht zu stehen.

Cate empfand ein leichtes Unbehagen, als sie an ihre Geschenkparty dachte. Nicht, dass sie keine Party wollte oder es nicht genießen würde, ihre ganzen Freunde zu sehen. Es war bloß so, dass alle wegen *ihr* kommen würden. Ehrlich gesagt jagte ihr das Angst ein. Sie hasste es, im Mittelpunkt zu stehen, insbesondere, wenn jeder ihr dann auch noch ein Geschenk überreichte. Was wäre, wenn sie nicht dankbar genug wirkte? Oder es versäumte, jemanden zu begrüßen? Es gab Tausende von Gelegenheiten, jemanden zu beleidigen, und sie wollte auf keinen Fall die Gefühle von jemandem verletzen, und das Ganze im Namen von ein paar Messbechern. Während sie sich fertig machte, versuchte sie, ihre Nervosität niederzuringen.

Auf dem Weg zu ihrem Elternhaus hielt sie beim Bauernmarkt in Poway an und wählte ein paar Sträuße Sonnenblumen aus. Sie hatte von einigen Arbeitskolleginnen gehört, dass sie immer samstags Sonnenblumensträuße für zwei Dollar von dort mitnahmen, und sie wollte nicht mit leeren Händen dastehen, wenn sie zu ihren Gastgebern kam. Sie wusste, dass sie viel zu tun gehabt hatten.

Ihr Elternhaus war tadellos sauber, als sie eintrat. Kein Staubkörnchen oder Durcheinander irgendwo. Das Holz glänzte, und der Teppich sah makellos aus. Beth und Leslie waren bereits eingetroffen und halfen, winzige Bändchen um champagnerfarbene Servietten zu binden. Wieder fühlte sie sich schuldbewusst. Sie hatte nie zu den Mädchen gehört, die ihr ganzes Leben lang darauf gewartet hatten, im Zentrum der Aufmerksamkeit zu stehen. Sie stand jeden Tag im Mittelpunkt, wenn sie arbeiten ging und zwanzig Kindergartenkinder an ihren Lippen hingen.

Da sie schon so viele Male Brautjungfer gewesen war, war sie Zeugin von vielen nicht wünschenswerten Verhaltensweisen von Freundinnen geworden, die besessen vom Heiraten waren. Es kam ihr so vor, als hätten sehr viele Mädchen das Gefühl, einen Anspruch auf das Aufhebens rund um eine Hochzeit zu haben; sie glaubten anscheinend, es wäre etwas, dass sie verdient hatten, seit sie alt genug waren, von ihren eigenen Hochzeiten zu träumen. Sie hatte nie das Gefühl gehabt, es verdient zu haben, dass ihre Freundinnen den ganzen Vormittag für sie Bändchen um Servietten banden, und sie fand es ein wenig seltsam, dass sie sich wegen ihr solche Mühe machten.

»Vielen Dank, Leute«, sagte sie und überreichte jeder einen Blumenstrauß. »Ihr hättet das nicht alles tun müssen.«

Sie nahm sich ein Bändchen und fing an, es zurechtzuschneiden und zu binden. »Stopp!«, sagte Leslie. »Du sollst heute nicht arbeiten. Mach es dir einfach bequem. Du musst dir heute um *nichts* Gedanken machen.«

»Hol dir einen Champagner mit Orangensaft!«, meinte Beth und nahm Cate die Schere aus der Hand.

Nach diesem Vorschlag kam ihr die Party gleich viel besser vor. Sie ging in die Küche und fand dort Emily vor, die Mini-Quiches auf einer Platte arrangierte. »Vielen Dank für die Blumen«, sagte sie. »Das wäre aber wirklich nicht nötig gewesen.«

Cate nahm eine Flasche Champagner aus einem Kühler und schenkte ein bisschen davon in eine Sektflöte ein. Es gab Dutzende von Sektflöten, und jeder Stiel war mit denselben Bändchen geschmückt worden, die die Mädchen um die Servietten banden.

In diesem Moment kam ihre Mutter in die Küche. »Cate«, sagte sie missbilligend. »Du solltest keinen Alkohol trinken.«

»Warum nicht?«, fragte sie und goss etwas Orangensaft hinzu.

»Weil es schlecht für dich ist und weil es sich einer Braut nicht geziemt.«

»Warum hast du ihn dann gekauft?«

»Habe ich gar nicht. Das waren die Mädchen.«

Sie wollte gerade die Champagnermenge in ihrem Glas verdoppeln, als Bradley mit Nana im Schlepptau hereinspazierte. Seit dem Beginn von Nanas psychischer Erkrankung hatte sich auch ihr körperlicher Zustand verschlechtert. Ihr magerer Körper war so dünn und schwach wie eine verwelkte Möhre, und sie wirkte so klein wie ein Hobbit. Ihre Augen waren weit aufgerissen, und sie trug einen Hosenanzug aus Samt mit gestreifter Hose und dazu Schuhe mit Absätzen, die aussahen, als wären sie 1972 in einem Sanitätsgeschäft gekauft worden.

»Nana, wie geht es dir?« Cate umarmte sie.

»Oh, Gott sei Dank«, sagte sie. »Endlich jemand, der mir helfen kann.« Ihre Stimme war leise und brüchig, und sie sah ernsthaft erleichtert aus, als sie Blickkontakt mit Cate aufnahm.

»Natürlich kann ich dir helfen. Was brauchst du denn?«

»Ich muss die Unterlagen finden. Sie sind in einem Umschlag, und ich habe sie aus Versehen draußen in den Brunnen fallen lassen.«

Als Cate das letzte Mal hingesehen hatte, gab es im Vorgarten ihrer Eltern keinen Brunnen. »Dieser Mann hier …« Ihr Blick richtete sich auf Bradley, dann senkte sie die Stimme. »… hat gesagt, ich hätte keine Unterlagen dabei, aber ich glaube, er versucht bloß, sie zu stehlen.«

»Nana. Welche Unterlagen? Warum kommst du nicht mit und spielst mit Emilys Baby? Du erinnerst dich an Emily? Ja? Und dieser Mann ist Emilys Ehemann. Er ist ein netter Mann. Er würde nicht versuchen, dich zu bestehlen.«

»Oh?«

Connie griff ein und fasste Nana sanft am Ellbogen. »Komm mit, Beatrice. Wir bringen dich ins Wohnzimmer. Möchtest du gerne ein bisschen Musik hören?«

Nana sah Cate an. »Wer ist das?«

»Das ist Connie, die Frau deines Sohnes.«

»Wessen Frau?«

»Deines Sohnes.«

»Kenne ich ihn?«

Cate und ihre Mutter wechselten einen Blick, als Connie sie ins andere Zimmer führte.

Nachdem sie verschwunden waren, warf Cate einen Blick auf

die Uhr. Bald würden die Gäste eintreffen. Sie fragte sich, ob Denise es wagen würde, zu diesem Ereignis Janet mitzubringen. Auf gar keinen Fall. Denise war unbedarft und hatte definitiv Nerven wie Drahtseile, aber sie hatte sicherlich genug Verstand, Janet nicht zu der Geschenkparty mitzubringen.

Sie begrüßte Cousine Val, und Emily schoss herbei, um ihr ihr Geschenk abzunehmen. Eine halbe Stunde lang blieb die Haustür offen, und die ganze Zeit über begrüßte Cate neue Gäste – Arbeitskolleginnen, Simone, Freunde der Familie, ein paar Tanten mütterlicherseits. Ihre Großmutter mütterlicherseits konnte nicht kommen, weil sie in einem anderen Staat lebte, hatte aber versprochen, auf jeden Fall zur Hochzeit zu kommen.

Mit den letzten Gästen sah sie Rita die Einfahrt der Padgetts heraufkommen. Sie trug ein typisches Rita-Outfit, einen langen fließenden Rock, lose Armbänder und ein weites Oberteil. Hinter ihr folgte Denise. Sie hatte definitiv jemanden mitgebracht. Aber es war nicht Janet. Es war Ethans Großmutter, Oma. Obwohl sie in Amerika von amerikanischen Eltern geboren und großgezogen worden war, wollte sie Oma genannt werden, wie das nach ihren Aussagen in Holland üblich war.

Als Cate sah, wie Oma die Einfahrt hinaufhumpelte, musste sie unwillkürlich an ihre eigenen Großmütter denken. Vor ihrer Alzheimererkrankung war Nana eine charmante, gute alte Seele gewesen, die sich liebevoll um ihre Rosen gekümmert und immer nach Gardenien geduftet hatte. Sie hatte von Natur aus rosige Wangen und sang aus ganzem Herzen im Kirchenchor. Sie backte gerne, tauschte gerne Rezepte aus und redete viel über die Vergangenheit. Diese zerbrechliche verwirrte alte Frau hatte keine Ähnlichkeit mehr mit der Großmutter aus Cates Kindheitstagen. Und Gran, ihre Großmutter mütterlicherseits, besaß immer noch einen scharfen Verstand und hatte nie auch nur eine Spur ihrer reizenden Persönlichkeit verloren. Cate konnte sich immer darauf verlassen, dass sie sich mit ihr einen alten Film von Alfred Hitchcock ansehen oder jeden Song von *South Pacific* mit ihr singen würde. Sie tanzte gerne, spielte mit Vergnügen Rommé und hatte immer echtes Interesse an anderen Leuten. Deshalb hatte Cate ihr Bild von großmütterlichen Typen basierend auf ihren eigenen reizenden sanften Großmüttern geformt. Leuten, die gerne lachten und Trost spendeten und Gute-Nacht-Gebete sprachen. Ethans Großmutter dagegen war aus einem ganz anderen Holz geschnitzt.

Oma verfügte über dasselbe Profil wie die Frauen, die vergiftete Äpfel verteilten. Sie war der größte ältere Mensch, den Cate kannte. Sie war nicht nur rundlich, sondern auch groß gewachsen und bedrohlich und hatte die kräftigsten Handgelenke, die Cate je bei einer Frau gesehen hatte. Ihre Stimme klang grimmig und war so rau wie Sandpapier. Ihre Augen waren immer blutunterlaufen, und wenn sie lachte, dann gewöhnlich nur auf Kosten anderer. Trotzdem mochte Ethan sie, und Cate fragte sich, ob das so war, weil sie die einzige Großmutter war, die er kennengelernt hatte. Er wusste nicht, was er verpasst hatte.

»Mein Gott«, sagte die Frau mit kratziger Stimme, als sie Cate sah. »Wo zum Teufel lebt ihr denn?«

In Escondido, wollte sie gerade antworten. *Etwa dreißig Meilen von hier entfernt.* Aber ihr blieb keine Zeit für eine Antwort, denn Oma fuhr fort: »Ich meine, wer baut denn so lange Einfahrten? Sie ist so verdammt lang, dass man das Haus von der Straße ja kaum sehen kann. Wir haben den halben Tag gebraucht, bloß um diese verdammte Einfahrt hinaufzugehen. Was ist das überhaupt für ein Haus?«

Denise lachte, dann wandte sie sich an Cate. »Das ist wirklich ein weiter Weg für Oma. Es ist schwierig mit ihren Knien. Es sollte eigentlich einen geeigneteren Parkplatz für sie geben.«

Cate fühlte sich plötzlich furchtbar, als wäre es wirklich unsensibel, dass sie in der Einfahrt ihrer Eltern nicht mit Steinen oder

Kreidemarkierungen besondere Stellplätze für Ältere und Behinderte markiert hatten. Andererseits war die Einfahrt aber auch nicht *so* lang. Es war zwar nicht die typische Einfahrt zu einem Einzelhaus in einer Wohnsiedlung, allerdings wohnten ihre Eltern ja nun mal auch nicht in einem derartigen Haus. Außerdem konnte man nicht gerade behaupten, dass man auf dem Weg zur Haustür ins Schwitzen kam.

Rita sah verlegen aus, als sie Cate ihr Geschenk überreichte. »Du siehst sehr hübsch aus! Und ich liebe dieses Haus. Wir haben so viele wunderschöne Erinnerungen an diese Gegend!« Sie wandte sich an Oma. »Erinnerst du dich noch daran, dass wir gleich nebenan gewohnt haben, Virginia?«

»Oh ja. Dieses verdammte Haus –« Sie wollte ihre Schimpftirade gerade fortsetzen, als Cate ihr ins Wort fiel.

»Gut! Warum kommt ihr nicht mit ins Haus, und ich mache euch mit allen bekannt und hole euch etwas zu trinken!«

»Das klingt super!«, sagte Rita. Arme Frau. Sie hatte mit ihnen zusammen im Auto fahren müssen.

»Was kann ich dir holen, Virginia?«, fragte Cate.

»Hast du Bourbon da?«

Bitte lass meine Mutter Bourbon haben.

»Bist du aufgeregt?«, flüsterte Denise, während sie in die Küche gingen. Ihr Atem roch wie ein alter Tennisschuh.

»Ja«, antwortete Cate und beschleunigte ihren Schritt, damit sie nicht eine weitere Woge des schlechten Atems abbekam.

Sie holte ihnen ihre Drinks und stellte sie ein paar anderen Partygästen vor.

Als Cate gerade ein paar Neuankömmlinge begrüßen wollte, wurde sie von Emily und Beth abgefangen. »Wir haben ein paar Spiele geplant. Bist du bereit?«

Natürlich war sie bereit. Das Beste an Geschenkpartys waren die Spiele. Wer wollte schon herumsitzen und beim Auspacken der Geschenke zusehen und dabei höflich Fingerfood knabbern? Wenn man dagegen eine Bowle mit einem gehörigen Schuss und ein paar Wettkampfspiele anbot, würde das Eis schnell brechen. Vielleicht kam sie in ein Team mit Denise und Oma und konnte durch die Teamarbeit ein gemeinsames Band mit den beiden knüpfen. Die Gastgeber begannen, alle Gäste ins Wohnzimmer zu schleusen, und sie folgte der Gruppe, während sie sich fragte, wie kreativ die Einfälle ihrer Mädels wohl ausgefallen sein mochten.

»Gut, Cate«, verkündete Jill. »Du wirst hier sitzen. Auf dem Thron.« *Noch besser,* dachte sie. Sie ging zu einem großen Stuhl, der normalerweise am Kopfende des Esstisches ihrer Eltern stand. Er war mit champagnerfarbenen Bändern und Blumen geschmückt. Sie nahm Platz und war aus irgendeinem Grund auf einmal nervös. Vielleicht war es wegen des durchtriebenen Grinsens auf dem Gesicht ihrer Schwester oder des verschmitzten Flackerns in Leslies Augen. Emily trat vor. »Also, ich erkläre das Spiel. Wir werden alle so tun, als wäre Cate in den Flitterwochen. Stellt euch vor, sie wäre mit Ethan in ihrem Hotelzimmer …«

Ach du lieber Gott, was haben sie vor? Ihre Augen schienen sich in die Linse eines Camcorders zu verwandeln, als sie prüfend den Raum absuchte. Die Gesichter der Gäste erinnerten sie an ihre Kindergartenkinder, wenn sie ein lustiges Lied ankündigte oder ein neues Spiel erklärte. Auch hier sahen alle begeistert aus, als Emily das Spiel erläuterte. Als sie zuhörte, begriff sie, dass das Spiel eigentlich nur für eine Person war, für eine einzige Person – Cate.

Die Begeisterung in Emilys Stimme war offensichtlich, als sie fortfuhr. »Die Lichter in ihrem Hotelzimmer sind ausgegangen, und sie muss ihre Kleidung finden. Also habe ich ihren alten Kleiderschrank durchkämmt und ein paar Kleidungsstücke gefunden. Wir werden ihr die Augen verbinden, und sie wird in der Dunkelheit diesen alten Rucksack durchforsten und sich ankleiden. Sie muss erraten, was sie anzieht, und sie bekommt einen Preis, wenn sie mindestens drei Kleidungsstücke richtig errät.«

Ihr alter Kleiderschrank? Sie wäre am liebsten abgehauen. Sie hatte nicht die geringste Ahnung, was sich noch darin befunden haben konnte, wusste aber mit ziemlicher Sicherheit, dass es schrecklich sein musste. Sie hatte seit der Highschool nicht mehr hineingeschaut. Wie hatte Emily überhaupt Kleidung darin finden können? Sie dachte, ihre Mutter hätte den Kleiderschrank schon vor einer Ewigkeit ausgeräumt. Sie sollte vom Thron springen und weglaufen. Sie könnte die Geschenke später abholen.

»Das wird super!«, rief Cousine Val aus dem Hintergrund des Raumes.

»Okay, fangen wir an«, meinte Emily. »Leslie.« Sie nickte.

Der vergnügte Ausdruck in Leslies Augen war das Letzte, was Cate bemerkte, bevor sie ihr eine Schlafbrille von American Airlines über den Kopf streiften.

»Okay, hier ist dein Rucksack«, sagte Emily und schob ihn ihr in die Hände.

Sie griff hinein und zog etwas heraus, das sich wie ein Kleid anfühlte. »Muss ich das über den Kopf ziehen?«, erkundigte sie sich. Aus irgendeinem Grund sorgte diese einfache Frage dafür, dass alle Anwesenden in Lachen ausbrachen. Dann begriff sie, dass sie nicht über ihre Frage lachten. Sie lachten über das, was sie anziehen musste.

»Auf jeden Fall!«, antwortete Emily. »Ich helfe dir.«

Cate hob die Arme und spürte, wie Emily ihr das Kleidungsstück über den Oberkörper streifte. Mehr Gelächter.

Sie hatte keine Ahnung, welches Kleid das war, aber es fühlte sich wie ein Baby-Doll-Hängerchen an, wie sie zu Beginn der Neunzigerjahre so modern gewesen waren. Sie hatte Dutzende davon gehabt. Sie griff wieder in den Rucksack und erkannte

Stiefel. »Oh, das sind definitiv Stiefel. Wartet mal! Die sind süß. Ich habe sie vor ein paar Monaten hiergelassen. Ich trage sie noch!«

Sie lachten, und sie hoffte, sie lachten über ihren Kommentar und nicht über ihre schwarzen hochhackigen Stiefel. Sie mochte die Stiefel und hatte sie eigentlich jedes Mal mitnehmen wollen, wenn sie bei ihren Eltern gewesen war. Das nächste Teil fühle sich wie eine Skimütze an. Sie fand schnell heraus, dass es sich nicht um eine Wollmütze handelte, sondern um einen Hut ohne Krempe, den sie getragen hatte, als sie vor fast fünfzehn Jahren in der Highschool von La Jolla als Komparse bei *O Pioneers* mitgewirkt hatte. Sie spielte ihr ›Spiel‹ mit, gab sich Mühe, keine Spielverderberin zu sein, und konzentrierte sich auf den Preis, den sie bekommen würde, wenn sie alles korrekt erriet.

Sie griff wieder blindlings in den Rucksack und hörte mehrere Kameras klicken. Ach du Schande, diese Leute waren gnadenlos. Es war schlimm genug, dass sie sich selbst nicht sehen konnte, während sie zur größten Lachnummer aller Hochzeitsgeschenkpartys der Geschichte wurde, aber mussten sie die ganze Blamage auch noch auf ihren Filmen festhalten? Sie zog das nächste Teil aus dem Rucksack.

Es war ein Schmuckstück, irgendwas Großes mit Perlenreihen. »Das ist das Perlenhalsband, das ich zur Abschlussfeier der Mittelstufe getragen habe«, sagte sie, während sie versuchte, es sich um den Hals zu legen.

Als alles gesagt und getan war, trug sie türkisfarbene Handschuhe, pinke Stulpen über ihrer Hose und eine Skibrille, die sie erst einmal getragen hatte. Sie hasste Skifahren und war sich nicht sicher, warum ihre Mutter die Brille aufbewahrt hatte. Ein zu großes Baby-Doll-Kleid in Rot und Blau fiel ihr bis auf die Knie. Sie stellte sich in verschiedenen Posen hin, damit alle den Augenblick einfangen und ihren neuen Look für die Nachwelt festhalten konnten. Wenn der Tag vorbei war, würde sie alles außer den Stiefeln verbrennen.

Endlich nahmen sie ihr das Tuch von den Augen ab, und es war nicht überraschend, dass sie lächerlich aussah. Trotz allem musste sie herzlich lachen, als sie sich im Spiegel betrachtete, und außerdem bekam sie ein nach Vanille duftendes Bade- und Duschgel.

Ihr Ziel beim Auspacken der Geschenke war, es so schnell wie möglich hinter sich zu bringen. Sie war noch nie abergläubisch gewesen. Um der geistigen Gesundheit aller Anwesenden willen beschloss sie, auf das alte Ammenmärchen zu pfeifen, das besagte, jedes durchschnittene Geschenkband bedeute ein Kind. Sie wusste, wie es sich anfühlte, Zuschauer zu sein. Sie konnte sich fünfzig Millionen bessere Dinge vorstellen, als jemandem zuzusehen, der Kartons öffnete, in denen sich hölzerne Löffel und Schneidbretter befanden. Alle würden vor lauter Langeweile sterben, und sie hatte sich eine sehr scharfe Schere neben ihren Stuhl gelegt.

Sie packte schnell ein paar Back- und Muffinformen aus, außerdem ihre Geschirrtücher. Sie war froh, als sie sah, dass einige Gäste sich miteinander unterhielten und ihr nicht zusahen. Sie machte ihnen keinen Vorwurf.

»Rita, findest du es nicht auch prima, dass sie eine Schere benutzt?«, fragte Connie.

»Ja! Wir werden jede Menge Enkel bekommen!« Im Moment sah es nach sieben aus.

Etwa vier Geschenke weiter öffnete sie das Paket von Beth und Jill. Sie hatten sich zusammengetan. Es waren drei Gedecke, und sie hielt das Geschirr in die Höhe, damit alle es sehen konnten. »Wir haben Sachen auf die Liste gesetzt, die wir mit entsprechenden Accessoires dem jeweiligen Anlass anpassen können. Es kann Geschirr für den täglichen Gebrauch sein oder –« Sie wollte gerade wiederholen, was die Dame bei Macy's gesagt hatte, als sie von Nana unterbrochen wurde. »Stopp! Hör auf zu reden. Dein permanentes Gequake macht mich wahnsinnig. Wir versuchen, uns hier zu unterhalten. Und was machst du! Du bist so laut! Alles, was du tust, ist reden!«

Cate spürte, wie ihre Wangen heiß wurden, als der ganze Raum in Gelächter ausbrach. Nana blickte sich um, um herauszufinden, was so lustig war. Sie hatte keine Ahnung, dass alle über sie lachten. Niemand hatte mit ihr gesprochen, seit sie sich zum großen Geschenkeauspacken hingesetzt hatten. Wenn Cate sie also unterbrochen hatte, dann konnte es nur bei einem Selbstgespräch gewesen sein.

»Tut mir leid, Nana. Ich werde versuchen, leise zu sprechen.« Sie nahm das nächste Geschenk in Angriff.

Sie pflügte sich durch Bierkrüge, eine Servierplatte für Chips mit Dip, einen Weinkühler und eine Käseplatte. Jill reichte ihr die Geschenke, während Emily sorgfältig jedes einzelne auf der Liste abhakte.

Nachdem sie den Verpackungsmüll an Leslie weitergegeben hatte, gab Jill ihr das nächste Geschenk. Es war von Denise – die Handtücher. Aber sie waren nicht in Olivgrün, wie es auf der Liste gestanden hatte. Sie waren lavendelblau. War ihnen ein Fehler beim Erstellen der Liste unterlaufen? Sie würde sie heimlich umtauschen müssen. Aber was würde sie tun, wenn Denise sie besuchte und merkte, dass die Handtücher grün waren? Würde das ihre Gefühle verletzen?

»Danke schön!«, sagte Cate. Wie schwärmte man bloß von Handtüchern, insbesondere, wenn sie die falsche Farbe hatten? Es könnte Denise peinlich sein, wenn sie sie auf den Fehler hinweisen würde, und sie wollte nicht darauf aufmerksam machen, dass etwas nicht stimmte. Also begann sie, dick aufzutragen. »Ich liebe sie. Sie sind so weich und so kuschelig.« Sie drückte sich ein Handtuch an die Wange wie in einem Werbespot für Weichspüler. »Oh, und sie riechen auch gut! Ich liebe Handtücher.«

Denise lächelte. »Ich weiß, dass ihr eigentlich grüne wolltet, das stand ja auf der Liste.«

»Wirklich?« Sie versuchte, ihr Erstaunen zu verbergen.

»Ja, aber dieses Blau hat mir einfach besser gefallen. Ich dachte, es passt besser zu eurem Haus.«

Dieses Mädchen war wahrhaft gestört. Ethans Großmutter lachte. »Wie eine richtige Blakely gesprochen. Eine mit Stil und Klasse. Wenn du etwas Gutes siehst, musst du die Dinge einfach selbst in die Hand nehmen. Ich meine, olivgrün! Das klingt furchtbar. Wer entscheidet sich schon für olivgrün, wenn man nicht einen Marinestützpunkt oder Gefängnisbaracken ausstaffieren will?«

Oma war auch gegen sie? Cate hoffte, ihre Kinnlade wäre nicht so weit heruntergeklappt wie die von Emily und Jill. Es war Leslie, die als Erste sprach.

»Ich liebe olivgrün«, sagte sie und blickte auf ihre spitzen olivgrünen Pumps von Stella McCartney hinunter. »Es ist die Farbe der Saison. Aber vermutlich weiß man das nicht, wenn man immer noch im Jahr 1984 lebt.« Sie hob die Mülltüte an, in der sie den ganzen Müll sammelte, und streckte Cate ihre langen Finger hin. »Warum gibst du mir nicht diesen ganzen Abfall, Süße.«

Cate schloss den Mund und reichte ihr das Geschenkpapier. »Hier«, sagte sie und gab ihr alles, ohne etwas zu sehen.

Denise meldete sich zu Wort. »Hat Ethan nicht erwähnt, dass er das Badezimmer cremefarben streichen wollte? Ich dachte, dazu würde blau besser passen.«

Nein, er hatte nie die Farbe Creme erwähnt, und er hasste Pastelltöne, weshalb er diese Handtücher bestimmt nicht würde haben wollen. Bevor Cate etwas erwidern konnte, klinkte Nana sich ein.

»Du da!« Sie wandte sich an Denise. Nanas Stimme war so laut, dass alle sie anstarrten, selbst die paar Nachzügler, die vorher nicht aufgepasst hatten, hörten auf zu plaudern und sahen Nana an. Sie wiederum starrte Denise an, als hätte diese gerade jemanden erschossen. Ihre Augen waren weit aufgerissen, und selbst von ihrem Sitzplatz aus konnte Cate sehen, dass Nana regelrecht die Zähne fletschte. O mein Gott, was hatte sie vor? Sie zeigte mit ihrem knochigen Zeigefinger auf Denises Gesicht. »Dein Atem! Ich meine, Gott steh uns bei! Du hast Mundgeruch wie ein Drachen! Und dein pausenloses Gequake. Hör einfach auf damit. Stopp! Hör auf, mich mit deinem Drachen-Mundgeruch einzunebeln!«

Es war unmöglich, nicht zu lachen. Alle prusteten los, außer Oma und Denise, die beide gedemütigt aussahen. Denise nahm sich sofort ein *After Eight* aus einer Schale vom Wohnzimmertisch. Cate gab sich große Mühe, ihr Grinsen zu verbergen, und hielt sich die Hand vor den Mund. Selbst Connie, die sonst nie lachte, wenn jemand beleidigt wurde, musste ihre Brille absetzen, um sich die Tränen wegzuwischen.

»Oh Nana«, sagte Cate, als sich das Gelächter ein wenig gelegt hatte. Sie versuchte, sich etwas einfallen zu lassen, um die Situation zu retten. Am liebsten hätte sie Denise eingepackt und in einen UPS-Lastwagen mit Ziel Ägypten gesteckt, aber sie wollte auch nicht, dass zwischen den Blakelys und den Padgetts der Dritte Weltkrieg ausbrach. Mundgeruch hin oder her, sie musste mit diesen Leuten leben – für den Rest ihres Lebens. »Nana, warum setzt du dich nicht hier neben mich?«

»Das ist eine tolle Idee«, sagte Connie und wurde aktiv. »Lasst uns einen anderen Platz für Nana finden. Sie kann neben mir sitzen.«

Cate sah die versammelte Gästeschar an. »Nana sagt manchmal Dinge, die sie nicht so meint. Ich habe hier in dieser Ecke eben auch einen seltsamen Geruch wahrgenommen. Vielleicht ist es der Gouda, der auf dem Wohnzimmertisch steht. Den hat sie wahrscheinlich gerochen.« Sie hatte keine Ahnung, wie sie darauf gekommen war.

Sie formte mit den Lippen ein unhörbares *Sorry* an die Adresse von Denise, der es tatsächlich ziemlich gut gelang, ihre Verlegenheit zu verbergen. Ihre Wangen waren ein bisschen errötet, und sie wirkte weniger selbstsicher. Wenn es andersherum gewesen wäre und sie in Denises Haut gesteckt hätte, hätte sie sich die Schale mit den *After Eights* geschnappt, wäre aus dem Zimmer gelaufen und in ein anderes Land gezogen, damit sie diese Leute nie wieder sehen musste.

25. Der Tanzkurs

Inzwischen war es in ihrem Leben zur Routine geworden, mitten in der Nacht aufzuwachen. Der Grund dafür waren nicht mehr etwa Oscar oder Lampenfieber wegen des Kindergartens, sie wurde vielmehr regelmäßig von einer Art Hochzeitsalbtraum heimgesucht. Sie wachte schwitzend auf und wurde von Visionen verfolgt, wie Denise sie mit einer Gabel bedrohte, die wie das Besteck von ihrer Wunschliste aussah, oder wie Janet uneingeladen auf dem Fest auftauchte, ganz in Weiß gekleidet. Nach dieser Art von Träumen war es schwierig, wieder einzuschlafen. Ihre Gedanken gerieten außer Kontrolle, und ihr schwirrte der Kopf vor allen möglichen Hochzeitskatastrophen, sodass sie sich dann schlaflos im Bett herumwälzte. Sie stolperte auf dem Weg zum Altar. Sie schüttete sich wenige Minuten vor der Trauung etwas hässlich Dunkles über ihr Kleid, oder sie hatte eine Frisur wie ein Pudel auf Crack. Das alles waren Gedanken, die sie oft keine Ruhe finden ließen. Als sie einmal durch den sich ebenso herumwälzenden Ethan aus einem Traum gerissen wurde, überspülte sie eine Welle der Verärgerung. Schlaf war zu einem kostbaren Gut geworden, und Unterbrechungen jeglicher Art konnten zu einer Spirale der Schlaflosigkeit führen.

Als sie die Augen öffnete, wurde sie sofort von dem giftigsten Oscar-Gas überfallen, dem sie je ausgesetzt gewesen war. Er schlief in seiner Hundebox auf einem Bett aus Denises Handtüchern. Zumindest hatte sie damit einen Verwendungszweck für ihr Geschenk gefunden. Im Zimmer war es dämmrig, aber sie konnte den Geschenketurm auf ihrem Ludwig-XIV.-Stuhl erkennen. In ihrem winzigen Haus hatte sie noch immer nicht den richtigen Platz für alles gefunden. So thronte beispielsweise das Waffeleisen im Augenblick auf ihrer Unterwäsche in ihrem Schlafzimmerschrank.

»Ethan, hör auf, dich herumzuwälzen!«, fauchte sie ihn trotz ihrer Müdigkeit an. »Lieg einfach still und sag immer wieder das ›Vaterunser‹.« Hilfe, sie klang wie ihre Mutter. Grease sprang vom Bett und lief ins andere Zimmer.

»Tut mir leid«, sagte er.

Sie warf einen Blick auf die Uhr. Es war halb fünf, und ihr Wecker würde in einer guten Stunde klingeln. Jetzt würde sie bestimmt nicht wieder einschlafen. Sie würde den ganzen Tag schwerfällig und langsam sein, sich durch die Vorlesezeit und die Pause quälen und Mühe haben, die Augen offen zu halten.

»Es gibt etwas, was mir richtig Sorge bereitet.« Seine Stimme klang belegt vor Beunruhigung.

War etwas mit einem Kunden vorgefallen? Hatte er Schuldgefühle, weil er die Nagelpistole von Denise und Janet angenommen hatte? Und für einen flüchtigen Moment flackerte in ihr Schuldbewusstsein wegen des sexy Surfers vom Strand auf. Hatte er herausgefunden, dass sie geflirtet hatte? Dass sie einen anderen Mann attraktiv fand? Sofort verwarf sie den Gedanken. Er konnte nichts davon wissen, und außerdem hatte sie nichts falsch gemacht. Sie war bloß nett zu jemandem gewesen – nett und freundlich zu einem Fremden am Strand. Jeder hätte sich so verhalten.

»Was ist denn los?«, fragte sie und wandte sich zu ihm um. In der Dunkelheit konnte sie seine Gesichtszüge nur schemenhaft erkennen. Das Wissen, dass er Sorgen hatte, beunruhigte sie ebenfalls.

»Es ist nur so, dass … na ja … ich kann wirklich …«

Die Art und Weise, wie er sprach, erinnerte sie an die Art und Weise, wie ihr Exfreund geklungen hatte, bevor er mit ihr Schluss machte. Einen Augenblick lang fragte sie sich, ob es etwas gab, das er ihr nicht gesagt hatte. Wollte er die Hochzeit verschieben? Hatte Janet ihn schließlich doch beeinflusst? Ihr Herz klopfte heftig. »Was ist es?«, fragte sie und setzte sich auf.

»Es ist bloß so, dass ich Tanzen hasse.«

»Häh?«

»Es geht um den ersten Tanz«, sagte er. »Ich bin wirklich nervös deshalb.«

»Um den ersten Tanz? Bei unserer Hochzeit?«

»Ja, diese ganzen Hochzeiten, für die ich das Catering gemacht habe ... mir ist nie bewusst geworden, was für eine große Sache der erste Tanz ist. Davor graut mir mehr als vor allem anderen.« Er sprach jetzt schnell, und sie hatte ihn noch nie so besorgt erlebt, so als würde man ihn zwingen, sich um eine Arbeit zu bewerben, die er hasste. »Ich beherrsche keine Gesellschaftstänze. Und alle werden uns beobachten, und ich will einfach nicht wie ein Idiot aussehen. Können wir bitte ... ich weiß nicht. Üben oder so?«

»Na klar! Aber hör mir zu, es ist überhaupt keine große Sache. Niemand macht sich Gedanken darüber, und niemand erinnert sich später an den ersten Tanz.« Sie rieb seinen Arm. »Ich kann auch nicht tanzen, und es sind ja auch keine Fremden, die uns zusehen werden. Es sind unsere engsten Freunde.«

»Ich weiß. Aber ich will trotzdem nicht von allen beobachtet werden.«

»Wie wäre es, wenn wir Tanzunterricht nehmen würden? Von einem Profi? Glaubst du, dann würde es dir besser gehen?«

Er seufzte. »Vermutlich.«

»Okay. Ich telefoniere heute Nachmittag und melde uns zum Tanzunterricht an.«

»Vereinbare einen Termin so bald wie möglich. Ich muss wirklich üben.«

Sie küsste ihn auf die Wange. »Mach dir keine Sorgen. Es wird alles gut.« Sie kuschelte sich an seinen Rücken, und es gelang ihr wahrhaftig, noch eine Stunde zu schlafen.

In der Mittagszeit lieh sie sich im Sekretariat ein Telefonbuch aus. Nach wenigen Telefonaten begriff sie, dass die meisten Tanzschulen geschickte Verkäufer beschäftigten, die die Leute dazu brachten, sich für Tanzkurse anzumelden, die so viele Stunden umfassten, dass man sich danach getrost bei *Let's dance* bewerben könnte. Sie hatte keine fünfhundert Dollar übrig, die sie für Tanzunterricht zum Fenster hinauswerfen konnte, und da es bis zur Hochzeit nur noch eineinhalb Monate waren, hatten sie auch nicht genug Zeit, um spaßeshalber Foxtrott und Wiener Walzer zu lernen. Sie wollte bloß ein paar Unterrichtsstunden, die sie dazu befähigen würden, den Eröffnungstanz anständig über die Bühne zu bekommen.

Schließlich tat sie dann aber doch noch eine Frau auf, die damit einverstanden war, ihnen eine Tanzstunde zu dem günstigen Preis von fünfzig Dollar zu geben. Sie würden sehen, wie es danach weiterging. Wenn es ihnen gefiel, konnten sie immer noch weitere Stunden vereinbaren.

Am folgenden Samstag fuhren sie zu dem Tanzstudio. Es regnete, und als sie eintrafen, waren ihre Schuhe durchnässt, und der Saum von Ethans Jeans war mit Wasser vollgesogen.

Das Studio, eine Garage in einer Wohngegend, befand sich hinter mehreren Pfützen. Eine Frau, die in den Sechzigern war, öffnete ihnen die Tür. Ihr Blick wanderte sofort zu ihren Füßen und verweilte dort für einen Moment. Ihr dunkles Haar war zu einem französischen Knoten zurückgebunden, und am Haaransatz waren gute zweieinhalb Zentimeter graue Haare zu sehen. Man fragte sich unwillkürlich, wie jemand, der jeden Tag Tanzunterricht gab, eine Figur wie ein fetter Truthahn haben konnte. Als Cate mit Madeline telefoniert hatte, hatte sie schon das Gefühl gehabt, dass sie älter als die anderen Tanzlehrer war, die sie angerufen hatte. Cate hatte mit einer grazilen Lehrerin vom Typ Shirley MacLaine gerechnet, die mit Stulpen, hochhackigen Tanzschuhen und einer flotten Leggins angetan war. Nicht mit dieser rundlichen Großmutter in einer Jogginghose und Gymnastikschuhen.

»Sie müssen sich die Schuhe abwischen, bevor Sie reinkommen«, sagte sie. Auf die Bemerkung folgte ein knappes Lächeln.

Sie wischten sich, so gut es ging, die Füße ab, dann streckte Cate die Hand aus. »Sie müssen Madeline sein. Ich bin Cate, und das ist Ethan.«

Sie nickte. »Ja, ich freue mich, Sie beide kennenzulernen.« Als Cate ihr Hand ergriff, fühlte die sich fleischig und kalt an. Sofort fiel ihre eine Wand auf, die mit Fotos von glücklich aussehenden Hochzeitspaaren gepflastert war. Einige vollführten gerade eine Fallfigur, andere eine Walzerdrehung. Es gab sogar ein paar Briefe und Kommentare zu den Fotos. »Danke, Madeline!«, schrieben Jenny und Steve. »Sie haben uns beigebracht, Foxtrott zu tanzen!«, verkündeten ein strahlendes und korpulentes Paar, Melody und George. »Madeline ist das Beste, was uns je passiert ist!!«, schworen Karen und Todd, die die leuchtendsten und am stärksten gebleichten Zähne besaßen, die Cate in ihrem ganzen Leben gesehen hatte. Sie nahm sich vor, es mit der Zahnbleichpaste vor der Hochzeit nicht zu übertreiben.

Diese ganzen Referenzen zu sehen erleichterte sie. Die Frau musste qualifiziert sein, und das Wissen, dass sie viele andere Paare gerettet hatte, rief in Cate geradezu Vorfreude auf die Tanzstunde wach. Diese ganzen Paare sahen aufrichtig begeistert aus, in Anbetracht der wundervollen Tanzstunden, die sie diesem Tanzgenie zu verdanken hatten. Sie war froh, dass der Unterricht von einer älteren Frau erteilt wurde, einer richtigen Expertin. Madeline würde besser als irgendein junger Tanzlehrer sein. Es war wie in *Rocky*. Burgess Meredith war ihr Trainer. Sie brauchten keinen Jungspund.

»Wir haben eine CD mitgebracht«, sagte Cate und gab sie ihr.

»Gut. Das ist gut. Ich muss auf jeden Fall die Musik hören.«

Sie sah zu, wie Madeline haufenweise Kassetten zur Seite schob, um den CD-Player freizulegen. Es war schwierig, Madeline nicht anzustarren, als die Musik endlich erklang. Sie presste wieder die Lippen zusammen, lächelte aber nicht. Stattdessen runzelte sie die Stirn, während sie ein paar Tanzschritte machte. Nach ein paar Sekunden schaltete sie die CD aus. »Muss es dieser Song sein?«

»Na ja, äh.« Was sollte sie auf diese Frage antworten? Es war ›ihr Lied‹, und die Frau sagte ihnen im Grund genommen, sie sollten einen anderen Song wählen. Sie wollte bei ihrer Hochzeit nicht auf die zweite oder dritte Wahl tanzen. Sie wettete, dass Karen und Tod keinen neuen Song hatten auswählen müssen. »Ich meine, ich glaube –«

»Es ist wirklich ein schwieriges Stück. Es ist schnell, und da Sie beide keine Erfahrung haben, sollten sie sich fragen, ob Ihr Herz wirklich so sehr an diesem Song hängt.«

»Nun, wir haben eigentlich keine anderen Songs in Erwägung gezogen. Ich meine, können Sie uns nicht ein paar einfache und grundlegende Schritte beibringen, damit wir es irgendwie hinbekommen?«

Ethan hatte geschwiegen, seit sie eingetroffen waren, und sie fragte sich, was er wohl dachte.

Madeline neigte den Kopf zur Seite. »Lassen Sie mich den Song noch einmal hören.« Diesmal tippte sie mit dem Fuß, aber ihre Lippen hielt sie immer noch aufeinandergepresst, während sie der Musik lauschte. »Ah, ja. East Coast Swing. Oder vielleicht ein Foxtrott.« Sie machte ein paar schnelle Tanzschritte. »Eindeutig ein East Coast Swing.«

»Prima«, meinte Cate. Sie hatte keine Ahnung, warum sie

›prima‹ sagte, da sie nicht einmal einen blassen Schimmer hatte, wie die Schrittfolge dieser Tänze aussah, ganz zu schweigen von den Unterschieden zwischen den beiden. Sie warf einen kurzen Blick auf Ethan. Sein entsetzter Gesichtsausdruck erinnerte sie an eine Katze, die beim Tierarzt aus ihrem Käfig gelassen wird und nach dem nächstbesten Fluchtweg sucht.

»Okay, fangen wir an«, sagte Madeline und führte sie mitten auf die Tanzfläche. Sie waren von Spiegeln umgeben, und Cate bemerkte, dass ihr Haar gekräuselt und feucht war und sich in seltsamen Wellen um ihr Gesicht legte. Sie sah aus wie ein Mann aus der Zeit der Sezessionskriege.

»Okay, erst bringe ich Ihnen bei, wie man führt.« Sie sah Ethan an. »Der Herr führt immer, weshalb Sie den größten Teil der Arbeit erledigen. Sind Sie gut in Mathematik?«

Er antwortete nicht sofort. »Ja. Sicher.«

»Gut, da Sie das ganze Zählen übernehmen müssen. Für die Frau ist es einfach. Sie folgt einfach Ihrer Führung. Okay?«

Er nickte. Sein Schweigen gab Cate das Gefühl, lächeln und sich lebendig geben zu müssen, um guter Laune bleiben zu können.

»Zuerst müssen Sie beide lernen, wie man die Arme und Hände hält. Eric, ich möchte, dass Sie die Hände so positionieren.« Keiner von ihnen korrigierte ihren Fehler. Stattdessen sahen sie zu, wie Madeline die Arme hob und ihnen zeigte, wie sie sich hinstellen sollten. Sie sah aus, als würde sie mit einem Geist tanzen. »Ich nenne es die Geladene-Pistole-Haltung. Eure Hände sehen wie eine umgedrehte Pistole aus, wobei eure Daumen der Griff und die Hände das Gehäuse sind.« Sie nahm Cates Hand. »Jetzt Sie, Cate, Sie müssen die gleiche geladene Pistole haben, aber Sie schieben Ihre Hand flach in seine. Okay?«

Cate legte ihre Hand in Ethans. »Gut, Cate. Ihre Arme sind perfekt. Nicht zu hoch, aber sehr fest und hübsch und geschmeidig. Eric, Sie dagegen müssen Ihre Arme bewegen.« Sie führte den ersten Schritt vor, den Ethan machen würde, dann blickte sie Cate an.

»Jetzt geben Sie mir Ihre Hand. Ich werde an Ihnen demonstrieren, was Eric tun soll.«

»Er heißt Ethan«, sagte Cate. »Sein Name ist Ethan.«

Sie sah verwirrt aus. »Oh? Was habe ich gesagt?«

»Sie haben ihn Eric genannt.«

»Tut mir leid. In Ordnung, machen wir weiter.« Madelines Hände waren immer noch kalt, als Cate ihre Hände hineinlegte. »Okay, während ich Cate führe, achten Sie auf meine Füße, Eri – ich meine, wie ist der Name? Ethan?«

Sie nickten.

Als sie *führen* sagte, scherzte sie nicht. Cate fühlte sich, als würde sie wie eine aufblasbare Puppe herumgeschoben, während Madeline die ganze Arbeit erledigte. Nachdem sie so ein Paar Runden gedreht hatten, wies sie Ethan und Cate an, die gleiche Haltung einzunehmen.

Sie brachte ihnen mehrere Schritte bei, einen nach dem anderen. Cate konnte nicht glauben, wie kompliziert eine Drehung sein konnte. Es war alles ein bisschen verwirrend, aber Cate war zuversichtlich, dass sie es schließlich hinbekommen würden, auch wenn sie über Nacht natürlich nicht Fred und Ginger werden konnten. Madeline brachte ihnen gerade eine Drehung bei, als sie innehielt. »Cate, Sie machen das hervorragend. Ethan, Sie müssen jedoch noch einiges tun.«

»Tatsächlich?« Er sah nervös aus.

»Ja.« Sie berührte seine Arme, die sich noch in Tanzhaltung befanden. »Ihre Arme sind so steif wie Bretter. Sie sehen aus, als würden Sie schlafwandeln.« Sie hob die Arme, um es ihnen zu zeigen. »Die Arme sollten natürlich und entspannt aussehen und ein bisschen mehr, als hätten Sie alles unter Kontrolle. Denken Sie daran, Sie führen sie. Jetzt beginnen wir noch mal von vorne.«

Nach kaum zwei Sekunden stolperte Ethan um ein Haar über Cates Füße. »Tut mir leid«, sagte er. »Ich bin so schlecht.«

»Du machst das gut«, sagte Cate. Sie drückte ihm die Hand, aber ihre Aufmunterung schien nicht zu wirken. Sie dachte sich, wenn sie erst ein ganzes Lied mit allen Schritten und Drehungen geschafft hätten, würde es ihm viel besser gehen. Dann konnten sie nach Hause fahren und dort bis zur Hochzeit üben.

»Von vorne«, forderte Madeline.

Sie waren noch nicht bis zur ersten Drehung gekommen, als Madeline sie wieder unterbrach, was Ethan endgültig über Cates Füße stolpern ließ. Madelines kritischem Blick nach zu urteilen, rechnete Cate damit, dass sie ihn wahrscheinlich bezichtigen wollte, alles falsch zu machen. Sie war froh, als Ethan zuerst das Wort ergriff.

Er zog seine geladenen Pistolen zurück. »Ich mache das nicht!«, stieß er hervor. »Ich schaffe es einfach nicht. Ich kann diesen Swing nicht, oder wie er auch heißen mag. Gibt es nicht etwas anderes – … etwas, was einfacher ist? Ich hasse es! Im Ernst, ich will das nicht mehr.«

Schweigen senkte sich über den Raum, und Cates Wangen fühlten sich an, als würden sie brennen. Natürlich hatte sie ihn schon verärgert erlebt, aber noch nie so wie jetzt.

Sie dachte sich, dass Madeline sicherlich ihren Teil an Männern gesehen hatte, die nicht gerade in der Lage waren, in Kontakt mit ihrem inneren Patrick Swayze zu treten, und die von ihren ehrgeizigen Bräuten zum Tanzkurs geschleppt worden waren. Madeline musste über Kriseninterventionsfähigkeiten verfügen, um verdrossene Bräutigame zu beruhigen, da sie wahrscheinlich regelmäßig auf Leute wie Ethan traf. Cate erwartete, dass sie Ethan sagte, wie wunderbar er alles mache und dass es ganz normal sei, wie er sich fühle – dass die meisten Männer genauso empfänden. Madeline sah jedoch ebenso bestürzt aus wie Cate.

Cate wollte ihm gerade sagen, dass er seinen Job prima machte, als Madeline kicherte. Sie klang viel jünger, als es ihrem Alter entsprach, eigentlich sogar mädchenhaft, so als befänden sie sich in den Fünfzigerjahren und eine ihrer Freundinnen hätte im Autokino gepupst. »Wirklich?«, sagte sie zu Ethan.

»Ja, wirklich.«

Sie überlegte einen Moment. »Nun, ich weiß nicht, was ich sagen soll. Dies ist eine der einfachsten Schrittfolgen, die ich unterrichte.«

Cate war des Tanzens nicht überdrüssig, aber sie hatte allmählich genug von Madeline. Wenn sie nicht die Fähigkeit besaß, Leute zu ermutigen, wie sollten sie dann je besser werden? Wenn sie die Situation vielleicht etwas aufgelockert und ein bisschen fröhlicher gestaltet hätte, statt auf ihm herumzuhacken, hätte er sich wahrscheinlich auch wohler gefühlt.

»Ethan, ich finde, du machst das großartig«, konstatierte Cate. »Ich weiß, dass es schwierig ist, aber du wirst es wunderbar hinbekommen, wenn du es weiter probierst. Du bist nicht schlechter als ich. Ich bin auch dabei, zu lernen.« Dann dachte sie daran, wie nervig Madeline war. »Aber wenn du aufhören willst –«

Er nickte. »Komm, Cate.« Er ging zur Stereoanlage und holte die CD heraus. Sie war ein bisschen erleichtert.

Madeline sah verblüfft aus, als Cate sich umdrehte, um sich zu verabschieden. »Wir bezahlen Ihnen die Stunde«, sagte sie. »Ich schicke Ihnen den Scheck zu.«

Sie waren Tanzkurs-Aussteiger.

26. Lasst uns hier raus

Die folgenden Tage vergingen wie im Flug, und es war unmöglich, für die Hochzeit tanzen zu üben. Sie dachte sich, wenn sie in der Zurückgezogenheit ihres Hauses ein paar Mal zu ihrem Lied tanzen könnten, würde er sich vielleicht auch wohl fühlen, wenn sie vor allen Gästen tanzten. Die Tage hatten jedoch nicht genug Stunden, um auch noch zu tanzen; sie fragte sich, wie der Eröffnungstanz verlaufen würde und ob es überhaupt einen ersten Tanz geben würde.

Ihr gelang es, einen Termin für die Kastrierung von Oscar zu vereinbaren. Im Moment war die Kastrierung wichtiger als das Tanzen. Er besprang alles, was ihm über den Weg lief, einschließlich des armen Grease. Sie konnte bloß vermuten, was passieren würde, wenn ihre zweijährige Nichte zu Besuch käme. Dem Hund musste Einhalt geboten werden.

Sie machte einen Termin für den Hund für den Tag vor ihrem Pre-Cana-Wochenende aus. Früh am Morgen lieferte sie ihn dort ab. Als sie ihn abholte, erwartete sie, dass er durch die Doppeltür des Operationsraumes stürmen und ein paar Leute sowie einige Stühle umrennen würde, bevor er an ihr hochsprang und ihr Gesicht mit seiner nach Fisch stinkenden Zunge ableckte, um anschließend etwas Teures und Wichtiges in der Praxis aufzufressen.

Stattdessen humpelte er aus dem Hinterzimmer und trug einen riesigen Plastikkragen um seinen gesenkten Kopf. Er sah so elend aus, so als hätte er gerade einen Liter Smirnoff gesoffen. Er starrte mit leerem Blick die Wand an, bevor er gegen einen Stuhl lief und unbeweglich stehen blieb, als wäre er gelähmt.

»Er steht noch unter dem Einfluss der Narkose«, erklärte die Tierärztin. Sie war eine mütterliche Frau mit glanzlosem Haar und einem OP-Kittel, der mit kleinen Welpen bedruckt war. »Er ist sehr müde und schwach.«

»Wie lange wird er so bleiben?«, fragte sie, wobei es ihr nur schlecht gelang, ihre Freude zu verbergen.

»Er wird wahrscheinlich die ganze Nacht sehr müde sein. Vielleicht wollen Sie ein Schmerzmittel mitnehmen. Er könnte morgen ziemliche Schmerzen haben, aber das Mittel wird ihn wieder umhauen.«

»Ich nehme zwei Flaschen davon.«

Ausnahmsweise würden sie ein bisschen Frieden haben. Der Gedanke, dass sie Rita und Charles einen unter Drogen gesetzten Oscar bringen konnten, befriedigte sie beinahe ein bisschen. Zumindest würde er ihnen nicht das ganze Haus zerstören. Der Hund der Blakelys war früher in diesem Jahr gestorben, und seitdem vermissten sie es, einen Hundefreund im Haus zu haben. Trotz ausgiebiger Warnungen vor Oscar hatten sie großzügigerweise angeboten, ihn und Grease für das Wochenende zu nehmen, während Cate und Ethan an ihrem Brautleuteunterricht teilnahmen.

Als sie an diesem Abend für das Wochenende in Ruhe und Frieden packte, bestand die einzige Störung seitens Oscar in seiner Pupserei.

Am folgenden Tag steckten sie Grease in seinen Tragekorb und zogen einen schlappen Oscar zum Auto. Greases Miauen klang, als wäre er eine gequälte Dschungelkatze, und bei jedem Halt an einer roten Ampel war sie überzeugt, dass die Fußgänger ihn hören konnten. Eine Autofahrt mit Grease garantierte pausenloses ohrenbetäubendes Miauen. Man könnte glauben, sie folterten ihn zu Tode. Sie setzten die Tiere zusammen mit einer Flasche Schmerzmittel und Futtervorräten für ein Wochenende bei Rita und Charles ab.

»Wir bringen sie euch am Sonntag zurück«, sagte Charles.

»Bist du sicher?«, fragte Ethan.

Charles nickte. »Natürlich. Wir werden ohnehin in der Gegend sein.«

Sie ließen Grease frei, und in dem Moment, in dem er aus dem Korb kam, stellte er sein erbärmliches Miauen ein.

»Wo findet euer Eheberatungswochenende statt?«, wollte Rita wissen.

Ethan lachte. »Es ist keine Eheberatung. Es geht um Vorbereitung. Es soll einen auf die Ehe vorbereiten.«

Cate war froh, dass Ethan sich sogar ein wenig begeistert über die ganze Sache anhörte. »Es ist in der Innenstadt in einem alten Kloster«, erläuterte sie.

»Oh.« Rita war offenbar fasziniert. »Das ist ja toll. Ihr werdet in der Nähe des Gaslamp-Viertels sein, und dieser Teil von San Diego ist jetzt so hübsch. Vielleicht könnt ihr ein bisschen in der Innenstadt herumlaufen, wenn der Regen nachlässt.«

Wenn man das im Hinterkopf behielt, klang das Wochenende gar nicht so übel. Cate hatte von ihren Freundinnen sehr unterschiedliche Berichte über das Pre-Cana-Wochenende gehört. Sie wusste nicht, was sie erwartete. Außerdem fühlte sie sich voll und ganz verantwortlich für die ganze Situation. Da sie katholisch war, hatte sie immer gewusst, dass sie an dem Vorbereitungswochenende teilnehmen musste. Ethan jedoch war nicht katholisch, und wenn das Rückzugswochenende schrecklich sein würde, konnte er ihr die Schuld zuschreiben.

»Es ist die absolute Hölle«, waren Vals Worte gewesen, bevor sie losfuhren.

»Ich fand unsere Kursleiter prima. Er war früher Feuerwehrmann und ist jetzt Priester«, hatte Sarah gesagt. Schon besser.

»Ich fand es fantastisch! Es war wirklich nützlich für uns beide, und wir haben so viel übereinander gelernt.« Das war von ihrer Schwester gekommen.

Es schüttete wie aus Kübeln, als sie herumfuhren und das Kloster suchten. Es war nicht gänzlich ungewöhnlich für San Diego, dass es im Oktober ein bisschen regnete. Dieses Wetter entsprach jedoch mehr einer für den Januar typischen El-Niño-Phase.

Nachdem sie ein paar Runden um den Block gedreht hatten, merkte sie, dass sie sich nicht in der Nähe des Gaslamp-Viertels befanden. Sie meinte, Schüsse zu hören, als Ethan seinen Explorer vor den mit Graffiti bedeckten Klostermauern parkte. Sie waren völlig durchnässt, als sie eintraten.

Drinnen wartete bereits eine kleine Gruppe von Leuten. Es war leicht, die Hochzeitswilligen von den Betreuern zu unterscheiden. Die Pärchen sahen genauso besorgt aus, wie Cate und Ethan sich fühlten. Alle schwiegen, außer zwei älteren Leuten, die Klemmbretter in den Händen hielten.

Die Frau sah Cate an. Ein breites Lächeln erhellte ihr Gesicht, als wäre es angeknipst worden. Sie hatte die Art Haar, das wahrscheinlich vor einem Jahrzehnt seidig gewesen war. Sie trug es viel zu lang für ihr Alter, das um die fünfundvierzig schwanken musste, und die gesplissten Spitzen waren dünn.

»Und Sie sind?« Sie neigte den Kopf zur Seite. Ihr Blick, mit dem sie sie betrachtete, erinnerte Cate an sich selbst, wenn sie ihre Kinder am ersten Kindergartentag begrüßte.

»Cate Padgett und Ethan Blakely«, antwortete Ethan.

»Wunderbar!« Auch diese Reaktion entsprach der Art und Weise, wie Cate eine Gruppe von hörgeschädigten Kindergartenkindern begrüßen würde. Ihre Stimme war laut und klar, und sie betonte jedes Wort, als wären sie taub. »Ich bin Ava, und das ist mein Mann Stu. Pfarrer Flannagan wird ebenfalls später an diesem Wochenende zu uns stoßen. Wir werden euch in der Kennenlernveranstaltung, die in ein paar Minuten beginnen wird, alles über uns erzählen.« Sie wandte sich an ihren Mann. »Stu, warum weist du ihnen nicht ihre Zimmer zu?« Stu war so dünn, dass er bestimmt weniger Kilos als Cate auf die Wage brachte, und sein ebenso dünner Schnurrbart über seiner Oberlippe sah wie monatelang voller Plage gezüchtet aus. Etwas an seiner Weste und dem unsteten Blick deutete auf den heimlichen Homosexuellen hin.

Er lächelte ihnen zu und enthüllte dabei seine schiefen Zähne. »Cate, Sie sind in Zimmer neunundzwanzig, und Ethan, Sie in Zimmer siebenunddreißig. Die Jungen auf dem einen Flur, und die Mädchen auf dem anderen, und es gibt absolut kein Herumschleichen.« Er drohte ihnen mit dem Zeigefinger. »Wir werden aufpassen.« Sie stellte sich vor, dass der Pianist Liberace sich genauso anhörte, wenn er lachte.

»Ich glaube, eure Mitbewohner haben schon eingecheckt«, meinte Ava.

Während ihrer Kindheit hatte sie einige skurrile Katechismuslehrer gehabt, und sie wäre schockiert gewesen, wenn das Paar, das das Seminar leitete, jung, cool und hip gewesen wäre. Aber Ethan war nicht an diesen Typ von Menschen gewöhnt. Seine Erfahrung mit Religionslehrern beschränkte sich auf Al, der ein großartiger Mensch war. Mit seiner außergewöhnlichen Persönlichkeit zog er einen derart in Bann, dass man einfach immer in seiner Nähe sein wollte.

»Es tut mir leid«, flüsterte sie ihm zu, als sie ihre Koffer in ihre Zimmer brachten.

»Aber nein. Mach dir keine Sorgen. Mir geht's gut.«

»Bist du sicher?«

»Yeah. Es ist alles in Ordnung.« Er log, weil er so gutmütig war. Obwohl er gute Miene zum bösen Spiel machte, war ihr klar, dass er wahrscheinlich gerade tausend Tode starb.

Das Kloster hätte einen wunderbaren Drehort für einen Horrorfilm abgegeben. Überall roch es nach Mottenkugeln und Schimmel, und das gesamte Gebäude sah aus, als wäre es seit seiner

Errichtung im Jahr 1941 nicht renoviert worden. Sie rechnete damit, nachts wildes Heulen zu hören.

Sie versuchte, der Sache eine positive Seite abzugewinnen. Vielleicht war ihre Mitbewohnerin ja nett. Sie könnten über das Wochenende Freundschaft schließen, lange aufbleiben, miteinander kichern und sich wegen der Situation, in der sie steckten, gegenseitig bemitleiden. Sie öffnete die Tür zu ihrem Zimmer und fragte sich, ob sie sich wohl in der Zimmernummer geirrt hatte. Aber nein, es war definitiv das richtige Zimmer. Vielleicht fand an diesem Wochenende parallel auch ein Jugendseminar statt, sodass nicht mehr genug Zimmer zur Verfügung standen Das pickelige, übergewichtige Mädchen, das auf dem Bett saß, konnte nicht älter als siebzehn sein. Sie hatte eine Zahnspange und trug einen zu großen blauen Pulli, cremefarbene Leggins und Chucks. »Bist du meine Mitbewohnerin?«, fragte sie.

»Ich glaube schon«, antwortete Cate. »Bist du für das Pre-Cana-Seminar hier?«

Sie nickte. »Yeah, mein Verlobter ist oben in Zimmer siebenunddreißig.«

»Oh, da ist mein Verlobter auch! Sie müssen die jeweiligen Partner zusammengelegt haben. Ich bin Cate.« Sie trat ein und streckte dem Mädchen die Hand hin.

Für einen Sekundenbruchteil sah das Mädchen überrascht aus, dann reichte sie Cate ebenfalls die Hand. »Summer.« Ihre Hand war schlaff und weich.

Cate sah sich im Zimmer um. Bislang war sie noch nie in einer geschlossenen Anstalt gewesen. Aber sie hatte genug Filme gesehen, um zu wissen, wie es dort aussah. Hätte es nicht die abblätternde Blumentapete gegeben, hätte sie gedacht, dass die Besetzung von *Durchgeknallt* beim Dreh an Originalschauplätzen diese Räumlichkeit benutzt hatten. Die Betten hatten eher die Größe von Feldbetten. Zwischen ihnen stand ein ramponierter Nachttisch, auf dem eine schwarz eingebundene Bibel lag. Rechts neben der Tür befand sich ein kärgliches Ensemble aus Waschbecken und Spiegel. Die gestrickten Decken auf den Betten waren nicht vertrauenerweckend, aber zumindest sahen die Laken sauber aus. Sie waren derart massiv und wahrscheinlich genauso häufig gestärkt und gebleicht worden, dass sie an den Ecken ganz fadenscheinig waren.

Sie stellte ihren Koffer ab und zog ihre Jacke aus. »Liegt es bloß an mir, oder ist es hier drinnen wirklich so heiß?«

»Ja, es ist ziemlich warm«, bestätigte Summer. »Nur in diesem Stockwerk gibt es eine Heizung. Die Männer oben haben keine. Dafür scheint die hier so richtig aufgedreht zu werden. Und gemäß den Regeln dürfen die Fenster nach einundzwanzig Uhr nicht mehr geöffnet werden.«

»Wie lange bist du schon hier?«

»Erst seit einer Stunde.« Sie reichte Cate ein vergilbtes Blatt Papier. Es war mit einer Schreibmaschine geschrieben worden, und die Liste der Regeln stachelte zur Rebellion auf.

Um 21.30 Uhr Licht aus.
Jungen in den Mädchenzimmern absolut verboten und umgekehrt.
Kaugummi verboten.
Rauchen verboten.
Alkohol absolut verboten.

Die Liste ging immer weiter. Noch nicht einmal bei der Klassenfahrt in der sechsten Klasse hatte sie so etwas zu Gesicht bekommen. Selbst damals waren die Unterkünfte besser gewesen. Sie warf einen Blick auf die pastellgrüne Uhr, die man lieblos an die Wand genagelt hatte. Bis zur ersten Aktivität hatten sie noch eine halbe Stunde Zeit. Sie fragte sich, wie es Ethan erging und ob er wohl schon so weit war, aus dem Fenster seines Zimmers im zweiten Stock springen zu wollen, nachdem er beschlossen hatte, dass zu heiraten es nicht wert war, sich einen solchen Horror anzutun.

Sie kam zu dem Schluss, dass sie die Zeit genauso gut totschlagen konnte, indem sie Summer kennenlernte. Sie war es allmählich satt, ständig über ihre eigene Hochzeit zu reden. Es würde erfrischend sein, zur Abwechslung mal etwas über die Pläne von jemand anderem zu hören.

Bald erfuhr sie, dass Summer bei Hollywood Video arbeitete, noch bei ihren Eltern wohnte und auf dem Marine-Infanterie-Stützpunkt heiraten würde. Ihr Verlobter Dawson, ein Marinesoldat, hatte drei Brautführer. Sie würden ein Büfett mit Fettuccine Alfredo und Salisbury-Steak im Sauerteigmantel haben. Ihre Mutter nähte ihr Kleid und auch die der Brautjungfern. Sie hatte fünf Brautjungfern, und sie würden Violett tragen. Cate stellte sie sich alle mit Korkenzieherlocken und passend gefärbten violetten Pumps vor.

»Wie alt bist du?«, fragte Cate.

»Achtzehn. Dawson ist vierundzwanzig.«

»Wie lange seit ihr schon zusammen?«

»Vier Monate.«

»Oh – äh, na ja, manche Leute wissen es einfach sofort, nehme ich an.« Sie spürte, wie ihre Körpertemperatur von Sekunde zu Sekunde stieg.

»Er wird einen Einsatz haben. Sechs Monate in Japan, und deshalb haben wir uns gedacht, wir könnten es genauso gut jetzt machen. Wir wollten nicht warten, bis er zurückkommt.«

»Was du heute kannst besorgen, das verschiebe nicht auf morgen.« Sie faltete ihr Kopfkissen in der Mitte und drückte es dann gegen die Wand, damit sie sich bequemer anlehnen konnte. Es war wirklich interessant, jemandem zuzuhören, der so anders als Ethan und sie war. »Wie habt ihr euch kennengelernt?«

»In TJ.«

Seit Highschool-Tagen hatte sie nicht mehr gehört, dass jemand Tijuana mit der Abkürzung bezeichnete. Damals, als sie verbotenerweise ab und zu eine Sauftour in diese nordmexikanische Stadt unternommen hatten, war es noch cool gewesen, in Kürzeln zu reden. Jetzt klang es in ihren Ohren nur noch albern.

»Yeah, ich hatte ihn vorher schon gesehen, als ich mit meinen Freundinnen dort tanzen war, aber ich hatte noch nie mit ihm geredet, bis er mir zwei Tequila Poppers ausgegeben hat. An dem Abend hat er mich auf seinem Motorrad nach Hause gebracht, und wir haben uns durchs Fenster in mein Elternhaus geschlichen und hatten Sex auf dem Boden meines Zimmers.«

Cate kannte sie erst seit fünf Minuten. »Oh. Äh, das muss …«, sie suchte nach dem richtigen Wort, »… nervenaufreibend gewesen sein. Hast du keine Angst wegen deiner Eltern gehabt?«

»Ein bisschen. Er ist drei Monate lang jede Nacht durch mein Zimmerfenster eingestiegen. Wir konnten es nicht auf dem Stützpunkt tun, weil er einen Mitbewohner hatte, und außerdem dürfen ohnehin keine Frauen in die Kaserne. Eines Abends hat mein Dad uns überrascht.« Was Cate äußerst seltsam fand, war, dass Summer bei der Erinnerung daran lachte. Cate wäre nie wieder dieselbe gewesen, wenn jemand aus ihrer Familie sie mit achtzehn beim Sex überrascht hätte. Sie hatte ihre Jungfräulichkeit sogar erst im College verloren, und zwar in der sicheren Umgebung des Apartments ihres damaligen Dauerfreundes. »Was ist dann passiert?«, fragte sie und versuchte, ihr Erstaunen zu verbergen.

»Mein Dad hat ihn in den Hintern getreten. Er hat ihm ein blaues Auge verpasst und ihm den Kiefer gebrochen. Man kann die blauen Flecken immer noch erkennen, wenn man genau hinsieht.«

Sie hätte wissen müssen, dass sie auf jemanden treffen würde, der die intimsten Details seines Lebens mit ihr teilen wollte. Das passierte ihr häufig, und sie fragte sich oft, warum die Leute sich in ihrer Gegenwart offenkundig so wohl fühlten. Erst neulich hatte eine alte Lady im Lebensmittelgeschäft ihr alles über ihre Hämorriden erzählt. Cate hatte nichts weiter getan, als ihr zuzulächeln, bevor sie all die blutigen Details zu hören bekam.

»Mein Dad war ebenfalls beim Militär, deshalb hat Dawson sich nicht einmal gewehrt. Er wollte ihm Respekt erweisen. Hat sich nur immer wieder entschuldigt, während meine Mom und ich versucht haben, meinen Dad zu beruhigen.«

Cate konnte sich so etwas nicht vorstellen. Wirklich, sie hätte einen lebenslangen Schaden davongetragen, wenn ihr etwas Derartiges passiert wäre. Sie kam sich in der Nähe von Summer so alt und langweilig vor. Plötzlich wirkten ihre ganzen Probleme mit ihrer Mutter richtig unbedeutend. »War er nackt, als dein Vater ihn geschlagen hat?«

»Yeah, war er, und ich auch. Mein Dad hat ihn einfach von mir runtergerissen und angefangen, ihn zu verprügeln. Irgendwann bin ich meinem Dad auf den Rücken gesprungen und habe ihn gewürgt.«

»O mein Gott!«, war alles, was Cate herausbrachte. Sie fragte sich, welche Art von Unterhaltung Ethan und Dawson wohl ein Stockwerk höher führten. Sie betete, dass er keine Mordgedanken ihr gegenüber hegte, weil sie ihn hierher geschleppt hatte.

»Und wie habt ihr euch kennengelernt, Ethan und du?«, fragte Summer und lehnte sich in ihr Kissen zurück.

»Oh, wir waren schon sehr lange befreundet, um genau zu sein, seit unserer Kindheit, und irgendwann habe ich schließlich begriffen, dass er der richtige Mann für mich ist. Wir hatten uns im Laufe der Jahre aus den Augen verloren, aber dann haben wir uns vor zwei Jahren auf der Hochzeit einer Freundin wiedergetroffen. Danach habe ich mich in ihn verliebt.«

Summer gähnte.

Tut mir leid, dass mein Dad ihn nicht verprügelt hat, während wir beide nackt waren, hätte Cate am liebsten gesagt.

»Mögen deine Eltern ihn?«, fragte sie.

»Meine Eltern lieben Ethan.«

»Das ist gut. Ich glaube, es ist immer gut, wenn deine Eltern deinen Freund mögen. Meine Eltern hassen Dawson. Mein Dad hat gedroht, ihm die Eier abzuschneiden, und er durfte unser Haus nicht betreten, bis wir uns vor ein paar Wochen verlobt haben. Es war wirklich schrecklich, und wir sind beinahe mit seinem Motorrad abgehauen, aber dann wurde er versetzt. Deshalb haben wir beschlossen, besser zu heiraten.«

Cate versuchte, etwas Positives zu sagen. »Na ja, aber dafür dürften *seine* Eltern *dich* mögen.«

Sie zuckte die Schultern. »Vermutlich.« Sie zupfte mit ihren künstlichen Fingernägeln an einem Faden der Wolldecke auf ihrem Bett. Die Nägel sahen zu erwachsen für ihre rundlichen Hände aus; sie wirkte damit wie ein kleines Mädchen mit hochhackigen Schuhen und Lippenstift. »Ich habe nur mit ihnen telefoniert. Seine Mutter ist krankhaft fettleibig und kann es sich deshalb nicht leisten, zur Hochzeit zu kommen. Sie müsste zwei Flugtickets kaufen, und vermutlich sind die Flugpreise von Fresno hierher richtig teuer. Aber sein Vater kommt vielleicht. Er ist ab nächste Woche auf Bewährung draußen. Wir werden sehen, ob er es auf die Reihe bekommt.«

Denise wirkte plötzlich wie ein nebensächliches Problem. Eine Fliege, die bei einem Picknick herumsummt, verglichen mit Summers künftigen Schwiegereltern. Cate warf einen Blick auf die Uhr. »Nun, wir sollten besser runtergehen. Ich glaube, gleich geht das Programm los.«

Ethan wartete am Eingang des Seminarraumes auf sie. Er sah groggy aus, legte ihr aber sofort den Arm um die Schultern und küsste sie auf die Stirn. Sie hatte Angst, ihn zu fragen, wie es war. Sie befürchtete, er könnte ihr vielleicht sagen, dass sie diese Aktion teuer zu stehen kommen würde. Sie malte sich aus, wie sie ihn massierte und ihm für die nächsten fünf Jahre Wein und Käseplatten servierte, weil sie ihm dieses Pre-Cana-Wochenende eingebrockt hatte. Sie hörte jemanden im Seminarraum singen und erkannte ein Kirchenlied, das sie den größten Teil ihrer Kindheit für die Nationalhymne von Kanada gehalten hatte.

Als Kind hatte sie immer geglaubt, dass der Chor leise sang: »Ohhh Kanaaaada! Du nimmst hinweg die Sünden der Welt«, während sie in Wirklichkeit sangen: »Oh Lamm Gottes. Du nimmst hinweg die Sünden der Welt.«

Als sie kurz nach ihrem zehnten Geburtstag den tatsächlichen Text begriff, war sie vollkommen schockiert. Emily musste es beweisen, indem sie ein Gesangsbuch mit dem Liedtext besorgte. Bis heute sang Cate die falschen Worte, wenn ihr das Lied in den Sinn kam.

»Wie ist deine Zimmergenossin?«, wollte er wissen.

»Interessant«, sagte Cate, während sie den schwach erleuchteten Raum betraten. »Und sie ist die Verlobte von deinem Zimmergenossen.«

»Ach du Scheiße!«

»Ethan, deine Sprache. Wir befinden uns in einer religiösen Einrichtung.«

Er grinste. »Sorry.«

Der Raum war klein und voller Leute, weshalb sie die Stimme senkte. »Heißt dein Mitbewohner Dawson?«

»Stimmt. Mann, du musst sie mir zeigen. Ich habe versucht, mir vorzustellen, mit was für einer Tussi er zusammen ist.«

»Ist er ein komischer Vogel?«

»Lass es mich so ausdrücken«, flüsterte er. »Der Typ hat ein Tattoo von einer Klapperschlange auf der Wade, trägt bei diesem

Sauwetter Shorts, und während der letzten zwanzig Minuten hat er mir Polaroids von allen Waffen gezeigt, mit denen er auf dem Marinestützpunkt trainiert.«

»Willst du mich auf den Arm nehmen?«

Er schüttelte den Kopf.

»Ethan, das ist unheimlich«, zischte sie. »Der Mann meiner Cousine Mary ist auch bei der Marine, und ich wette, er hat keine Fotos von seinen Waffen.« Sie sah Stu mit hochgekrempelten Ärmeln auf einem Hocker kauern. Eine akustische Gitarre ruhte auf seinem Schoß, während er die ›kanadische Nationalhymne‹ schmetterte.

Ethan lachte leise. »Dawson ist bekloppt. Aber ich finde es amüsant. Und er hat eine Flasche Jim Beam dabei.« Er lächelte schlitzohrig. »Also ist die Lage gar nicht so übel.«

»Hast du schon einen genommen?«

»Drei.« Er grinste breit.

»Hallo, alle! Bitte herhören!« Es war Ava, und sie schwenkte die Arme, als wären sie gestrandet und ein Hubschrauber wäre gerade über die Insel geflogen. »Alle setzen sich hin! Wir fangen jetzt an!«

Cate und Ethan folgten dem Rest der Gruppe zu mehreren Reihen rostiger Klappstühle. Ethan blieb bei der letzten Reihe stehen und zeigte auf die zwei Stühle, die dem Ausgang am nächsten waren. Die hinteren Reihen füllten sich schnell.

Ava hieß alle zum Brautleuteunterricht willkommen; dann erklärte sie, wie wunderbar das Wochenende werden würde. Sie verteilte Zeitpläne, was Cate ein bisschen ans College erinnerte, als sie ihre Stundenpläne bekommen hatten. Ein Teil von ihr fürchtete das Arbeitspensum, das vor ihr lag, und ein Teil von ihr freute sich darauf, neue Dinge zu lernen.

Nachdem Ava die Pläne ausgeteilt hatte, wanderten alle im Zimmer herum, sagten ihre Namen und was sie sich von dem

Pre-Cana-Wochenende erhofften. Sie hatte mit so etwas gerechnet. Sie waren die beiden letzten, die an die Reihe kamen, und sie hoffte, dass Ethan nicht nach Alkohol roch, als er sprach.

»Ethan Blakely«, sagte er. »Ich hoffe, mehr über Cates religiösen Hintergrund zu erfahren.« Eine klare Antwort, und er roch nicht nach Alkohol.

»Cate Padgett. Ich hoffe, besser auf die Ehe vorbereitet zu werden.« Es war eine gezwungene Antwort und etwas, das sie nie gesagt hätte, wenn sie nicht etwas hätte sagen müssen.

»Okay. Jetzt werden Stu und ich euch ein bisschen von uns erzählen.« Stu saß auf seinem Barhocker und blickte selbstgefällig in die Runde, während Ava redete. Auf ihrem Gesicht erschien wieder dieses Anknipslächeln, als hätte jemand einen Schalter an ihrem Rücken betätigt. »Stu und ich haben vor vier Jahren geheiratet. Wir waren schon älter, nämlich neununddreißig, als wir geheiratet haben, und wir waren beide Jungfrauen.« Wieder das Lächeln. »Wir haben beschlossen, mit dem Liebemachen bis zu unserer Hochzeitsnacht zu warten, und an diesem Wochenende werden wir euch lehren, warum Sex so heilig ist.«

Solange sie keine Details aus Stus und Avas Liebesleben zu hören bekamen, war es für sie in Ordnung.

»Jedenfalls haben Stu und ich geheiratet, und Stu steht zu seiner femininen Seite und hat deshalb zur Hochzeit einen Kilt statt einer Smokinghose getragen. Nicht wahr, Stu?«

Er feixte.

»Und dann«, fuhr Ava fort, »wollten wir uns in unserer Hochzeitsnacht lieben, aber wir waren einfach zu müde. Und ich möchte, dass ihr alle begreift, dass es in Ordnung ist, so zu fühlen. Also sind wir in die Flitterwochen gefahren, und in der ersten Nacht in den Flitterwochen konnte Stu nicht. Er war zu nervös.«

Er feixte wieder.

»Wie auch immer, wir reden später noch darüber. Aber es ist

okay, nervös zu sein, wenn man heiratet. Wir haben alle Ängste, und dafür ist dieses ganze Wochenende da. Um über unsere Ängste zu reden und darüber, wie das Leben in einer christlichen Ehe aussieht. Deshalb möchte ich, dass ihr alle über eure Ängste nachdenkt. Über alles, was euch vielleicht durch den Kopf geht und das ihr mit eurem Partner besprechen wollt.« Sie nahm einen hässlichen Strohhut mit einer schiefen rosa Blume in die Hand, und Cate fragte sich, warum um alles in der Welt sie den bei sich hatte.

»Wir werden einen Hut reihum gehen lassen. Wir nennen ihn den Hut für geheime Fragen. Ich möchte, dass jeder Einzelne von euch eine Frage aufschreibt, die er nicht so gerne vor der Gruppe stellen möchte. Etwas, was ihr gerne einen Priester fragen würdet, was euch aber vielleicht peinlich wäre. Wenn Pfarrer Flannagan dann hier ist, wird er die Zettel herausholen und die Fragen für die Gruppe beantworten. Es ist völlig anonym, also müsst ihr euch nicht zurückhalten. Und jeder muss eine Frage stellen. Aller Wahrscheinlichkeit nach gibt es auch noch andere Personen, die sich über eine Sache im Unklaren sind, wenn es bei euch selbst der Fall ist.«

Viele Leute sahen genauso ratlos aus, wie Cate sich fühlte, aber einige kritzelten schon eifrig. Sie fragte sich, was sie sich wohl ausdachten. Ihr fiel keine geheime Frage ein, die sie stellen wollte. Sie war im katholischen Glauben erzogen worden und kannte schon fast alle Antworten. Noch überraschter war sie, als sie sah, dass auch Ethan etwas schrieb, als hätte er bereits etwas auf dem Herzen gehabt, bevor sie überhaupt angekommen waren. Hatte er eine peinliche Frage? Etwas, wovon sie nichts wusste? Wenn er irgendwelche Sorgen hatte, wäre es ihr lieber gewesen, er wäre damit zu ihr gekommen.

»Was schreibst du?«, flüsterte sie.

»Das ist vertraulich.« Sie merkte an seinem Ton, dass er scherzte.

»Lass mich mal sehen.«

»Okay. Warte.« Er schrieb zu Ende, dann hielt er ihr den Zettel hin, damit sie lesen konnte. Das Funkeln seiner Augen hätte ihr schon Hinweis genug sein müssen. Als sie die Worte las, schlug sie sich die Hand vor den Mund.

»*Nennt man es auch schon ›Gewalt in der Familie‹, wenn man noch nicht verheiratet ist?*« Er hatte sogar seine Schrift verstellt.

Ihre Augen wurden so groß, dass sie das Gefühl hatte, sie würden ihr gleich aus dem Kopf fallen. Er grinste, als sie ihn ansah. »Das kannst du nicht reintun«, zischte sie zwischen zusammengebissenen Zähnen hervor.

»Warum nicht?« Es gelang ihm, nicht laut zu lachen.

»Gib ihn mir!« Sie versuchte, ihm den Zettel aus der Hand zu ziehen, aber er war zu schnell und schloss schnell die Finger darum. Gerade in dem Moment kam der Hut zu ihnen. Er warf seine Frage hinein. Einen kurzen Augenblick versuchte sie noch, ihn wieder herauszuziehen, aber als Ava und Stu sich in ihre Richtung wandten, gab sie auf. Ethan hielt den Hut fest, stand auf und gab ihn Ava zurück.

27. Im Dunkeln

Am folgenden Morgen wurden sie von einem energischen Klopfen an ihrer Tür geweckt. »Aufstehen, ihr Schlafmützen!«, rief Ava durch die verfallenden Mauern.

Cate wäre lieber von einer Wildkatze geweckt worden, und sie hätte ohne weiteres noch vier Stunden schlafen können. Die Nacht war eine der schlimmsten gewesen, die sie je erlebt hatte. Sie warf einen Blick zu Summer hinüber und sah, dass sie sich quer über ihr Feldbett ausgestreckt hatte; sie trug nichts weiter als ihre Unterwäsche. Cate hatte sich selbst immer schon für extrem hellhäutig gehalten, aber neben Summer fühlte sie sich regelrecht gebräunt. Sie konnte ihr nicht verdenken, dass sie sich bis auf Slip und BH ausgezogen hatte. Im Zimmer war es höllisch heiß, und auch Cate hatte ihre Wolldecke und ihre Flanell-Pyjamahose irgendwann in der Nacht von sich geworfen. Sie war jedoch zu gehemmt, um sich in ihrer Unterwäsche auf die Bettdecke zu legen. Sie war unter dem Laken geblieben, aber ihre Beine konnten sich nicht an das kratzige Gefühl der gebleichten Laken gewöhnen.

Sie stand gerädert auf und betrachtete sich im Spiegel. Schweiß hatte ihr den Pony an die Stirn geklebt, und als sie ihn jetzt mit den Händen zu ordnen versuchte, war das Ergebnis, dass er im Bruchteil einer Minute wie ein Palisadenzaun von ihrem Kopf abstand. Zum Duschen blieb keine Zeit mehr, sodass sie ihren störrischen Pony, der über Nacht anscheinend einen eigenen Willen entwickelt hatte, wohl oder übel ohne Haarwäsche bändigen musste. Sie machte die Haare nass und versuchte, sie mit dem

Kamm nach unten zu kämmen, aber sie sprangen einfach wieder hoch und standen erneut ab. Sie drückte sie fast fünf Minuten lang mit der Hand nach unten. Als sie die Hand wegnahm, lag der Pony ungefähr zehn Sekunden an, bevor er sich langsam wieder aufstellte.

Sie lieh sich Summers Haartrockner aus, aber gerade als sie den Stecker einstecken wollte, ging das Licht aus. Draußen regnete es in Strömen, weshalb es sie nicht überraschen würde, wenn der Sturm den Stromausfall verursacht hätte. Aber das Gebäude war auch so alt, dass die Stromversorgung es wahrscheinlich nicht verkraftete, wenn zwanzig Leute gleichzeitig versuchten, sich fertig zu machen.

Inmitten der Dunkelheit entdeckte sie einen leuchtenden Hoffnungsschimmer. Wie konnten sie das Seminar ohne Strom fortsetzen? Vielleicht würde man sie alle nach Hause schicken und von dieser ganzen seltsamen Lagererfahrung freistellen! Ihre Gebete mussten erhört worden sein.

Sie kam zehn Minuten zu spät zum Frühstück, und es gab immer noch keinen Strom. Sie hatte kein Problem damit, weil ihre Ponyhaare ihr wie Hörner vom Kopf abstanden und es deshalb ohnehin besser war, wenn niemand sie richtig sehen konnte.

Ethan wartete an der Tür zur Cafeteria. Er war blass und hatte sich nicht die Mühe gemacht, sich zu rasieren. »Hallo«, sagte er leise. Er bemerkte ihre unglaubliche Frisur nicht und verlor auch kein Wort über ihr Zuspätkommen.

»Du siehst aus, als hättest du letzte Nacht etwa so viel Schlaf wie ich bekommen«, stellte sie fest.

»Ich sterbe«, antwortete er. »Mannomann, was habe ich einen Kater.«

Fast beneidete sie ihn. Zumindest hatte er etwas getan, was Spaß machte, und wahrscheinlich hatte er besser geschlafen als sie. Sie konnte Stu und den Klang seiner akustischen Gitarre hören. Solange sie sich in seiner Nähe befanden, würden sie keinen friedlichen Augenblick genießen können.

»Der Geruch nach Essen dreht mir den Magen um«, sagte Ethan mit glasigem Blick.

Ava lächelte ihnen zu, als sie sich ein Tablett holten, und Cate nickte zurück. Bei jeder Bewegung spürte sie, wie ihre Ponyhaare wie Flügel flatterten. Außerdem war der ganze Raum mit Kerzen und Laternen erleuchtet, und sie konnte den Schatten sehen, den ihre abstehenden Ponyhaare warfen. Es sah grauenhaft aus. Sie wollte sofort wissen, wie der aktuelle Stand hinsichtlich der Stromversorgung war. Wenn sie bald hier herauskönnten, würde sie sich das Essen sparen.

Ava trug eine fürchterliche Schürze in Farben, die niemals auf einem Stoff vereinigt sein dürften. Kleine violette und gelbe Kreuze tummelten sich auf einem braunen Hintergrund. Dazu trug sie rote Hosen und ein blau-weiß kariertes Hemd. Vielleicht war sie farbenblind.

»Was ist mit der Stromversorgung los?«, wollte Cate wissen.

»Nun, wir müssen einfach für den Rest des Tages oder bis der Strom wieder da ist mit Kerzen auskommen.«

»Sie meinen, wir bleiben?«

»Aber natürlich!« Sie lachte leise. »Wir haben heute so viel vor. Und heute Vormittag kommt mein Lieblingsteil an die Reihe. Rollenspiele!«

Cate war kurz davor, ihr Tablett auf die Theke knallen zu lassen. Jegliche Hoffnung, dass man sie von dem Brautleuteunterricht freistellen würde, verschwand so schnell, wie die Lichter ausgegangen waren. Diese Frau würde sie auf keinen Fall gehen lassen, wenn es in ihrer Macht stand, sie alle religiöse Rollenspiele durchführen zu lassen.

Stu saß auf einer Tischkante; er trug eine braune Cordhose und einen Pulli mit zu kurzen Ärmeln. Seine schwarze Armbehaarung kräuselte sich über seine Handgelenke wie ein Fell. Er versuchte sich an einem weiteren Kirchenlied. Es war eins, das sie eigentlich mochte, nämlich *Ave, du Himmelskönigin.* Es hatte eine lebhafte Melodie, und sie erinnerte sich, dass sie in der Messe dazu geklatscht hatten. Aber etwas an der gotischen Beleuchtung und dem Geruch nach schlechtem Frühstück zerstörte die Stimmung.

Die Warmhalteplatten waren wegen des Stromausfalls ausgefallen, weshalb es nur kalte pappige Haferflocken und ein paar kalte Streifen von extrem fettigem Schinkenspeck gab. Nach dem, was es gestern zum Abendessen gegeben hatte, hatte sie auch nichts Besseres erwartet. Sie wusste nicht genau, was sie am Vorabend gegessen hatten. Ethan hatte darauf beharrt, dass es Huhn gewesen war, aber sie tippte mit Überzeugung auf Rindfleisch.

Ethan in seinem dehydrierten Zustand nahm sich den Rest des salzigen Schinkenspecks. Sie nahm sich Haferflocken und redete sich ein, dass sie mit ein bisschen Honig oder Ahornsirup sicher nicht übel schmecken würden. Sie nahm sich ein Schälchen Honig, während Ethan einen Tisch für sie suchte. Die meisten Leute im Raum hatten nasse Haare und sahen aus, als würde sie langsam aus dem Koma erwachen. Sie setzten sich zu zwei anderen Paaren, die ungefähr in ihrem Alter waren. Nachdem Cate ihr Tablett abgestellt hatte, versuchte sie, ihren Pony mit der Hand zu glätten, damit die anderen nichts merkten. Aber sie spürte immer noch, wie die Haare abstanden und auf- und abflatterten.

»Oh, du hast dir auch die Eier genommen?«, sagte ein Bräutigam an ihrem Tisch.

»Eier?« Sie warf einen Blick auf ihre Schale. »Ich denke, das sind Haferflocken.«

»Nein. Das sind Eier. Glaub mir.«

Eier, die sie gerade mit Honig übergossen hatte. Letztendlich aß sie dann ein Stück Brot mit Erdbeermarmelade.

Das Essen war fürchterlich, aber die Unterhaltung am Tisch

erwies sich als ziemlich gut. Der Bräutigam, der sie auf die Eier hingewiesen hatte, und seine Verlobte waren im selben Alter wie Ethan und Cate. Sie hießen Mike und Gillian, und sie hatten viel mehr mit Cate und Ethan gemeinsam, als verlobt zu sein. Sie war ebenfalls Kindergärtnerin, und sie waren beide in San Diego aufgewachsen. Es war nett, mit ihnen zu plaudern und Witze über Ava und Stu zu reißen.

Das andere Paar am Tisch war ein bisschen anders. Sie hießen Matthew und Angie. Cate erinnerte sich, dass er ihr schon am Vorabend aufgefallen war und sie sich gefragt hatte, wer wohl das glückliche Mädchen war, das sich ihn geschnappt hatte. Er war groß gewachsen und muskulös und hatte ein sehr hübsches Gesicht. Er war gut gekleidet und trug eine teure Jeans, einen Rollkragenpulli und eine geschmackvolle Lederjacke. Angie dagegen war klein und mollig und trug sehr durchschnittliche, unauffällige Kleidung.

Matthew wirkte gedankenverloren, lächelte nie und trug nichts zur Unterhaltung bei. Cate fragte sich, ob er bloß schlechter Laune war, weil er sich langweilte und ihn das Wochenende frustrierte. Wahrscheinlich war er hergeschleift worden, wie Ethan, aber im Gegensatz zu ihm ein Spielverderber.

»Also seid ihr beide katholisch?«, fragte Angie.

»Nein. Nur sie.« Ethan deutete auf Cate.

»Ich bin auch nicht katholisch«, sagte Angie. »Ich bin nur Matthew zuliebe hier.«

Als sie Matthew ansahen, starrte er Löcher in die Luft. Ein Moment peinlichen Schweigens verging, bevor er begriff, dass sie über ihn gesprochen hatten. »Oh, was? Habt ihr mit mir gesprochen?«, fragte er.

»Ich habe Cate und Ethan hier gerade erzählt, dass wir an diesem Wochenende hergekommen sind, weil du katholisch bist.« Sie lächelte und wandte ihren Blick wieder den anderen zu. »Aber es macht mir nichts aus. Ich möchte seine Religion annehmen, und ich weiß, dass es seiner Familie viel bedeutet.« Das war süß von ihr. Sie fand es jedoch seltsam, dass Matthew es anscheinend gar nicht zu schätzen wusste. Sie berührten sich nie, und sie war nur richtig begeistert, wenn sie über die Einzelheiten ihrer Hochzeit sprachen. »Unsere Hochzeitsprogrammhefte werden in Paris auf französisches Pergament gedruckt, und ein Porträt von jedem Mitglied des direkten Brautpaargefolges wird von einem französischen Künstler direkt neben den jeweiligen Namen im Programm gezeichnet.« Das Mädchen war besessen vom Heiraten. Cate fragte sich, ob das der Grund für Matthews distanzierte Haltung war. Wahrscheinlich hatte er es gründlich satt, über französisches Pergament zu reden. Sie dagegen war in ihrem Enthusiasmus scheinbar nicht zu stoppen. Da konnte man nur hoffen, dass das Wochenende ihnen vielleicht helfen konnte.

Nach dem Frühstück wurden sie wieder in den Seminarraum geführt. »Also«, sagte Ava. »Sucht euch einen Platz. Hier vorne sind jede Menge freie Stühle.«

Die hinterste Ecke war inzwischen zu einem begehrten Platz geworden. Genau genommen waren die gesamten hinteren Reihen angesagt, und jemand hatte Cate und Ethan ihre früheren Plätze abspenstig gemacht. Sie waren gezwungen, sich in die Mitte der ersten Reihe zu setzen.

»Okay, ich würde gerne mit einem Eröffnungsgebet beginnen, also senkt bitte alle die Köpfe und stellt euch vor, ihr wärt an einem hübschen friedlichen Ort.«

Zu diesem Zeitpunkt wäre es einem nett vorgekommen, draußen im Regen zu stehen.

»Lieber Gott, hilf uns, dieses Wochenende durchzustehen …«

Dazu konnte man guten Gewissens Amen sagen.

»… und zwar mit Verständnis und Liebe. Und bitte, lieber Gott, segne diese verlobten Paare auf ihrem Weg. Hilf ihnen, mehr übereinander, ihren Glauben und die Liebe zu Gott zu erfahren.« Es war das erste Mal, dass sie mit leiser Stimme gesprochen hatte. »Amen.«

Der Raum antwortete im Chor mit Amen, und sie hörte sogar Ethans Stimme. Sie führten ein paar richtig abgedroschene Rollenspiele durch, bei denen es darum ging, mit seinem Partner über Themen zu reden, die man möglicherweise als unangenehm empfand. Cate meldete sich freiwillig für die Hauptrolle in einem Rollenspiel, damit sie etwas zu tun hatte. In der Sekunde, in der sie sich meldete, bereute sie es schon. Sie hatte ihre Ponyhaare vergessen, und jetzt musste sie mit ihrer Geckenfrisur vor die Zuschauer treten.

»Aber ich möchte meine Kreditkarte benutzen, um diese Schuhe in der Mall zu kaufen.« Sie las die hölzernen Worte von einem zerfledderten Skript ab.

»Aber ich möchte nicht, dass du die Kreditkarte benutzt«, antwortete Dawson. Er hatte die männliche Hauptrolle inne und mimte ihren Verlobten in ihrem gemeinsamen Debüt als Schauspieler. Glücklicherweise gab es keine Liebesszenen. »Wir haben nie über Geld gesprochen, bevor wir geheiratet haben.«

»Und jetzt haben wir ein großes Problem.« Als sie von ihren Zeilen aufblickte, merkte sie, dass die Hälfte der Leute in der ersten Reihe schlief.

Nach den Rollenspielen wurde deutlich, dass es ein Hauptthema gab, welches sich durch das ganze Wochenende zog – nämlich die Diskussion über Themen und Sorgen *vor* der Eheschließung. Sie hatte es Ava schon tausend Mal sagen hören. »Jetzt ist die Zeit, euren Partner mit all euren Sorgen zu konfrontieren.«

Die einzige besorgniserregende Sache, die ihr einfiel, war Janet. Würde Janet immer wieder mit teuren Geschenken bei ihnen auftauchen? Das Wochenende schien sich nicht wirklich um die Diskussion über Themen im Zusammenhang mit Exfreundinnen zu drehen. Die Dinge, die Ava erwähnte, drehten sich um Kindererziehung, finanzielle Angelegenheiten und die Ausübung des Glaubens.

Ava formulierte Fragen wie beispielsweise: »Habt ihr euch darüber unterhalten, wie ihr euren Kindern Disziplin beibringen wollt?« Dann trennten sich die Paare für eine kurze Zeit. Ein Partner ging in ein Schlafzimmer, und der andere blieb im Seminarraum, damit sie ihre Antworten aufschreiben konnten, ohne von ihrem Partner beeinflusst zu werden. Nach zehn Minuten trafen sie sich wieder, um mit ihrem Partner über ihre Antworten zu diskutieren.

Cate und Ethan hatten schon über viele der Themen gesprochen, die Ava ansprach. Sie wollten beide zwei, vielleicht auch drei Kinder haben. Sie hatten einen gemeinsamen Haushaltsetat abgesteckt, als sie zusammengezogen waren, und hatten vereinbart, auf den Einsatz von Kreditkarten zu verzichten. Oscar hatte mehr als genug Gelegenheiten geboten, über Disziplin und Erziehung zu reden.

Es war interessant mitzubekommen, dass viele Paare offenbar noch nie über derartige Dinge gesprochen hatten. Es war schwierig, nicht auch Teile von anderen Unterhaltungen im Raum aufzuschnappen. Dawson und Summer hatten noch nicht einmal darüber geredet, wie viele Kinder sie haben wollten, und Angie musste zu ihrer großen Überraschung hören, dass Matthew überhaupt keine Kinder wollte. Zum ersten Mal dachte Cate, dass das Wochenende tatsächlich nutzbringend sein könnte. Eine Menge Leute brauchten die Gelegenheit, um über ihre Zukunft zu reden.

»Denkt daran«, sagte Ava über das Stimmengewirr hinweg. »Es gibt hier keine richtigen oder falschen Antworten. Jede Antwort ist okay. Es ist lediglich wichtig, diese Dinge zu diskutieren, bevor ihr das Ehegelübde ablegt.« Sie hatte das schon fünfundzwanzig Mal gesagt.

Nach Stunden desselben Drills verkündete Ava, dass sie ein Spiel spielen würden. Man hätte denken können, dass die trübe Beleuchtung die Frau von diesem Vorhaben abgehalten hätte. Sie standen alle herum, während sie mit Stu eine riesige Plane aufrollte. Diese war mit großen Reihen von Quadraten bedeckt, die mit Klebeband abgeklebt worden waren. »Okay«, rief sie und klatschte in die Hände. »Das ist mein Lieblingsspiel. Jetzt möchte ich, dass sich jedes Paar auf ein Quadrat in der ersten Reihe stellt. Okay, alle nehmen ihre Plätze ein.« Cate und Ethan stellten sich auf ein Quadrat neben Dawson und Summer. »Jetzt fange ich an, Fragen zu stellen, und für jede Antwort, die bejaht wird, könnt ihr ein Quadrat vorrücken. Diejenigen, die mit Nein antworten, bleiben stehen.« Sie las die Fragen von einem Block ab. »Habt ihr einen monatlichen oder wöchentlichen Budgetplan?«

Gemeinsam mit zwei weiteren Paaren gingen Cate und Ethan ein Feld weiter. Summer und Dawson, Angie und Matthew und sogar das nette Paar, mit dem sie zusammen gefrühstückt hatten, blieben zurück.

»Denkt daran, es ist in Ordnung, nein zu sagen«, betonte Ava wieder. »Das Wichtige ist, dass ihr darüber redet. Okay, nächste Frage. Habt ihr geplant, wer welche Aufgaben im Haushalt übernehmen wird?«

Cate und Ethan rückten gemeinsam mit zwei anderen Paaren vor. Da Ethan der bei weitem bessere Koch war, würde er die meisten Mahlzeiten zubereiten, und Cate würde sich um den Abwasch kümmern. Er übernahm den Mülldienst und mähte den Rasen, und sie saugte Staub, machte die Wäsche und staubte ab.

Mehrere Fragen später waren sie mit drei anderen Paaren allein. Sie blickte über die Schulter und bemerkte, dass Summer und Dawson immer noch in der ersten Reihe standen, und auch Matthew und Angie waren in der Dunkelheit kaum noch zu erkennen. Sie befanden sich immer noch auf dem ersten Quadrat.

»In Ordnung, nächste Frage. Habt ihr darüber gesprochen, wie eure Familienfeste aussehen sollen?« Es war die einzige Frage, die Cate und Ethan tatsächlich noch nicht diskutiert hatten. Es war etwas, über das sie eigentlich nicht nachdenken wollte. Der Gedanke, Weihnachten oder Thanksgiving nicht mit ihren Eltern zu feiern, brach ihr ein bisschen das Herz. Schlimmer noch, der Gedanke, jedes Jahr für den Rest ihres Lebens den Yorkshire Pudding und den Truthahn mit Denise teilen zu müssen, war noch schrecklicher. Sie blieben zurück.

»Habt ihr darüber gesprochen –«

»Nein, haben wir nicht!«, rief eine frustrierte Stimme hinten im Raum.

Ava blickte verdutzt auf, und alle drehten sich um, um zu sehen, von wem der Ausruf gekommen war.

Matthew wischte sich mit dem Handrücken den Schweiß von der Stirn. »Wir haben nichts besprochen!«

»Matthew«, flüsterte Angie und berührte seinen Arm. »Beruhige dich. Es ist in Ordnung.«

»Nein! Ich kann mich nicht beruhigen! Ich kann mich nicht beruhigen, denn mir ist plötzlich klar geworden, dass wir über nichts gesprochen haben. Und ich meine tatsächlich *nichts*. Es gibt vieles, was du über mich nicht weißt, Angie. Ich … ich … ich habe gemerkt – ich bin schwul!«

Dawson rückte ein paar Schritte von ihm ab. Das einzige Geräusch im Raum war der gegen die Fensterscheiben prasselnde Regen.

»Das habe ich mir schon gedacht«, sagte Stu schließlich leise.

»Nun, das ist okay«, sagte Ava. »Es gibt hier keine richtigen oder falschen Antworten. Es ist okay, so zu antworten. Solange ihr *vor* der –«

Matthew begann voller Freude zu lachen. »Oh, das fühlt sich wunderbar an! Ich habe es endlich gesagt! Ich bin schwul! Ich bin schwul! Ich bin schwul! Ich bin schwul!« Er tanzte praktisch. Angie sah aus, als hätte man gerade einen Eimer mit Eiswasser über ihrem Kopf entleert.

»Angie, ich liebe dich.« Er fasste sie an den Schultern. »Und ich werde dich immer lieben, aber ich kann das nicht tun! Ich kann nicht. Oh, was für eine Befreiung! Ich habe es endlich ausgesprochen!«

Angie stieß seine Hände von ihren Schultern. »Und du sagst mir das jetzt? Vor fünfundzwanzig Katholiken? Ich kann es nicht glauben! Wie konntest du mir das antun?« Sie trommelte mit den Fäusten gegen seinen Arm. »Du verfluchter Scheißkerl!«

Er nahm sie am Arm und zog sie, ohne sich zu verabschieden, aus dem Raum.

»Das ist das perfekte Beispiel, warum ihr die Dinge besprechen solltet –«

»Bevor ihr heiratet«, fiel der ganze Raum im Chor ein.

»Das stimmt!«, sagte Ava.

Natürlich war das Spiel danach nicht mehr dasselbe. Alle waren aufgeregt und schockiert, weil sie miterlebt hatten, wie Matthew sich als homosexuell geoutet hatte. Cate war bereit zu wetten, dass keine von ihren Freundinnen bei ihrem Pre-Cana-Wochenende etwas Derartiges erlebt hatte. Sie sahen Angie und Matthew nicht wieder, und Cate wagte es sich nicht vorzustellen, wie die arme Angie sich fühlen musste. Es war schwer zu glauben, dass sie keine Ahnung von der homosexuellen Neigung ihres Verlobten gehabt hatte. Es war schrecklich, aber die ganze Szene hatte dem Tag Schwung verliehen, und das Spiel war danach nicht mehr so langweilig.

Sie aßen mit mehreren anderen Paaren zu Mittag, während Stu auf seiner Gitarre *Ein Brot, ein Leib* spielte. Das Gesprächsthema an jedem Tisch waren Matthew und Angie, und die meisten Leute fragten sich, wie sie so ahnungslos gewesen sein konnte.

Ethan beugte sich zu Cate und flüsterte ihr ins Ohr: »Wenn du fertig gegessen hast, musst du zur Toilette gehen, und dann treffen wir uns beim Auto.«

»Wie bitte?«, flüsterte sie zurück. »Wir können nicht gehen.«

»Wir gehen auch nicht. Ich möchte bloß ein bisschen frische Luft schnappen und hier mal für einen Moment rauskommen.«

»In Ordnung. Klingt gut.«

Sie aßen Eisbergsalat mit einem dickflüssigen Ranch-Dressing und Sandwiches aus Weißbrot und tieforangefarbenem Cheddar. Sobald sie aufgegessen hatte, spürte sie Ethans Ellbogen zwischen ihren Rippen. »Du gehst zuerst«, flüsterte er.

Sie stand auf, um ›zur Toilette zu gehen‹, bog direkt vor der Toilette scharf links ab und ging zur Eingangstür. Sie fühlte sich spitzbübisch, als sie aus der Eingangstür des Klosters schlüpfte.

Draußen regnete es in Strömen, und sie rannte quer über den Parkplatz zu Ethans Auto. Sie hatten das Ganze schlecht geplant. Er hätte ihr seine Schlüssel geben müssen. Sie zog ihren Pulli aus und hielt ihn sich über den Kopf, während sie wartete. Zum Glück dauerte es bloß ein paar Sekunden, bevor sie hörte, wie die Türen seines Wagens per Fernsteuerung entriegelt wurden. Wenige Augenblicke später saßen sie beide mit nassen Haaren im Auto.

»Ich musste da einfach mal raus«, sagte er.

»Ich weiß, was du meinst.«

»Ich konnte die Dunkelheit und den muffigen Geruch einfach nicht mehr aushalten. Ich dachte, wir könnten dem ganzen Zirkus für eine Weile entfliehen und im Auto sitzen und Musik hören.« Dies klang wie das Beste, was sie seit einer Ewigkeit gehört hatte. Er steckte die neueste CD von Coldplay in den CD-Player, und sie hielten über die Mittelkonsole hinweg Händchen. Gemäß Zeitplan würde der nächste Programmpunkt erst in zwanzig Minuten beginnen. Sie hatten zwanzig Minuten Freiheit. Sie ließen die

Autofenster einen Spalt offen, damit sie die frische Luft einatmen konnten.

»Es tut mir leid«, sagte sie. »Es tut mir leid, dass ich dich hergeschleift habe.«

Er zuckte die Schultern. »Kein Problem. Wirklich nicht. Ich meine, versteh mich nicht falsch. Mir würden etwa achtzig Millionen andere Dinge einfallen, die ich lieber tun würde, aber ich habe ja gewusst, dass es so sein würde. Es ist ja bald vorbei.«

Sie drückte seine Hand.

»Wenn Stu Exemplare von seiner CD zum Verkaufen dabeihat, werde ich mir eine kaufen«, sagte er.

Sie lachte. »Vielleicht kann er bei unserer Hochzeit spielen.« Sie erzählte ihm die Geschichte, wie sie während ihrer Kindheit die Worte ›Oh Lamm Gottes‹ als ›Oh Kanada‹ missverstanden hatte. Als sie ihn lachen hörte, besserte sich ihre Laune erheblich.

»Ich frage mich, wie es der armen Angie wohl geht«, meinte sie.

»Das ist nicht lustig für sie. Aber trotzdem ist es besser, dass sie es jetzt herausgefunden hat.«

»Das stimmt. Dieses Wochenende ist für einige Leute richtig gut.«

Die zwanzig Minuten vergingen schnell, und bevor sie sich versahen, mussten sie wieder zurückgehen. Bevor sie aufbrachen, küssten sie sich über die Mittelkonsole hinweg.

»Komm in der nächsten Pause wieder hier raus«, sagte er.

»Wird gemacht!«

Vor der Schlafenszeit gelang es ihnen nochmals, sich zu seinem Wagen zu schleichen. Diesmal waren sie dreister und fuhren zu einem McDonald's um die Ecke, wo sie sich ein Softeis holten. Es war so dunkel, dass sie es für sicher hielten, gemeinsam zum Kloster zurückzugehen. Die Luft roch dank des Regens frisch und sauber. Als sie so Hand in Hand nebeneinanderher spazierten, war sie irgendwie froh, dass sie an der Klausur teilgenommen hatten. Es hatte Spaß gemacht, so herumzuschleichen, und nach dem Erlebnis mit Matthew und Angie war ihr wieder klar geworden, was für ein Glück es war, dass sie einander hatten.

28. Ein neuer Leiter

Das Licht ging mitten in der Nacht wieder an. Summer stöhnte und zog sich das Kopfkissen über den Kopf, also stand Cate auf und schaltete das Licht aus. Danach schlief sie sehr schlecht. Als sie gerade in einen Traum geglitten war, klopfte es an der Tür. »Es ist Zeit aufzustehen, meine Damen und Herren!« Die Stimme war männlich und klang irisch. Sie fragte sich, was mit Ava passiert war.

Nachdem sie heiß geduscht und sich ihre Haare geföhnt hatte, sah ihre Frisur endlich wieder normal aus. Sie ging die Treppe hinunter und rechnete damit, Ava mit ihrer fürchterlichen Schürze neben dem Eingang zur Cafeteria anzutreffen, aber weder Ava noch Stu waren zu sehen. An ihrer Stelle erwartete sie ein großer weißhaariger Pfarrer mit roter Gesichtsfarbe und einer Millionen geplatzter Äderchen auf der Nase.

»Guten Morgen«, begrüßte er Cate. »Wir werden heute Morgen eine Messe abhalten, also gehen Sie bitte in den Seminarraum.«

»Wo sind denn Ava und Stu?« Ihre Neugierde gewann die Oberhand.

»Einer von ihnen hat seit gestern Abend eine Lebensmittelvergiftung, und sie werden nicht zurückkommen.«

»Wirklich?« Ihre Gebete waren erhört worden. »Sie kommen nicht zurück?«

»Leider nicht.«

Sie schaffte es gerade noch, nicht aus voller Lunge *Ja!* zu schreien.

Die Messe war schnell vorbei. Der Priester stellte sich als Pfarrer Flannagan vor. »Aber meistens nennen mich alle Pfarrer Nick«, meinte er. »Ich wette, ihr hättet euch nie vorstellen können, Ratschläge zur Ehe von einem Priester zu erhalten. Ich weiß, dass es euch seltsam vorkommt, aber auf vielerlei Art und Weise ist meine Beziehung zu Gott wie eine Ehe. Gewöhnlich komme ich, um einen Gottesdienst abzuhalten und Fragen zu beantworten, aber da eure Leiter krank geworden sind, sieht es so aus, als würdet ihr das Programm mit mir fortsetzen. Als Trost lasse ich euch ein bisschen früher nach Hause gehen.«

Sie mochte Vater Nick sehr, und dem seligen Gesichtsausdruck der anderen Seminarteilnehmer nach zu urteilen, ging es ihnen wohl genauso. Er war freundlich und fröhlich und normal, anders als die beiden Gestalten, die sich ihnen vorher gewidmet hatten.

»Ich würde den Vormittag gerne damit beginnen …« Er griff nach dem Hut, und sie spürte, wie ihre Handflächen feucht wurden, als ihr Ethans Frage einfiel. »… und zwar mit den Fragen, die ihr gestern aufgeschrieben habt. Macht euch keine Sorgen. Es ist völlig anonym.«

Er zog ein kleines, quadratisches Stück Papier aus dem Hut. Es war tausend Mal gefaltet worden. Er brauchte mehrere Minuten, um es auseinanderzufalten. Er schob sich eine Lesebrille auf die Nase. »Ah. Ah ja.« Ein Funken der Weisheit leuchtete in seinen Augen auf. »Ich weiß, dass viele von euch sich vielleicht irgendwann im Laufe eurer Ehe dieser Frage gegenübersehen. Die Frage lautet: »Mein Verlobter will sich Geld von seinen Eltern leihen, aber ich möchte es nicht. Ich habe das Gefühl, dass dadurch unser Verhältnis zu ihnen belastet werden könnte.«

Er legte den Zettel auf einen Stuhl neben sich, bevor er sich an die Gruppe wandte. »Ich rate immer allen, die vor der Ehe zu mir kommen, es um jeden Preis zu vermeiden, Geld von Familienmitgliedern zu leihen. Wenn man eine Ehe eingeht, gründet man seine eigene Familie, und wenn man sich immer noch in jeder Hinsicht auf seine Eltern verlässt, könnte das einen gewissen Druck oder Erwartungen zur Folge haben, die zu sehr unangenehmen Situationen führen können.« Er sprach viele der Dinge an, die Al auch gesagt hatte, als sie über ihre Mutter gesprochen hatten.

Vater Nick ging weitere Fragen durch, und Cate war beeindruckt von einigen Fragen, die die Leute gestellt hatten. Es gab Fragen zu Ehen zwischen Partnern unterschiedlicher Religionszugehörigkeit und zu Möglichkeiten, die Familien beider Partner bei Festen wie Weihnachten unter einen Hut zu bekommen.

Der Pastor hatte etwa die Hälfte abgearbeitet, als er einen Zettel auffaltete und ganz deutlich die Stirn runzelte. Sie wusste, um welchen Zettel es sich handelte, und vermied den Blickkontakt mit Ethan und auch mit anderen Teilnehmern. Er blickte die Gruppe ernst an. »Jetzt müssen wir uns über häusliche Gewalt unterhalten.« Alle beäugten sich gegenseitig mit Misstrauen und fragten sich, wer eine Frage gestellt hatte, die das vergnügte Gesicht dieses alten Mannes versteinern ließ. »Häusliche Gewalt ist nie in Ordnung. In keiner Situation.«

Sie beschäftigten sich eine Stunde lang mit diesem Thema, und ihr fiel auf, dass der Pfarrer sie während seiner Standpauke nicht so ansah, wie sie erwartet hatte. Aus irgendeinem Grund hatte sie damit gerechnet, dass er einfach wusste, dass die Frage von Ethan stammte. Stattdessen blickte er immer wieder Dawson und den leichten Bluterguss über seinem Auge an. Sie fühlte sich schrecklich.

Den Rest des Vormittags verbrachten sie mit der Beantwortung der übrigen Fragen. Als er fertig war, erklärte er ihnen, dass Ava ihm eine Beschreibung des letzten Programmpunktes für das Wochenende gegeben hatte. Alle Paare sollten sich wieder trennen. Diesmal mussten sie einen Brief an ihren Lebensgefährten schreiben. Einen Brief, in dem stand, was sie am meisten an ihrem Partner liebten und worauf sie besonders stolz waren – und auf welche Dinge in der gemeinsamen Zukunft sie sich am meisten freuten.

Sie hätte schwören können, dass alle anwesenden Männer aufstöhnten. Sie ging mit Summer zusammen in ihr Zimmer hinauf und begann, ihren Brief zu schreiben.

Es war schön, Ethan sagen zu können, wie sehr sie ihn liebte. Man erzählte sich nicht jeden Tag, wie sehr man einander schätzte oder was am anderen so besonders war. Sie schrieb ihm, dass er ihr bester Freund war und dass sie unwillkürlich lächeln musste, wenn sie an ihn dachte.

Als sie ihren Brief beendet hatte, faltete sie ihn und warf einen Blick auf Summer, die an ihrem Brief arbeitete. Sie hatte Herzen und Smileys rund um die Ränder gemalt. Sie gingen wieder nach unten, und Cate konnte es kaum erwarten zu lesen, was Ethan ihr geschrieben hatte. Sie wünschte, sie könnte den Brief allein lesen und nicht in einem Raum mit mehr als zwanzig anderen Leuten.

Sie saßen sich auf Klappstühlen gegenüber. Er lächelte, als er ihr ihren Brief gab.

Liebe Cate,
ich muss gestehen, dass ich zuerst äußerst ungern zu dem Pre-Cana-Wochenende mitgekommen bin. Aber ich habe beschlossen, kein Spielverderber zu sein und es durchzustehen, weil ich dich liebe und es das ist, was du möchtest. Als wir damit angefangen haben, zu flüstern und uns heimlich zu meinem Auto zu schleichen und über die Situation zu lachen, fühlte ich mich in unsere Kindheit zurückversetzt. Und ich habe mich daran erinnert, wann ich mich in dich verliebt habe. Ich habe mich tatsächlich erinnert, wie es sich angefühlt hat. Ich liebe dich schon, solange ich denken kann, und es wird immer stärker. Nicht nur wegen deines wahrhaft guten Herzens oder der ganzen schönen Zeiten, die wir erlebt haben. Jeder Mensch hat in seinem Leben einen ganz besonderen Menschen, der seine Probleme

verschwinden lässt. Für mich bist du dieser Mensch. Der Klang deiner Stimme oder die Art und Weise, wie du lachst, erinnern mich immer daran, dass alles gut sein wird.

Ich habe dieses Wochenende wirklich genossen, und ich freue mich auf ein Leben voller Liebe und Glück mit meiner allerbesten Freundin. Ich liebe dich.

Ethan

»Ich liebe dich auch«, sagte sie, als sie seinen Brief wieder faltete.

Sie spürte, wie ihre eine Träne die Wange herunterlief. Deshalb hatte sie sich gewünscht, in der Abgeschiedenheit ihres eigenen Heims zu sein. Sie wollte nicht vor einem Haufen Fremder als heulende Närrin dastehen.

Sie fühlte sich nicht mehr wie eine Närrin und hörte schnell auf zu weinen, als sie merkte, dass Dawson wie ein Baby weinte. »Ich liebe dich so sehr, Baby.«

Summer wiegte seinen Kopf an ihrem Busen, während er weinte.

»Du bist die geilste Braut, die ich je kennengelernt habe«, schluchzte er.

Das Wochenende hatte anscheinend allen etwas gebracht.

29. Nicht loslassen können

Halloween war immer ihr Lieblingstag im Kindergarten. Alle Kinder kamen in Verkleidung, und sie liebte es, die Begeisterung der kostümierten Kleinen zu sehen. Es fand ein großer Umzug statt, und jede Gruppe bzw. Klasse nahm daran teil. Viele Eltern halfen mit, und mehrere Mütter organisierten für ihre Gruppe nach dem Umzug eine Party.

Cate und mehrere ihrer Kolleginnen aus dem Kindergarten hatten gemeinsam mit einigen Lehrern der Schule beschlossen, sich allesamt als Kandidaten eines Schönheitswettbewerbs zu verkleiden. Mr. Petrowski, Lehrer einer fünften Klasse, sollte den Zeremonienmeister geben. Cate grub eins ihrer alten Brautjungfernkleider aus den Tiefen ihres Kleiderschrankes aus, ein lavendelblaues, das sie bei Cousine Vals Hochzeit getragen hatte, und machte sich eine Schärpe dazu, auf die sie mit einem Glitzerstift ›Miss Escondido‹ schrieb. Dazu kaufte sie sich eine Krone und steckte sich die Haare zu einem eleganten Knoten hoch. Simone hatte in einem Secondhand-Laden ein altes Ballkleid aufgetan und trug eine Schärpe mit der Aufschrift ›Miss Pacific Beach‹ über der Brust. Mr. Petrowski hatte sich eine geschmacklose Perücke aufgesetzt, Rouge auf seine Wangen aufgetragen und schleppte den ganzen Tag ein falsches Mikro mit sich herum.

Ihre Kinder waren bei weitem das Süßeste, was sie seit langem gesehen hatte. George war von Kopf bis Fuß grün. Sein ganzes Gesicht einschließlich der Lippen war mit grüner Farbe bedeckt, und er hatte eine gigantische grüne Afro-Frisur. Cate wollte ihn nicht fragen, was er darstellte, weil sie Angst hatte, seine Gefühle zu verletzen. Sie war erleichtert, als die kleine Priscilla Rowlands die Frage stellte. Sie war als schwarze Katze verkleidet. »Was bist du?«, fragte sie.

»Ich bin ein Brokkoli.«

»Was für ein kreatives Kostüm«, lobte Cate.

Seine pummeligen Hände umklammerten eine edel aussehende Cellophantüte voller Trüffelpralinen. Sie fand diesen Beitrag zur Party sonderbar. Es war nicht obligatorisch, dass die Kinder etwas mitbrachten. Sie fragte sich, ob seine Mutter sich in letzter Minute verpflichtet gefühlt hatte, ihm etwas mitzugeben, und ihn mit einem Geschenk, das zu Hause herumlag, losgeschickt hatte. »Was hast du denn da?«, fragte sie.

Er zuckte die Schultern. »Ein paar Süßigkeiten.«

Sie dachte, er würde die Tüte abliefern, aber er klammerte sich verzweifelt daran fest.

»Okay, na ja, warum setzt du dich nicht zu den anderen Kindern auf den Teppich? Wir werden gleich ein paar Lieder singen.«

Seine Pralinentüte nahm er mit.

Sie begrüßte eine Vogelscheuche, eine schwarz-weiße Kuh und einen Rockstar. Ihre Lieblingskostüme hatten das Zwillingspaar ihrer Gruppe an, Hannah und Sydney Colbert. Sie waren als Telefonmasten verkleidet und durch eine Telefonleitung miteinander verbunden. Künstliche Tauben saßen auf der Leitung, und auf Hannahs Bauch stand mit schwarzem Stift ›Joey liebt Melissa‹ geschrieben. Sydney hatte eine Vermisstenanzeige für einen Hund auf der Brust. Sie waren hinreißend.

Ein paar Stunden später stellte sie fest, dass George immer noch seine Schokoladentrüffel festhielt. Er stellte sie nicht einmal ab, um ein Zuckerplätzchen zu essen. Er nahm die Tüte einfach in die linke Hand, während er mit der rechten aß.

»George, wofür ist denn die Tüte?«, fragte sie.

Statt zu antworten, löste er das goldene Band, mit dem die

Tüte verschlossen war, griff mit seiner pummeligen kleinen Hand hinein und gab Cate eine dunkle Praline, die mit weißer Schokolade verziert war. Es war ein seltsamer Beitrag zu einer Kindergartenparty.

»Danke«, sagte sie. »Sollen die anderen auch etwas davon bekommen?«

Er schüttelte den Kopf. Dann betrachtete sie die Tüte und stellte fest, dass wahrscheinlich nur ungefähr fünf Pralinen darin waren. Es wären also ohnehin nicht genug für alle.

»In Ordnung.«

Sie hatte bereits Kopfschmerzen von den ganzen Süßigkeiten, die sie gegessen hatte, und legte die Praline daher auf ihren Schreibtisch, um sie irgendwann später zu essen. Um zwei Uhr verteilte sie die Halloween-Gemälde der Kinder, die bis dahin die Wänden, des Gruppenraums geschmückt hatten, und schickte ihre völlig überzuckerten Schützlinge nach Hause. Sie bemerkte Georges Pralinentüte, die von seiner Hand baumelte, als er ging.

Ethan benutzte gerade seine neue Nagelpistole, als sie nach Hause kam. Das Geräusch, das entstand, wenn er den Auslöser drückte und einen Nagel in einer Sockelleiste am Fußboden versenkte, war ohrenbetäubend. Oscar lief mit einem Stück silbernem Geschenkpapier im Maul auf sie zu. »Hallo!«, rief sie über den Lärm der Nagelpistole hinweg.

»Oh, hallo.« Er legte das Werkzeug beiseite und zog sich die Schutzbrille von den Augen.

Sie zog Oscar das Geschenkpapier zwischen den Zähnen hervor. »Haben wir noch ein Hochzeitsgeschenk bekommen?«, wollte sie wissen.

»Yeah.«

Sie fand es irgendwie seltsam, dass er es ohne sie geöffnet hatte. »Von wem denn?«

Er zögerte, bevor er antwortete, und setzte die Schutzbrille wieder auf. »Von Janet.«

»Wie bitte? Sie war hier?« Sie zeigte auf den Boden. »Sie ist heute vorbeigekommen?« Tausend Gedanken schossen ihr durch den Kopf, und sie wollte Antworten haben. Aber dann klingelte das Telefon. Beinahe hätte sie es einfach ignoriert, aber dann fiel ihr ein, dass sie auf einen Anruf von Peg Migillicuddy wegen noch zu klärenden organisatorischen Fragen zum Festverlauf wartete.

»Hallo.« Ihre Stimme klang vor Ärger scharf.

»Oh, äh, ist dort Miss Padgett?«

Nur zwei Arten von Menschen sprachen sie mit Miss Padgett an. Ihre Kindergartenkinder und die Eltern ihrer Kindergartenkinder. »Äh, ja«, sagte sie und gab sich Mühe, vergnügt zu klingen. »Hier spricht Cate. Ich meine, äh, Miss Padgett.«

»Oh, hallo, Miss Padgett. Hier ist Jane Franklin. Die Mama von George Franklin.«

»Oh! Hallo, Jane. Ja. Wie geht es Ihnen?« Warum rief Georges Mutter an? Normalerweise riefen Eltern nur an, wenn sie sich beklagen wollten, dass ihr geniales Kind angeblich nicht genug Förderung oder Aufmerksamkeit erhielt. Übersetzt hieß das: *Mein Kind ist völlig verwöhnt und soll sich die ganze Zeit wie der Nabel der Welt fühlen, auch in Ihrem Klassenzimmer – und auch wenn Sie sich um neunzehn weitere Kinder zu kümmern haben.*

»Ich rufe an, weil es ein kleines Missverständnis gegeben hat …«

Jetzt kommt es. George fühlt sich vernachlässigt, oder sie hatte ihn falsch behandelt.

»… na ja, ich wollte mich entschuldigen.«

»Entschuldigen?«, fragte Cate und versuchte, ihr Erstaunen zu verbergen.

»George war ein bisschen verwirrt. Sehen Sie, ich habe ihm eine Tüte mit Pralinen mitgegeben.«

»Ja?« Cate kam sofort die Tüte in den Sinn und die Art und Weise, wie seine verschwitzten kleinen Hände sie umklammert hatten.

»Jedenfalls sollte er Ihnen die ganze Tüte geben, als Halloween-Geschenk für seine Lehrerin. Und stattdessen hat er Ihnen bloß eine Praline gegeben. Ich habe den Rest in seiner Kindergartentasche gefunden.«

»Oh. Na ja, es ist in Ordnung.« Trotz ihrer schlechten Laune gelang es ihr, zu lachen.

»Also, ich wollte es Ihnen bloß sagen, damit Sie Bescheid wissen, wenn er die Tüte am Montag wieder mitbringt.«

»Das ist sehr nett von Ihnen. Ich bekomme nur selten Halloween-Geschenke.«

»George hat Sie sehr gern. Mein Mann und ich finden, dass er regelrecht für Sie schwärmt.«

»Oh, das ist sehr süß.« Das hätte sie nie vermutet, und sie zerschmolz fast vor Rührung.

Sie plauderte noch ein paar Minuten mit Mrs. Franklin, bevor sie sich verabschiedeten. Ethan maß eine Sockelleiste aus, als sie zu ihm zurückkehrte.

»Was hat sie uns gekauft?«, fragte Cate.

»Eine Tischkreissäge.«

»Wir haben keine Tischkreissäge auf unsere Wunschliste gesetzt, Ethan. Wir haben nicht einmal eine Liste bei einem Baumarkt hinterlegt.« Und was zum Teufel sollte Cate mit einer Tischkreissäge anfangen?

Das Geschenk war nicht für sie beide. Es war für ihn, und es handelte sich eindeutig um einen weiteren Versuch, seine Aufmerksamkeit zu erregen.

»Ethan, sie ist noch nicht einmal zur Hochzeit eingeladen.«

Er schwieg, bevor er den Blick auf seine Füße senkte.

»Ethan? Hast du sie zu unserer Hochzeit eingeladen?«

»Nein … eigentlich nicht. Es ist bloß so … ich meine … sie kam mit dem Geschenk vorbei, und was hätte ich tun sollen? Ich konnte doch nicht unhöflich sein. Aber richtig eingeladen hab ich sie nicht. Ich hab bloß gesagt, sie könnte gerne kommen.«

Sie musste unwillkürlich lachen. »Wo liegt der Unterschied?«

»Na ja, ich habe ihr keine offizielle Einladung überreicht. Ich habe es bloß ganz beiläufig gesagt.«

»Ethan, sie manipuliert dich. Begreifst du nicht, dass das ein verzweifelter Versuch in letzter Minute ist, dich rumzukriegen, bevor du den Bund fürs Leben schließt? Sie kann die Finger nicht von dir lassen. Ihr habt euch schon vor Jahren getrennt, und jetzt drängt sie sich einfach wieder in dein Leben und schleppt teure Geschenke an.«

»Hör dir doch mal selbst zu«, sagte er. »Sie hat *uns* ein Geschenk zu *unserer Hochzeit* gebracht.«

»Das Geschenk ist nicht für uns. Was zum Teufel soll ich mit einer Tischkreissäge anfangen?«

Diese Frage konnte er dann doch nicht beantworten. »Nun, was zum Teufel hätte ich tun sollen, als sie aus heiterem Himmel mit einem zweihundert Dollar teuren Geschenk hier aufgekreuzt ist?«

»Ihr mitteilen, dass du es nicht annehmen kannst. Ihr für ihre Großzügigkeit danken, aber sie mit ihrer Tischkreissäge wieder nach Hause schicken.«

Er machte ein langes Gesicht. »Hör mal, es tut mir leid. Was soll ich denn jetzt machen?«

»Ich weiß es nicht. Ich weiß es wirklich nicht, Ethan. Aber du überlegst dir besser einen Weg, diese Säge zurückzugeben.«

»Ich hab schon die Sockelleisten damit zugeschnitten.«

Sie ging ins Schlafzimmer und knallte die Tür hinter sich zu.

30. Auf frischer Tat ertappt

Urlaub war ein seltsames Wort für die zwei Wochen, die sie sich freinahm. Die Woche vor der Hochzeit brauchte sie, um noch jede Menge Dinge zu erledigen, und in der Woche nach der Hochzeit würde sie ihre Flitterwochen in Kauai auf Hawaii verbringen. Die Liste der vor der Hochzeit noch zu erledigenden Dinge war endlos, sodass die arbeitsfreie Zeit kaum etwas mit Urlaub zu tun hatte. Ihr erster freier Tag war der Freitag vor ihrem Junggesellinnenwochenende, und am frühen Vormittag war sie damit beschäftigt, die Geschenke für ihre Brautjungfern auszusuchen. Sie würde jeder ein Pashmina-Tuch schenken, jeder Freundin eins in der zu ihr passenden Farbe.

Nach ihrer Rückkehr nach Hause begann sie, für ihre Junggesellinnenparty zu packen. Ihre Brautjungfern hatten ein Hotelzimmer im Marriott im Gaslamp-Viertel gebucht. Sie sollten am folgenden Vormittag einchecken, sodass sie zum Bummeln in die Innenstadt gehen oder sich den ganzen Tag am weitläufigen Pool entspannen konnten, bevor sie zu Abend aßen und von Bar zu Bar zogen. Das Santa-Ana-Wetter hatte die Novemberluft warm und trocken werden lassen, und sie musste die Gelegenheit nutzen, sich ein bisschen zu bräunen.

Ethan und seine Freunde würden im St. James Hotel logieren, das sich ebenfalls im Gaslamp-Viertel befand. Sie würden Pizza bestellen und das ganze Wochenende Poker spielen. Chuck war von Tatjana abserviert worden, sobald sie einen Typen kennengelernt hatte, der ihr zu einem Kurzauftritt in einem Video des Rappers Snoop Dogg verholfen hatte. Seit der Trennung war er deprimiert, und Cate fragte sich, ob er wohl Striptease-Tänzerinnen engagieren würde. Eine schmutzige Junggesellenparty entsprach allerdings überhaupt nicht Ethans Geschmack, und sie hoffte, Chuck würde das bedenken, bevor er sich die Mühe machte.

Das Thema Janet anzuschneiden war seit ihrem Streit zum Tabu geworden. Er hatte die Säge bereits ausgepackt und benutzt, weshalb er sie nicht zurückgeben konnte. Obwohl sie es besprochen hatten, hatte er sich nie klar dazu geäußert, wie er Janets Einladung zu ihrer Hochzeit wieder rückgängig machen wollte. Ein Teil von Cate hätte ihm gerne die Peinlichkeit erspart und Janet einfach zu ihrer Hochzeit kommen lassen. Der andere Teil von ihr erschauerte jedes Mal bei dem Gedanken, ihr Gesicht an ihrem Hochzeitstag sehen zu müssen. Immer wenn Cate daran dachte, dass sie vorbeikam, wenn sie Cate bei der Arbeit wusste und nach mehreren Jahren ohne Kontakt teure Geschenke mitbrachte, geriet ihr Blut in Wallung.

Während sie für das Wochenende packte, stellte sie fest, dass sie keine Filme und keine Sonnencreme mehr hatte, und beschloss, zum Wal-Mart zu fahren. Als sie gerade aufbrechen wollte, fiel ihr ein, dass sie die Filme von ihrer Reise nach Playa del Carmen immer noch nicht hatte entwickeln lassen. Es kam ihr vor, als läge ihr Kurzurlaub in Mexiko schon Jahrzehnte zurück. Sie hatte die Filme nicht vergessen. Jedes Mal, wenn sie die Bilder entwickeln lassen wollte, war irgendetwas im Zusammenhang mit der Hochzeitsorganisation dazwischengekommen. Sie nahm die drei Filmrollen und beschloss, sie endlich entwickeln zu lassen, während sie ihre Einkäufe erledigte.

Sie erstand ein paar Tuben Sonnencreme sowie Shampoo und Haarspülung in Reisegröße. Außerdem kaufte sie noch weitere Kleinigkeiten wie ein Mini-Deo und Zahnpasta. Nachdem sie fertig war, holte sie die Fotos ab und sah sie sich im Schnelldurchgang an, während sie auf den Beleg wartete. Sie würde sich die Bilder später gründlicher ansehen, wenn sie sich hinsetzen konnte.

Als sie nach Hause kam, war es Oscar irgendwie gelungen, die Tagesdecke von ihrem Bett in seinen Korb zu ziehen; er hatte die Rüschen der gesamten linken Hälfte in eine Million Fetzen zerrissen. Er rannte sie beinahe um, als sie ihn hinausließ. Der Hund war ein Riesenvieh, was ihm aber leider nicht bewusst war. Er schien sich noch immer für den winzig kleinen Welpen zu halten, der in Greases Tragebox schlief. Er hatte die Beine einer dänischen Dogge und pflügte Leute und Möbel um, als wären sie nichts weiter als ein kleines Hindernis auf seinem Weg. Beth rief an, während sie die Überreste der Rüschen beseitigte.

»Freust du dich?«, erkundigte sich ihre Freundin. »Wir werden so viel Spaß haben! Wir haben für das Wochenende jede Menge geplant.«

»Bitte sorgt dafür, dass ich nichts *zu* Peinliches anziehen muss.«

»Oh, das steht leider nicht in unserer Macht.« Ihr Lachen klang ein bisschen boshaft. »Wie auch immer, ich rufe eigentlich an, um zu erfahren, ob du etwas von Denise gehört hast. Ich versuche gerade herauszufinden, wie viele Personen bei mir mitfahren werden. Die Parkgebühren sind doch dort so hoch, und deshalb habe ich eine E-Mail an alle Mädchen verschickt und ihnen mitgeteilt, dass sie bei mir mitfahren können. Ich weiß nicht, ob ich mein Auto oder den großen Chevrolet Suburban von Ike nehmen soll.«

»Sie hat dir nicht zurückgemailt?« Cate erinnerte sich, die Nachricht schon vor mehr als einer Woche erhalten zu haben.

»Nein. Ich hab kein Wort von ihr gehört.«

»Mmh, ich glaube, sie hat erwähnt, dass sie allein fahren will, weil sie sich erst später freimachen kann. Ich würde nicht mit ihr rechnen. Tut mir leid, sie ist so unberechenbar.« Cate war es ein bisschen peinlich, dass Denise sich während der Planung als so unzuverlässig erwiesen hatte. Laut Emily und Beth, die das Junggesellinnen-Komitee leiteten, hatte sie sich aufgeführt, wenn es darum gegangen war, sich aus Abstimmungsgründen zurückzumelden und auf E-Mails zu reagieren. Sie war die Einzige, die überhaupt keine Hilfe angeboten hatte. »Ich weiß, wie es ist, etwas zu organisieren, wenn man von manchen Leuten einfach keine Antworten bekommt und sie sich nicht einbringen wollen. Es tut mir leid, dass sie sich so benimmt«

»Oh, das ist nicht deine Schuld. Mach dir bloß keine Gedanken.«

Sie plauderten noch ein paar Minuten über das Wochenende, bevor sie sich verabschiedeten. Nachdem Cate aufgelegt hatte, fiel ihr auf, dass es schon eine Weile her war, seit sie Oscar das letzte Mal gesehen hatte. Ihn allein zu lassen war, als würde man eine Glas-Auflaufform auf einer heißen Kochplatte stehen lassen. Es würde bloß Minuten dauern, bis das Gericht explodierte. Sie rannte durchs Haus und fand ihn im Arbeitszimmer. Ein lavendelfarbener Pashmina-Schal baumelte aus seinem Maul.

Die unanständigen Schimpfwörter, die ihr aus dem Mund sprudelten, hätten auch hartgesottene Kriminelle erröten lassen. Sie betrachtete die zerfledderte Einkaufstüte und den Haufen von Schals, der neben Ethans Schreibtisch lag. Gott sei Dank hatte er seine Zähne nicht in alle versenkt. Trotzdem hing ihm feines Kaschmir im Wert von hundert Dollar im Maul. Sie stürzte sich auf ihn, aber er sprang davon und zog eine lavendelblaue Spur hinter sich her.

»Oscar! Komm sofort zurück!« Sie jagte ihn in eine Ecke und entwand ihm den Pashmina-Schal. Er hätte genauso gut einen Hundertdollarschein nehmen und in Fetzen reißen können.

Ethan verließ das Haus schon am Vorabend seines Junggesellenabschieds. Er nahm Oscar mit, damit er ihn auf dem Weg zum

Gaslamp-Viertel bei seinen Eltern absetzen konnte. Sie hatte das Haus für sich. Sie verbrachte den Abend damit, die Geschenke für die Brautjungfern einzupacken und Karten für jede einzelne Freundin zu schreiben, in denen sie ihnen für ihre Teilnahme an der Hochzeit und für die Organisation ihrer Geschenkparty und des Junggesellinnenabschieds dankte. Als Denises Karte an der Reihe war, spielte sie zuerst mit dem Gedanken zu schreiben:

Liebe Denise, ich weiß nicht, was ich sagen soll. Seit meiner Verlobung hast du dich wie ein Arschloch aufgeführt. Mit freundlichen Grüßen, Cate.

Schließlich schrieb sie etwas Höfliches und allgemein Gehaltenes. Danach nahm sie ein heißes Bad und trank ein Glas Pinot Grigio, bevor sie eine Oscar-freie Nacht mit gesundem Schlaf genoss. Am nächsten Morgen fuhr sie zu Beth in Pacific Beach, um sich mit dem Rest der Mädels zu treffen.

»Hat jemand ein Pfefferminz?«, fragte Jill, als alle im Suburban saßen.

»Ich glaube schon.« Cate öffnete ihre Handtasche. »Oh, ich habe Fotos. Ich hatte sie ganz vergessen.« Sie hatte noch nicht einmal die Gelegenheit gehabt, sie durchzusehen. Sie gab Jill die Fotos. »Hier, du kannst sie dir ansehen, während ich in meiner Tasche wühle. Sie sind von unserer Reise nach Playa del Carmen.«

»Cool«, kommentierte Jill. Sie sah sich die Fotos an und stellte gelegentlich Fragen dazu, während Cate im Chaos ihrer Handtasche nach Bonbons suchte.

»Wer ist das?« Sie hielt ein Foto hoch.

»Das sind die Eltern der Braut. Sie waren so lustig.« Sie hatte Cash und Honey praktisch vergessen.

»Sieh mal, wie schön der Ozean ist«, sagte sie und gab ein Foto an Val weiter. »War er wirklich direkt am Pool?«

»Ja. Ich habe versucht, den Blick vom Pool aus festzuhalten.«

»Ist das Janet?«, fragte Val.

»Wo?«, wollte Cate wissen. Sie konnte sich nicht erinnern, Fotos von ihr gemacht zu haben. »Hier drüben, neben diesem Baum an der Poolbar? Und wer ist diese ausgeflippte Kreatur, mit der sie spricht?«

»Lass mich mal gucken.« Cate nahm das Foto. Sie musste genau hinsehen, aber dort, mitten zwischen den Liegestühlen und den Touristen, stand Janet und unterhielt sich mit dem verrückten Trikotmann. Mit demselben Typen, der Janet in Ethans Arme gejagt hatte. »Was zum …?«, sagte Cate, während sie sich das Bild näher an die Augen hielt. »Sie ist es. Fahr rechts ran.«

»Wie bitte?«, fragte Beth.

»Ich glaube es nicht!«, rief Cate. »Sie gibt ihm etwas.«

»Wer gibt wem was?«, fragte Jill. »Lass mich mal sehen.«

Emily auf dem Beifahrersitz drehte sich um. »Was ist denn los?«

»O mein Gott! Ich glaube, Janet könnte dem Trikotmann Geld zugesteckt haben! Ich muss diesen Bildausschnitt vergrößern lassen. Wir müssen zu einem Fotoladen fahren – sofort!«

Alle sahen sie an, als wäre sie geistesgestört. Sie erzählte ihnen die Geschichte über den Trikotmann am Pool, der sich an Janet herangeschlichen hatte, und wie sie dann in Ethans Arme gesprungen war und ihn auf die Wange geküsst hatte. »Ich habe mir nichts dabei gedacht, aber jetzt glaube ich ernsthaft, dass sie den Typen bezahlt hat, damit er sich an sie heranschleicht. Ich glaube, dass sie ihm hier auf dem Foto Geld gibt.« Sie zeigte auf das Bild. »Sie wollte sich vor Ethan als Opfer präsentieren. Ich mache keine Witze. Sie ist verrückt.« Sie lachte. »Und ich bin es nicht. Die ganze Zeit habe ich mich gefragt, ob ich überreagiere, aber so war es nicht. Sie ist tatsächlich hinter ihm her.«

»Lass mich noch mal sehen.« Jill zog ihr das Foto aus der Hand und hielt es sich direkt vor die Nase. »Es sieht wirklich so aus, als würde sie ihm etwas geben. Aber man kann nicht sehen, was es ist. Sie ist so klein auf dem Bild. Ich hatte die beiden auf dem Bild nicht mal bemerkt.«

»Ich kann den Bildausschnitt vergrößern lassen. Wir müssen es herausfinden.«

Emily sah Cate mit dem gleichen Gesichtsausdruck an, den ihre Mutter aufgesetzt hätte, wenn Cate ihr gesagt hätte, sie würde bis zwei Uhr morgens auf Sauftour gehen. »Cate, willst du das wirklich tun? Es ist deine Party zum Junggesellinnenabschied. Ich finde, du solltest keine Minute damit verschwenden, an sie zu denken. Du solltest dich amüsieren. Warum willst du mit einer Lupe herumlaufen und nach einem Fotolabor suchen, das für dich Detektivarbeiten ausführt?«

Alle schwiegen, und einen Moment lang glaubte Cate, alle wären ihrer Meinung. Vielleicht sollte sie einfach warten, bis das Wochenende vorbei war. Sie hatten sich so viel Mühe gegeben, alles zu organisieren, und ihre Schwester hatte wahrscheinlich recht. Janet störte gerade ihre letzte Gelegenheit, vor der Hochzeit Cocktails am Pool zu trinken. Aber wenn sie es nicht herausfand, würde sie sich das ganze Wochenende Gedanken über das Foto machen.

Leslie griff nach ihrer Handtasche. »Ich habe eine Lupe dabei.«

Selbstverständlich hatte sie eine Lupe dabei. Cate erinnerte sich daran, wie akribisch sie bei ihrer Verlobungsfeier Cates Ring untersucht hatte.

»Ich würde es wissen wollen«, meinte Beth.

»Wenn sie diesem Spinner Geld gegeben hätte, würde ich sie suchen und ihr das Foto in den Mund stopfen«, fügte Val hinzu.

»Lasst uns doch ganz schnell bei einem Fotolabor in der Innenstadt anhalten und fragen, ob sie den Bildausschnitt vergrößern können, während wir warten«, schlug Jill vor.

Emily zuckte die Schultern. »Wenn Cate das wirklich möchte.«

Cate hielt sich die Lupe vors Auge und musterte das Foto. »Ich finde, es sieht definitiv wie Geld aus.«

Sie reichten das Foto und Leslies Lupe von einer Hand zur anderen, bis schließlich alle übereinstimmten, dass es so aussah, als würde sie den Trikotmann bezahlen. Cate wäre am liebsten sofort zum St. James Hotel gerast, um Ethan das Foto zu zeigen. Sie wollte ihm begreiflich machen, was für eine arme Irre Janet war. Cate hatte sich das alles nicht bloß eingebildet. Dann wurde ihr klar, dass sie damit seine Party stören würde. Sie konnte nicht mit einer Lupe und einem Foto mitten in ein Poker-Spiel platzen. Sie würde ihm den ganzen Spaß verderben und außerdem wie eine Verrückte wirken. Sie würde warten müssen, bis das Wochenende vorbei war.

»Was wirst du unternehmen?«, fragte Sarah.

Cate schüttelte den Kopf. »Was könnte ich jetzt tun? Für den Moment wahrscheinlich gar nichts. Ich will Ethan das hier nicht bei seinem Junggesellenabschied zeigen, und ich glaube auch nicht, dass ich mir die Mühe machen will, den Bildausschnitt vergrößern zu lassen. Es ist ziemlich offensichtlich, wenn man sich das Bild genau ansieht.« Jill gab ihr das Foto zurück. »Was auch immer ihr tut, erwähnt es Denise gegenüber nicht. Wenn sie oder Janet es herausfänden, würden sie wahrscheinlich sowohl das Foto als auch die Negative verbrennen.«

»Glaubst du, Denise wusste davon?«, fragte Emily.

Cate dachte nach. »Nein. Ich kann mir einfach nicht vorstellen, dass *irgendjemand* mit jemandem befreundet sein möchte, der so verrückt ist. Ich glaube, sie ist Janet einfach ins Netz gegangen.«

Cate betrachtete wieder das Foto. Nur eine vollkommen Wahnsinnige hätte den Trikotmann bezahlt. Es war irgendwie beängstigend, wozu sie augenscheinlich fähig war. Sie würde die Fotos sicher in ihrer Handtasche verstaut aufbewahren, bis das Wochenende vorüber war, und dann würde mit Janet abgerechnet werden. Ob sie selbst oder Ethan es sein würde, der sie konfrontieren würde, auf jeden Fall musste sie endgültig aus ihrem Leben verschwinden.

31. Kalte Füße

Sie hätte gedacht, dass sie sich unmöglich entspannen könnte, nachdem sie der Sache mit Janet und dem Trikotmann auf die Schliche gekommen war. Ihre Nerven waren zum Zerreißen angespannt, gleichzeitig war sie aber auch freudig erregt. Sie konnte endlich beweisen, was sie sich schon die ganze Zeit gedacht hatte: Janet war bösartig. Es belastete sie ein bisschen, dass sie erst einen konkreten Beweis hatte finden müssen, um Ethan zu zeigen, wie verrückt seine Exfreundin war. Hätte er es nicht selbst herausfinden können?

Sobald sie es sich in ihrem Liegestuhl im Marriott bequem gemacht hatte, kam sie zur Ruhe. Das Wetter in den Herbst- und Wintermonaten spielte in San Diego immer verrückt. In einer Woche konnte es regnen, und alle liefen in dicken Pullis und langen Hosen herum. In der nächsten Woche konnte es warm und trocken sein, und man konnte sich tatsächlich in der Sonne bräunen. Es war allerdings nicht dieselbe Art von Wärme wie im Sommer. Nachts wurde es frisch, aber man konnte es durchaus als Urlaubswetter bezeichnen. Wer auch immer die Idee gehabt hatte, ihren Junggesellinnenabschied an diesem Ort zu verbringen, war ein Genie.

Sie richtete sich häuslich auf ihrem Liegestuhl ein und spürte, wie die trockene Wärme von ihrem Körper Besitz ergriff. Sie griff nach der Rum-Cola, die sie bestellt hatte. Die übrigen Mädchen waren noch in der Suite, die sie sich teilten, und schlüpften in ihre Bikinis. Sie merkte gerade, wie jeder Muskel in ihrem Körper sich entspannte, als sie die Absätze von Cousine Val klackern hörte. Sie trug einen pfirsichfarbenen Sarong und vorne offene, hochhackige Schuhe, die mit kleinen Edelsteinen besetzt waren. Sie war der einzige Mensch in Cates Bekanntenkreis, der es fertigbrachte, mit juwelenbesetzten Stöckelschuhen am Pool aufzukreuzen. Cate dachte, dass sie selbst wie ein Trottel aussähe, wenn sie in einer solchen Umgebung etwas anderes als Shorts und Flipflops tragen würde. Aber es musste Spaß machen, sich hin und wieder wie Ivana Trump zu geben. Sie wollte Val gerade sagen, sie solle sich einen Cocktail holen, als sie ihren aufgebrachten Gesichtsausdruck bemerkte.

»Was ist los?«

»Ich werde Denise erwürgen!« Sie setzte sich auf die Kante eines Liegestuhls neben Cate.

»Was hat sie denn jetzt schon wieder getan?«

»Lass es mich dir schnell erzählen, bevor sie runterkommt. Die anderen Mädchen machen sich fertig, und sie sind genauso auf hundertachtzig wie ich.«

»Was hat sie gemacht?« Cate trank einen Schluck von ihrem Drink und lehnte sich zurück. Sie hatte schon beschlossen, dass Denise ihr das Wochenende nicht verderben würde, egal was auch immer passieren mochte. Es war ihr Junggesellinnenabschied. Die gute Denise hatte bereits der Geschenkparty und der Verlobungsfeier kleine Kratzer verpasst, und Cate würde einfach nicht zulassen, dass sie dieses Partywochenende verdarb. Sie würde sich Vals Geschichte anhören und dabei in aller Ruhe ihren Cocktail genießen. Dann würde sie sich innerhalb weniger Minuten zwingen, zu vergessen, was für eine Nervensäge dieses Weibsbild war.

»Na ja.« Val schlug die Beine übereinander. Ihr Sarong war kurz, und Cate konnte einen Muskel sehen, der sich an der Seite ihres Oberschenkels entlangzog. »Sie spaziert ins Hotelzimmer und zieht einen furchtbaren braunen Koffer aus Cord hinter sich her. Ich meine, der Koffer sah wirklich so aus wie etwas, das eine

TWA-Flugbegleiterin im Jahr 1981 mit sich herumgeschleppt hat. Ich bin ohnehin kein Freund von Cord. Und jeder, der Gepäck aus Cord besitzt, sollte sich bei der *The Price Is Right* bewerben, damit er kostenloses zu einem anständigen Koffer-Set kommt.«

Wäre es nicht einfacher, einen neuen Koffer zu kaufen?, sinnierte Cate.

Vals Stimme wurde ernst. »Also, Leslie hat sie gefragt, ob das Parken über Nacht nicht teuer sei, und sie hat lässig geantwortet: ›Oh, es ist in Ordnung. Ich bin nicht gefahren.‹ Dann klinkte Sarah sich ein. ›Oh. Wie bist du denn dann hergekommen?‹, und sie erwidert: ›Janet hat mich gebracht. Sie hat mich abgesetzt und ist dann zum St. James weitergefahren. Sie trifft sich da mit den Jungs. Ryan hat sie eingeladen.‹«

Cate prustete den Schluck Cola-Rum-Gemisch aus, den sie gerade im Mund hatte. »Wie bitte?« Sie setzte sich auf und wischte sich das Kinn ab. »Du machst wohl Witze? Bitte sag mir, dass du Witze machst! Janet ist hier? Im Gaslamp-Viertel? Mit Ethan?«

Val nickte. »Ich wünschte, es wäre ein Witz, aber ich schwöre, dass Denise genau das gesagt hat. Und ich scherze nicht, Cate, man hätte eine Stecknadel fallen hören können, nachdem sie es verkündet hatte.«

»Ich bringe sie um. Sie beide. Alle beide! Für wen zum Teufel hält sie sich?« Sie begann, um ihren Liegestuhl zu marschieren. »Ich glaube es einfach nicht! Was für eine Art von Frau geht uneingeladen zu einem Junggesellenabschied?«

»Eine Verrückte.«

»Ich meine, *wer*, der halbwegs normal ist, würde so etwas tun? Sie sind geistesgestört. Alle beide.«

»Wenn es dir hilft, sie hat wirklich gesagt, Ryan hätte sie eingeladen. Sie sind zusammen, glaube ich.«

»Ich glaube es nicht. Selbst wenn er sie tatsächlich eingeladen hat, hat sie ihn garantiert manipuliert, damit er es tut. Außerdem, selbst wenn er es getan hätte, warum würde sie überhaupt zu einer Junggesellenfeier gehen wollen? Wo ist mein Handy? Ich rufe Ethan an und sage ihm, er soll sie loswerden. Ich erzähle ihm von dem Foto, und dann muss er sie rausschmeißen. Das ist es! So mache ich es!«

»Hey, hör zu. Der Grund, warum ich dich vorher erwischen wollte, ist, dass Denise dich nicht ausflippen sehen soll. Sie wird gewinnen, Cate. Diese beiden wollen unbedingt erleben, wie du direkt vor der Hochzeit psychisch zusammenbrichst, damit sie dir den Todesstoß versetzen können. Wenn du den Köder schluckst, werden sie triumphieren. Sie möchten, dass du unsicher und paranoid wirkst, als würdest du Ethan nicht vertrauen.«

Dasselbe hatte sie sich selbst schon tausend Mal gesagt. »Was soll ich denn tun? Einfach hier sitzen und es schlucken? Einfach hier sitzen und sie uneingeladen auf jede Party scharwenzeln lassen, wie Hunde, die in fremden Gärten pinkeln, um ihr Terrain zu markieren? Ich marschiere jetzt geradewegs in dieses Zimmer und sage Denise, sie soll zur Hölle fahren und ihren kleinen Baumpisser mitnehmen.« Sie malte sich aus, wie sie in ihrem Bikini-Oberteil in die Suite platzte, Denise den Cordkoffer aus den fetten Fingern riss und ihn aus dem elften Stock des Marriott schleuderte. Sie würde voller Freude zusehen, wie ihr einteiliger Badeanzug, ihr Lockenstab und ihre Keds-Schuhe unten aufs Pflaster knallten. Wenn sie eine Pistole hätte, würde sie damit auf sie einschlagen. Der Haartrockner im Bad des Hotelzimmers würde für diese Fantasievorstellung herhalten müssen. Cate begann, unkontrolliert zu lachen.

»Was ist so lustig?«

Sie holte tief Luft. »Das hier. Das alles.«

Val sah verwirrt aus. »Na, da bin ich aber froh, dass du das alles so leicht nimmst.«

»Ich meine, es ist einfach lächerlich. Die ganze Sache. Wie

bin ich da bloß reingeraten? Ich habe mich verlobt, und alle um mich herum haben sich verändert.« Sie lachte noch heftiger, und je mehr sie lachte, desto besorgter sah Val sie an. »Was ist an diesem Ring, das alle in meiner Umgebung verrückt gemacht hat? Meine Familie. Ethans Familie. Und jetzt glaube ich allmählich, dass Ethan auch verrückt geworden ist. Mein Leben ist wie eine Episode der *Jerry Springer Show* geworden. Und mein Verlobter – der Mann, mit dem ich den Rest meines Lebens verbringen will – merkt es nicht einmal. Er bekommt überhaupt nichts mit.«

Val reichte ihr ihr Glas. »Hier. Trink einen Schluck.«

Sie trank das ganze Glas in zwei Schlucken aus. »Nein. Auf keinen Fall gehe ich zu ihm oder rufe ihn an. Er kann mit ihr das ganze Wochenende herumhängen, und wenn er nicht merkt, wie verrückt sie ist, na ja, dann … Ich weiß es nicht!« Sie begann zu weinen. »Wer erlebt denn so was? Es ist nicht normal. Es treibt mich in den Wahnsinn, dass er nicht merkt, wie sie versucht, ihn bei jeder Gelegenheit in ihre Krallen zu bekommen.«

»Wenn es um mich ginge, würde ich wahrscheinlich einen Killer engagieren, aber so bin ich eben«, murmelte Val vor sich hin.

»Weißt du was? Die sollen mir doch alle den Buckel runterrutschen! Alle!« Inzwischen schrie sie, und ein paar der anderen Gäste drehten sich um und musterten sie erstaunt. »Ich warte seit Monaten auf dieses verdammte Wochenende! Ich möchte mich amüsieren. Deshalb bin ich hergekommen, und Janet und Denise sind mir egal. Sie können zur Hölle fahren. Ich werde Ethan nicht anrufen, um ihm zu sagen, dass er sie sich vom Hals halten soll. Er sollte es selbst wollen. Er weiß, was das Richtige ist.«

Obwohl sie beim Gedanken an diese verdammte Janet, die vor ihrem Verlobten ihr Haar zurückwarf und lachte, am liebsten geschrien hätte, gab sie sich selbst das Versprechen, nicht ein Wort über Janet zu verlieren. Nicht ein einziges Wort. Selbst wenn Denise das Thema anschneiden sollte, würde sie so tun, als wäre es ihr egal. Sie würde Denise nicht den Gefallen tun, sie wütend zu erleben. Das war jetzt ein Problem zwischen Ethan und Cate. Es ging nicht mehr um Janet und Denise, und sie fragte sich allmählich, ob es je so gewesen war. Wenn Ethan die Sache schon im Keim erstickt hätte, wäre es nicht so weit gekommen. Sie wusste, was sie tun würde, wenn ihr Exfreund Paul uneingeladen zu ihrer Junggesellinnenfeier kommen würde. Sie würde ihn fortschicken, und Ethan sollte das Gleiche tun. Sie hoffte einfach, dass er genug Verstand hatte, es auch zu tun.

Die übrigen Mädchen gesellten sich zu ihnen an den Pool. Alle außer Denise warfen ihr einen verständnisvollen Blick zu – die Blicke sagten: »Wenn du möchtest, erwürgen wir sie.«

Sie ließen sich auf den Liegestühlen nieder, und sie sah, wie Denise ihr Handtuch ablegte. Sie legte es auf den Stuhl und sprintete auf den Pool zu. Ihre dicken Beine schwabbelten, bevor sie ins Wasser sprang. Erstaunt über diese kühne Aktion blickte Cate Leslie an.

»Wir haben ihr im Hotelzimmer drei Tequilas gegeben«, flüsterte sie. »Ich hoffe, dass sie einfach in Ohnmacht fällt.«

»Wirklich?« Cate hatte nicht gewusst, dass Denise eine derart wilde Seite besaß.

»Sie wollte den Tequila trinken, und wir haben sie nicht davon abgehalten.«

»Cate!«, rief Denise aus dem Pool. Ihr nasser Pony war dunkel und klebte ihr an der Stirn, während sie winkte. »Wie geht es dir?«

»Super!«, rief Cate zurück. »Wie ist das Wasser?«

»Eiskalt.«

Emily setzte sich neben Cate und zog etwas aus ihrer Strandtasche. »Also, meine liebe Cate, das hier ist deine Junggesellinnenabschiedsfeier, und das bedeutet, dass du eine Junggesellinnenkrone tragen musst!« Sie enthüllte eine Plastikkrone, die ein bisschen jener Krone glich, die sie an Halloween getragen hatte.

Sie lachte. Endlich fühlte es sich wie ein Junggesellinnenabschied an. »In Ordnung«, meinte sie. »Damit kann ich umgehen.«

Sie hielt still, während Emily ihr die Krone aufsetzte. Sie machten eine Million Fotos von Cate mit ihrer Krone. Sie sorgten dafür, dass ihr Cocktailglas nie leer wurde, und das Gefühl des Alkohols in ihrem Blut versetzte sie vorübergehend in Begeisterung.

Denise ließ sich weiter volllaufen. In ihrem betrunkenen Zustand erzählte sie Sarah und Emily, dass sie gerne nackt vor dem Badezimmerspiegel Debbie Gibson imitierte.

»Gut, dass ich das nie sehen muss«, meinte Cate.

»Sie ist besoffen«, flüsterte Emily zurück. »Ihre Brustwarze hängt aus ihrem Badeanzug, und sie hat es nicht einmal gemerkt.«

Cate versuchte, den Nachmittag zu genießen, Cocktails zu trinken und an den Frauengesprächen ihrer Freundinnen teilzunehmen. Ganz egal, wie große Mühe sie sich gab, sich zu amüsieren, sie konnte sie an nichts anderes denken als an Janet im St. James, die einen Riesenspaß mit Cates Verlobten bei seinem Junggesellenabschied hatte.

An diesem Abend geschah ein Wunder. Denise, deren Gesicht so rot wie eine Nikolausmütze war, wurde krank. »Du hast wahrscheinlich einen Sonnenstich«, diagnostizierte Leslie sofort. »Du hast zu lange in der Sonne gesessen und dich braten lassen, und jetzt fühlst du dich elend. Das ist mir auch schon mal passiert.«

Es war der Alkohol, nichts, dass nicht wahrscheinlich mit ein paar Gläsern Wasser kuriert werden konnte, aber Leslie wollte ihr gerne eine schlimmer klingende Diagnose präsentieren, und Cate erhob keine Einwände.

»Du musst dich ausruhen, und morgen solltest du unter keinen Umständen in die Sonne gehen«, sagte Leslie. »Das abgedunkelte Hotelzimmer ist wahrscheinlich der beste Ort für dich.«

Cate fragte sich, ob sie die Wahrheit sagte oder absichtlich versuchte, sie loszuwerden. Plötzlich kam Cate sich schlecht vor, als sie Denise ansah, deren Haut, die normalerweise so hell wie ein Baby-Popo war, rot und fleckig aussah. Denise hatte grünlich schimmernde Ringe unter den Augen, und Cate wollte nicht, dass ihre Freundinnen sich ihretwegen gegen Denise verbündeten. Sie konnte sie nicht leiden, aber letzten Endes war Denise mit dem Mann verwandt, den sie mehr als alles andere auf der Welt liebte. Und wenn irgendjemand nachvollziehen konnte, wie fies es war, wenn man einen heftigen Sonnenbrand hatte, dann war sie es. Sie hatte sich am ganzen Körper mit Faktor fünfzig eingeschmiert und hatte trotzdem noch rote Wangen und Schultern bekommen.

»Hier«, sagte Cate und gab ihr eine Flasche Wasser. »Trink so viel Wasser, wie du kannst. Vielleicht ist es nur die Kombination von Alkohol und Sonne. Das passiert mir auch manchmal, und ich muss dann bloß viel Wasser trinken und mich ein bisschen ausruhen. Ich wette, wenn wir zum Abendessen gehen wollen, fühlst du dich wieder besser.«

Zur Essenszeit sah Denise noch schlechter aus. »Ich glaube nicht, dass ich mitgehen kann.« Sie sah ehrlich enttäuscht aus, und Cate hatte sie noch nie so verletzlich erlebt. Aus irgendeinem Grund hatte Cate wieder Mitleid mit ihr.

»Bist du sicher?«, fragte Cate. »Wir warten auf dich, wenn du noch ein bisschen Zeit brauchst.«

Sie schüttelte den Kopf. »Ich glaube, ich muss ein bisschen schlafen.«

»Sollen wir dir etwas zu essen besorgen?«

»Danke, aber ich fühle mich wirklich nicht gut.«

Sie ließen sie mit Cates Krone im Hotel zurück. Die Krone hatte Cate Kopfschmerzen verursacht. Die Mädchen waren verständnisvoll, benahmen sich aber ein bisschen wie ihre Mutter, als sie versucht hatte, wegen einer nicht genau diagnostizierbaren Krankheit den Katechismus-Unterricht zu schwänzen.

Alle hatten sich ganz groß in Schale geworfen und ihre schärfsten Klamotten angezogen. Selbst Emily, die sonst immer khakifarbene Hosen und normale T-Shirts anhatte, trug eine schwarze Hose und ein glitzerndes Bustier. Ihre Schwester sah wirklich süß aus, wenn sie sich Mühe gab, und Cate liebte es, wenn sie ihr Haar zur Abwechslung mal offen trug.

Sie aßen bei Fio's zu Abend, und sie konnte kaum glauben, wie süß ihre Freundinnen waren. Sie hatte keinen großen Wirbel haben wollen, aber sie alle hatten darauf bestanden, schick essen zu gehen, und kümmerten sich darum, dass ihr Weinglas ständig gefüllt war.

Nach dem Abendessen gingen sie ins The Bitter End. Sie war bereits von dem ganzen Wein ziemlich beschwipst und fühlte sich gleich noch beschwipster, als Cousine Val vorschlug, Tequila zu trinken. Sie amüsierte sich so gut, dass sie Ethan und Janet beinahe vergaß. »Ich liebe dich!« Sie streckte die Hand nach ihrer Schwester aus und küsste sie entschlossen auf die Wange. »Und dich!« Cousine Val war die Nächste. »Und dich! Und dich! Und dich!« Sie küsste alle der Reihe nach. »Ihr seid die besten Freundinnen, die man haben kann!« Sie trank ihren Cosmopolitan aus. »Lasst uns tanzen!«

Die Killers spielten, aber aus irgendeinem Grund wollte sie den Electric Slide tanzen. Sie überredete alle, mitzumachen, und sie tanzten den Electric Slide nicht nur zu einem Song, sondern zu drei. Sie war eine Hochzeitsexpertin und ein Profi in Sachen Electric Slide. Sie kam richtig auf Touren, warf die Schultern zurück, schnippte mit den Fingern und legte den Kopf in den Nacken, wenn sie sich drehte.

Sie war betrunken und fühlte sich frei, und außerdem war sie von den besten Freundinnen umgeben, die sie je gehabt hatte. Sie wirbelte rum, als sie plötzlich jemanden hinter sich spürte, der sie leicht an den Hüften packte und sie umdrehte. Es waren große

Hände, die beinahe ihre ganzen Hüftknochen umfassten, doch die Berührung war zart und behutsam, als würde er ein Baby festhalten.

»Was bringt dich denn her?«, fragte er. Seine Stimme war leise, aber sie erkannte sie sofort. Es war dieselbe Stimme, die sich dafür entschuldigt hatte, dass er Sand auf sie befördert oder Wasser auf ihr Buch getropft hatte. Es war dieselbe Stimme, mit der sie über Red Tide und Surfunterricht diskutiert hatte. Es war die Stimme des Teufels.

»Ich äh …« Sie hätte am liebsten gelogen. *Ethan, Ethan, Ethan.* Sie heiratete Ethan. »Ich feiere meinen Junggesellinnenabschied.« So. Sie hatte es gesagt.

Er zog die Augenbrauen hoch und schmunzelte. Ein tiefes Grübchen erschien auf seiner rechten Wange. »Du wirst heiraten.« Es war eine Feststellung, keine Frage, und er lächelte immer noch.

Sie erwartete, er würde sie fragen, wann und wo und wer der glückliche Mann wäre, aber es schien ihn nicht zu interessieren. Sie war schockiert, als sie merkte, wie erleichtert sie war.

»Yeah, das stimmt.« Sie klang enttäuschter als er.

»Lass mich dir einen Drink spendieren. Zum Feiern.« Das war der Zeitpunkt, zu dem sie eigentlich sagen sollte: »Oh, das ist okay. Ich habe wahrscheinlich schon genug getrunken. Aber trotzdem danke.« Dann sollte sie ihm den Rücken zuwenden und mit ihren Freundinnen weitertanzen. Stattdessen folgte sie ihm zur Theke. Die Mädchen waren zu sehr mit sich selbst beschäftigt, um zu merken, dass sie sie verlassen hatte. Er stützte die Ellbogen auf die Theke. Als sie auf einen Barhocker glitt, sah er zu ihr rüber. Seine tief liegenden Augen blickten unter seinem langen Pony hervor, und seine Mundwinkel bewegten sich leicht nach oben. Sie konnte die Umrisse seiner Muskeln unter seinem T-Shirt erkennen und erinnerte sich an den Anblick seiner perfekt geformten Brust und seines Waschbrettbauchs, als er sie am Strand wie eine

Statue überragt hatte. Aus irgendeinem Grund kam ihr Ethans Körper in den Sinn, und sie schob das Bild sofort zur Seite.

»Wie wäre es mit etwas, das sich leicht trinken lässt?«, meinte er. »Einen Lemon Drop Martini?«

»Klingt prima.« Sie fragte sich, was er im Gaslamp tat. In den meisten Bars der Innenstadt waren Jeans nicht erwünscht, und gewöhnlich waren hier die Art von Jungs zu sehen, die Luxusautos fuhren und Techno hörten. Sie stellte sich Nate eher in den Strandbars vor, wo man nicht unbedingt ein Hemd oder Schuhe tragen musste.

»Was treibst du hier in der Innenstadt?«, fragte sie.

»Meine Mutter und mein Stiefvater besitzen hier ein Penthouse. Als Zweitwohnsitz. Eigentlich wohnen sie oben in der Bay Area.«

»Also ist deine Familie übers Wochenende hier?«

»Nein. Ich habe einen Schlüssel. Ich übernachte hier manchmal.«

Dementsprechend hatte er reiche Eltern und ein leeres Penthouse für sich? Die Situation wurde von Minute zu Minute gefährlicher. Er schob ihr ein Schnapsglas zu. »Also, dann trinken wir auf …«

Sie erwartete, dass er etwas im Zusammenhang mit ihrer Hochzeit sagen oder ihr Glück wünschen würde.

»Das Kennenlernen toller Leute.«

Als er sein Glas auf der Theke abstellte, berührte sein Arm den ihren. Er fühlte sich warm an, und er zog ihn nicht weg. Er beugte sich sogar näher zu ihr hinüber, und als er sprach, blickte er ihr direkt in die Augen. Sie spürte, wie ihre Handflächen feucht wurden, und fragte sich, ob er in Gegenwart von Leuten, die er kaum kannte, immer so entspannt war.

»Ihr übernachtet also in einem Hotel?«, fragte er.

Sie erzählte ihm von dem Hotel und wie sie den ganzen Tag am Pool abgehangen hatten.

»Hör mal, ich muss mal pinkeln gehen, aber hast du Lust, mit mir in die Bar ein Stockwerk höher zu gehen, wenn ich zurück bin? Da oben ist es ruhig, und es gibt dort äußerst bequeme Sofas.«

»Klar.« Guter Gott, was tat sie da bloß? Sie sollte mit ihren Freundinnen zusammen sein und sich nicht die Zeit mit einem sexy Fremden vertreiben, den sie nur zu gerne geküsst hätte. Er beugte sich zu ihr, und ihr Herzschlag setzte aus. Heilige Scheiße, er würde sie küssen. Aus irgendeinem Grund rührte sie sich nicht. Es geschah alles so schnell. Aber dann küsste er sie doch nicht, sondern berührte sie nur mit dem Daumen im Gesicht und schob eine Haarsträhne zur Seite. »Bist du okay?«, fragte er.

»Yeah, mir geht's gut.«

»Du siehst nervös aus.«

»Das kann nicht sein, ich bin nicht ein bisschen nervös.«

Sie sah ihm nach, als er wegging, und betrachtete seinen knackigen Hintern in der Jeans. Sie fragte sich, ob sie das Richtige tat. *Heiraten.* Vielleicht war sie doch noch nicht so weit. Wenn sie bereit dafür wäre, hätte sie nicht diese Gedanken. Sie würde nicht auf diesem Barhocker neben dem attraktivsten Typen sitzen, den sie je kennengelernt hatte, und sich fragen, wie es wohl wäre, ihn zu küssen. Küsste er gut? War er gut im Bett, oder war er einer dieser Typen, die so viel Sex in ihrem fantastischen Leben gehabt hatten, dass sie nie wirklich gelernt hatten, eine Frau zu befriedigen?

Sie war verängstigt und hatte das Gefühl, in der Falle zu sitzen. Nach dem kommenden Wochenende würde ihr nie wieder jemand den Hof machen. Es würde keine ersten Küsse mehr geben, und sie würde sich nicht mehr damit stressen, welches Shirt sie tragen sollte. Sie wusste, dass das anfängliche Kribbeln des Verliebtseins in jeder Beziehung langsam nachließ. Natürlich fühlte sie sich immer noch zu Ethan hingezogen, aber sie bekam nicht mehr jedes Mal Schmetterlinge im Bauch, wenn sie ihn sah, oder lächelte entzückt, wenn sie seine Nummer auf dem Display ihres Handys sah.

Jetzt betrachteten sie die benutzte Zahnseide des jeweils anderen, die wie getrocknete Wasserschlangen im Abfalleimer lag.

Vielleicht machte sie einen Fehler. Sollte sie nicht ausschließlich Augen für Ethan haben und nur für Ethan? Stieß nicht der Gedanke an eine Knutscherei mit extrem attraktiven Männern fast alle zukünftigen Bräute ab? Eine normale Braut hätte den Drink höflich abgelehnt und den Mann vergessen, während sie in ihrer Junggesellinnenherrlichkeit badete. Und was wäre, wenn es sich um ein Zeichen des Himmels handelte? Wie groß war die Chance, an ihrem Junggesellinnenwochenende zufällig Nate zu begegnen?

Bekam sie kalte Füße? Das war normal. War es nicht so? Sie hörte ständig davon. Aber sie hatte erwartet, dass kalte Füße sich wie ein schrecklicher Druck anfühlten – etwas, was die berühmte Braut, die sich nicht traut, gefühlt haben mochte. Kalte Füße zu haben bedeutete, jemandem am Altar stehen zu lassen und dann nach der Entscheidung völlig erleichtert zu sein.

Wäre sie erleichtert, wenn sie die Hochzeit absagen würde? Sie überlegte einen Moment und fragte sich, wie es wäre, die Hochzeit abzusagen. Keine Hochzeit. Keine Ehe. Kein Ethan. Sie wäre ungebunden und frei und könnte mit Nate tun, was sie wollte.

Bevor sie mit Ethan zusammengekommen war, hatte sie es gehasst, Single zu sein. Sie hatte es gehasst, in Bars zu gehen und sich zu fragen, ob sie Mr. Right wohl je finden würde. Sie hatte es gehasst, am Freitagabend allein zu sein, während ihre Freundinnen mit ihren Lebensgefährten kuschelten. Trotzdem war ihr das Single-Dasein noch nie verlockender erschienen als gerade jetzt. Freiheit. Sie wollte wunderbare Freiheit haben.

Wenn sie jedoch Single wäre, würde sie nie wieder mit Ethan zusammen sein. Morgens würde sie sein bezauberndes Gesicht nicht mehr sehen und abends nicht mehr spüren, wie er sie zudeckte, wenn es kalt im Zimmer war. Sie wollte ihn nicht verlieren. Sie liebte ihn. Es handelte sich bloß um einen klassischen Fall von vorehelichem Bammel. Sie erinnerte sich, dass Sarah und Beth erzählt hatten, vor der Hochzeit etwas Ähnliches empfunden zu haben. Bedeutete das, dass auch Ethan jetzt dasselbe durchmachte? Dachte er daran, mit anderen Frauen herumzuknutschen? Sie fragte sich, ob auch er je gedacht hatte, er würde seine Freiheit verlieren. Dann fiel ihr Janet ein. Vielleicht saß er ihr gerade gegenüber und fragte sich, ob er ein letztes Liebesabenteuer haben wollte. Sie musste zu ihm. Sie nahm ihre Handtasche, stand auf und lief aus der Bar.

32. Ein letztes Liebesabenteuer

Obwohl das St. James nur ein paar Blocks entfernt lag, sprang sie in das erste Taxi, das vorbeikam. Sie wusste, dass es absolut gegen die Regeln des Junggesellenabschieds verstieß, einander zu sehen, aber es war ihr egal. Sie wollte zu ihrem Verlobten. Sie wollte ihr Gesicht an seine warme Brust drücken und seinen Geruch einatmen. Sie wollte ihn küssen und neben ihm schlafen, und plötzlich war sie entsetzt, dass sie es überhaupt in Erwägung gezogen hatte, sich von einem anderen Mann berühren zu lassen. Nate mochte zwar sexy sein, aber er war definitiv nicht Ethan. Es gab nur einen Ethan. Sogar Janet und das blöde Foto waren ihr egal. Zugegeben, sie hatte es sicher in ihrer Tasche verstaut, und wenn sie es bräuchte, würde sie es herausziehen.

Sie gab dem Taxifahrer ein gutes Trinkgeld, bevor sie das Hotel betrat. Sie ging geradewegs zur Rezeption und fragte nach Ethans Zimmernummer. Es dauerte nicht lange, bis sie wusste, dass kein Zimmer auf seinen Namen gebucht war, und sie musste die Namen von mehreren seiner Freunde nennen, bevor sie herausfand, wo sie waren. Sie ließ sich Chucks Zimmernummer geben und eilte zum Aufzug. Es handelte sich um ein historisches Hotel, und der alte Aufzug schien eine Ewigkeit zu brauchen, um hinunter in die Lobby zu kommen.

Sie zog das altmodische schmiedeeiserne Gitter auf und trat ein. Auch der Weg nach oben dauerte Ewigkeiten, und als sie das richtige Stockwerk endlich erreicht hatte, fragte sie sich, ob sie nicht besser die Treppen hätte nehmen sollen.

Sie konnte ihre Stimmen schon von weitem hören und folgte

dem Lachen den Flur entlang. Sie war überrascht, dass noch niemand sich beschwert und den Sicherheitsdienst gerufen hatte. Sie klopfte an und hörte, wie es im Zimmer ruhig wurde. Sie hoffte, sie würden nicht zu enttäuscht sein, wenn sie die Tür öffneten und begriffen, dass keine Stripteasetänzerin, sondern bloß die Braut dort stand.

Chuck öffnete. Erwartungsgemäß war er überrascht, sie zu sehen. Sein Gesicht war rot, und sie fragte sich, warum sie die Klimaanlage nicht einschalteten. »Cate! Mensch! Was für eine Überraschung! Komm rein, Süße.«

»Danke. Ich wette, ihr habt nicht mit mir gerechnet.« Sie war ein bisschen nüchterner geworden, und jetzt fragte sie sich, ob sie das Richtige getan hatte. Sie amüsierten sich wahrscheinlich köstlich, und sie hatte die Party unterbrochen. Sie trat ein und empfand sofort Mitleid mit dem Zimmermädchen. Erdnussschalen bedeckten den Boden. Schmutzige Teller türmten sich auf dem Fernseher, und ein Plastikmesser steckte in einer Champagnerflasche. Sie bemerkte verschütteten Kaffee auf einem Telefonbuch – die braune Flüssigkeit hatte die Seiten wellig werden lassen. Ethan könnte es sich wahrscheinlich leisten, ihre Küche umzugestalten, wenn sie das Pfand für die ganzen Bierflaschen, die im Zimmer herumstanden, einlösen würden.

Trotz des Durcheinanders war das Zimmer wirklich hübsch. Es hatte den Charme eines alten Interierus und bot einen Blick auf die Innenstadt. Von den großen Fenstern aus konnte man die Lichter der Stadt sehen, und durch die Großzügigkeit wirkte der Raum eher wie ein Apartment als ein Hotelzimmer.

Sie hatten einen Kartentisch aufgestellt, und ihr Blick wanderte sofort über die Männer.

»Hallo«, sagte Ted und blickte auf. Er sah auch erstaunt aus. Sie wurde von ihnen allen mit derselben Reaktion begrüßt. Von allen außer Ethan – Ethan und Janet. Sie waren nicht da.

»Ethan ist vor einer Weile gegangen, um Eis zu holen«, sagte Ryan.

Chuck warf einen Blick auf seine Armbanduhr. »Er müsste eigentlich schon längst zurück sein. Er ist seit ungefähr zwanzig Minuten weg.«

»Wie weit ist es zur Eismaschine?«, wollte sie wissen.

»Nur den Gang hinunter.«

»Wo ist Janet?«

Sie blickten sich an, dann zuckten sie die Schultern. »Sie ist auch vor einer Weile gegangen«, meinte Chuck schließlich.

»Mit Ethan?«

»Ich glaube nicht, dass sie zusammen gegangen sind«, antwortete Sean.

»In welchem Zimmer übernachtet Ethan?«, fragte Cate.

»In diesem hier«, sagte Chuck und teilte Karten aus.

»Schlafen alle in diesem Zimmer?«, wollte sie wissen.

»Nein. Ryan und Janet haben das Zimmer zwei Türen weiter, und Mark und ich sind nebenan«, erklärte Sean.

»Okay. Danke. Ich denke, ich gehe Ethan suchen.«

Sie wusste, dass Janet mit ihm gegangen war. Die Burschen hatten sie bestimmt nicht vorsätzlich belogen, wahrscheinlich hatten sie nicht richtig aufgepasst. Sie waren zu sehr in ihr Spiel vertieft, um zu bemerken, ob Janet und Ethan gemeinsam gegangen waren, und jetzt war er seit zwanzig Minuten verschwunden? Die ganze Situation war unergründlich. Es war so untypisch für Ethan. Sie konnte sich ehrlich nicht vorstellen, dass er sie betrog. Aber dann wiederum kannte sie sich selbst am allerbesten, und sie hätte sich auch niemals vorstellen können, dass sie kalte Füße bekommen und nur wenige Tage vor der Hochzeit einen anderen Mann begehren würde. Was, wenn er das Gleiche erlebte – in betrunkenem Zustand? Janet hatte gewiss vor, ihn betrunken zu machen und ihn in Zweifel zu stürzen.

Sie ging weiter zur Eismaschine, bog um die Ecke und rechnete halb damit, Ethan und Janet dort zu sehen, wie sie den Eiskübel füllten und vielleicht ein paar Snacks aus dem Automaten zogen. Der kleine Raum war leer. Wo zum Teufel waren sie? Sie ging zurück zu Ryans und Janets Zimmer und klopfte an. Keine Reaktion. Was wäre, wenn alle Burschen wussten, dass etwas im Busch war, und ihn sofort nach ihrem Abschied gewarnt hatten, nicht an die Tür zu gehen? Aber es ging hier um *Ethan*. Er würde ihr das nicht antun. Oder doch? Sie musste ständig an die Sache mit Nate denken und wie sehr sie in Versuchung gewesen war. Was wäre, wenn er noch betrunkener als sie und die Versuchung noch stärker wäre? Auf dem Weg nach draußen ging sie nochmals im Poker-Zimmer vorbei. Immer noch nichts von Ethan oder Janet zu sehen.

»Ich glaube, ich warte ein paar Minuten«, sagte sie.

»Okay«, meinte Chuck.

Bildete sie es sich bloß ein, oder schienen sich alle ein bisschen unbehaglich zu fühlen? Vielleicht lag es bloß daran, dass sie in ihrer Gegenwart nicht unbeschwert fluchen oder über ihre sexuellen Eskapaden reden konnten.

»Möchtest du eine Runde mitspielen?«, fragte Chuck.

»Klar.«

Sie setzte sich auf einen freien Stuhl und dachte sich, wie interessant es wäre, wenn Ethan und Janet jetzt kommen würden. Egal wo sie waren, sie hätte darauf gewettet, dass sie niemals mit ihr am Kartentisch rechnen würden, als würde sie in einem Kasinowerbespot mitwirken.

Sie hatte schon häufiger Poker gespielt. Trotz der Tatsache, dass sie das perfekte Pokergesicht beherrschte, machte irgendetwas an dem Spiel sie grundsätzlich verrückt. Vielleicht war es die Spannung. Sie konnte die gespannte Erwartung nicht ertragen, was aus dem Blatt der einzelnen Spieler werden würde. Und es trieb sie in den Wahnsinn, dass jeder die Möglichkeit hatte, sein Blatt geheim zu halten, selbst wenn er gewonnen hatte. Die Hälfte der Zeit überbot sie alle, damit sie sehen konnte, wer welche Karten hatte. Sie hasste Geheimnisse und dachte über die Ironie der Situation nach, während sie darauf wartete zu erfahren, wo ihr Verlobter und seine Exfreundin abgeblieben waren.

Sie spielte eine Runde mit und überraschte sich selbst. Da sie in Gedanken mit Ethan beschäftigt war, fand sie es einfach, mit der Spannung der augenblicklich angesagten Variante *Texas Hold'em* umzugehen. Als sie ihre zehn Dollar kassierte, kam ihr in den Sinn, dass ihre Freundinnen wahrscheinlich gerade jeden Winkel des The Bitter End nach ihr absuchten. Sie würden außer sich sein.

»Amüsiert euch gut, Jungs.« Sie schob ihren Stuhl vom Tisch zurück. »Und sobald ihr Ethan seht, sagt ihm bitte, er soll mich anrufen.«

Als sie wieder im Taxi saß, drehte sich ihr der Kopf. Es war unvorstellbar, dass Ethan so tief sinken könnte. Sie dachte, sie würde ihn so gut kennen. Aber andererseits hatte sie derart viele *Oprah*-Folgen über fremdgehende Ehepartner oder Ehemänner, die schwul waren, gesehen. Männer, die allen etwas vorgemacht hatten und in zwanzig Jahren Ehe alle hatten glauben lassen, sie wären heterosexuell, und Frauen, die sagten, sie hätten nie auch nur ein Anzeichen von Herumschäkern entdeckt, ganz zu schweigen von Homosexualität. Sie wusste, dass ihr Freund nicht schwul war, aber wenn diese Frauen so zum Narren gehalten worden waren, warum sollte es ihr nicht auch so ergehen?

Sie war wütend. Janet hätte überhaupt nicht hier sein sollen. Sie hätte schon am Abend ihrer Verlobungsfeier aus ihrem Leben verschwinden sollen. Vielleicht zog sie voreilige Schlüsse. Was wäre, wenn Janet sich einfach nur hingelegt und ihr Klopfen nicht gehört hatte, und vielleicht war Ethan nur allein hinausgegangen, um ein bisschen frische Luft zu schnappen. Er hatte vor langer Zeit aufgehört zu rauchen, aber vielleicht hatte er für ein letztes Hurra mit den Jungen eine Zigarette geraucht. Dieser Gedanke beunruhigte sie. Was, wenn er betrunken und in den Gegenverkehr spaziert war? Sie glaubte, sie würde anfangen zu weinen, wenn sie noch eine weitere Sekunde lang an ihn dachte. Sie rief ihre Schwester an.

»Cate! Wo zum Teufel bist du?«

»Das ist eine lange Geschichte. Ich bin in einem Taxi auf dem Rückweg zur Bar. Ich bin in einer Minute da.«

»Was? Du hast die Bar verlassen? Warum? Wir haben drei Gläschen Schnaps für dich auf der Theke stehen.«

So sollte ihr Junggesellinnenabschied nicht laufen. Sie sollte nicht auf der Jagd nach ihrem Freund sein, der möglicherweise mit seiner Ex unterwegs war, während ihre Freundinnen ihr einen Drink nach dem anderen spendierten. Sie spürte, wie ihr eine Träne die Wange hinunterkullerte. Sie musste in die Bar zurückgehen und ihren Mädels erzählen, was gerade passiert war. Ihre Schwester, die ewige Optimistin, würde Ethan mangels Beweisen freisprechen. Sie war so behütet und naiv, dass sie bis Ende zwanzig nicht gewusst hatte, um was es sich bei einer Ménage à trois handelte. Beth, ebenfalls durch und durch Optimistin, würde sich Sorgen um Ethan machen und sofort den Sicherheitsdienst des Hotels anrufen, um ihn suchen zu lassen.

Leslie und Val würden ihr sagen, dass er ein Arschloch wäre und wie er es wagen könnte, und sich Wege überlegen, wie man die Hochzeit absagen könnte.

Die Hochzeit absagen? Wie würde man dabei vorgehen? Würden Ethan und Janet jetzt heiraten? Sie wäre frei, um mit Nate Sex zu haben, der ihr plötzlich wie ein eingebildeter idiotischer Schürzenjäger vorkam. Wer hing schon allein in Nachtclubs herum? Nur ein selbstsüchtiger bindungsscheuer Idiot.

Das Taxi hielt vor der Bar an, und sie war so besorgt und traurig, dass sie dem Fahrer zwanzig Dollar gab und sich nicht die Mühe machte, Wechselgeld entgegenzunehmen, obwohl die Fahrt bloß vier Dollar kostete.

Sie schloss die Autotür hinter sich und ließ, während sie auf die Bar zuging, den Kopf hängen.

»Cate! Gott sei Dank! Ich habe seit einer Stunde jede einzelne Bar in dieser Straße abgesucht.«

»Ethan!«

Seine Augen waren weit geöffnet, und er zog sie in seine Arme. »Wo bist du gewesen?«, fragte sie.

»Hier. Auf der Suche nach dir. Wo warst du denn?«

»In deinem Hotel. Auf der Suche nach dir.«

»Ich bin so froh, dass ich dich gefunden habe.« Er seufzte. »Ich musste dich einfach sehen. Ich habe dich das ganze Wochenende vermisst.«

»Ich habe dich auch vermisst.« In ihrem Bauch flatterten Schmetterlinge, als sie sein Haarshampoo roch. Sie konnte sich nicht erinnern, wann sie sich zuletzt gesagt hatten, dass sie sich vermissten, nachdem sie nur für einen Tag getrennt gewesen waren. »Ich bin ins Hotel gegangen, um dich zu suchen, und die Jungs haben mir gesagt, du wolltest Eis holen, aber ich konnte dich nirgends finden. Und dann haben sie mir erzählt, Janet wäre auch verschwunden, und ich dachte, du wärst mit ihr zusammen.«

Das Strahlen in seinen Augen verblasste, und sein Gesicht wurde lang. »Ich weiß nicht, wo Janet ist.«

»Was ist los?«

»Ich habe sie gebeten zu gehen«, sagte er. Er sah so traurig aus. Sie wollte nicht, dass er traurig war, weil er Janet gebeten hatte, zu gehen. Sie wollte, dass er erleichtert war.

»Sie ist richtig aus dem Rahmen gefallen, Cate.«

Plötzlich fühlte sie sich, als wäre ihr eine Koffeinspritze injiziert worden. »Tatsächlich?« Sie spürte die kühle Nachtluft im Gesicht, aber sie wollte nicht hineingehen. Sie musste den Rest dieser Story hören.

Er nickte. »Ich bin tatsächlich losgezogen, um Eis zu holen. Plötzlich tauchte sie auf. Zuerst dachte ich, sie wollte mir bloß helfen. Ein bisschen Eis fiel auf den Boden, und wir haben gelacht, weil wir beide ausgerutscht sind, und bevor wir wieder aufstanden, hat sie …«

»Was hat sie getan?«

»Sie hat versucht, mich zu küssen.«

»Hast du ihren Kuss erwidert?«

»Nein. Ich habe sie gebeten, damit aufzuhören, und sie ist in Tränen ausgebrochen. Es war so ein Schlamassel.«

»Sie ist in Tränen ausgebrochen?«

Er schob die Hände in die Hosentaschen. »Ja, es war schrecklich.« Er machte eine Pause. »Ich habe versucht, sie dazu zu bringen, nicht mehr zu weinen, und sie hat mir erzählt, dass sie seit unserer Trennung nie richtig glücklich gewesen ist und dass sie einfach nicht damit klarkommt, dass ich heiraten werde.«

Sie hatte Lust, zu sagen: *Siehst du, ich habe es dir gleich gesagt. Ich habe dir gesagt, dass sie die ganze Zeit hinter dir her war! Sie und Denise, sie haben Intrigen ausgeheckt! Du blinder gutgläubiger Trottel!* Aber eigentlich wollte sie mehr darüber hören, dass Janet geweint und Ethan ihr zu gehen nahegelegt hatte. »Das alles ist also bei der Eismaschine vorgefallen. Ihr beide habt auf dem Fußboden gesessen, und sie hat geweint, und überall lag Eis herum?«

Er nickte wieder. »Und ich habe ihr gesagt, dass ich dich liebe und sie mir leidtut, aber es wäre wahrscheinlich am besten, wenn sie einfach gehen würde.«

»Was hat sie dann gemacht?«

»Es war schlimm, Cate.« Er schüttelte den Kopf.

»Was denn? Was hat sie gemacht?«

»Sie hat sich an mich geklammert. Ich musste ihre Finger von meinem Arm lösen.«

Es war schwierig, sich die ganze Situation auszumalen, hauptsächlich, weil sie sich nicht vorstellen konnte, sich je so zu benehmen, wie Janet es getan hatte. »Wo ist sie jetzt?«

»Ich weiß es nicht, und es ist mir auch egal.«

»Du hast ihr wirklich gesagt, sie solle verschwinden?«

»Yeah, und ich hätte es ihr schon in dem Moment sagen sollen, als wir sie in Playa del Carmen gesehen haben.« Er nahm ihre Hände. »Es tut mir so leid.«

Sie überlegte, ob sie ihm von dem Foto erzählen sollte, aber sie war so froh, ihn zu sehen, dass sie keine Lust hatte, die Lupe hervorzukramen und ihm die ganze Geschichte zu präsentieren. Es spielte keine Rolle mehr. Sie würde es sich für ein anderes Mal aufheben.

»Ich möchte heute Nacht bei dir bleiben.«

»Und ich bei dir.«

Sie suchte ihre Freundinnen, die genauso verblüfft aussahen wie die Jungs, als sie in ihr Hotelzimmer geplatzt war. Er rief seine Freunde von Jills Handy aus an, und sie kamen alle zu ihnen in die Bar. Der Abend endete in einem Wahnsinnsspaß, als alle ihre Freunde gemeinsam feierten; es war kein letztes Auf-die-Pauke-Hauen, bevor sie sich binden würden. Nein, es war ein guter Anlass, gemeinsam mit ihren engsten Freunden zusammen zu sein, etwas, was nur selten der Fall war. Sie fragte sich, warum sie es nicht von Anfang an so geplant hatten. Als sie ins Marriott zurückkehrten, nahmen sie sich ein eigenes Zimmer. Es würde ihr letztes Liebesabenteuer vor der Hochzeit sein.

33. Zwischenfälle bei der Generalprobe

Sie hatte sich immer vorgestellt, dass sie in der Woche vor ihrer Hochzeit wie ein kopfloses Huhn herumlaufen würde. Entgegen dieser Vorstellung war sie bemerkenswert ruhig. Sie musste eine letzte Anprobe für ihr Kleid und ein Probestyling für ihr Haar absolvieren. Sie musste Geschenktüten für die auswärtigen Gäste packen, die im Rancho Bernardo Inn übernachteten, und sie musste Geschenke für ihre und Ethans Eltern aussuchen, weil sie die Hochzeitsfeier und das Probeessen ausrichteten. Diese unerledigten Dinge nahmen bloß ein paar Tage in Anspruch.

Als sie sich im Haus herumdrückte, stellte sie fest, dass sie sich unmöglich entspannen konnte. Sie hatte das Gefühl, *irgendetwas* tun zu müssen. Sie sprach fast täglich mit Peg Migillicuddy und rief sie auch am Donnerstag vor der Hochzeit an, um ein paar letzte Einzelheiten mit ihr durchzugehen. Sie brauchte auch die Telefonnummer der Band, die sie engagiert hatten, Wayne Foster Entertainment.

»Aber ja, meine Liebe. Hier ist sie.« Sie las Cate die Nummer vor. »Rufen Sie mich ruhig an, wenn im Laufe der nächsten Tage irgendwelche Sorgen oder Fragen auftauchen.« Peg war wunderbar gewesen. Sie hatte vor ein paar Tagen per Fax einen Zeitplan geschickt, und Cate brauchte sich über quasi nichts Gedanken zu machen; sie musste am Tag der Hochzeit lediglich aufstehen und sich das Haar richten und das Make-up auflegen lassen. Alles andere war im Zeitplan umrissen, und Peg würde sicherstellen, dass alles nach Plan lief.

Sie rief das Büro der Band an und sprach mit einer sehr freundlichen und gründlichen Programmdirektorin. Sie besprachen, wer einen Toast aussprechen würde und welche Songs Cate haben wollte. »Ich habe auch noch eine weitere Bitte«, sagte Cate. »Mein Verlobter ist ausgesprochen nervös wegen des Eröffnungstanzes, und ich habe mich gefragt, ob es möglich wäre, es sofort am Anfang hinter sich zu bringen, direkt nach dem Einzug des Brautpaares?«

»Oh ja. Natürlich«, erwiderte die Frau.

»Und wäre es möglich, dass alle anderen kurz nach Beginn des Tanzes eingeladen werden, ebenfalls auf die Tanzfläche zu kommen, damit wir nicht zu lange der Mittelpunkt der Aufmerksamkeit sind? Er möchte nicht, dass alle uns die ganze Zeit über beobachten.«

»Auf jeden Fall. Diese Bitte höre ich oft«, antwortete die Programmdirektorin. »Wir haben viele nervöse Bräutigame, und wir tun das ständig.«

Das war eine Riesenerleichterung, und jetzt würde Ethan nachts wieder schlafen können. »Wir werden«, führte die freundliche Dame aus, »die Brautjungfern und die Brautführer des Brautpaars zu Ihnen auf die Tanzfläche bitten. Dann laden wir die Eltern ein und dann die übrigen Gäste. Denn wenn wir direkt sagen, alle sollten sich zum Brautpaar auf die Tanzfläche gesellen, werden die Leute zögern.«

Die Frau war ein Profi. »Das ist perfekt«, sagte Cate.

»Und ich möchte Ihnen noch etwas anderes sagen. Sagen Sie ihm, er soll sich nicht auf seine Füße konzentrieren – er soll sich nicht einmal Gedanken darüber machen, wie er tanzt. Sagen Sie ihm, er soll sich auf Sie konzentrieren und Ihnen einfach in die Augen sehen. Und ich sage Ihnen was, die Liebe in seinem Gesicht wird viel interessanter sein als die Tanzschritte, die er vollführt. Das Einzige, was die Leute bemerken werden, wird sein Blick sein.«

»Das ist ein großartiger Rat.«

»Nun, nach meinen ganzen Erfahrungen habe ich festgestellt, dass bei denjenigen, die Tanzunterricht nehmen und eine einstudierte Routine haben, die Romantik auf der Strecke bleibt. Es sieht einfach nur steif aus.«

Sie konnte es kaum erwarten, das Ethan zu erzählen. Der Abbruch des Tanzunterrichts war das Beste gewesen, was sie hatten tun können.

* * *

Am Morgen des Probeessens kotzte Oscar ihnen auf die Bettdecke. Was er allein im Schlafzimmer tat, konnten sich weder Ethan noch Cate erklären. Sie beseitigte gerade die Bescherung, als sie in dem Haufen etwas glitzern sah, wie ein kleiner Diamant in einem Berg aus brauner Kotze. Sie beugte sich vor, um besser sehen zu können, und schnappte nach Luft, als ein Auge sie anstarrte. Das Auge des Bären von ihrem Lieblingsjuwelier Ben Bridge, den Ethan ihr vor ein paar Jahren zu Weihnachten geschenkt hatte. In der Brust des Bären befand sich ein Reißverschluss, und als sie ihn an Weihnachten geöffnet hatte, war sie auf eine kleine Saphirkette gestoßen.

Der Tod ihres Stofftieres bestätigte sich, als sie seine zerfetzten Überreste im Badezimmer fand. Grease stand auf dem Badewannenrand und beäugte die zerfetzte Leiche.

Traurig warf sie die Überreste ihres Bären weg und verabschiedete sich von der Fantasievorstellung, ihn ihrem ersten Kind zu geben und dem Kleinkind zu erklären, dass Daddy ihn ihr an ihrem ersten gemeinsamen Weihnachtsfest als Paar geschenkt hatte. Der Bär sollte eigentlich von Generation zu Generation weitergegeben werden.

»Der Bär!«, sagte Ethan hinter ihr.

»Ja, Oscar hat ihn umgebracht.« Sie stopfte den letzten Teil in die Tüte. »Was für ein …« Seine Stimme verstummte voller Verzweiflung, als er etwas darüber murmelte, wie durchgedreht der Hund war.

Nachdem sie sauber gemacht hatte, duschte sie schnell und zog sich an. Ihre Taschen für die folgenden zwei Nächte waren schon gepackt. Sie würde bis zur Hochzeit bei ihren Eltern bleiben. Ethan würde bei Rita und Charles schlafen und Oscar dorthin mitnehmen.

Sie wollte gerade zur Tür hinausgehen, als das Telefon klingelte. Denise. Beinahe wäre sie nicht drangegangen. Sie könnte später sagen, sie wäre sonst zu spät zur Maniküre und dem Mittagessen mit den Brautjungfern gekommen, um nicht mit ihr reden zu müssen, aber was wäre, wenn sie eine Wegbeschreibung oder sonst etwas brauchte? Irgendwann würde sie sich ihr stellen müssen.

»Hallo, Denise.«

»Oh, hallo, Cate. Ich habe mich gefragt, ob ich dich noch erreiche, bevor du aus dem Haus gehst.«

»Ich bin tatsächlich gerade auf dem Sprung.« *Also mach es kurz.* »Brauchst du eine Wegbeschreibung zum Salon?«

»Nein. Ich weiß, wo er ist. Äh, ich rufe an, weil ich wissen wollte, ob es dir etwas ausmacht, wenn ich meine violetten Pumps trage? Es ist so, weißt du, dass eine Maniküre und eine Pediküre mindestens dreißig Dollar kosten werden. Und, um ehrlich zu sein, ich habe mit den Änderungen schon mehr als zweihundert Dollar für mein Kleid ausgegeben. Ich habe mir heute wegen der Hochzeit freigenommen, und ich musste diese Woche Überstunden machen, damit mir der freie Tag bezahlt wird. Dann muss ich mir auch noch die Haare machen lassen. Ich meine, diese ganze Hochzeit kostet mich ganz schön viel. Also … ich weiß, dass du uns in schwarzen Pumps sehen willst, aber ist es schlimm, wenn ich keine schwarzen trage?«

Hier lief gerade etwas so furchtbar schief, dass sie überhaupt nicht wusste, wie sie darauf reagieren sollte. Sie war sprachlos.

»Wie ich bereits gesagt habe, die Kosten sind wirklich happig, und ich will wirklich nicht noch zusätzlich dreißig oder vierzig Dollar für Schuhe ausgeben. Ich habe meine violetten Schuhe zu dem Kleid anprobiert, und sie sehen super aus.«

Sie hätte am liebsten aufgelegt und so getan, als wäre die Leitung zusammengebrochen, und Denise dann für den Rest des Tages ignoriert. »Es tut mir leid, dass unsere Hochzeit so eine große finanzielle Belastung für dich darstellt«, sagte sie und versuchte ihr Erstaunen zu verbergen.

»Na ja, es kommt mir schon viel vor, nur um Brautjungfer zu sein.«

Cate spürte, wie der Griff ihres Koffers sich in ihre Handfläche grub, und setzte ihn ab. »Ich zahle dir die Schuhe. Okay? Wie klingt das?« Auch wenn Denise im Jahr eine sechsstellige Summe an Provisionen verdiente. Wovon redete sie überhaupt? Denises Provision allein war so hoch wie Cates Jahreseinkommen als Kindergärtnerin.

Cate hatte zu viel zu tun, um über Denises Schuhe zu diskutieren, und das Letzte, was sie brauchte, waren Schuldgefühle am Tag, bevor sie zum Altar schreiten sollte. Cate hatte bei fast jeder Hochzeit, bei der sie Brautjungfer gewesen war, das Dreifache der Summe bezahlt, die Denise für ihre Hochzeit hinblättern musste. Und wer zum Teufel besaß keine schwarzen Schuhe mit Absätzen?

»Ich habe dich nicht gebeten, meine Schuhe zu bezahlen«, sagte Denise. »Ich habe bloß gefragt, ob es *so* schlimm wäre, wenn ich keine schwarzen Schuhe tragen würde.«

»Es ist nicht schlimm, Denise. Du wirst die Einzige sein, aber wenn es das ist, was du willst, ist es mir egal. In Ordnung?«

»Yeah, ich meine, ich weiß ja, dass du viel um die Ohren hast, und ich erwarte auch überhaupt nicht, dass du meine Schuhe bezahlst.« *Oh, wirklich? Aber offensichtlich hast du kein Problem damit, mich kurz vor meiner Hochzeit mit so einem Mist zu behelligen und mich darüber hinaus in Schuldgefühle zu stürzen.*

»Denise, ich muss jetzt wirklich los. Wir sehen uns bei French Nail Design. Und falls es ein Problem für dich ist, deshalb nicht zur Arbeit gehen zu können, musst du nicht kommen. Ich habe niemandem gesagt, er muss sich heute freinehmen. Die ganze Aktion war euch überlassen. Es ist keine große Sache. Okay?«

»Oh. Nun, nein, ich werde kommen. Ich möchte kommen. Ich möchte dir etwas zeigen.«

Was auch immer das sein mochte, Cate interessierte es nicht.

Nachdem sie sich verabschiedet hatte, knallte sie den Hörer auf.

»Was ist los?«, wollte Ethan wissen. Ihr war klar, dass ihm die schlechten Manieren seiner Cousine wahrscheinlich peinlich sein würden, und einen Augenblick zog sie in Erwägung, alles für sich zu behalten. Sie war jedoch verärgert und musste es loswerden. Sie erzählte Ethan die Geschichte und wiederholte wortwörtlich, was Denise gesagt hatte.

»Willst du mich auf den Arm nehmen?«, fragte er. »Sie ist wohl die wohlhabendste Brautjungfer bei dieser Hochzeit!«

»Ich weiß. Was soll's. Die ganze Sache ist so lächerlich, dass man besser kein Wort mehr daran verschwendet.« Sie schüttelte den Kopf. »Ich habe für so viele Hochsteckfrisuren und gefärbte Schuhe und hässliche Kleider und Schmuck für die Hochzeiten anderer Leute bezahlt. Aber weißt du was? Selbst wenn sie mich nicht darum gebeten hätten, hätte ich es trotzdem getan. Weil es zum Spaß dazugehört, und ich wollte immer gut aussehen. Es ist ein offizielles Ereignis. Niemand musste mich je darum *bitten.*« Das stimmte. Sie war der Typ Brautjungfer, die das Programm einfach mitgemacht hatte, selbst wenn sie deshalb Schulden gemacht und keinerlei Freizeit mehr gehabt hatte. Sie hatte geglaubt, den Mädchen einen Gefallen zu tun, als sie ihnen gesagt hatte, sie könnten irgendwelche schwarzen Pumps tragen. Sie war immer davon ausgegangen, dass schwarze Schuhe in der Garderobe jeder Frau zu finden waren.

»Ich werde ein Wörtchen mit ihr sprechen«, meinte Ethan. »Ich kann es nicht glauben. Sie hätte nicht zusagen sollen, wenn sie das Geld nicht ausgeben will.«

»Nein, Ethan. Nicht. Vergiss es einfach. Es ist mir egal. Wenn sie auf allen Fotos wie ein Idiot aussehen will, ist das für mich in Ordnung. Ich werde mir keine Gedanken darüber machen. Ich habe heute so viel zu tun. Wirklich, Denises Schuhe sind meine geringste Sorge. Es ist bloß die Art und Weise, wie sie mich in Schuldgefühle stürzt, die mir so auf den Wecker geht.«

Er küsste sie auf die Stirn und hob ihr Kinn an. »Es tut mir leid.«

»Du kannst nichts dafür.«

Als sie vor ihrem Elternhaus parkte, hatte sie Denise völlig vergessen.

Sie traf sich mit ihren Brautjungfern im Nagelstudio. Auch Gran und zwei ihrer von auswärts kommenden Tanten gesellten sich zu ihnen, sodass ihr Trüppchen den ganzen Salon belegte. Der Gedanke daran, dass jetzt auch ganz viele ihrer entfernteren Verwandten in der Stadt waren, ließ die Vorfreude auf das Wochenende noch größer werden.

Zwanzig Minuten vergingen, und Denise war immer noch nicht aufgetaucht. Sie fragte sich, ob sie überhaupt Zeit für eine Maniküre und eine Pediküre hatte.

Ihre Füße standen gerade in einer Wanne mit warmem Seifenwasser, als Val sich zu ihr umdrehte. »Ich wusste gar nicht, dass Denise einen Jaguar fährt.«

»Tut sie auch nicht. Sie hat einen Camry.«

»Ist sie das denn nicht?« Val entzog der hübschen Vietnamesin, die ihr die Nägel feilte, die Hand und zeigte nach draußen.

»Das ist sie tatsächlich.« Cate sah, wie Denise die Fahrertür eines glänzenden goldenen Jaguars zustieß. »Sie hat ein neues Auto?« Und offensichtlich auch eine neue Sonnenbrille. Sie setzte sich eine auffallende Pilotenbrille auf die Nase, bevor sie ihr Haar über die Schulter warf. Augenscheinlich brauchte sie ein neues Auftreten, das zu dem schicken Wagen passte. Ihre Kleidung jedoch passte nicht dazu. Sie trug einen schlichten kurzärmeligen cremefarbenen Pulli und eine gelbe Hose im Karottenschnitt, die man schon Anfang der Neunziger hätte verbrennen sollen, dazu ihre Schnürstiefel.

Das hatte sie bestimmt gemeint, als sie Cate gesagt hatte, sie müsste ihr etwas zeigen.

»Du hast ein neues Auto!«, sagte Cate, sobald Denise in den Laden trat.

»Ja! Ich habe es erst gestern gekauft. Bei dem Camry sind letzte Woche die Bremsen kaputtgegangen, und ich wollte in den Wagen kein Geld mehr stecken. Dieser hier wird bei den Kunden außerdem viel mehr Eindruck machen.«

»Er ist hübsch!«, sagte Cate, obwohl sie eigentlich lieber gesagt hätte: *Du kannst keine mickrigen dreißig Dollar für schwarze Pumps ausgeben, aber dafür leistest du dir einen brandneuen Jaguar?*

Denise beschloss, auf die Pediküre zu verzichten. Sie ließ sich bloß die Fingernägel maniküren. Nachdem alle Hände und Füße reichlich gepflegt worden waren, ging die kleine Frauengruppe in ein kleines französisches Café in Pacific Beach zum Mittagessen. Denise folgte ihnen zu dem Restaurant, und Cate erhaschte in ihrem Rückspiegel einen Blick auf sie. Sie hatte die Fenster geöffnet, und Kelly Clarkson schallte aus den Lautsprechern ihres neuen Autos. Sie konnten die Musik bei jedem Halt an einer roten Ampel hören und sehen, wie sich Denise wiederholt im Außenspiegel des Jaguars betrachtete.

»Sie ist so ein komischer Vogel«, meinte Jill.

»Das stimmt.«

Ihre Brautjungfern machten während des Mittagessens unzählige Fotos. Im Laufe der Jahre waren die Gelegenheiten, bei denen sie alle zusammen waren, seltener geworden. Bald würden die ersten Babys kommen, und die Gelegenheiten würden noch seltener werden.

»Gewöhn dich schon mal an die Fotos«, riet Sarah, als sie einen Schnappschuss von Cate mit Val und Leslie schoss. »Wenn das alles hier vorbei ist, wirst du genug Fotos haben, um ein großes Haus damit zu tapezieren.«

Nach dem Essen wäre genug Zeit gewesen, um vor dem Probelauf einen kleinen Mittagsschlaf zu halten, aber sie unterhielt sich stattdessen in der Küche ihrer Eltern mit Al. Mit seinen fünfunddreißig Jahren sah er noch genauso wie zu Collegezeiten aus. Der einzige Unterschied bestand darin, dass seine Schläfen allmählich grau wurden. Sie erzählte ihm Geschichten über Ava und Stu, und er fand sie wahnsinnig komisch.

»Bist du nervös?«, fragte er.

»Ein bisschen. Aber ich freue mich auch. Jetzt, da es endlich so weit ist.«

»Na, hier, trink ein Glas Rotwein«, meinte er.

Er zog den Korken aus einer Flasche auf der Küchenarbeitsplatte ihrer Eltern. »Man sollte keine Möglichkeit, sich an einem guten Tropfen zu laben, auslassen.« Sie tranken ein Glas Wein, bevor es Zeit war, sich für die Generalprobe fertig zu machen.

Sie ging gerade die Treppe hinauf, als Gran den Kopf aus dem Gästezimmer steckte. Ihr kleiner Körper wirkte in dem großen Türrahmen noch schmaler.

»Hallo, Schatz.«

»Hallo, Gran. Hast du gut geschlafen?«

»Ja. Komm mal her«, flüsterte sie.

Cate trat näher, und sie konnte ihr Gardenien-Parfüm riechen.

»Wie geht es dir?«, fragte Gran.

»Ich bin ein bisschen nervös, aber sonst gut.«

»Hör zu, aber erzähl es nicht deiner Mutter. Ich habe ein paar Valium-Tabletten, falls du glaubst, du brauchst eine. Es ist eine nur ganz leicht dosierte Pille. Sie wird dich nicht umhauen.«

Sie konnte nicht glauben, dass ihre kleine Großmutter ihr Drogen anbot. Sie war die Beste.

»Sag mir einfach Bescheid. Scheu dich nicht, zu fragen.«

Cate hatte ihr Kleid schon vor Monaten ausgesucht und hatte überall in jeder Boutique danach gesucht. Es war ein cremefarbenes trägerloses knielanges Kleid mit einem Rock in A-Linie und schwarzen Knöpfen auf der Rückseite. Sie hatte sich auch ein Paar schwarze zehenfreie Marc-Jacobs-Pumps mit vorne aufgesetzten kleinen Schleifen gegönnt. Als I-Tüpfelchen hatte sie sich eine schwarze Brosche in Form einer Rose angesteckt. Es war das erste Mal, dass sie sich wie Reese Witherspoon vor einer Filmpremiere kleiden würde, womit sie sich dementsprechend ein hohes Ziel gesetzt hatte.

Sie sollte mit Ethans Eltern zur Kirche fahren. Sie würden sich alle beim Haus der Padgetts treffen und im Konvoi fahren. Es waren so viele Verwandte in der Stadt, dass sie alle Mitfahrgelegenheiten benötigten, die sie bekommen konnten. Schließlich fuhr Denise sie in ihrem neuen Jaguar. Charles saß auf dem Beifahrersitz, und Cate saß mit Rita und Ethan hinten. Das neue Auto roch intensiv und sauber, und die Ledersitze waren herrlich.

Denise klang wie ein Autoverkäufer, während sie sie auf alle Details aufmerksam machte, und als sie an der Kapelle ankamen, wollte Cate auch so einen Wagen haben.

Die Probe verlief schnell und reibungslos, was super war, denn sie spürte, dass alle ausgehungert und kribbelig waren und keine Lust hatten, sich den ganzen Abend wie kleine Kinder aufzustellen. Sie ging mit Rita zurück zum Jaguar. »Das ist alles so aufregend!«, sagte ihre Schwiegermutter in spe und umarmte Cate.

»Das stimmt. Ich kann nicht glauben, dass es endlich so weit ist.«

Die Luft war wunderbar klar, aber auch ein bisschen frisch, und Cate zog sich ihren Pashmina-Schal enger um die Schultern. »Kommt es dir nicht auch wie gestern vor, dass wir uns verlobt haben?«

Rita blickte über die Schulter und drehte sich dann wieder zu Cate um. Ihre Stimme war leise, als sie sagte: »Denise wird sich Schuhe besorgen.«

»Wie bitte?« Sie hatte Ethan gebeten, nichts davon zu erzählen. Das Letzte, was sie wollte, war ein großer Familienstreit am Tag vor der Hochzeit wegen Schuhen. »Ich habe Ethan gebeten, es nicht an die große Glocke zu hängen. Ich wollte wirklich nicht, dass er darüber spricht.«

Rita schüttelte den Kopf. »Das hat er auch nicht. Denise hat mir erzählt, was sie heute Nachmittag zu dir gesagt hat.« Sie machte eine Pause. »Weißt du, ich sage selten etwas zu Denise, wenn sie sich danebenbenimmt. Sie ist in vielerlei Hinsicht wie eine Tochter für mich, aber sie ist auch eine erwachsene Frau. Sie kann ihre eigenen Entscheidungen treffen, und gewöhnlich mische ich mich nicht ein. Nachdem sie mir jedoch erzählt hatte, was sie zu dir gesagt hat …« Sie verstummte. »Ich musste ihr einfach sagen, wie grässlich ich es fand, dich am Tag vor der Hochzeit mit dieser Sache zu behelligen.«

»Das hättest du nicht tun müssen. Ich wollte niemandem Probleme machen. Es ist nicht schlimm, wenn sie ihre violetten Schuhe tragen will.« Sie hatte das Gefühl, über eins ihrer Kindergartenkinder zu sprechen.

»Nun, sie besorgt sich Schuhe.« Sie nahm Cate in den Arm. »Ich kann dir gar nicht sagen, wie glücklich wir sind, dass du ein Teil dieser Familie wirst. Wir lieben dich alle so sehr.«

»Danke«, antwortete Cate. Das hatte sie dringend gebraucht. Sie hatte sich immer schon gefragt, ob Denise einen großen Einfluss auf Rita und Charles hatte. »Ich liebe euch auch.«

Auf dem Rückweg zum Haus der Blakelys öffnete Denise das Sonnendach. Ein Schwall kalter Luft strömte ins Auto, und Cates Haar wehte ihr über die Stirn und die Wangen. Ethan legte den Arm um sie, um ihr etwas von seiner Körperwärme abzugeben, aber ihre nackten Schultern wurden trotzdem eiskalt, und sie zitterte.

»Ich habe eine Überraschung für euch beide!« Denise war über das Rauschen des Fahrtwindes kaum zu verstehen.

Sie fummelte am CD-Player herum, bis ihr Lied aus den Lautsprechern dröhnte. »Das ist euer Hochzeitslied!«, schrie sie.

»Danke!«, erwiderte Cate und wünschte, sie würde das verdammte Sonnendach schließen.

»ICH HABE DIE CD HEUTE GEKAUFT, NACHDEM RITA MIR GESAGT HATTE, DASS ICH EUCH FAHREN WÜRDE!«

Das war eine aufmerksame Geste, aber Denises Fahrstil flößte ihr ein bisschen Angst ein. Sie schoss auf die Schnellstraße und wechselte auf dem ganzen Rückweg nach La Jolla ständig die Spur. Zweimal wurden sie angehupt. Eingequetscht zwischen Rita und Ethan sitzend, spürte sie bei jedem Spurwechsel, wie Ritas Körper sich verkrampfte. Sie fuhr von der Schnellstraße herunter und sauste die kurvenreiche Straße zu ihrem Wohngebiet hinauf.

»Park einfach in der Einfahrt!«, schrie Rita über den Wind und die Musik hinweg.

»HÄH?«, rief Denise über die Schulter.

»Ich habe gesagt, du kannst in der Einfahrt parken!«

»Warum machst du nicht die Musik leiser?«, rief Charles.

Denise streckte die Hand nach dem Lautstärkeregler aus, und in diesem Moment flitzte Oscar über die Einfahrt. Cates Aufschrei war lauter als Marvin Gaye.

»PASS AUUUUUUUUUUF!«, schrie Ethan.

Das Auto verfehlte Oscar nur um Millimeter. Der Hund hatte Riesenglück, denn als Denise auf das Bremspedal treten wollte, erwischte sie versehentlich das Gaspedal und fuhr mit Vollgas geradewegs durch das Garagentor der Blakelys. Das Zersplittern des Holzes war ohrenbetäubend. Verschwommen nahm Cate wahr, wie eine Leiter und eine Gartenstatue in Form eines Rentiers auf die Motorhaube des Jaguars krachten.

»Heiliger Strohsack!«, rief Ethan aus. Sofort drehte er sich zu Cate um. »Bist du okay?«

»Ja, mir geht's gut.« Ihr Herz klopfte so laut, dass sie dachte, es würde ihr gleich aus der Brust springen. »Bist du auch okay?«

»Ja, alles in Ordnung.« Er sah nach vorne. »Denise?«

Sie war zu sehr damit beschäftigt, den Airbag wegzuschieben, um zu antworten.

Charles war es gelungen, seine Tür zu öffnen und dem Airbag vor seinem Sitz zu entkommen. Sein Haar war durcheinander, und seine Wangen waren dunkelrot. Er half Rita vom Rücksitz.

Cate betrachtete die Millionen Bruchstücke des über der zerbeulten Haube des Jaguars verteilten Garagentors. Ein Karton mit Weihnachtsdekoration war aus einem Regal gefallen und lag über das ganze Auto verstreut.

»Ich bin okay!«, rief Denise, als sie den Airbag von ihrem Gesicht geschoben hatte. Ihre Gesichtszüge verzerrten sich, als sie den Schlamassel sah. Sie hatte nicht nur den vorderen Teil ihres brandneuen Luxuswagens zu Schrott gefahren, sondern auch das Garagentor zerstört, war auf Charles' Mercedes aufgefahren und hatte die Hälfte des Christbaumschmucks ruiniert.

»Mein Auuuuuutooooo!«, kreischte sie.

Rita half ihr vom Fahrersitz. »Ich bin einfach nur erleichtert, dass dir nichts passiert ist.«

»Mein Auuuuhuuutoooo!«, schluchzte Denise wieder.

Die Gäste trafen nach und nach in kleinen Grüppchen ein und blieben stehen, um sich den Schaden anzusehen. »Heiliger Bimbam!«, sagte Jill halblaut. »Was ist denn hier passiert?«

»Sie hat aufs Gaspedal getreten, statt zu bremsen.«

»Ihr könnt froh sein, dass ihr noch lebt.«

Schließlich verließ Cate den Unfallort, um sich zum Empfang zu begeben. Ihr Nacken schmerzte, und sie betete, dass sie kein ernsthaftes Schleudertrauma hatte. Sie malte sich aus, wie sie am nächsten Tag wie ein Roboter auf den Altar zuschreiten würde.

Oscar hatte ein Loch unter dem Zaun der Blakelys gegraben, weshalb er frei hatte herumlaufen können. Trotz des kleinen Hügels, den er aufgewühlt hatte, sah der Garten wunderschön aus. Kleine Laternen hingen von den Spalieren, und auf den Tischen befanden sich Kerzen und Rosenblütenblätter. Über die Terrasse war ein Zeltdach gespannt, und sie hatten Heizstrahler organisiert.

Cate musterte sämtliche Mitglieder der beiden Familien und fragte sich, wer am nächsten Tag bei der Hochzeitsfeier der Betrunkene vom Dienst sein würde. Bei jeder Hochzeit gab es einen Betrunkenen vom Dienst, und es gab immer einen komischen Verwandten. Als sie sich umsah, kam sie zu dem Schluss, dass der Preis für den seltsamsten Verwandten durchaus an ihre Familie gehen könnte, und zwar dank ihres Onkels väterlicherseits, Seymour. Als Elvis-Imitator in Vegas war er eindeutig das schwarze Schaf in der Familie. Seine Koteletten waren so dick und haarig wie ein zotteliger Bettvorleger, und er hatte zu dem Ereignis ein Showgirl mitgebracht, obwohl er nur eine Person angemeldet hatte.

Good Time Catering hatte das Essen geliefert, und Ethans Partner Sean sorgte dafür, dass alles glattlief. Die Gäste konnten zwischen Lachs in thailändischer Sesamsauce, Filet Mignon mit Gorgonzola oder mit sonnengetrockneten Tomaten gefülltem Huhn wählen.

Ethan und sie saßen mit Al, ihren Großeltern und ihren Eltern an einem Tisch. Nana war die meiste Zeit während des Dinners ruhig und fragte bloß einige Male, ob jemand wüsste, wie man zu ihrem Haus zurückkam. Cate dachte sogar, dass auch Oma sich so ordentlich wie möglich benahm. Sie wurde jedoch ein wenig unruhig, als die alte Dame ihre blutunterlaufenen Augen auf sie richtete.

»Cate?« Sie klang wie ein Mann, der seit seiner Jugend rauchte.

»Ja?«

»Was zum Teufel hast du da auf der Brust?« Sie deutete mit dem Finger darauf.

Cate blickte auf ihre Anstecknadel hinunter. »Eine Brosche.«

»Eine Brosche? Was zum Teufel soll sie denn darstellen?«

»Es ist eine Rose.« War das nicht ziemlich offensichtlich?

»Es sieht wie ein Stück Kohle aus.«

Ethan versuchte, ihr zu Hilfe zu kommen. »Das ist der neueste Trend, Oma.«

»Die neueste Gaunerei!«, schrie sie daraufhin. »Und sie ist darauf reingefallen. Trends sind bloß Gaunereien.«

»Möchte jemand noch Wein?«, fragte Al und hielt eine Flasche in die Höhe. Cate spürte, dass er nur versuchte, das Thema zu wechseln, und sie liebte ihn dafür.

»Gern. Ich könnte noch ein Glas vertragen.« Sie hielt ihm ihr Glas hin. Als er ihr einschenken wollte, musste er feststellen, dass sich nur noch ein paar Tropfen in der Flasche befanden. »Ich hole noch welchen«, sagte er.

»Es ist schon okay. Lass mich gehen«, bot Cate an.

»Nein.« Er stand auf und nahm die leere Weinflasche mit.

»In der Küche steht noch jede Menge Wein«, meinte Charles. »Aber pass auf, dass Oscar nicht entwischt, wenn du die Tür aufmachst.«

Cate sah ihm nach, als er in seinem Priestergewand zur Hintertür ging. Er öffnete die Tür, und natürlich quetschte sich Oscar durch den schmalen Spalt. Es war nicht Als Schuld, dass dieser Hund schneller als die Lichtgeschwindigkeit sein konnte. »Komm her, Oscar!«, rief er. Cate war kaum aufgestanden, als Oscar Al an den Rücken sprang und ihn mit der Flasche Wein gegen die Glasschiebetür schleuderte.

Bevor er gegen die Tür prallte, hatte er die Hände hochgenommen, um sein Gesicht zu schützen, und der Weinflaschenhals traf ihn direkt über dem Auge. Glücklicherweise war das Glas nicht zersplittert, aber trotzdem musste es verdammt schmerzhaft gewesen sein. Ethan sprintete ihm zur Hilfe und zerrte Oscar am Halsband ins Haus zurück.

»Al, mein Gott – ich meine, meine Güte. Oje! Bist du okay?«, fragte Cate, sobald sie ihn erreicht hatte.

»Ja, mir geht's gut.« Er versuchte zu lachen, aber Cate spürte, dass er bloß bemüht war, nett zu sein. Man konnte förmlich dabei zusehen, wie sein Auge anschwoll.

»Schmerzt dein Auge?«

»Ein wenig.«

»Al, es sieht schrecklich aus.«

Connie holte sofort einen Eisbeutel. »Hier, Al. Das hilft. Drück ihn sofort dagegen.« Sie drückte ihm den Eisbeutel gegen das Auge, bis er ihn selbst übernahm. Dann wandte sie sich an Cate. »Warum gebt ihr beide Oscar nicht einfach dem Tierschutzverein?«, fragte sie, als würde sie vorschlagen, ein unerwünschtes Sofa in einem Gebrauchtwarenladen zu entsorgen.«

»Mutter!«

»Was denn?«

»Das können wir nicht tun.«

»Warum nicht? Irgendjemand wird ihn schon nehmen. Ich bin sicher, dass sich jemand finden wird.«

»Er wollte bloß mit Al spielen. Er begreift nicht, wie stark er ist.«

Der Hund mochte vielleicht ein tobender Vandale sein, aber Cate würde es niemals übers Herz bringen, ihn ins Tierheim zu geben. Sie entschuldigte sich während des ganzen Abends immer wieder bei Al, wobei er ihr jedes Mal versicherte, dass es ihm gut ging. Er sah jedoch nicht so aus. Sie konnte bereits die blauen und violetten Schatten eines heftigen Blutergusses sehen.

Denise hatte ihr Auto zu Schrott gefahren. Omas Kränkungen waren erbarmungslos, und jetzt hatte auch noch der Priester, der die Trauung durchführen würde, ein blaues Auge. Wenn das ein Hinweis auf den Ablauf der Hochzeitsfeierlichkeiten sein sollte, würde sie das Valium definitiv brauchen.

34. Hier kommt die Braut

Cate wachte am Morgen der Hochzeit um fünf Uhr auf, und sie war ziemlich sicher, erst ein paar Stunden zuvor eingeschlafen zu sein. Sie war jedoch nicht mehr müde und beschloss, den Tag zu beginnen.

Es war lange her, seit sie zuletzt am frühen Morgen am Strand spazieren gegangen war. Sie war nervös und dachte sich, ein kleiner Spaziergang an der frischen Luft würde ihr bestimmt guttun. Sie war gerade auf dem Weg nach draußen, als die Tür des Gästezimmers aufging.

»Hallo«, hörte sie Gran flüstern und drehte sich um. »Denkst du daran, worüber wir gesprochen haben?«, sagte sie und spähte in den Flur.

Wenn ihre Mutter wüsste, dass in ihrem Haus gerade ein Drogendeal abgeschlossen wurde, würde sie ausflippen. Cate zuckte die Schultern. »Solange es mich nicht umhaut oder aus mir die Schwester aus *Sixteen Candles – Das darf man nur als Erwachsener* macht.«

Gran schüttelte den Kopf. »Nein. Es wird dich bloß ein bisschen beruhigen. Das verspreche ich dir. Ich nehme die Pillen immer, wenn ich in der Kirche eine Lesung halten muss. Ich gebe dir bloß eine halbe.«

»Okay.«

Gran verschwand in ihrem Zimmer und kehrte mit einer winzigen halben Pille zurück. »Du solltest sie vielleicht für später aufheben. Es ist eine so kleine Dosis, dass die Wirkung wahrscheinlich nicht lange anhält. Erzähl es nur deiner Mutter nicht. Okay?«

»Meine Lippen sind versiegelt.«

Sie steckte die Tablette in die Tasche und brach dann zu ihrem Spaziergang auf. Nachdem sie eine Weile am Meer entlanggegangen war, blieb sie noch eine Weile am Strand sitzen. Sie liebte den Strand, wenn er so war. Sie teilte sich Meilen über Meilen von Sand und mit weißen Schaumkrönchen gezierten Wellen nur mit ein paar eingefleischten Surfern. Als kleines Mädchen war sie oft samstagmorgens mit Emily am Strand spazieren gegangen. Sie hatte sich immer in den Sand gelegt und die über ihr wabernden Frühnebelschwaden betrachtet, während sie dem Rauschen der Wellen und den Schreien der nach verstreuten Kartoffelchips suchenden Seemöwen lauschte. Als sie jetzt wieder auf diese Weise im Sand lag, wurde ihr klar, dass sie nie wieder das kleine Mädchen sein würde, das an den Strand ging. Ab heute würde sie verheiratet sein und wahrscheinlich irgendwann einmal mit ihren Kindern hier sitzen.

Das Leben würde nie wieder so sein wie zuvor. Sie rechnete damit, von einem bittersüßen Gefühl der Angst ergriffen zu werden, einer Traurigkeit, verbunden mit einem Gefühl des Loslassens. Stattdessen empfand sie nur Frieden. Sie fühlte sich aufrichtig und vollkommen wohl. Sie war bereit. Sie zog Grans Pille aus der Tasche und warf sie ins Wasser.

Als sie zurückkehrte, fühlte sie sich viel besser. Sie aalte sich in der heißen Badewanne und fuhr dann zum Rancho Bernardo Inn, um sich mit den Mädchen zu treffen. Ihre Mutter kam mit, weil auch sie sich frisieren lassen wollte. Denise war die Einzige, die sich nicht mit ihnen zusammen zurechtmachen ließ. Sie würde zu ihrem eigenen Friseur gehen. Cate hatte ihr deutlich zu verstehen gegeben, *pünktlich* um zehn Uhr dreißig im Inn zu sein. Die Limousine würde um elf Uhr abfahren – mit ihr oder ohne sie.

Jill kümmerte sich um Cates Frisur, und sie hatte drei weitere

Friseurinnen aus ihrem Salon engagiert, um die Brautjungfern zu frisieren. Sie wusste, dass sie sich in guten Händen befanden. Als Cate den Raum betrat, begannen alle zu singen.

Sie sangen bloß ein paar Zeilen eines Hochzeitsliedes, und sie klatschte, als sie fertig waren. Sie umarmte eine nach der anderen. Die Atmosphäre im Raum war entspannt, während sie frisiert und geschminkt wurden. Ihr Vater kam vorbei und brachte Bagels und Orangensaft mit, und alle griffen begeistert zu, während sie gestylt wurden.

Nur Cate war zu nervös, um Hunger zu haben, aber die anderen bestanden darauf, dass sie etwas aß, weshalb sie ein paar kleine Bissen von einem Bagel mit Erdbeerfrischkäse. Die Zeit verging wie im Flug, und ehe sie sich versah, war es Zeit, in ihr Kleid zu schlüpfen. »Lasst mich bloß noch einmal pinkeln gehen, bevor ich mich ankleide«, sagte sie.

»Cate!« Connie war empört. »So sollte eine Braut nicht reden. Du klingst, als hätte man dir keine Manieren beigebracht.«

»Oh, entschuldige bitte.« Cate imitierte einen schauderhaft künstlichen und hochnäsigen britischen Akzent. »Bitte erlaubt mir, mich für einen Moment auf die Damentoilette zurückzuziehen.«

»Das ist besser.«

Die Toilette in der Suite war besetzt. Sie wartete vor der Tür und dachte bei sich, dass wer auch immer dort drinnen war, schrecklich lang brauchte. Vielleicht hatte die Person eine Laufmasche in ihrer Strumpfhose. Sie wollte gerade anklopfen, als sie hörte, dass sich jemand übergab. Du lieber Gott, hatten sie sich betrunken, ohne ihr etwas zu sagen? Wenn jemand einen Flachmann dabeihatte, wollte sie auch einen Schluck haben.

Sie klopfte. »Hallo?«, rief Cate. »Wer ist da drin?«

»Cate?« Es war Beths Stimme, und sie klang schwach. Wenn sie wirklich getrunken hatten, war es ihnen gut gelungen, es zu verstecken. Sie wäre nie auf die Idee gekommen, dass Beth einen Schwips haben könnte.

»Beth, bist du okay?«

»Gib mir eine Minute.« Cate hörte Wasser laufen und ein Gurgelgeräusch. Als Beth die Tür öffnete, sah sie grün im Gesicht aus.

»Beth, bist du okay?«

»Mir ist nur ein bisschen übel.«

Dann fiel es ihr wie Schuppen von den Augen. »Oh mein ... bist du schwanger?«

Sie nickte.

»O mein Gott!« Sie sprang auf und umarmte sie. »Beth! Das ist so aufregend! Warum hast du nichts gesagt?«

Sie legte sich einen Finger auf die Lippen. »Ich bin erst im zweiten Monat. Der Arzt hat gemeint, ich sollte es am besten erst weitererzählen, wenn ich die ersten zwölf Wochen hinter mir habe.«

»Beth, ich freue mich so für dich!«

»Ich wollte eigentlich nicht, dass du es so erfährst. Ich wollte deinen Tag nicht damit stören.«

»Das tust du nicht!«

Ein Klopfen schreckte sie auf. Es war Emily. »Wir müssen dich bald in dein Kleid stecken. Die Limousinen warten schon.«

»Okay«, rief sie. »Gebt mir bloß noch ein paar Minuten.«

»Hör zu«, meinte Beth. »Mach dir keine Sorgen um mich. Okay? Tu einfach weiterhin so, als hättest du keine Ahnung.«

Als Cate aus dem Bad zurückkehrte, warteten die Mädchen mit ihrem Kleid. Sie schlüpfte hinein, und Connie zog den Reißverschluss am Rücken hoch. Sie half auch dabei, den Schleier festzustecken und zurechtzurücken.

Ihre Mutter wischte sich eine Träne aus den Augen, als sie Cate betrachtete, und Cate konnte sie nicht ansehen. Wenn sie ihre Mutter weinen sah, würde sie wahrscheinlich auch zu heulen anfangen.

Ihr Vater kam, um sie zur Limousine zu begleiten. Cate warf einen Blick auf ihre Eltern und brach dann doch in Tränen aus. Ihre Mutter sah in ihrem blass rosafarbenen Kostüm so hübsch aus, und ihr Dad würde Cate bald ihrem Bräutigam übergeben. Sie dachte, sie hätte die Rührseligkeit hinter sich gebracht, nachdem sie sich Pachelbels Kanon angehört hatte, aber offensichtlich war das ein Irrtum.

Die ersten Worte aus ihrem Mund waren folgende: »Mein Make-up! Ahhhhhh! Ich ruiniere mein ganzes Make-up!«

Sie wurde von ihrer Brautjungferntruppe mit einem Dutzend Tempos bombardiert. »Das ist gut so«, meinte Sarah. »Raus damit. *Bevor* du zum Altar gehst.«

Cate atmete tief durch und wischte sich die letzten Tränen aus dem Gesicht. Val wartete schon mit Abdeckstift und Wimperntusche zum Nachschminken. »Mach dir keine Sorgen«, sagte sie. »Dein Make-up sieht immer noch perfekt aus.«

Cate warf einen schnellen Blick in den Spiegel und dankte Gott, dass ihr Make-up noch intakt war. Es war wirklich ein Wunder.

Emily und Sarah trugen je eine Seite ihres kirchenlangen Schleiers zur Limousine. Der Tag hätte nicht schöner sein können. Die Luft war trocken und warm, und der Himmel leuchtete in einem tiefen klaren Blau.

Peg Migillicuddy wartete zusammen mit dem Chauffeur auf sie. »Sie sehen absolut entzückend aus!«

»Danke!«, erwiderte Cate.

»Sind alle da, meine Liebe?«

»Ja – äh, nein. Denise fehlt noch.« Sie sah sich um, um sicherzugehen, ob sie nicht doch irgendwann während ihres Tränenausbruchs eingetroffen war. »Sie ist nicht hier. Ich habe ihr gesagt, sie solle um zehn Uhr dreißig hier ein. Wie spät ist es?«

»Zehn Uhr fünfzig.«

Cate seufzte. Als sie gerade jemanden bitten wollte, Denise anzurufen, hörte man von der Einfahrt zum Rancho Bernardo hin das Geräusch quietschender Reifen. Sie konnte die zerbeulte Motorhaube des Jaguars sehen, und die vordere Stoßstange baumelte herunter. »Da ist sie.«

»Oh, dann ist es ja gut. Wir liegen genau im Zeitplan«, sagte Peg und notierte etwas auf ihrem Klemmbrett.

Denise winkte, als sie an ihnen vorbei auf den Parkplatz schoss. Cate sah, dass sie definitiv frisiert worden war, auch wenn sie nicht genau erkennen konnte, wie sie sich die Haare hatte machen lassen. Sie war nämlich offenbar so schnell gefahren, dass ihr braunes Haar aussah, als wäre es ganz platt und würde ihr am Kopf kleben. Vielleicht hatte sie sich für einen klassischen Knoten im Nacken entschieden. Vielleicht gab es noch Hoffnung für sie. Cate hatte es für möglich gehalten, dass sie mit großen Korkenzieherlocken, die sich kitschig um ihren Kopf legten, und über den Ohren baumelnden Ringellöckchen aufgekreuzt wäre.

»Warum steigen Sie nicht ins Auto ein, meine Liebe?«, meinte Peg. »Ich warte auf Denise. Es wäre doch nicht schön, wenn Ethan ein paar Minuten zu früh käme und Sie schon sehen würde, oder?«

»Oh nein, ich möchte wirklich nicht, dass Ethan mich sieht.«

Die Mädchen halfen ihr mit ihrem Schleier, als sie ins Auto stieg, und sie faltete ihn vorsichtig und legte ihn auf ihren Schoss.

Sie hörte Denises Absätze auf dem ganzen Weg zur Limousine und dann Pegs Stimme: »Oh«, murmelte sie. »Wo haben Sie sich denn die Haare machen lassen?«

»Bei Electric Hair.«

»Ah, okay.« Einen Moment herrschte Schweigen, bevor Peg sie aufforderte, zu den anderen Mädchen in den Wagen zu steigen.

Es war nicht Denise, die Cate als Erstes auffiel. Es war Cousine Vals gequälter Gesichtsausdruck. Von ihrem Sitzplatz aus konnte

Val Denise von vorne sehen, als sie in die Limousine stieg, und nach ihrem Gesichtsausdruck zu schließen, hätte sich auch Ted Bundy gerade zu ihnen gesellen können.

Das Erste, an das Cate dachte, als sie Denise sah, war der Rapper Xzibit, Moderator von *Pimp My Ride* auf MTV. Sie hatte sich die Haare machen lassen, so viel war sicher. Reihen eng anliegender Zöpfe bedeckten ihren Kopf – wie bei Bo Derek. Allerdings sah sie nicht wie Bo Derek aus. Sie sah aus wie ein Rapper im Brautjungfernkleid.

»Gefällt euch meine Frisur?« Man hätte denken können, dass sie scherzte, aber das Lächeln auf ihrem Gesicht war aufrichtig. Sie schien ernsthaft stolz auf sich.

Die anderen Mädchen guckten genauso ungläubig wie Val und schienen seit Denises Ankunft mit Sprachlosigkeit geschlagen zu sein.

Cate sprach als Erste. »Yeah, es ist äh … definitiv … nicht das, was ich an dir erwartet hätte. Sicherlich kreativ … und so originell.«

»Ja, nun, ich wollte auch etwas Originelles haben. Ich finde, ich war immer so eingefahren, wenn es um Mode geht, und ich dachte, jetzt wäre die richtige Zeit, etwas Neues auszuprobieren.« Sie war ganz begeistert, und Cate hatte sie noch nie so lebhaft erlebt. »Ich lasse mir sonst nie die Haare machen, und dann habe ich gestern im Nagelstudio eine ältere Ausgabe von *People* durchgeblättert und ein Foto von Christina Aguilera mit eben dieser Frisur gesehen. Ich habe gedacht: *Genau so möchte ich meine Haare bei der Hochzeit tragen!*«

Und sie hatte das mit niemandem besprochen? Wenn sie das Foto auch nur einem Menschen gezeigt und ihn um seine Meinung gebeten hätte, hätte sie wahrscheinlich jetzt einen hübschen Knoten im Nacken. In gewisser Weise war es schön, dass Denise aus ihrer eingefahrenen Schiene in puncto Mode herauskam, aber Cate hätte es für besser gehalten, sich nicht gleich für ein derartiges Extrem zu entscheiden. Ihre schwarzen Schuhe setzten ebenfalls Akzente. Sie waren von der Art, wie Cate sie sich an Strippern vorstellte. Sie hatten riesige hohe dicke Absätze und waren mit Riemen oberhalb ihrer Knöchel befestigt. Es fiel ihr schwer, Denise auf dem ganzen Weg zur Kirche nicht dauernd anzustarren.

Nach ihrer Ankunft bei der Founders Chapel wurden sie im Handumdrehen fotografiert. Während der Hochzeiten ihrer ganzen Freundinnen hatte sie die Fotositzungen immer als aufreibende, endlose Tortur empfunden. Bei ihrer eigenen Hochzeit schien alles im Schnellgang abzulaufen. Sie hatte Angst, sie könnte etwas verpassen, wenn sie nur zwinkerte.

Unmittelbar bevor es Zeit war, sich auf den Weg zum Altar zu machen, atmete sie tief durch und ermahnte sich selbst, den Augenblick zu genießen. Es ging alles so schnell vorbei, und sie hatte Angst, sämtliche wichtigen Details nicht mitzubekommen, wenn sie sich nicht entspannte. Sie atmete ein paar Mal tief durch, als ihre Brautjungfern zum leisen Klang der Geigen durch die zweiflügelige Tür schritten.

Ihr Vater küsste sie auf die Wange, bevor es losging. »Ich bin so stolz auf dich«, sagte er.

Nie würde sie die Art und Weise vergessen, wie seine Augen blinzelten, als er sprach, und auch nicht das Gefühl seines starken Armes, als sie sich bei ihm einhakte. Sie registrierte, wie prachtvoll die goldene Nachmittagssonne durch die bunten Glasfenster strömte und die Art und Weise, wie Ethan die Hände übereinandergelegt hatte, während er auf sie wartete. Nie würde sie den Ausdruck seiner Augen vergessen. Er sah sie an, als wäre sie der einzige Mensch im Raum. Sie sah das lange weiße und goldene Gewand, das Al trug – und sein blaues Auge. Sie würde dem Hund nie verzeihen. Sie erkannte die Gesichter von Freunden und Familienmitgliedern. Einige betupften sich die Augen, während andere lächelnd nickten. Als sie Ethans Hand nahm, wollte sie nie wieder den Gang zurückblicken.

Die Trauung ging schnell vorüber. Weil Ethan nicht katholisch war, hatte Al ihnen geraten, sich nicht für eine katholische Messe zu entscheiden.

Ein alter Rolls Royce wartete schon vor dem Eingang auf sie, und Ethan hielt ihren Schleier fest, als sie einstiegen.

»Du siehst wunderschön aus«, sagte er.

»Danke.« Sie küssten sich, und der Fotograf streckte den Kopf zum Fenster herein und machte ein Foto nach dem anderen.

»Ich meine es ernst«, sagte Ethan. »Ich habe damit gerechnet, dass du toll aussiehst, aber du hast meine Erwartungen noch übertroffen. Du siehst fantastisch aus.«

»Du auch«, erwiderte sie. »Warst du nervös?«

»Ich bin fast gestorben, während ich dort gestanden und auf dich gewartet habe. Ich dachte ehrlich, meine Knie geben nach, als die Brautjungfern den Gang entlangkamen. Aber sobald ich dich gesehen habe … ich weiß nicht. Ich war auf einmal einfach ruhig.«

Sie öffneten eine Flasche Champagner, und sie schäumte ein wenig über, sodass etwas auf den Boden tropfte. Sie prosteten einander zu und unterhielten sich über die Trauung und wie schnell alles an ihnen vorbeigeflogen war. Zwischendurch mussten sie immer wieder innehalten und winken, wenn sie von Autos ihrer Gäste überholt wurden, in denen wild auf die Hupe gedrückt wurde.

Zu zweit tranken sie auf dem Weg zum Hotel die ganze Flasche Champagner aus. Erstaunlicherweise fühlte sie sich nicht beschwipst. Im Gegenteil, ihre Sinne waren nie geschärfter gewesen, und sie hatte das Gefühl, dass immer noch Adrenalin durch ihre Venen strömte.

Sie sah jede Menge Freunde, die ins Hotel gingen. Sie hätte sie gerne begrüßt, aber sie wurden sofort zu einer weiteren halbstündigen Fotosession entführt, die erst kurz vor ihrem großen Auftritt beendet wurde.

Als sie sich aufgestellt hatten, um hineinzugehen, war klar zu erkennen, wem bei dieser Hochzeit der Titel des Betrunkenen vom Dienst gebührte. Es war Oma. Normalerweise erkannte man die Betrunkenen erst nach ein paar Stunden. Der Art und Weise nach, wie Oma tanzte, konnte es nur eine Erklärung geben. Sie war besoffen. Sie stand allein auf der Tanzfläche und führte den Ententanz zu *All Night Long* von Lionel Richie auf. O-beinig strampelte sie herum und flatterte mit ihren angezogenen Armen, als wären es Flügel. Zwei von Ethans Freunden aus der College-Zeit mussten sie wegbugsieren, damit sie beginnen konnten, die Brautjungfern und Brautführer vorzustellen.

Die Band übertraf ihre Erwartungen bei weitem. Sie hatten Background-Sänger und Bläser, und der Klavierspieler war fantastisch. Sie hatten sich an den Rat der Programmdirektorin gehalten und sich nur aufeinander konzentriert. Sie bemerkten kaum etwas anderes im Raum. Der Eröffnungstanz verlief glatt und störungsfrei, und nachdem der Song vorbei war, wurden sie mit lautem Applaus bedacht.

Sie beschlossen, zeitig mit ihrer Begrüßungsrunde zu beginnen. Sie verließ gerade die Tanzfläche, als Nana sie am Ellbogen festhielt.

»Hallo«, sagte Nana. Einen Augenblick glaubte Cate, sie hätte einen ihrer selten gewordenen klaren Momente und würde sich wirklich an sie erinnern.

»Hallo, Nana.« Sie umarmte sie.

»Du siehst hübsch aus«, meinte Nana.

»Danke.«

»Aber die Braut und der Bräutigam sehen am besten aus.«

»Wer sind denn die Braut und der Bräutigam?«, fragte Cate.

»Weißt du das denn nicht? Das Paar auf der Tanzfläche. Gleich dort drüben.« Sie zeigte auf Emily und ihren Vater.

Cate war versucht, sie darauf hinzuweisen, dass sie die Braut war, dachte sich dann aber, es wäre angesichts ihres Kleides ziemlich offensichtlich. Sie führten Nana an ihren Tisch und drehten dann ihre Runde bei den anderen Tischen.

Der Abend verging so schnell wie der ganze Tag, und bevor sie sich versahen, schnitten sie die Torte an und bereiteten sich auf das letzte Stück der Band vor.

»Ich habe mich großartig amüsiert«, meinte Ethan, als sie zuhörten, wie die Band *Hey, Hey Good-bye* spielte. »Ich habe mich gefühlt, als würde ich schweben.«

Die letzten Gäste verabschiedeten sich. Ein bittersüßes Gefühl durchströmte Cate, als sie begriff, dass es bald zu Ende sein würde. Der Videofilmer gesellte sich zu ihnen, um ein paar abschließende Worte von ihnen einzufangen.

»Erzählen Sie in die Kamera, wie Ihnen der Abend gefallen hat«, sagte er.

»Alles war perfekt«, sagte Ethan mit dem Mikrophon in der Hand. »Ich bin noch nie so glücklich gewesen. Das alles hätte ich mir in meinen kühnsten Träumen nicht so vorstellen können.«

Cate hatte das Gefühl, als wären sie die Protagonisten einer kitschigen Episode einer Hochzeitsshow, und fühlte sich nicht richtig wohl dabei, sich mit einem Mikrophon in der Hand und von einer hell strahlenden Lampe geblendet zu äußern. »Mir leuchtet ein grelles Licht ins Gesicht, aber es ist nicht so hell wie die Liebe, die ich für diesen Mann hier empfinde.« Sie stieß Ethan den Ellbogen in die Rippen. Er beugte sich zu ihr hinab, um sie zu küssen.

»Super«, meinte der Videofilmer. Die Kamera lief immer noch. »Irgendwelche Pläne für die Zukunft?«

Sie überlegten einen Moment.

»Glaubt ihr, ihr möchtet bald Kinder haben?«, klinkte sich Connie aus dem Hintergrund ein.

Ethan und Cate wechselten einen Blick und blickten dann wieder in die Kamera. »Das ist ein Geheimnis.«

Sie lächelten in die Kamera, verließen Hand in Hand die Hochzeitsfeier und machten sich auf in ihr neues gemeinsames Leben. Die Zukunft war rosig.